Alice Zeniter
Machtspiele

Alice Zeniter

MACHTSPIELE

Roman

Deutsch von
Yvonne Eglinger

BERLIN VERLAG

Mehr über unsere Autorinnen, Autoren und Bücher:
www.berlinverlag.de

Von Alice Zeniter liegen im Berlin Verlag und im Piper Verlag vor:
Die Kunst zu verlieren
Kurz vor dem Vergessen

Die Übersetzerin dankt dem Freundeskreis zur Förderung
literarischer und wissenschaftlicher Übersetzungen e. V.
für ein Arbeitsstipendium, das vom Ministerium für Wissenschaft,
Forschung und Kunst Baden-Württemberg ermöglicht wurde.

ISBN 978-3-8270-1436-8
Die Originalausgabe erschien 2020 unter dem Titel
Comme un empire dans un empire bei Flammarion, Paris.
© Flammarion, Paris 2020
Für die deutschsprachige Ausgabe:
© Berlin Verlag in der Piper Verlag GmbH, Berlin/München 2023
Satz: Satz für Satz, Wangen im Allgäu
Gesetzt aus der Electra LH
Druck und Bindung: GGP Media GmbH, Pößneck
Printed in Germany

EINLEITUNG

Biografisches Mouseover

Es gibt nicht ein Ich. Es gibt nicht zehn Ich. Es gibt kein Ich. ICH – ist nur eine Gleichgewichtsposition. (Eine unter tausend immerfort möglichen und stets bereitliegenden.) Ein Durchschnitts-Ich, eine Massenbewegung.

Henri Michaux, »Nachwort«, *Ein gewisser Plume*

Man hat schon so einiges über mich gesagt, aber dass ich gewöhnlich bin, niemals, da sei Gott vor!«, hatte eines Tages der Abgeordnete ausgerufen, für den Antoine arbeitete. So theatralisch er seine Besorgnis auch mimte, indem er die Hand aufs Herz legte (auf das Nadelstreifenhemd, unter dem, hinter womöglich ergrauendem Brusthaar, Haut, einer feinen Fettschicht, Fleisch und Rippen, das Herz lag), konnte er doch nicht verbergen, dass es ihm ernst damit war. Der Satz, den er aus Gesprächigkeit und als Eigenlob einfach so hingeworfen hatte, traf Antoine mit voller Wucht – er sah ihn vor sich wie eine dieser sirrenden Revolverkugeln aus Hollywood-Actionfilmen, die in die Schulter des Helden einschlagen und ihn um 180 Grad herumwirbeln lassen, allen physikalischen Gesetzen zum Trotz.

Antoine fürchtete, dass er selbst schon einmal als »gewöhnlich« bezeichnet worden war. Das Adjektiv schien ihm vernichtend genug, um die gewaltigen, himmelblauen und meist verschwommenen Träume zu ersticken, die sich in ihm regten. Nach der Bemerkung des Abgeordneten ließ er sich gar zu dem Gedanken hinreißen, er habe sich vielleicht gerade *gegen* dieses Wort und den Schrecken entworfen, den ihm die drei Silben einzuflößen vermochten. Sein Äußeres hatte, ihm selbst zufolge, nichts Auffälliges, das ihn genauer beschrieben hätte, nichts in seinem Gesicht mit den braunen Augen stach hervor, nichts an seinem Körper war außergewöhnlich lang oder breit – sodass in seinem Ausweis in der Zeile für besondere Eigenschaften bloß »keine« stand, was ihm bisweilen brutal vorkam. Als Kind hatte man ihm immer wieder gesagt, wie »süß« er aussehe, mit seinem Heiligenschein aus Engelslöckchen, aber er vermutete, dass man das allen kleinen Menschen erzählte, und er war sich sicher: Wäre er hässlich gewesen, hätte seine Mutter das niemals zugegeben, geschweige denn laut ausgesprochen. Sein Vater wiederum schien als Mann grundsätzlich auf jedes ästhetische Urteil zu verzichten, und er hatte das Aussehen seines Sohnes nur dann kommentiert, wenn dieser schmutzig, über und über mit Sand und Schlick bedeckt, vom Strand zurückkam. Daher hatte Antoine von klein auf niemals sein Äußeres herangezogen, um nach einem Anzeichen dafür zu suchen, etwas Besonderes zu sein. Während der Schulzeit konnte er sich als »begabten« Jungen betrachten, denn diesen Vermerk schrieben seine Lehrer jedes Trimester unter sein Zeugnis, und Antoine liebte es, wenn sich der Blick seiner Eltern beim Lesen der Beurteilung in einer Mischung aus Stolz und Besorgnis verschleierte. Als begabter Junge genoss er eine gewisse Ungestörtheit, denn wenn er sich in sein Zimmer einschloss, nahmen die Erwachsenen in seinem Umfeld an, er denke nach oder träume von großartigen Dingen. Schon sehr bald nötigte sein Vater ihn nicht mehr zu gemeinsamen Sonntagsspaziergängen, als wollte er seinem Sohn die vielen Stunden lassen, die dieser zur Entfaltung seiner »Begabungen« brauchte, worin sie auch immer bestanden. Dass diese Zeit größtenteils für Telefonate mit

Xavier aufgewendet wurde, Antoines bestem Schulfreund, schien weder die Bewunderung seiner Mutter noch die seines Vaters zu schmälern. Sein Status eines begabten Jungen hatte es Antoine außerdem erlaubt, nicht allzu sehr unter dem mangelnden Interesse der Mädchen zu leiden, das diese ihm bis zu seinem sechzehnten Geburtstag vorenthielten. Wann immer sie höflich lächelten, durch die Blume ihre Ablehnung äußerten oder sich auf Abstand hielten, um noch seinen geringsten Annäherungsversuch im Keim zu ersticken, sagte sich Antoine, dass er vermutlich zu schnell oder zu komplex dachte, um verstanden zu werden, und ihn vor allem diese seiner Intelligenz geschuldete Gesprächshürde von den Mädchen trennte. Als er zu Beginn der Oberstufe eines traf, das seine Theorie entkräftete (Julie Le Cléach, gleicher Jahrgang, sprachlicher Zweig), gab er diese innere Rechtfertigung ohne jedes Bedauern auf und fand lieber heraus, wie es sich anfühlte, seine Haut an der eines anderen Menschen zu reiben. Antoine verlebte sein siebzehntes, dann sein achtzehntes Lebensjahr in einem Zustand relativer Glückseligkeit: Er war ein begabter Junge, und Julie Le Cléachs Hände berührten ihn überall; das war befriedigend. Diese positiven Faktoren wurden zunehmend von dem Eindruck unterlaufen, dass er am falschen Ort geboren war und es in seinem Dorf nichts gab, was er nicht schon in- und auswendig kannte, abgesehen vom Meer.

Im September 2005 ging er nach Paris, und mit dem Eintritt in die Vorbereitungsklasse für die Eliteuniversitäten begann die Angst vor der Gewöhnlichkeit, ihre Gänge zu bohren. In seinem Wohnheimzimmer, dessen Beengtheit ihm das Gefühl gab, sich höchstens in den Raum zwängen, aber niemals darin wohnen zu können, musste

Antoine sich eingestehen, dass er nicht ganz vorhergesehen hatte, wie sein Leben ohne seine Eltern, seine Freunde und ohne Julie Le Cléach sein würde (deren Hände sich nun sicher überall auf einem Studenten der Universität Rennes-2 vergnügten, doch Antoine zwang sich, nicht voll Eifersucht daran zu denken, denn schließlich hatte *er* ihre Beziehung beendet). In seinem ersten Jahr in Paris kam er sich kein bisschen »begabt« vor, im Gegenteil, er lernte fieberhaft und pausenlos, um dann allenfalls passable Ergebnisse zu erzielen. Er sagte sich, dass man ihn möglicherweise angelogen, dass er niemals irgendein Talent besessen hatte, und in den Kommentaren zu seinen Hausarbeiten lauerte er auf ein Zeichen, an das er sich klammern könnte, auf das Wiederaufblitzen einer verschütteten Begabung. Doch in den ersten Monaten bekam er nichts als rot umkringelte, äußerst mäßige Noten, Sechsen und Siebenen, ab und an eine Neun, niemals mehr. Seine Arbeiten bewiesen ihm stetig und verlässlich seine Mittelmäßigkeit innerhalb des Systems der Vorbereitungsklassen (Mittelmäßigkeit in ihrer grundlegenden Bedeutung, »im Balzac'schen Sinne«, wie ihr Lehrer für Literaturwissenschaften es ausgedrückt hatte, als sie zu Beginn des Schuljahrs Balzacs Roman *Tante Lisbeth* durchnahmen, und Antoine fand es wunderbar, dass Wörter einen Balzac'schen Sinn haben konnten, dass Balzac mit seinem massigen Körper derart auf den Wörtern lasten konnte, dass er ihnen schließlich neuen Sinn eingeprägt hatte). Antoines Kontakt zu den dreißig anderen Schülern der Klasse machte ihm seine Mittelmäßigkeit noch auf andere Weise bewusst, diesmal in gesellschaftlicher Hinsicht. Im Umgang mit Diplomaten- und Professorenkindern erlebte er seine Zugehörigkeit zur Mittelschicht auf neue Art. In dem Dorf, in dem er aufgewachsen war, hatte sie ihm eine gewisse Überlegenheit, einen Vorteil verschafft, doch in seinem Pariser Umfeld bedeutete sie nichts anderes als soziale Unterlegenheit, und Antoine hatte bei sich gedacht, dass »Mittelschicht« im Grunde genau das meinte: keineswegs die goldene Mitte, sondern die Tatsache, immerzu der Reiche unter den Armen und der Arme unter den Reichen zu sein. Auch wenn sich seine Noten schließlich verbesserten, auch wenn er das erste Jahr bestand und in die zweite und letzte Vorberei- tungsklasse wechseln durfte, auch wenn er anschließend Politikwissenschaften an der renommierten Sciences Po studierte, hatte er das alte Zutrauen in seine intellektuel- len Fähigkeiten nie ganz zurückgewinnen können, und die Angst vor der Gewöhnlichkeit hatte sich eingeschli- chen, hartnäckig und ätzend.

Dass Antoine seit Verlassen der Bretagne auf Men- schen traf, die einem eindeutig höheren Milieu ent- stammten als er, lag nicht nur an den Bildungseinrich- tungen, die er nun besuchte. Die Vorbereitungsklassen bestanden, so hatte er irgendwo gelesen, zu 70 Prozent aus Kindern von Professoren und Führungskräften. Ob- wohl er nicht genau wusste, wann man in seiner Karriere zu einer »führenden« Kraft aufstieg – ebenso wenig, wie er wusste, wann aus einem Besser- ein Spitzenverdiener wurde –, hatte die Statistik Eindruck auf ihn gemacht. Dass diese Gesellschaftsschichten in den Vorbereitungs- klassen überrepräsentiert waren, erklärte die Homogenität von Antoines Bekanntenkreis allerdings nicht allein. Auch er hatte daran mitgewirkt, indem er alle, die ihm durch ihre geografische oder soziale Herkunft ähneln könnten, zunächst mied. Er hatte aktiv die Gesellschaft der Pariser

Bourgeoisie gesucht, sie hatte ihn angezogen, mit ihrem besonderen Akzent, den seltsam verzögerten Gesten. Er hatte sich dieser Gruppe beharrlich aufgepfropft, auch wenn ihm keine Unterhaltung je einfach erschien. Wenn er, zum Beispiel, von der Bretagne sprach, nickten die anderen wissend, obwohl für sie das Wort Bretagne »Île de Bréhat«, »Stadtmauer von Saint-Malo« oder »Segelkurs bei Les Glénans« bedeutete, was absolut nichts mit dem zu tun hatte, was Antoine sagen wollte. Der einzige Mensch, mit dem er damals wirklich reden konnte, war Salma. Sie war es auch gewesen, die ihn mit auf die Straße genommen hatte, indem sie behauptete, innerhalb der Mauern eines Pariser Lycées würden sie – intellektuell, politisch – verhungern.

Auf den Straßen, beim Marschieren, beim Skandieren, beim Plakatekleben, Barrikadenbauen, Flugblätterverteilen, lernte Antoine ein neues Volk, eine neue Sippe kennen: Guillaume und dann Jérémie, Samir und auch Élise und Clément, und nach ihnen ganze Heerscharen wogender Gesichter und Vornamen, die wie Girlanden aus kleinen Papiermännchen im Wind flatterten, sodass man die einzelnen Umrisse unmöglich zählen konnte, wenngleich sich unter ihnen, sehr weit entfernt und im Augenblick noch im Untergrund, auch der einer Frau befand, die sich L nennen ließ und die sein Leben bald durcheinanderbringen würde. Antoine hätte dieser Sippe gern angehört, wollte mit ihren Reihen verschmelzen, eine schlichte, selbstverständliche Wärme bei ihnen finden, doch ihre Beziehungen hatten sich gelockert, als er 2008 der Bewegung Junger Sozialisten beitrat, der Jugendorganisation der Sozialistischen Partei Frankreichs, ehe er schließlich, einige Jahre später, Assistent eines Abgeordneten ebenjener *Parti socialiste* wurde, was ihn zur Zielscheibe wiederholten Spotts und sanfter Anschuldigungen machte.

Antoine hatte noch vor Abschluss seines Studiums an der Sciences Po mit der Arbeit für den Abgeordneten begonnen – er war ihm auf Zusammenkünften junger Aktivisten begegnet, und sehr schnell erzählte der Politiker ihm von den ersten Urwahlen der PS für den Präsidentschaftskandidaten 2012. Er gab unumwunden zu, sich in einer heiklen Lage zu befinden, weil er sich dem neuen Verfahren widersetzt hatte, das er als »Amerikanisierung« des politischen Lebens Frankreichs empfand. Der Abgeordnete war der Meinung, dass der Präsidentschaftskandidat der Partei naturgemäß der erste Parteisekretär zu sein habe und dass in den zwei Fällen, in denen diese Ordnung missachtet worden war, nämlich 1995 und 2006, die Innovation zu einer Wahlniederlage geführt habe. Nun, da sich die Urwahl durchgesetzt hatte und die Partei sie als »demokratischen Fortschritt« präsentierte, musste er irgendwie seine Unterstützung bekunden, ohne seine früheren Aussagen völlig zu verleugnen. Er wollte wissen, wie Antoine das an seiner Stelle umsetzen würde. Es war eine scheinbar lockere, fast freundschaftliche Unterhaltung. Antoine hatte bereits ein paar Gläser intus, und zum Spaß spielte er alle möglichen Redeweisen durch, wie beim Nasenmonolog aus dem *Cyrano de Bergerac*: grobschlächtig, aggressiv, schulmeisterlich, neugierig … Am nächsten Tag rief der Abgeordnete ihn an und schlug ihm vor, als Assistent bei ihm anzufangen.

Manchmal sagte sich Antoine, dass er der PS vor allem beigetreten war, weil er *zuerst* die sozialistischen Aktivisten kennengelernt hatte, sodass seine Zugehörigkeit zur

13

Partei eher chronologisch als politisch bedingt war. Als Schüler hatte er sich aus einer längst überholten Familientradition heraus als »links« bezeichnet, ohne sich je eingehender mit Parteiprogrammen beschäftigt zu haben, um herauszufinden, welche Agenda ihm am ehesten entsprochen hätte – sicher, weil er ein Teenager war und nie geglaubt hätte, dass ihm irgendetwas aus der Erwachsenenwelt vollends entsprechen könnte. Nach drei Jahren der Straßenproteste an der Seite von Salma und den anderen verspürte er schließlich das Bedürfnis, sich in einem längeren, nicht bloß kurz aufflammenden Prozess zu engagieren, und da drängte sich die Bewegung Junger Sozialisten geradezu auf, die an der Sciences Po schon lange etabliert war. Antoine war voller Ungeduld, also nannte er sich Sozialist. Außerdem musste er zugeben, dass die Größe der Partei damals beruhigend auf ihn wirkte. Sie war wie seine Schule: eine Institution, bei der er Halt fand. Sie stand für ein Versprechen auf Beständigkeit, für eine gewisse Zahl garantierter Wahlsiege auf verschiedenen Ebenen (vor 2017, versteht sich). Wenn Antoine sich aber nun darauf einließ, sich ganz offiziell politisch zu engagieren (in der politischen Politik, wie Guillaume sagte, im Kapitalo-Parlamentarismus, wie Salma sagte), dann um an einer Macht teilzuhaben, die ihm anderweitig verwehrt blieb. Er würde nicht zum Schreiberling eines Politikers werden, der bloß *versuchte*, ins Zentrum der Macht vorzudringen. Er würde geradewegs in den Kreis derer vorstoßen, die etwas verändern konnten, auch wenn dieses Etwas sich längst nicht mit all seinen politischen Idealen deckte. Als parlamentarischer Assistent gehörte er einem Ganzen an, das sehr viel größer war als er selbst und daher auch sehr viel *mächtiger*. Er konnte an seinen Kräften zweifeln, feststellen, dass sie sich erschöpften, warten, bis sie zurückkehrten, ohne dass der politische Kampf dadurch unterbrochen wurde, denn er war nur eines von vielen Rädchen im Getriebe: Alles fand im großen Stil statt, und er staunte über die Dimensionen.

Auch durfte man nicht vergessen – so verteidigte Antoine sich stets, wenn jemand sein halbherziges Engagement kritisierte –, dass der Abgeordnete, als Antoine sich dem Kreis seiner jungen Mitarbeiter anschloss, in der Opposition gewesen war. Dort spiele sich alles ab, erklärte sein Arbeitgeber damals, weil man gegen die feindliche Regierung ankämpfen müsse. Antoine hatte das geglaubt. Ein Jahr lang kam es ihm so vor, als wären er und der Abgeordnete auf einer Wellenlänge; alle beide redeten sie wütend über Mehrheitsreformen und über die Steine, die diese Mehrheit jeglichem gesellschaftlichen Fortschritt in den Weg lege. Dann, im Frühjahr 2012, war Antoines Arbeitgeber selbst zum Abgeordneten der Mehrheit geworden. Nun erklärte er, dass sein Mandat eigentlich erst in dieser Situation interessant werde, weil die befreundete Regierung ihnen Türen öffne. Antoine hatte es glauben wollen; nach und nach hatte er seine Ansprüche heruntergeschraubt. Seit 2017 gehörte der Abgeordnete wieder zur Opposition, thematisierte nun aber überhaupt nicht mehr, was das für sein Handeln bedeutete. Antoine hätte ihm vielleicht auch gar nicht mehr zugehört. Manchmal träumte er, dass verlorene Illusionen Narben hinterließen. Wenn er sich zu Hause vor dem Spiegel das Hemd zuknöpfte, malte er sich einen völlig vernarbten Körper aus, den es unter dem himmelblauen Stoff und der Krawatte zu verbergen galt. Er war allerdings nicht *vollkommen* desillusioniert, denn ihm blieben, hier und da, einige freudige Erinnerungen, wie einzelne noch erhaltene Mauerreste. Mehrmals hatte er sich im Zentrum der Schlacht gefühlt: der Kampf gegen das System der Steuerhöchstgrenzen (im Juli 2011 zu Grabe getragen), das Gesetz zur »Ehe für alle« (im März 2013 erlassen), ein wenig hatte er sich sogar von der Aufregung um die UN-Klimakonferenz anstecken lassen (Dezember 2015 in Paris). Er musste gestehen, dass sich seither nur noch wenig tat, aber, so tröstete er sich, was einmal gewesen war, konnte wiederkehren.

Bis es so weit war, suchte Antoine sich seine Genugtuungen anderswo. Sie waren kleiner, bisweilen winzig. An manchen Tagen dachte er, ehe er ins Büro aufbrach, er lebe in einem Zeitalter, in dem schon der Verbleib in der PS seinen Arbeitgeber zu einem Linken mache. Zahlreich waren die Überläufer, die sich ein neues Etikett verpasst hatten, manche gleich mehrere auf einmal, wie Kleidungsstücke im Schlussverkauf, die zum zweiten oder dritten Mal heruntergesetzt wurden; ein Gestrüpp widersprüchlicher Informationen. Der Abgeordnete hatte seine Partei nicht verlassen. Vielleicht, so dachte Antoine, weil sie wie ein Keller für einen reifenden Wein oder wie ein wohltemperierter, sanft beleuchteter Museumssaal für ein alterndes Gemälde war, sprich: der einzige Ort, der eine sorgfältige Konservierung erlaubte. Wie dem auch sei, der Abgeordnete war Sozialist geblieben. Und der klägliche Zustand seiner Partei hatte seinem besonderen Charme nichts anhaben können, der sich laut Antoine der Fähigkeit verdankte, sowohl im Privaten als auch in der Öffentlichkeit stundenlang über so unterschiedliche Themen wie das Steuerwesen, autofiktionale Erzählformen oder die Tiefsee zu diskutieren, sowie der federnden Eleganz seiner Rede und dem ihm eigenen Talent, auch ohne zu lächeln stets liebenswert zu erscheinen.

Der Abgeordnete hatte eine lange, gerade Nase, extrem gerade, viel gerader, als bei einem menschlichen Gesicht zu erwarten. Da er eine Brille trug, deren oberer Rand dicker und ebenfalls schnurgerade war, erweckten die zwei sich rechtwinklig zwischen den Brauen kreuzenden Balken den Eindruck, sein Gesicht wäre ein Kruzifix. Manchmal, wenn niemand zuschaute, kritzelte Antoine dieses bekreuzte Gesicht auf die Seitenränder von Dokumenten, und er fragte sich, welche Züge unerlässlich waren, damit ein Porträt dem Dargestellten ähnelte. Würde er beispielsweise nur das Kreuz zeichnen, könnte man darin den Abgeordneten erkennen? Musste er das Oval des Gesichts ergänzen? Den Haaransatz, der von Jahr zu Jahr zurückwich und auf der Stirn zwei Geheimratsecken enthüllte? Den dunkelroten, fast schon braunen Mund? Da sich diese kleinen Kritzeleien im Laufe der Zeit mehrten, musste Antoine einsehen, dass der Abgeordnete einen wichtigen Platz in seinem Leben einnahm und dass er ihm – wenn er die hastig hingeworfenen Striche so betrachtete – sogar Zuneigung entgegenbrachte. Das war dem Abgeordneten selbstverständlich bewusst. Er erzählte seinen Kollegen in der Assemblée nationale gern, dass das von ihm beschäftigte Team eine Art Vaterfigur in ihm sehe, ganz ohne die in einer Familie vorgezeichneten Konflikte. Das stimmte nicht und würde niemals stimmen, egal wie oft er es wiederholte – es führte bloß dazu, dass die Behauptung zugleich falsch und vertraut klang. Bestenfalls spielte er die Rolle eines reichen, exzentrischen Onkels.

Gefangen in der Illusion einer väterlichen Machtweitergabe tat der Abgeordnete zudem gern so, als würde ei-

ner seiner Assistenten (sie waren vier, zwei in der National-
versammlung und zwei in seinem Wahlkreis) eines Tages
sein Mandat weiterführen; als müsste der Wahlvorgang
die interne Entscheidung nur noch bestätigen. Vielleicht
träumte Bertrand, der seine Stellung schon genauso lange
innehatte wie Antoine, ebenfalls ein wenig davon, doch
für die anderen kam so etwas nicht infrage. Personalwech-
sel war wichtig, auch wenn der Abgeordnete das nicht
zu bemerken schien. Das galt im Übrigen nicht nur für
sein Team, sondern war im Palais Bourbon, dem Sitz der
Assemblée nationale, ein allgemeines Phänomen. Antoine
und Bertrand hatten einige Eintagskollegen gekannt, die
diesen oder jenen äußeren Verlockungen erlegen waren.
Aufgrund einer erbitterten, starren politischen Loyalität
sprach Bertrand ausschließlich mit Mitarbeitern der PS.
Antoine hatte als Raucher dagegen Gelegenheit gehabt,
im halb japanischen, halb neonfarbenen Garten der Rue
de l'Université 101 kurze Unterhaltungen mit Assistenten
anderer Parteien anzuknüpfen. Es herrschte ein gewisses
Maß an Misstrauen, das den Austausch von Interna verhinderte, doch Träume vom Draußen teilte man zwischen zwei Zigarettenzügen umso leichter. Da war das
Ausland, die große Fremde, mit ihren Sprachen und exotischen Bäumen, ihren Gassen in untergehender Sonne
und den vom Euro so verschiedenen Währungen, dass
sie wie Spielgeld wirkten. Da war die freie Wirtschaft, mit
ihrem Versprechen auf Reichtum und wiederum auf
Fremde. Da waren höhere Ämter. Und für andere waren
da diese paar magischen Worte, das Gras, das in Nachbars
Garten immer so viel grüner ist, jenes authentische Gras,
neben dem kein anderes Gras das Recht haben dürfte,
sich Gras zu nennen: Es war die Rückkehr in die »echte

Welt«, die für den einen das Schrauben an alten Autos bedeutete, für den anderen die Eröffnung eines Restaurants oder eines Reisebüros für Ökotourismus, und manche gingen wirklich, nachdem sie es monatelang angekündigt, aber keinerlei Anstalten dazu gemacht hatten, und dann waren sie fort, und auf ihrer Facebook-Seite erschien plötzlich ein Firmenlogo, die Auslage eines kleinen Geschäfts, ein Landhaus.

Antoine wollte keine Rückkehr in die »echte Welt«, die für ihn »Eltern« oder »Côtes-d'Armor« hieße, und immer, wenn ihm die Assemblée allzu sehr zu schaffen machte, träumte er davon, Schriftsteller zu werden. Er hielt es für besser, nicht davon zu sprechen, solange er nichts veröffentlicht hatte. Es wäre ihm zu peinlich gewesen, zu denen zu gehören, die bloß im stillen Kämmerlein schreiben, ihr Schreiben aber laut hinausposaunten. Jene, die schreiben und nicht veröffentlicht werden, aber von einer Veröffentlichung träumen, stehen auf unterster Stufe. Jene, die schreiben und gar nicht veröffentlicht werden wollen, verfügen über einen gewissen Charme, und sei es nur der ihnen zugeschriebenen krankhaften Schüchternheit wegen. Und jene, die von einer Veröffentlichung träumen, aber gar nicht schreiben, sind durch den Widersinn ihres Unterfangens auf der sicheren Seite.

Die Reden, die Antoine für seinen Arbeitgeber anfertigte, befriedigten seinen Wunsch zu schreiben ganz und gar nicht. Unter sich nannten die Assistenten diese Reden »Märtyrer«, weil sie ahnten, was der Abgeordnete ihnen bei seinen Wortmeldungen im Plenarsaal antun würde. Im Grunde waren es gar keine Reden mehr, sondern beliebig umzustellende und frei kombinierbare Satzblöcke, gespickt mit Auszügen aus Archiv- und Fremdmaterial

(»10 Prozent Jaurès, 90 Prozent Wikipedia«, hatte Bertrand es eines Tages zusammengefasst, als er die vom Drucker ausgespuckten Seiten überflog). Zugegeben, Antoine hatte noch nie so viel geschrieben wie in seiner Zeit als parlamentarischer Assistent, aber er stellte fest, dass die schiere Menge ihn eher frustrierte als freute. Er wollte nicht *schreiben* – er war schließlich kein – na was? – Grafomane, es interessierte ihn kein bisschen, Brief nach Brief auszuspucken und Wörter zu zählen –, er wollte *ein großes Werk* hervorgebracht haben. Oft träumte er davon, nur noch in Teilzeit zu arbeiten, um sich diesem Projekt endlich widmen zu können, obwohl er wusste, dass er mit einem halben Gehalt niemals über die Runden käme. Er hatte weder Ersparnisse noch reiche Eltern, und auch wenn niemand das mehr bedauerte als er selbst, war er der Ansicht, dass die Zeit der Schriftsteller vorbei war, die Meisterwerke zuwege brachten, während sie mit ihrem Vermieter Versteck spielten, um sich um die Mietzahlungen zu drücken, oder sich eine Mahlzeit beim Cafébesitzer um die Ecke erbettelten. Antoine verdiente zweitausend Euro im Monat, von denen tausend für seine Miete draufgingen (Nebenkosten inbegriffen), vierhundert für Lebensmittel, achtzig für Telefon- und Internetvertrag, zwanzig für sein ungenutztes Kino-Abo, und der Rest war nicht eindeutig festgelegt (beziehungsweise variabel), allerdings kaum ausreichend. Um mit weniger auszukommen, hätte er Paris verlassen müssen, und das lehnte er rundweg ab. Auch über zehn Jahre nach seiner Ankunft in der Hauptstadt staunte er noch immer, dass er hier leben konnte, und darüber, wofür die Stadt stand.

Da Teilzeit nicht infrage kam, versuchte er seit Kurzem, seine Abende und Wochenenden, seine Urlaubszeiten und manchmal auch die frühen Morgenstunden so zu organisieren, dass er Zeit zum Schreiben fand. Er hoffte, die derart gewonnenen Stunden würden es ihm erlauben, sein Vorhaben zu einem erfolgreichen Ende zu bringen, doch Woche für Woche stellte er fest, dass er nicht vorankam. Jene Stunden waren nur theoretisch gewonnene Zeit, sie gingen größtenteils wieder verloren, als würden sie zwischen die Ritzen seines Parketts oder hinter den Schreibtisch fallen. Antoine verpasste Partys, die er sich ganz wunderbar ausmalte, schlug Einladungen seiner Eltern aus und gähnte am Schreibtisch, ohne auch nur ein einziges Kapitel vorweisen zu können, um sein Fortbleiben oder seine Müdigkeit zu adeln. *Irgendetwas muss sich ändern*, sagte er sich im Herbst 2019 wiederholt und war unsicher, ob der Satz sich nicht eher auf seine Wünsche als auf den Zustand der Welt bezog. *Irgendetwas muss sich ändern*.

L betrachtete die Welt als Wohngemeinschaft zweier unterschiedlicher Raumzeiten, die sie das Drinnen und das Draußen nannte und die – ihr zufolge – durch das Drücken der ⏻-Taste klar voneinander getrennt waren. Diese Unterteilung war ihr als Jugendliche bewusst geworden; damals lebte sie mit ihrer Mutter in einem Vorort weit außerhalb, wo die kleinen Häuser sich offenbar nicht zwischen Land und Stadt entscheiden konnten, in einer Grauzone existierten, die weder das eine noch das andere war. Falls es in ihrem Leben irgendwann einmal einen Vater gegeben hatte, war er nicht mehr da, hatte kein Bild von sich zurückgelassen, das im Wohnzimmer herumgestanden hätte, und die zwei Frauen redeten nicht über ihn. Das Einzige, was er ihnen hinterlassen hatte, war sein Name, und L sah das keineswegs als Geschenk. Nicht *einem* Lehrer oder Arbeitgeber war es gelungen, den Wust aus Konsonanten beim ersten Lesen fehlerfrei auszusprechen. Wenn sie ihn schon niemals kennenlernen sollte, wäre es L lieber gewesen, ihr Vater hätte sie ebenso wenig erkennen können.

Aus ihrer Kindheit blieben ihr nur wenige Erinnerungen, oder zumindest dachte L nur selten an sie zurück. Manchmal waren da gewisse Gerüche, etwa die Hände ihrer Mutter, die von jedem Tag eine Geruchserinnerung

zurückzubehalten schienen und mal nach Reinigungs-
mittel und Scheuerschwamm, mal nach Fisch und Ge-
würzen oder auch nach Zigarette rochen, sodass, wenn
sie L zudecken kam, in dem Bett, wo das kleine Mädchen
eingeschlafen war, ohne auf die Mutter zu warten, ganz
ungewohnte Gerüche auf es einströmten, so stark, dass es
davon erwachte. »Wie spät ist es?«, murmelte dann die
fünf-, sechs-, sieben-, achtjährige L. »Zu spät«, antwortete
ihre Mutter mit den berauschenden Händen jedes Mal.
Ihre Kindheit war eigentlich völlig uninteressant gewesen.
In Ls persönlichem Kalender hatte ihr Leben begonnen,
als ein alter Computer ins Haus kam, in dem Jahr, als L
vierzehn wurde.

Als L trotz wiederholt drohenden Sitzenbleibens
schließlich die Schule abgeschlossen hatte, verfügte sie
über beliebig viel Zeit, um das im Wohnzimmer angelan-
dete Gerät zu zerlegen. Eine alleinerziehende Mutter mit
weit entferntem Arbeitsplatz garantierte ihr eine gewisse
Ungestörtheit. L hätte das ausnutzen können, um mit ihren Freunden lange auszubleiben, in dem leeren, kleinen
Haus Wodka aus der Flasche zu trinken, irgendwelche
Typen einzuladen und davon zu profitieren, dass sie einen
Ort zum Vögeln hatten – was genug gewesen wäre, diese
Typen vergessen zu lassen, dass ihr großer, magerer Körper sie weniger begehrenswert machte als andere, wie sie
fand –, L hätte traurig sein, Geschwister verlangen, fernsehen, mit dem Boxen anfangen oder sich vorgekrümmt
voller Sorgfalt die Nägel lackieren können, aber L hatte
einen Computer, und das reichte ihr als Zeitvertreib. Alles
hatte mit einer Geistergeschichte angefangen: der Geschichte eines Druckers. Ein Phantomdrucker hatte den
echten Drucker an dessen Arbeit gehindert, und L musste

überall hinklicken, musste jedes Menü öffnen, um das Phantom schließlich auszutreiben. Diese Jagd hatte sie erregt, ihr den Eintritt in ein ungeahntes Labyrinth eröffnet, und in den Folgewochen hatte sie es immer wieder versucht, sich jedes Mal weiter vorgewagt. Wenn ihre Mutter nach Hause kam, immer »zu spät«, immer in eine Geruchswolke gehüllt, gab es niemanden mehr, den man zudecken musste, keine schlaftrunkenen Fragen. L saß vor dem Computer, die Schultasche zu Füßen, und es bedurfte langer Verhandlungen, häufig auch Drohungen, um sie von dort zu verscheuchen. Sie war ins Drinnen abgeglitten.

Das Drinnen war frei, unbestimmt und riesig; es gab Mauern, Trennwände aus Zahlen, die unvermittelt dunkle, fließende Boulevards versperrten, welche L auf Fingerspitzen hinabeilte, doch da sie sich ständig an den Zeilen aus Programmiercode stieß, hatte sie gelernt, dass diese Wände sich auflösen, zersplittern oder aufgleiten konnten. Das Draußen gehörte schon zu lange anderen, als dass L dort ihren Platz gefunden hätte, niemand wusste mehr, wer es ersonnen hatte oder wie all die Grenzen gezogen worden waren, die ihr den Aufstieg erschwerten. L begab sich trotzdem weiter dorthin, wie sie sich von einem Felsvorsprung in ein Gewässer gestürzt hätte, mit starrsinnigem Mut, voller Übelkeit. Doch sobald ihre Verpflichtungen endeten, ringelte sie sich wieder im Drinnen ein.

Dort war sie zu Beginn der 2000er-Jahre auf ihresgleichen gestoßen. Es gab Reddit, es gab 4chan, und sie hatte Stunden auf dem /b/ verbracht und mit Fremden alberne oder abstoßende Bilder ausgetauscht, die sie alle miteinander verbanden, egal wo sie vor ihren Rechnern saßen: Fotos von Fettleibigen im Mini-String, Zeichnungen pädophiler Bärchen, religiöse Ikonen, in denen Jesus durch einen Velociraptor ersetzt worden war, die weiße Katze Longcat, deren Körper so unglaublich laaaaaaaaaang war, und Tacgnol, ihr finsterer Zwilling … »Ich verstehe nicht, was du daran so lustig findest«, sagte Ls Mutter manchmal, wenn sie hinter ihr auftauchte, um einen Blick auf den Bildschirm zu werfen. Natürlich verstand sie es nicht. Sie hatten eine gemeinsame Sprache aus Witzen und Anspielungen entwickelt, die nur ihnen gehörte, und sie hatten dieser Sprache einen Namen gegeben, diesem Konglomerat aus Bildern, Witzen, Verweisen und Phonemen; sie hatten es *lulz* genannt. L fühlte sich bei ihnen am richtigen Ort. Die meisten Mitglieder jener Foren waren Jugendliche wie sie, die sich langweilten oder ein Draußen nur in Form von Spott und Drangsalierung kannten, Teenager, die wussten, dass sie überhaupt keine Chance hatten, in der Fleischosphäre irgendetwas zu erreichen, die sich im Internet jedoch eine Macht zurückeroberten, die ihnen anderswo versagt blieb. Mit jedem digitalen Lachkrampf besetzte L ein wenig mehr von dem, was sie als ihr Territorium betrachtete, ein Zipfelchen Welt, das sie mit einer Handvoll Leuten teilte, die ihr ähnelten, weil sie allesamt gesichtslos waren. Wenn sie sich über die Tasten beugte, hatte sie den angespannten, lastenden Körper eines Thelonious Monk am Klavier. Sie gehörte nicht zu jenen Körpern, die von ganz jungen Jahren an durch Fingerübungen an der Tastatur geformt worden waren. Sie war ein Mädchen aus dem Draußen, dessen ganze Gestalt danach schrie, ins Drinnen einzutreten und darin zu verschwinden, ganz und gar, eine gedrückte Taste nach der anderen, jede mit einer anderen Intensität, aber der immer gleichen Ernsthaftigkeit, und L senkte den Finger, als zwänge sie etwas mit dem Brecheisen auseinander, jetzt macht schon die Türen weiter auf, verdammt noch mal.

Im Laufe der Jahre, während sie ständig zwischen Drinnen und Draußen hin- und hergewechselt war, hatte L sich verändert, und dann und wann entdeckte sie ein weißes Haar in der schwarzen Masse, die der Zigarettenrauch spröde gemacht hatte. L hatte sich verändert, aber im Drinnen konnte das niemand sehen. Die wenigen Fotos, die es dort von ihr gab, stammten aus einer Zeit, als sie sich noch nicht genug Gedanken über das Drinnen gemacht oder es ganz einfach nicht genug beherrscht hatte, um zu verhindern, dass Bilder sich dort festsetzten. Sie hätte sie löschen können, doch anders, als die Leute aus dem Draußen dachten, hinterließen Einbrüche ins Drinnen ebenfalls ihre Spuren, Fingerabdrücke zwischen den Zeilen, die sie hätten verraten können, sie aber wollte sich ohne jede Fährte fortbewegen. Sie ließ also zu, dass die Fotos an einigen verschlafenen Schnittpunkten der Datenautobahn existierten und logen. Sie hatte nicht mehr das weiche, rundliche Gesicht von früher oder die Brille, die ihr ein gelehriges Aussehen verlieh, und auch nicht mehr die Hoodies, deren aufgedruckte Botschaften ihrer Brille widersprachen.

L war im Drinnen eine alte Häsin, sie war kein Kind des 21. Jahrhunderts, gehörte nicht zu jenen, die das World Wide Web bloß als dicht verschränktes Autobahnnetz kannten, auf dem man mit unmenschlicher Geschwindigkeit dahinrasen konnte. Sie hatte noch das piepsende, knackende Warten der Modems vor dem Verbinden erlebt und war sich bewusst, dass Signale sehr weit gesendet wurden, in fremder und durch die zu ihr dringenden Geräusche schlecht übersetzter Gestalt, Signale, auf die sie keinerlei Einfluss hatte und die unterwegs verloren gehen konnten. Anhand dieser Wartezeit vermaß L den riesigen unsichtbaren Raum, den die Signale durchquerten, sie dachte an die Satelliten rund um den Erdball, die ihnen langsam kreisend als Vermittler dienten und trotz ihrer orbitalen Ruhe ebenfalls weder unfehlbar noch ewig waren. L hatte die Angst gekannt, dass nichts geschehen und der Computer in striktem Solipsismus verharren würde. Sie hatte das Internet bereits zu einer Zeit gekannt, als es noch endlich erscheinen konnte, wie eine Insel, die man an einem Tag mit Trippelschritten umrunden kann. L hatte auf Fotos geklickt, die zehn Minuten lang Streifen für Streifen geladen wurden. Man konnte auf die Toilette gehen, sich eine Cola holen und wiederkommen, ohne etwas zu verpassen. Damals suchte L vor allem nach Mangazeichnungen von Fans wie ihr selbst, sie hatte alle Zeit der Welt, die überaus muskulösen Arme, die dreieckigen Haarsträhnen und mit Kabeln verschlungenen Tentakel auftauchen zu sehen. Sie hatte es nicht eilig, ihr gefiel das sogar. Doch später würde L an all die denken, die damals mit dem Onlinekonsum von Pornos angefangen hatten. Sie würde sich fragen, ob sie bereits mit dem Wichsen begannen, wenn erst der obere Teil eines Fotos zu sehen war – Haare und vielleicht ein Stirnansatz, sofern das Modell eine klassische, vertikale Pose einnahm, aber manchmal sicher auch weniger klar zu identifizierende Dinge wie ein Knie oder vielleicht ein Ellenbogen. Es musste Tausende Teenager gegeben haben, die zum Essen gerufen wurden, noch bevor sie einen Blick auf ein wenig Titte, Möse oder Schwanz erhascht hatten. Das Begehren besaß eine andere Zeitlichkeit, war ein allen auferlegtes, schmerzhaft langsames Entblättern. Wenn der gesamte Bildschirm sich nur durch die Berührung ihres Fingers zu drehen schien, kam L sich alt vor. Sie liebte diese Momente, wenn ein Verbindungsfehler Facebook daran hinderte, Fotos zu laden, und nur hypothetische Bildunterschriften zuließ, die L von beunruhigender Poesie erschienen.

Dieses Bild zeigt vielleicht einen Garten,
ein Lächeln, eine Brille.

Dieses Bild zeigt vielleicht Menschen,
eine Landschaft, Stühle.

Diese Schwächen würden bald beseitigt sein, das war L klar, und sie gekannt zu haben stellte daher einen ebenso sicheren Altersmarker dar wie eine Radiokarbondatierung.

Vorläufig ließ sich Ls Dienstalter vor allem an der Liste von Schlachten ablesen, an denen sie teilgenommen hatte und die, für die Neuen, nichts als Namen und Daten waren, die ihnen kein einziges Geschichtsbuch nahebrachte, sondern die sie sich untereinander zuflüsterten, voll Freude darüber, sich ihre Vorfahren selbst aussuchen zu können. Mitte der Nullerjahre lebte L sehr viel mehr im Internet als in der Schule oder auf Familientreffen, zwei bedeutungslosen Zusammenkünften, bei denen man sie andauernd fragte, was sie später einmal werden wolle, während man ihr nichts als verkorkste Lebensbausteine anbot, die sie erstrebenswert finden sollte. »Später« interessierte sie nicht, sie entwarf sich nicht in die Zukunft, sondern betätigte sich auf einem riesigen Gebiet, von dessen Existenz die Erwachsenen um sie her keine Ahnung zu haben schienen. Im Jahr 2006, als dieses Gebiet bedroht wurde, beobachtete L fasziniert, wie das Volk des Drinnen sich in eine Armee verwandelte, um sein Territorium zu verteidigen, eine Armee, deren Angehörige für sich beanspruchten, nichts zu besitzen, was sie ans Draußen band, insbesondere keine Namen, eine Armee aus Anonymen, die sich mit einem Video vorgestellt hatte, schön und bedrohlich wie Metall, in dem eine Computerstimme deklamierte:

We are legion / we do not forgive / we do not forget / Expect us.

Das war die Geburtsstunde von Anonymous, direkt vor Ls Augen, in den Foren, in denen sie all ihre Nächte zubrachte. Und ganz wie es das *lulz* verlangte, war alles Teil eines verqueren Witzes. Die Scientologen wollten ein Video von Tom Cruise von mehreren Forumsseiten verschwinden lassen, in dem er einen peinlichen Bekehrungseifer an den Tag legte (unterbrochen von noch peinlicheren schrillen Lachern). In den von Anwälten versandten Abmahnungen und der Geschwindigkeit, mit der die Websites sich fügten, sahen diejenigen, die zu Anons werden sollten, eine unerträgliche Zensur. Sie *liebten* dieses Video, es brachte sie zum *Lachen*, sie wollten es *immer wieder* ansehen. Also posteten sie es von Neuem in alle möglichen verborgenen Winkel des Drinnen. Als die Anwälte sie ihrerseits ins Visier nahmen, riefen einige zu massivem Widerstand gegen die Scientology-Kirche auf (Deckname: Projekt Chanology). L hatte den Aufruf zu ihrer großen Schande nicht beachtet. Die Scientology-Kirche war kein Feind, der ihre Besorgnis weckte, vermutlich, weil er zu amerikanisch war, zu weit weg. Von ferne hatte sie die Aktionen ihrer Sippe mitverfolgt, wie eine Fernsehserie, in der Freunde von ihr mitspielten; sie verpasste keine einzige Folge, war allerdings der Ansicht, dass die unvorhergesehenen Wendungen in einem Paralleluniversum stattfanden, in einer Fantasiewelt. Einige Jahre später würde sie sich das mit stetig wachsendem Ärger vorwerfen: Sie hatte die Chance gehabt, an etwas mitzuwirken, das ihr zufolge eines der wichtigsten Ereignisse des neuen Jahrhunderts war, und sie war ein bloßer Zaungast geblieben.

Für L überschlug sich alles im Sommer 2010. Sie war gerade zweiundzwanzig geworden. Ihre letzten Versuche, der Welt des Draußen noch eine Chance zu geben (denn L hatte gehofft, das Erwachsensein könnte etwas verändern), waren eine Abfolge von Partys gewesen, auf denen weder der Alkohol noch die Musik je stark genug waren, ihr Gehirn in Offline-Modus zu versetzen. Allerdings hatten diese Partys ausgereicht, um L wegen unentschuldigten Fehlens aus ihrem Fachhochschulstudium fliegen zu lassen. Sie hatte ihre Mutter drei Monate lang angelogen und so getan, als ginge sie weiterhin zu den Kursen, und dann, als sie das Auslaufen der Studienbeihilfe nicht länger verheimlichen konnte, hatte sie noch ein paar Monate länger gelogen und behauptet, auf ein anderes Studienfach umzusatteln. »Zeig mir die Immatrikulationsbescheinigung, na los, zeig sie mir!«, hatte ihre Mutter schließlich gefordert. Es hatte neuerliche Auseinandersetzungen und Drohungen gegeben, noch zahlreicher als bei Ankunft des Computers, denn dieses Mal hatte Ls Mutter ein paar Verwandte herbeizitiert, die sie bei ihrem Vorhaben unterstützen sollten, »ihre Tochter wieder auf den richtigen

Weg zu bringen«. L hatte sich die Standpauke von Tante Baya angehört, Tante Melikas Versuche, ihr ein schlechtes Gewissen zu machen, und Tante Faizas Verteidigungsrede, weil sie doch immerhin keinen Vater hatte, die Kleine, da musste man ja Löcher im Hirn kriegen. Am Ende eines jeden Satzes hatte L genickt, ob er nun geschrien, geheult oder geschnaubt war, aber das war auch alles. Schließlich hatte ihre Mutter sie vor die Tür gesetzt, in der Hoffnung, einen heilsamen Schrecken hervorzurufen, der nicht eingetreten war. Im Sommer 2010 drückte die Gluthitze schwer auf die kleine Pariser Einzimmerwohnung, in der L dank einer Verkettung entfernter Bekanntschaften zur Untermiete wohnte oder eher zur Unteruntermiete. Der Ort war eine Art schwebende Höhle im obersten Stockwerk eines Gebäudes an der Avenue de Flandre. Entlang der großen Verkehrsachse bildeten bunt zusammengewürfelte Bauten (Kapselhaus, Lichtschwerthaus, pseudoimperiales Haus) eine flimmernde Wolke in der gesättigten Luft, doch L nahm kaum wahr, was draußen vor sich ging: Das Drinnen brannte noch heißer als der Sommer mit seinen immer extremeren, orangeroten Hitzewarnungen. WikiLeaks hatte gerade gemeinsam mit mehreren großen internationalen Zeitungen über neunzigtausend Dokumente des amerikanischen Militärs zum Afghanistankrieg öffentlich gemacht. Es war der 25. Juli. Ls August war mit der Prüfung der Dokumente und den Debatten um Julian Assange dahingeschmolzen – die sich ebenso sehr mit dessen politischer Vergangenheit wie mit dessen Haarfarbe beschäftigten. Sie arbeitete damals in einem Lokal am Ufer des Ourcq-Kanals, erinnerte sich jedoch an den Namen keiner einzigen Kollegin und konnte sich auch nicht an die Gesichter der Gäste erinnern, nicht die geringste Anekdote erzählen, die sich draußen auf der Terrasse zwischen den gestreiften Sonnenschirmen zugetragen hätte. Hingegen erinnerte L sich ganz genau, dass sie in jenem Sommer ihren ersten Streit mit Elias gehabt hatte, der nicht Elias hieß und Elias kein bisschen ähnelte. L hatte in einem Gruppenchat geschrieben, dass Assange ein Held sei, und Elias warf ihr daraufhin vor, sich dem Personenkult hinzugeben. Sie begannen eine private Unterhaltung, und trotz einiger unvermeidlicher Stunden der Funkstille, weil sie arbeiten oder schlafen mussten, war es in Ls Augen ein ununterbrochener Dialog gewesen, bis Elias ein Jahr später bei ihr einzog.

Im Oktober 2010 hatte WikiLeaks es wieder getan und an die vierhunderttausend Geheimdokumente über den Irakkrieg veröffentlicht. Hinter dem Tarnanstrich, den die amerikanische Regierung dem Konflikt verpasst hatte, traten die getöteten Zivilisten hervor, die Folterungen, die Kollateralschäden, diese so schrecklich kalte Bezeichnung, dass sie nicht einmal mehr Euphemismus, sondern Lüge war. Im November hatte die Website schließlich eine nicht weniger beeindruckende Menge an Depeschen aus Außenministerium, Botschaften und Konsulaten der Vereinigten Staaten vorgelegt. Die amerikanische Regierung war außer sich – Elias und L schickten sich Videos rotgesichtiger *congressmen* wie Leckerbissen zu –, doch die amerikanische Regierung war auch machtlos, also sandte sie ihren Zorn ohne bestimmtes Ziel in die Welt. Auf Bitten mehrerer politischer Persönlichkeiten verweigerten einige Unternehmen WikiLeaks den Zugriff auf ihre Dienste: Amazon, Visa, Mastercard, PayPal ... Da Julian Assanges Plattform gerichtlich keinerlei Verbrechen für schuldig befunden war, waren diese Firmen zu solcherlei

Maßnahmen gesetzlich nicht verpflichtet, sie handelten in vorauseilendem Gehorsam. Sogar Elias, der Assange keinen Heldenrang zugestehen wollte, erkannte an, dass die USA einen Märtyrer aus ihm gemacht hatten.

Als die Anonymen eine Aktion aufzogen, um PayPal abzustrafen, war L mit der Wahl dieses neuen Feindes vollkommen einverstanden gewesen, und sie hatte mit ihnen und unter ihnen gekämpft, war mit den unsichtbaren Schlachtreihen verschmolzen. Das Heer bestand aus zwei Gruppen mit teils durchlässigen Trennlinien: den Ops (zuständig für Operationen) und den Props (zuständig für Propaganda). Unter den Props befanden sich Kunst- und Philosophiestudentinnen, Grafiker, Ästhetinnen und Intellektuelle, die eine Handvoll Designprogramme meisterhaft beherrschten und stets wussten, wie man seine Angriffe rechtfertigen musste, falls es von ihnen gefordert wurde (»Für euch ist es Piraterie. Für uns ist es Freiheit«). Ihr Problem war, dass sie noch nie programmiert hatten. Unter den Ops wiederum gab es – so sagte sich L – Fälle geradezu deprimierender Legasthenie. Oder es waren Ausländer. Oder den Leuten fehlten ein paar Finger. Man würde es nie herausfinden. Jedenfalls war es scheißschwer, sie zu verstehen. Arbeitsteilung war bei den Anons eine Notwendigkeit. Man brauchte die Props, um der Draußenwelt die Aktionen zu präsentieren und so neue Mitglieder zu werben: Sie drehten Videoclips, sie schrieben Texte, die man groß über verunstaltete Websites pappte. Die Ops dagegen … Wenn man L fragte, machten die Ops die echte Arbeit. Bestimmte Chaträume waren ihnen daher vorbehalten. Um hineinzugelangen, musste man in einer vorgegebenen Zeit drei fachliche Fragen beantworten. L hatte eine Panikattacke bekommen, bevor sie es versuchte; Atemlosigkeit, Angstschweiß, Ohrensausen. L hasste es, wenn man ihr direkte Fragen stellte (das hatte ihr bei den Bewerbungsgesprächen nach Abbruch ihres Studiums beträchtlich geschadet). Doch diesmal antwortete sie richtig, obwohl ihr Herz mit hunderttausend Schlägen pro Minute hämmerte. Sie hatte einen Raum der Ops betreten, sie hatten sich über mögliche Strategien ausgetauscht, verschiedene Vorgehensweisen diskutiert, niemand wurde sich mit dem anderen einig (einig wurde man sich niemals, *Anonym, nicht angepasst*, lautete einer ihrer Wahlsprüche), und doch hatten sie, sehr rasch, PayPal angegriffen (Deckname: Operation Payback). Damals nutzten sie noch die LOIC (*low orbit ion cannon* oder »Ionenkanone in niedriger Umlaufbahn«), um eine Website lahmzulegen. Dank dieser Anwendung konnten sich auch jene an den Angriffen beteiligen, die keine einschlägigen Informatikkenntnisse hatten: Sie mussten einfach nur die Internetadresse des Angriffsziels eingeben. Während der Operation Payback war die LOIC 116 988-mal heruntergeladen worden, und wenn L den Zeiten der anonymen Armee nachtrauerte, dann dachte sie an genau das: an die Dimension stiller Mobilmachung dieser Untiefen hinter den bläulichen Bildschirmen, Ende 2010. Zu den Freiwilligen kamen all jene hinzu, die gewaltsam, ohne ihr Wissen, eingespannt worden waren und deren Rechner sich den von L gelenkten Herden anschlossen. Bei jedem Zombierechner, den sie infizierte, sagte sich L, dass Elias in einem anderen Land, dessen Namen sie noch nicht kannte, das Gleiche tat. L wusste das, und er wusste das. Sie waren beide Hirten, Generäle und vollendete Anonyme. L war beinahe trunken vor Freude, und ihr schwirrte der Kopf, wenn sie sich völlig erschöpft aufs Bett fallen ließ.

Am 8. Dezember waren die Seiten von Mastercard und Visa vorübergehend außer Betrieb gegangen. Am 9. kündigte PayPal seine Absicht an, das für WikiLeaks bestimmte Geld wieder freizugeben. Elias schlug vor, nach Paris zu kommen und mit L den Sieg zu feiern. Sie hatten sich in jenem Winter erstmals *in real life* getroffen, und als L feststellte, dass Elias keine Ähnlichkeit mit Elias hatte, begriff sie, dass man das Fleisch nur schwer vollends ausblenden konnte – sie hatte sich den Körper eines Wesens aus Programmcode vorgestellt, und ein solches Wesen stand nicht vor ihr. In diesen zwei Tagen passierte nichts zwischen ihnen. Sie hatten geglaubt, dass nichts passierte.

Zwei Wochen später wurde im Morgengrauen eine winzige Randgruppe von Teilnehmern an der Operation Payback in den USA vom FBI und in England vom MI6 verhaftet. L blieb in ihrem Pariser Schlupfwinkel unbehelligt. Dennoch zitterte sie in ihrer kleinen Wohnung und ließ Tag und Nacht die Fensterläden geschlossen. Die alten Chaträume waren verwaist. Die neuen füllten sich mit rechtlichen Pseudoratschlägen und Vergeltungsakten. In den ruhigen Momenten verbreiteten einige Anons die relevanten Informationen. In den Vereinigten Staaten waren etwa fünfzehn Mitglieder der Operation des »Vandalismus« und der »Verschwörung zur Beschädigung eines geschützten Computersystems« angeklagt worden, Verbrechen, für die man zusammengenommen bis zu fünfzehn Jahre Haft und 250 000 Dollar Geldstrafe bekommen konnte. PayPal forderte über fünfeinhalb Millionen »Entschädigung« von ihnen.

In all der Panik zertrümmerte L ihre Festplatte mit dem Hammer und steckte die Bruchstücke dann in die Mikrowelle. Anschließend wechselte sie ihren Internetanbieter, ihren Computer und – da diese die Sache nicht überlebt hatte – ihre Mikrowelle. Um die neue Ausrüstung bezahlen zu können, jobbte sie bei Zara in einer Uniform, die sie Elias gegenüber als »halb Sportlehrerin, halb Beerdigungsgast« beschrieb und deren Nähte ihre Haut reizten und längliche Flecken roten Ausschlags hinterließen. Es war eine seltsame Zeit gewesen. L hasste das Draußen ebenso sehr wie das Drinnen. Draußen legte sie Klamotten zusammen und ertrug die Bemerkungen ihrer Kolleginnen. Drinnen hielt sie bloß noch Wache, oder fast, da sie eine Verhaftung fürchtete: Sie lauerte auf das Auftauchen von kleinen Tyrannen, Beschneidern der Freiheit, doch sie wagte es nicht mehr, sie anzugreifen. L hatte das Gefühl, dass man die Welt in den Pausenmodus versetzt und das Standbild eine schlechte Auflösung hatte. Dennoch: Am Ende jener vernebelten Monate, im Frühjahr 2011, zog Elias bei ihr ein.

Er kam nur mit einem Rucksack, als hätte er ihrer Wohnung, im Bewusstsein des begrenzten Platzes, nichts weiter als seinen Körper hinzufügen wollen. Dann begann er, ganz behutsam, den Balkon zu beleben, stellte eine Reihe mehr oder minder struppiger Pflanzen auf, die er in seinem Anfängerfranzösisch als »Bäume« bezeichnete. Zuletzt unternahm er eine Reise nach Berlin, um den Großteil seiner Habe zu holen, und seine Rückkehr ähnelte einer langen Partie Tetris. Elias stellte elektronische Musikinstrumente her, zierliche Kästchen mit noch zierlicheren, darin installierten Programmen. Er hatte sein Material hinten in einen Kleintransporter gestapelt, in einem Heer von Kisten und Kartons, die Ls Wohnung niemals würde aufnehmen können. Sie hatten sich nie deswegen gezofft, ihr logistischer Alltag verlief gelassen.

Ein unbeteiligter Beobachter hätte das Adjektiv »gelassen« vielleicht nicht gewählt, denn L funktionierte mithilfe einer heftigen Mischung aus Kaffee, Zigaretten und Aufputschmitteln, während Elias die exotischere Kombination aus Mate und Ritalin bevorzugte, doch ihre Rhythmen waren in perfektem Einklang. Sie schliefen, wie sie aßen, urplötzlich und exzessiv, sobald sie eines dieser Bedürfnisse nicht länger ignorieren konnten. Und auf dieselbe Weise liebten sie sich auch, wenn die anhaltende körperliche Nähe des anderen im eigenen Körper, überall auf der Haut, schließlich einen störenden Schauer verursachte, der gestillt werden wollte. Während der übrigen Stunden im Draußen hörten sie auf dem Bett liegend Noise oder guckten Tierdokus. So hatten sie acht Jahre verbracht, ohne dass einer die Art, wie der andere das Draußen bewohnte, je kritisiert hätte. Nur wenn sie über das Drinnen diskutierten, wurden ihre Stimmen schneidend, und die Sprachen gerieten durcheinander, zerhacktes Englisch, Französisch und Deutsch in dem Verlangen, dem anderen zu beweisen, dass er im Unrecht war. Elias war bei L eingezogen, gerade als sich ihre Vorgehensweisen voneinander zu entfernen begannen, und manchmal dachte sie, dass er zu spät gekommen war. Nach der Operation Payback hatte L nicht mehr an Aktionen der anonymen Armee teilgenommen. Sie war nicht bei OpTunisia dabei gewesen, als das Land sich Anfang Januar 2011 erhob. Die anderen griffen ohne sie eine Regierung an, zum ersten Mal seit der Geburt von Anonymous. *We are the angry avatar of free speech.* Als Elias bei ihr einzog, waren das die ersten Dinge, die er ihr erzählte: defekte Seiten der tunesischen Regierung, die kläglich im Netz herumdümpelten, der Versand von Datenpaketen an Demonstranten zur Anonymisierung, damit sie der Cyberüberwachung des Regimes entgehen konnten. L war blass geworden vor Neid, doch sie hatte weiter für sich allein gearbeitet. Sie wollte nicht länger bei Aktionen mitmachen, die Hunderte, wenn nicht Tausende Beteiligte erforderten. Sie wollte keine Botnets mehr nutzen und auch keine Zombierechner mehr einspannen müssen. Vor allem hatte L begriffen, dass der verlängerte Arm des Gesetzes von nun an geduldig das Internet durchforsten würde und man sich darauf einstellen musste. Also agierte sie an den Rändern; es war schwer zu sagen, ob ihr Handeln nun illegal war oder nicht. L hatte sich zwanghaft und enthusiastisch dem Doxing verschrieben und empfand ein diebisches Vergnügen dabei, private Informationen ihrer Feinde offenzulegen (Sozialversicherungsnummer, Adresse, Privatfotos, Telefonnummer). Das Doxing stellte eine rechtliche Grauzone dar, denn der Großteil der von L auf verschiedenen Fake-Profilen auf ausländischen Servern veröffentlichten Informationen war bereits auf ungeschützten Websites zu finden. Man musste gar nicht hacken, sondern nur wissen, wo man zu suchen hatte, und seine Funde dann zusammenstellen; Doxing nutzte auf heimtückische Weise das Gedächtnis des Internets aus. L hatte ihre Lieblingsziele, handelte nie wahllos: Sie doxte die Faschosphäre, die im Innersten des Netzes still und heimlich ihre Metastasen streute, um dann im Rudel aus den Untiefen hervorzuquellen. L wollte sie um ein Hauptquartier bringen, in dem die Faschos ihre Streitmacht nähren konnten. Elias fand, das Ziel ändere nichts am Grundproblem: Doxing war ein unschönes, schäbiges Vorgehen. Alle Welt konnte doxen, und alle Welt tat es übrigens auch: Die Incels doxten Feministinnen, die sie für ihr Dasein als unfreiwillig sexuell Abstinente oder *involuntary celibates* (daher der Name) verantwortlich machten, und die Russen doxten amerikanische Politiker. Anonymous doxte Angehörige des IS, erwiderte L und berief sich damit auf die Armee, deren Geburtsstunde sie miterlebt hatten, als könnte der Name Elias' kritischen Verstand ausbremsen. Und auch ehemalige Häftlinge, die sich wieder eingliedern wollten, konterte Elias, der im Namen einer gemeinsamen Vergangenheit nicht den kleinsten Ausrutscher verzeihen mochte. L führte diese schon hundertmal begonnene Diskussion niemals zu Ende. Sie ließ Elias stehen, mitten in der Küche, zwischen Herd und Wasserkocher. L glaubte, dass er recht hatte, dass Doxing ein ihr unwürdiges Vorgehen war, wollte es aber nicht zugeben. Beide hatten sie sich eine Hierarchie zu eigen gemacht, die an das Prinzip der *do-ocracy* angelehnt war, dem ihre Hackergruppe folgte: Offiziell gab es weder Anführer noch Kontrolle noch Abstimmungen. Jeder tat, was in seiner Macht stand, und versuchte, die anderen nur dann von seiner Sache zu überzeugen, wenn er Hilfe benötigte. Dieses Prinzip wahrte ihnen ihre Unabhängigkeit, ihre Handlungsfreiheit, ihr Anrecht auszusprechen, dass die anderen nichts als Scheiße oder reinste *faggotry* fabrizierten. Allerdings ergaben sich auch ohne jeden organisatorischen Überbau neue Machtverhältnisse durch unterschiedliche Fachkenntnisse. Wenn man technisch etwas draufhatte *(m4d skillz)*, stand man über der Masse, weil man jederzeit allein handeln konnte.

Elias war begabt, schätzte L, überdurchschnittlich begabt, und sie hatte immer geglaubt, dass sein Know-how im Drinnen ihn auch im Draußen schützen würde – oder vielleicht dachte sie eigentlich gar nicht ans Draußen, nicht genug jedenfalls, vielleicht hatte ihre Tante Faiza recht, und sie hatte Löcher im Hirn, die sie daran hinderten, ihre Welt in Gänze zu erfassen oder die von Elias. Was er mit einem Rechner alles anstellen konnte, war bewundernswert, sagte sich L, bevor sie am 4. Dezember 2018 erkennen musste, dass die Technik einen keineswegs davor schützte, in aller Herrgottsfrühe im eigenen Zuhause verhaftet zu werden.

2

ENTWICKLUNG

1. Dezember 2018 bis 17. März 2019

Ja, sie scheinen den Menschen in der Natur wie einen Staat im Staate zu begreifen.

Spinoza, *Ethik*, III

Während der ersten Demonstrationen im Herbst hatte der Abgeordnete seine zwei Assistentinnen im Wahlkreis auf eine Zusammenkunft der Gelbwesten geschickt. Er hatte sie gebeten, »die Temperatur zu messen« und abzuschätzen, ob deren Forderungen sich den Punkten des Parteiprogramms annäherten, das die PS bei der letzten Präsidentschaftswahl vertreten hatte. Selbst war er nicht hingefahren, denn – so erklärte er – er hatte nicht die geringste Lust zu bekunden, dass er das Leid dieser Menschen verstand oder gar kannte. Er glaubte, sich seiner Klassenprivilegien absolut bewusst zu sein, und wenn es am Monatsende einmal eng für ihn geworden war, dann stets nur, weil er sich zu Beginn desselben Monats horrende Ausgaben erlaubt hatte.

»Ich werde mich nicht am Reigen zerknirschter Mienen all der Politiker beteiligen, die glauben machen wollen, sie seien nicht abgehoben. Ich bin abgehoben. Aber ich bezweifle, dass es mir in diesen unruhigen Zeiten irgendwelche Sympathien einbringen wird, das zuzugeben.«

Am 1. Dezember hatte er entschieden, dass Antoine sich ebenfalls in den Wahlkreis begeben sollte. Was überhaupt Unfug war, da Antoine als sein Mitarbeiter in der Assemblée eigentlich keine Feldforschung betreiben musste, und auch, weil Samstag war und Antoine samstags immer freihatte. Doch der Abgeordnete wollte diese Einwände nicht gelten lassen. Er erwiderte, dass ihm ein Mitarbeiter fehle, der als Bindeglied zwischen Paris und seinem Wahlkreis fungiere, dass er das schon immer gewusst und immer bekräftigt habe, dass er sich diesen jedoch verwehre, um den anderen nicht das Gehalt kürzen zu müssen. Außerdem sagte er Antoine, dass dessen erbsenzählerische Argumente keinerlei innere Logik hätten, zuvörderst für einen aktiven Sozialisten und noch dazu im Rahmen einer nationalen Krise. Widerwillig war Antoine nach Soissons gefahren, wäre lieber in Paris geblieben. Er hatte die Videos gesehen, die Camille und Léna, die Assistentinnen im Wahlkreis, an den vorherigen Samstagen gedreht hatten, und darin sah man Horden von Gelbwesten, die (schlecht) tanzten und (ziemlich miese) Parolen schrien (das allerdings ziemlich gut). In Laon war Tränengas eingesetzt worden – das hatte er in *Le Courrier picard* gelesen –, aber erst gegen Ende der Demo, als Camille und Léna beide schon weg waren. Wie auch immer, es war jedenfalls weder ein Aufstand noch eine Revolution – und Antoine hielt sich auf diesem Gebiet für recht beschlagen, da er bereits an Aufständen teilgenommen hatte, die Revolutionen *ähnelten*.

Das Problem der Gelbwestenbewegung in den Provinzstädten war, dass die Demos sich fast nie im Zentrum abspielten. Man musste die gesperrten Kreisverkehre finden, sofern die Blockaden nicht schon an einer kilometerweit entfernten Tankstelle oder einer Autobahnmautstelle stattfanden. Man musste in der Kälte vom Bahnhof aus hinlaufen und hatte natürlich seine Handschuhe vergessen. Und endlich vor Ort, kam Antoine sich albern vor, weil man einer Straßensperre nur schwer *zuschauen* konnte. Entweder man war dabei, oder man machte sich aus dem Staub. Zum Beispiel nach Paris. Er war sich sicher, dass viele Gelbwesten aus Aisne zum Demonstrieren in die Hauptstadt fuhren. Nur ein Vollidiot machte die Reise in die entgegengesetzte Richtung.

Er trat von einem Fuß auf den anderen und wagte nicht, sich zwanglos einer Feuerschale zu nähern, als auf seinem Handy plötzlich Fotos von den Champs-Élysées im dichten Rauch einer Nebelkerze eintrafen (Guillaume), dann zersplitterte Schaufenster im 8. Arrondissement (Salma) mit der Nachricht: »Endlich trifft es die richtigen Viertel«, dann ein Blutfleck auf dem Bürgersteig (wieder Guillaume, ohne jede Erklärung, ein dramatisch stummes Bild). Er begriff, dass man die Phase der Polonaisen auf den Kreisverkehren hinter sich gelassen hatte (was die Stadt Soissons nicht zu wissen schien, da Antoine sich eindeutig auf einem Kreisverkehr befand und meinte, irgendwo den Anfang einer Menschenkette erspäht zu haben).

Wenige Minuten später klingelte sein Handy.

»Antoine? Es wäre gut, wenn Sie zurück ins Büro kämen. Sofort. Und wenn Sie im Zug bereits über eine kurze Ansprache nachdenken könnten, die ein wenig origineller klingt als die Verurteilung der Gewalt im Namen der staatlichen Ordnung, wäre ich Ihnen dankbar. Fernsehauftritt um 22 Uhr.«

Im Regionalzug, den er nach fünfundvierzig Minuten Wartezeit auf einem eisigen Bahnsteig bestiegen hatte, saßen auch einige Demonstranten, die zurück nach Hause fuhren und an den ersten Bahnhöfen entlang der Strecke nach Paris ausstiegen. Sie versuchten, sich aufzuwärmen, indem sie die Beine gegen die Gebläse unter den grauen

Sitzen drückten oder sich kräftig den Rücken rieben. Antoine fragte sie, wofür sie demonstriert hatten, und erhielt eine Liste von Forderungen auf Lokalebene, für die er sich nicht sonderlich zuständig fühlte, aber doch voller Empathie. Als er nach Soissons aufgebrochen war, hatte er sein Ladekabel liegen lassen, und er sah regelmäßig aufs Handy, dessen Akku immer schwächer wurde, konnte sich jedoch die Angst nicht erklären, die der schrumpfende Balken in ihm auslöste, wo er das Gerät gerade jetzt doch gar nicht brauchte. Der gegen null fortschreitende Akkuschwund verschmolz mit der jenseits der Zugfenster hereinbrechenden Nacht und gab ihm das Gefühl, ins Unbekannte vorzustoßen.

Als er im Büro an der Rue de l'Université ankam, saß Bertrand bereits über einen Papierstapel gebeugt, schrieb und strich mit weit ausholenden Gesten wieder durch und umkreiste das eine oder andere Wort. Er begrüßte Antoine mit einem lapidaren »Wir sagen nichts zu Marianne«. Und da sein Kollege nicht zu begreifen schien, setzte er hinzu: »Die Statue am Triumphbogen mit dem ausgeschlagenen Auge?«

Der Abgeordnete schmunzelte genüsslich und murmelte, dass das Vandalismus vom Feinsten sei, nahe am Erhabenen, dieses gähnende Loch mitten im Gesicht, auf der einen Seite das Auge, auf der anderen das Grab, geradezu ein Gedicht von Hugo. Bertrand seufzte. Er musste das Lob auf die verstümmelte Marianne* in Antoines Ab-

---

* Wobei sich herausstellte, dass besagte Marianne, laut den Artikeln des folgenden Tages, gar keine Marianne war, doch an jenem Abend bezweifelte keiner der drei Männer im Büro ihre Identität; sie waren es gewohnt, dass die Frauengestalten an republikanischen Skulpturen alle denselben Vornamen trugen.

wesenheit bereits gehört haben. Oder es reichte ihm einfach mit Victor Hugo, den der Abgeordnete mehrmals täglich zitierte.

»Wenn wir sagen, dass wir die große Not dieser Leute verstehen, müssen wir meiner Meinung nach selbst Maßnahmen vorschlagen und den Ankündigungen zuvorkommen, die von der Regierung natürlich zu erwarten sind. Wir dürfen nicht warten, bis sie ihre Karten auf den Tisch legen, um dann zu erklären, dass das nicht ausreicht. Das ist Möchtegernpolitik.«

»Sie könnten sich dafür einsetzen, dass die Entbindungsstation von Chauny offen bleibt«, meinte Antoine. »Ihre Wähler fänden das gut. Seit der Schließung der Station in Noyon gibt es offenbar eine Menge Frauen aus Oise, die zur Geburt nach Aisne fahren müssen, und das wird noch schlimmer werden, wenn sie auch Creil und Clermont dichtmachen. Wäre doch ein Unding, wenn Geburten demnächst auf der Schnellstraße stattfinden.«

»Danke, Antoine. Glauben Sie, ich habe Sie auf Abenteuerfahrt nach Soissons geschickt, weil Interesse für meinen Wahlkreis in mir geweckt werden müsste?«

Das Büro war zu klein für die drei Männer. Oder besser gesagt: Für diese Art von Besprechung war es nicht ausgelegt. Wenn der Abgeordnete in dem Zimmer arbeitete, das für ihn vorgesehen war, und Bertrand in seinem, erfüllte das Büro seinen Zweck. Wenn Antoine den Platz für die Mitarbeiter mit Bertrand teilen musste, saß dieser ihm im Licht, aber es war immer noch völlig akzeptabel. Doch wenn sie sich alle drei beraten wollten, eignete sich eigentlich keines der beiden Zimmer. Ihr früheres Büro im Palais Bourbon war mitnichten praktischer gewesen, aber wenigstens hatten sie eine schöne Aussicht gehabt. Der

Abgeordnete hatte geschäumt, als er in die Nummer 101 umziehen musste.

»Das ist ein guter Ansatz«, wagte Bertrand anzumerken. »Wir beenden die Debatte um die CO_2-Steuer. Wir kritisieren die Privatisierung des Krankenhaussektors und weisen dem Konzept staatlicher Fürsorge wieder eine zentrale Rolle zu.«

»Was wir allerdings nicht getan haben, als wir an der Macht waren.«

Antoine verdrehte die Augen. »Wenn wir nur noch über das reden dürfen, was die Vorgängerregierung getan hat, verzeihen Sie, aber dann ist unser Handlungsspielraum ziemlich begrenzt.«

Der Abgeordnete lachte auf. Wenn er lachte, zerbarst das Kreuz seines Gesichts in ein vergnügtes Durcheinander, seine Züge wiesen in alle möglichen Richtungen.

»Könnten wir noch einmal das Grundeinkommen thematisieren?«

»Sie sind ein ungezogener Hamon-Anhänger, Bertrand.«

Den Abgeordneten hatte die Idee eines Grundeinkommens nie überzeugt. Seine Vorstellung von Sozialhilfe orientierte sich an Malthus: Er fand, dass Hilfe mit Scham einhergehen musste, dass es diesen Stachel brauchte, um die Hilfsempfänger wieder dem Arbeitsmarkt und einem Leben gemäß der Norm zuzuführen (er sagte »Norm«, weil er hoffte, das klinge weniger brutal als »normal«, da war Antoine sich sicher). Er glaubte, dass die vom Staat geleistete Hilfe ab einem gewissen Stadium so angenehm wurde, dass die Anspruchsberechtigten nicht mehr davon loskamen – aber was stellte er sich eigentlich vor? Einen kuscheligen, warmen Kokon aus auszufüllenden Formularen, Schecks, die selten mehr als zweistellige Beträge auswiesen, Nachweisen vom Arbeitsamt über freien Eintritt ins Museum und ins städtische Schwimmbad, und von alldem wurde der arme, der arbeitslose Körper umhüllt, nahezu eingesponnen, endlich befreit von jeglicher Anstrengung?

Wenn sie darüber diskutierten – was sie weiterhin taten, lange nachdem der Antrag auf ein Grundeinkommen im Parteiprogramm begraben worden war, in stundenlangen, meist feuchtfröhlichen Gesprächen, auch wenn der Abgeordnete ganz offenbar über einen präzisen eingebauten Sensor für genau den Augenblick verfügte, in dem ihm das Glas zu viel serviert wurde, woraufhin er plötzlich mit dem Teekessel wedelte (wenn sie bei ihm zu Hause waren) oder mit der Hand, um die Rechnung zu verlangen (wenn sie in einer Bar saßen) (und, ganz selten, unterlief es ihm, dass er in einer Bar nach dem Teekessel suchte oder bei sich zu Hause nach der Rechnung verlangte, ein untrügliches Zeichen, dass der innere Sensor zu spät angeschlagen und sie bereits unverhältnismäßig viel getrunken hatten) –, sagte der Abgeordnete, dass er Antoines Haltung wenig stichhaltig finde: Wenn man sich am äußeren linken Rand verortete, konnte man doch nicht den Fortbestand eines Wohlfahrtsstaates wünschen, der aus der durchweg konservativen Absicht geboren war, sich bei den schwächsten Klassen, jenen, die am ehesten gegen die brutalen gesellschaftlichen Verhältnisse aufbegehren würden, Friede zu erkaufen. Das hatte Simmel schon 1907 geschrieben; hatte er Simmel gelesen? Der Wohlfahrtsstaat war dazu da, die Arbeiterklasse zum Schweigen zu bringen, und übrigens würde diese die Verheerungen des globalen Kapitalismus mit voller Wucht zu spüren bekommen.

»Könnte es sein, dass Sie in Wahrheit ein um seinen Komfort fürchtender Liberaler sind, Antoine?«

Den Angesprochenen machte es rasend, dass er darauf nichts zu erwidern wusste, und er schwor sich, *Der Arme* von Georg Simmel zu lesen – er hatte sich im Internet schon mehrmals die Titeldaten des Buches angesehen, ohne es je zu kaufen –, aber er war so davon überzeugt, im Recht zu sein, dass er, sobald er den Dunstkreis des Abgeordneten verließ, keine Veranlassung mehr spürte, seinen Standpunkt zu untermauern. Solange Antoine allein war und niemand ihm widersprach, erschien ihm seine Meinung wie eine Selbstverständlichkeit, und er sah nicht ein, wie man sie besser hätte rechtfertigen können als durch schlichtes Aussprechen. In der Nähe des Abgeordneten verlor diese Selbstverständlichkeit jedoch an Stichhaltigkeit, klang, laut geäußert und nicht mehr nur gedacht, schwach, manchmal hinkend, und er musste sich sehr anstrengen, um andere Erwiderungen zu finden als ein bloßes »darum« oder einen verworrenen Satz, der sich auf »die Leute« oder »die Franzosen« berief.

»Über vierhundert vorläufige Festnahmen«, vermeldete Antoine in dem Taxi, das sie ins Fernsehstudio fuhr.

»Na und? Sie glauben doch nicht, dass ich deshalb über Repressionen durch die Polizei sprechen werde. Wir, die Partei des Ausnahmezustands. Das käme nicht gut an.«

Der Abgeordnete stieg allein aus dem Taxi, und der Wagen fuhr mit Antoine weiter. Er konnte nach Hause – die Fahrt würde nicht länger dauern als die Maske des Abgeordneten, und er könnte sich dessen Auftritt aus seinem Wohnzimmer ansehen. Er begleitete seinen Arbeitgeber nie bis ins Fernsehstudio, denn der wollte nicht den Eindruck erwecken, ohne seine Assistenten zu keiner Äußerung fähig zu sein. Er behauptete, das sei keine Frage des Egos, sondern eher des Respekts vor der repräsentativen Demokratie: Weder Antoine noch Bertrand waren je von irgendjemandem gewählt worden. In der Öffentlichkeit musste der Abgeordnete zeigen, dass er sein Mandat ernst und die Dinge selbst in die Hand nahm.

Zu Hause sah Antoine sich geistesabwesend den Vortrag des Abgeordneten an und machte sich dabei in Zeitlupe sein Abendessen, um den Fernseher nicht durch Geschirrgeklapper zu übertönen. Man sprach über staatliche Ordnung, über die Verzweiflung des Frankreichs abseits der Großstädte, über Kommunikationspannen des Präsidenten, über dessen mögliche Geringschätzung, über die Rolle staatlicher Einrichtungen innerhalb des sozialen Gefüges, über die in Furcht lebende Mittelschicht. Der Abgeordnete gebrauchte Antoines Formel, der zufolge es eine Vereinfachung sei, von »Kaufkraft« zu sprechen und die Bewegung somit als gewaltsamen Ausdruck eines Konsumwillens abzuurteilen; er sagte – für Antoines Geschmack etwas zu affektiert –, dass er selbst lieber von »Kraft zu einem lebenswerten Leben« sprach und auf diese Weise die vielen Vorteile mit einschloss, die sich niemand kaufen konnte, weil sie vom Staat kommen mussten: Zugang zum öffentlichen Verkehr, zur Bildung, zum Gesundheitswesen und so weiter. Er erwähnte auch die »Krawallmacher«, die die heutige Demonstration besudelt hätten, und verlangte allergrößte Härte ihnen gegenüber. Antoine wäre es lieber gewesen, er hätte zu dieser Frage geschwiegen, doch es war klar, dass der Journalist sie nach der zuvor gesendeten, langen Reportage über verwüstete Pariser Straßenzüge nicht aussparen würde. Das war ein weiterer Streitpunkt, der zwischen ihm und dem

Abgeordneten immer wieder aufkam. Eigentlich zwei Punkte. Erstens die ständige Mediatisierung des Randalierers als Inkarnation purer, zielloser Gewalt, dem man den Demonstranten mit berechtigten Interessen entgegenstellte, der für den Protest auf der Straße zuständig war und dem es nie in den Sinn gekommen wäre, sich an der Stadtmöblierung zu vergreifen, geschweige denn an den Ordnungskräften. Antoine glaubte zu wissen, dass es anders lief, weil er es selbst von innen erlebt hatte: In einer wegen einer bestimmten Forderung versammelten Menge kam manchmal ein Gefühl von Macht auf, oder im Gegenteil von völliger Ohnmacht, das eine plötzliche Zerstörungslust entfesseln konnte. Und zweitens die Negierung der Gewaltenteilung, die sich vollzog, sobald ein gewählter Politiker etwas von der Justiz verlangte, wenn er nicht gar so weit ging zu verkünden, es werde Strafverfolgung und Verurteilungen geben (»Die Schuldigen werden nicht ungestraft davonkommen!«).

»Gewaltenteilung«, hielt ihm der Abgeordnete entgegen, »ist für eine funktionierende Demokratie in diesem Land unerlässlich, aber im Fernsehen macht sie nicht viel her. Man kann nicht als Volksvertreter geladen sein und dem Volk dann sagen, dass einem die Hände gebunden sind. Um des Amtes fähig zu erscheinen, muss man über den Handlungsspielraum dieses Amtes manchmal lügen.«

Antoine beschuldigte ihn des Zynismus, und manchmal gab der Abgeordnete zu, dass es nicht gerade »die feine englische Art« sei, meist jedoch warf er seinem Assistenten dessen fundamentales Unverständnis der Medienmaschinerie vor: »Man kann da nicht pädagogisch vorgehen oder einfach alle Simplifizierungen meiden. Wenn ich zu einem Journalisten sage: ›So einfach ist das nicht‹, wirke ich wie ein Technokrat. Wenn ich ihm nahelege, dass man andere Fragen stellen müsste, schreibe ich ihm seinen redaktionellen Kurs vor. Wenn ich trotz allem versuche, eine Argumentation zu Ende zu führen, drücke ich mich scheinbar um weitere Fragen. Und überhaupt ist keine Sendung lang genug, dass man dort seine Intelligenz unter Beweis stellen könnte. Es geht bloß darum, Raum einzunehmen, zu zeigen, dass man da ist.«

Solche Gespräche waren einer der Gründe, warum Antoine seine Assistentenstelle nicht aufgegeben hatte. Wenn er auf diese Weise mit dem Abgeordneten diskutierte, vier erhitzte Wangen, zwei schweißgetränkte, auf der Haut klebende Hemden, wenn sie diskutierten, als trügen sie einen Fechtkampf aus, und am Ende eine vergleichbare Erschöpfung spürten, dann glaubte Antoine, dass der Abgeordnete sich äußeren Argumenten nicht verschloss, dass er junge Assistenten beschäftigte, um sich an ihren Ideen zu laben, einige davon zu übernehmen und nicht bloß von seinen Mitarbeitern zu verlangen, für seine eigenen Ideen zu arbeiten. Was hieß, dass Antoine Einfluss auf die Politik des Abgeordneten in der Assemblée nehmen konnte und die Macht nicht außer Reichweite war.

Er zappte durch die anderen Kanäle und redete sich zunächst ein, dass er nur so lange weitergucken würde, bis er aufgegessen hätte, dann verlängerte er um eine Zigarette, dann um noch eine. Der Abgeordnete hatte ihn gebeten, einen kurzen Bericht über den Nachmittag in Soissons zu schreiben und zu notieren, welche neuen Motive er rund um die Gelbwestenbewegung ausmachen konnte. Wollte er seinen Sonntag genießen, hätte er das jetzt erledigen müssen, doch er blieb völlig reglos vor dem Bildschirm sitzen; nur seine Rechte fingerte eine Zigarette aus der Schachtel, und seine Linke zog das Feuerzeug hervor (er steckte es grundsätzlich in seine Tasche zurück, wenn er sich eine Kippe angesteckt hatte – und doch suchte er es ständig, sobald er die nächste anzünden wollte. Fast jedes Mal, wenn er es überrascht in seiner Jeans wiederfand, dachte er voll Entsetzen, dass so das Altwerden sein würde, sollte er Alzheimer bekommen).

Neben der Arbeit wegen der ständig in den Medien aufploppenden Gelbwesten war er mit mehreren Reden in Verzug. Er hoffte immer noch: Fände er erst einmal den Mut, sich in den Abend und seine Aufgaben zu stürzen, könnte er einen Bericht und die zu untersuchenden Motive hinrotzen sowie das »2 in 1« schreiben, das er Anfang der Woche abliefern musste. Ein »2 in 1« war eine Vorlage, die eine Sitzung dank einiger Anpassungen sowohl eröffnen als auch schließen konnte (in diesem Fall für einen Thinktank zur Erinnerungskultur, dem der Abgeordnete demnächst vorsitzen würde) und als Eröffnung die Hoffnung ausdrückte, dass der Austausch für alle Beteiligten bereichernd sein möge, oder bei Sitzungsende konstatierte, dass dem so gewesen war.

Im Fernsehen lief eine Talentshow, deren Anfang Antoine verpasst hatte – von der er nicht einmal gewusst hatte, dass es sie noch gab; die ersten Staffeln waren während seiner Zeit auf dem Lycée ausgestrahlt worden. Die Songs, vorgetragen auf Teilstücken einer beweglichen Bühne, ähnlich der Theatermaschinerie in einer romantischen Oper, interessierten ihn nicht die Bohne, aber die Heuchelei der Juroren faszinierte ihn, die vorgeblich mehr litten als die von ihnen rausgekickten Kandidaten, und das war ziemlich niederträchtig, weil es den Teilnehmern jede Möglichkeit nahm, die Brutalität des Vorgangs in Worte zu fassen, und das Ganze wurde noch verstärkt durch die Regie, die ihre Kameras auf die bekannten Sänger in der Jury richtete, zu Tränen gerührt, bequem in ihren Sesseln sitzend, und nicht etwa auf jene, die davon geträumt hatten, selbst Sänger zu werden und sich nun ohne ein ihnen zugestandenes letztes Wort von der Bühne scheren mussten, nach einer raschen Nahaufnahme ihrer feuchten Augen. Holten sie sich wohl backstage irgendwo fernab der bunten Scheinwerfer eine Schachtel mit ihren Sachen ab, bevor sie auf den Bus warten mussten, der sie zurück nach Hause brachte?

Mit ihren Songs sollten die Kandidaten die Reichen und Berühmten anflehen, damit jene ihnen erlaubten, in der Folgewoche wiederzukommen (um erneut zu flehen), und genau diese Reichen und Berühmten hauchten, dass das zu hart sei, wirklich viel zu hart, was man da von ihnen verlange (auswählen, rauskicken), wo sie doch jeden und jede aufrichtig liebten, von jeder Darbietung ganz überwältigt seien. Alle zehn Minuten versprach der Moderator einem Fernsehzuschauer die Chance, durch Beantwortung einer Frage sein Gehalt zu verdoppeln oder gar zu verdreifachen, und das wirkte – durch die Linse von Antoines abgestumpftem Argwohn gebrochen – wie ein weiteres Mittel, um das brutale Geschehen auf dem Bildschirm zu verschleiern, oder vielmehr um jene bloßzustellen, die dabei zusahen: Du kannst diesen Gladiatorenkampf nicht widerlich finden, weil du dir selbst einen Vorteil davon erhoffst, du willst das Geld, auch du bist schmutzig, hat deine Hand sich nicht gerade zum Telefon bewegt?

Die Tatsache, dass sich ein erheblicher Teil der Bevölkerung, darunter auch Antoines Eltern, allwöchentlich solche Sendungen ansah, lieferte Antoine eine (vage) Erklärung für die Passivität, die ein Großteil der Franzosen angesichts der gesellschaftlichen Spaltung im Land zeigte. Letztlich lief dort die gleiche Show ab: Ein millionenschwerer Vorgesetzter oder ein Minister mit sicherer Pension kam daher und verkündete im Fernsehen, wie hart das für ihn sei, diese Werksschließung, wirklich hart, so eine Sauerei, die wirtschaftliche Realität kümmert sich einen Dreck um Gefühle, sie tritt sie mit Füßen, und doch hätte ich mir gewünscht … Vor ihm erniedrigten sich die Werksarbeiter, zumindest finanziell – aber ist finanzielle Erniedrigung nicht die wahrhaftigste von allen, fragte sich Antoine. Oder ist die in Songs noch schlimmer? –, um noch ein paar Monate weiterarbeiten zu dürfen. Darin war der Abgeordnete zur Zeit der Vorgängerregierung Experte gewesen. In Talkrunden sah man ihn anstelle der Werktätigen, wo er erklärte, dass er und seine Kollegen ihr Äußerstes täten, um einen Käufer zu finden, sie verbreiteten die Nachricht bis in ferne Länder, studierten die Angebote genau, um sich ihrer Verlässlichkeit zu versichern, und verdammt, der Kerl war drauf und dran, in Tränen auszubrechen oder zu behaupten, dass er kein Auge mehr zutue, und Antoine war sich sicher, dass er so die soziale Revolte zu ersticken half, denn wenn die Sendung vorbei war, identifizierten sich die Zuschauer mehr mit ihm als mit den Kurzarbeitern, die niemals in einem Zustand der Würde und Ergriffenheit gezeigt wurden, sondern stets im Zorn, mit heiserer Stimme, brüllend, dass sie am Ende seien, dass es bald mit ihnen durchgehen werde. Und wenn die Zuschauer umschalteten, sagten sie sich wahrscheinlich, dass sie Glück hatten, keine Abgeordneten zu sein und nicht mit dem Wirtschaftsminister »Hand in Hand«

zu arbeiten, das Leiden Frankreichs nicht abends vom Büro nach Hause und morgens von zu Hause ins Büro tragen zu müssen, ohne Unterlass, und vielleicht leitete ihre Fernbedienung sie dann zu der Sendung, die Antoine gerade sah, und der Anblick jener weinenden Sängerin, die sie seit einer weit zurückliegenden Fete toll fanden, bestärkte sie in der Gewissheit, dass die Mächtigen ein schweres Los hatten, aber wirklich, ach, die Ärmsten, die Last der Macht, die Qualen unserer Entscheidungsträger.

Außerdem war das Empörendste an dieser Sendung (so sagte sich Antoine und ließ sich von einem Superlativ zum nächsten treiben), dass die Kandidaten so unglaublich jung waren. Wenn sie in ihrem Alter dazu bereit waren, sich für ein bisschen Ruhm zu erniedrigen, statt Joints zu rauchen und dabei die Welt zu verändern, würden sie garantiert erbärmliche Erwachsene abgeben – verbittert, wenn nichts aus ihnen wurde, und falls doch, überzeugt davon, es auch zu verdienen. Antoine hätte darauf gewettet, dass sich keiner von ihnen 1936 der Front bei Aragón angeschlossen hätte, was für ihn das einzige Kriterium zur Wertermittlung war, das er innerlich auf jeden Menschen anwandte. Ein Teenager von sechzehn oder siebzehn Jahren, der es normal fand, mit anderen um einen Spitzenplatz zu konkurrieren (»Das sind halt die Spielregeln«), der die Vorgabe der Produzenten hinnahm, dass die Kandidaten, im Gegensatz zu Juroren und Moderator, austauschbar waren – sogar ihre Andersartigkeit war austauschbar, erkannte Antoine: Eine Punker-Attitüde war so viel wert wie eine Vergangenheit beim Militär war so viel wert wie Übergewicht war so viel wert wie ein fremder Akzent war so viel wert wie eine Familientragödie, und die Regie widmete sich diesen exotischen Nebensächlichkeiten mit so exakt gleicher Zeit und Gründlichkeit, wobei jeder Kandidat als (ein Sänger + seine Andersartigkeit) x die Story vorgestellt wurde, dass in Wahrheit nichts, was man im Fernsehbeitrag hervorhob, jenen Kandidaten von der breiten Masse absetzte –, ein Teenager, der alle Gebote einer Welt gesichtsloser Schachfiguren internalisiert hatte (oder vielmehr mit sehr viel Gesicht, aber ohne Familiennamen, Schachfiguren, die nur Vor- oder Spitznamen hatten, wie Kinder, wie Haustiere), einer bis zu einem gewissen, ausgefeilten Sadismus von Tyrannen gelenkten Welt, die auf blutigen Thronen saßen (denn jetzt verstand er es, es waren blutige Throne), ein solcher Teenager also würde sich niemals um etwas anderes kümmern als um seinen eigenen Arsch. Antoine hätte gern ein paar Gelbwesten die Bühne stürmen sehen.

Er wusch sorgfältig seinen Teller ab, bevor er ihn in die Spülmaschine stellte, und war – wie immer, wenn er diese Bewegungen ausführte – unfähig, die Stimme seiner Mutter auszublenden, die ihn ständig ermahnte, schon ein Krümelchen oder ein Apfelkern sei genug, dass diese Maschinen kaputtgingen. Er ärgerte sich über alles: über seine Gründlichkeit, über seine Treue gegenüber einer gewissen praktischen Erziehung, über die Tomatensoße, die ihm noch am Rand des Zeigefingers klebte, über die Nutzlosigkeit der Texte, die er schreiben musste, und über den Fernsehauftritt seines Arbeitgebers. Er war in die Ecke seines inneren Dreiecks gekippt, die er als Spitze des Jähzorns bezeichnete oder – in Kurzform – Spitze Nr. 2. Seine im Dreieck springenden Reaktionen waren ihm schon einige Jahre zuvor klar geworden, als er mit Cécile zusammenkam. Sie träumte davon, für jeden Menschen, dem sie begegnete, ein psychologisches Funktionsprofil zu erstellen, und Antoine hatte stundenlang mit ihr darüber diskutiert, wie seines aussehen könnte. Gegenüber dem Abgeordneten, Bertrand (in geringerem Maß) und dem Pariser Bürgertum (im Allgemeinen) schwankte Antoine zwischen drei Reaktionsmustern, manchmal in extrem rascher Folge:

1. dem Stolz des Emporkömmlings – im wahrsten Sinne des Wortes, denn er hatte sich bis zu denen vorgearbeitet, die schon oben geboren waren, auf traurige Weise statisch, während er selbst in Bewegung war; so war er dem Urschlamm entkommen, der ihn in seinem Dorf festhalten wollte, er hatte es weit hinter sich gelassen, konnte es als ferne Vergangenheit ansehen, während es für seine Eltern und viele seiner Schulkameraden die Gegenwart blieb. Manchmal ließ er sich derart von seiner Selbstzufriedenheit mitreißen, dass er glaubte, er habe seinen Werdegang vollends eigenen Anstrengungen zu verdanken, und dann stieg ihm der Stolz zu Kopf, saftstrotzend und mit rasch aufperlenden Champagnerbläschen;

2. einem Zorn – den der Abgeordnete eines Tages als Sozialneid bezeichnet hatte und den Bertrand »schlechte Laune« nannte, der aber weder das eine noch das andere war: Es war der Zorn eines Menschen, der sich bis auf eine Hochebene vorgekämpft hat und feststellen muss, dass sie außer ihrer Höhe nichts Besonderes zu bieten hat. Antoines »und dafür der ganze Aufwand« hatte sich, statt zu Niedergeschlagenheit zu zerbröseln, in wütende – wenn auch lautlose – Anschuldi-

gungen gegen die Bewohner jener Hochebene verwandelt, die nichts für ihre Außerordentlichkeit getan hatten, nichts geworden waren, was Antoines anfänglichen Wunsch, zu ihnen aufzusteigen, gerechtfertigt hätte;

3. der ängstlichen Ehrerbietung desjenigen, der nach dem Aufstieg zu seiner Stellung stets damit rechnet, wieder von dort absteigen zu müssen, oder sogar verjagt zu werden, da er einen Platz besetzt, auf den er durch seine Herkunft keinerlei Anspruch hat. Und obwohl Antoine gerade diese Spitze des Dreiecks am wenigsten mochte, drängte sie sich ständig auf, und er erkaufte sich die Verlängerung seiner Stellung mit kriecherischem Lächeln, bis der Zorn die Ehrerbietung verscheuchte, ein Zorn, der durch das Bewusstsein des vorausgegangenen ehrerbietigen Moments noch verstärkt wurde.

Aus diesen drei Dreiecksspitzen ergaben sich drei ebenso unterschiedliche Haltungen zur eigenen Gegenwart und Zukunft. Aus dem Stolz erwuchs der Eindruck, dass Antoine sich nicht länger krummlegen musste und das Leben ihm zur Belohnung von nun an eine gewisse Ruhezeit schuldete, die ihm weitläufig und strahlend vor Augen stand wie der Strand von Saint-Efflam, den er sonntagnachmittags manchmal als Kind besucht hatte. Aus der ängstlichen Ehrerbietung ergab sich dagegen die Empfindung, dass er sich weiterhin und ständig abrackern musste, um nicht von jenen vergessen, ausgestoßen oder mit Füßen getreten zu werden, denen er nie gleichgestellt sein würde, weil sie immer schon da gewesen waren. Aus dem Zorn ging schließlich das Verlangen hervor, wegzugehen, seinen Job freiwillig an den Nagel zu hängen, zu schreien, dass sich nichts veränderte, eben damit sich etwas veränderte, oder den Teller zu zerschmettern, statt ihn vorzuspülen.

Die drei Dreiecksspitzen (Stolz, Zorn, Ehrerbietung) konnten den Eindruck erwecken, Antoines Leben sei komplex, aufregend und stets von neuer Gestalt, doch er selbst wusste, was die anderen nicht sehen konnten und was er Cécile in ihren gemeinsamen Gesprächen nie verraten hatte: Es gab Momente, in denen er sich im leeren Zentrum des Dreiecks wiederfand oder vielleicht auch hineinstürzte, in dessen Herzen, einen Nichtort. Jedes Mal glaubte er, nicht wieder hinauszukommen, weil ihm sein Dasein und die Welt wie eine formlose Masse erschienen. Er hörte Conor Oberst und schenkte sich ein Glas Weißwein ein, von dem er sich anfangs einredete, es aus Genuss zu trinken, dann, als aus einem Glas mehrere Gläser geworden waren, trank er nur noch um des Trinkens willen, und er weinte, als *Empty Hotel by the Sea* lief, und wollte, dass etwas zurückkam, eine erkennbare Form, eine Stoßrichtung, doch außerhalb der Leere im Zentrum schien es nichts zu geben, und dieses Gefühl hielt stundenlang an, manchmal tagelang, während er eine lächelnde Maske trug, und ein Mal – ein einziges Mal! – hatte es Monate gedauert; doch stets kam der Augenblick, in dem die Fläche, auf der er lebte, die Fläche, die sein Leben war, sich sacht neigte und Antoine, ohne es zu merken, in eine vertraute Ecke des Dreiecks glitt, in eine der drei Spitzen, und wenn es auch jedes Mal eine Erleichterung war, war es stets ein wenig erschreckend, weil Antoine wusste, dass er nichts für seine Rettung getan und es ihn viel gekostet hatte.

Er setzte sich wieder aufs Sofa und stellte erstaunt fest, dass die Sendung noch immer nicht vorbei war – sie wurde durch eine Reihe von Extrabeiträgen gestreckt, die einen Blick hinter die Kulissen gewährten und so seine Theorie vom verborgenen Leid zunichtemachten (die sich jedoch in anderer Form nur bestätigte). Er schaltete auf einen Nachrichtensender um und lauschte, mit halbem Ohr, der Litanei neuester Neuigkeiten. Er zündete sich eine weitere Zigarette an und fragte sich, was er mit Spitze Nr. 2 anfangen sollte, mit der Spitze des Zorns, in deren spitzem Winkel er nun feststeckte. Später würde er sagen, dass er in genau diesem Augenblick die Pflicht verspürt hatte, *wirklich* mit dem Schreiben anzufangen. Nicht die Texte, die er dem Abgeordneten schuldete, die konnten warten, konnten ebenso gut ungeschrieben bleiben (glaubte wirklich jemand, dass die Sitzung dadurch ins Stocken geriete? Dass die Teilnehmer ohne offizielle Begrüßung kein Wort herausbekämen? Dass sie tagelang im Saal sitzen bleiben würden, wenn es keine Abschiedsworte gäbe?), sondern das Buch, das er in sich hatte (das er wenigstens in sich zu haben glaubte). Schon seit Jahren wusste er zwei Dinge über dieses nie begonnene Werk: Es würde vom Spanischen Bürgerkrieg handeln; es würde Semikola enthalten.

Die Verhaftung wurde Elias' Talenten nicht gerecht, und auch Ls Liebe zu Elias nicht. Zuerst irrten die Bullen sich im Stockwerk – zum Glück traten sie nicht die Tür ein. Die Nachbarin von unten öffnete ihnen im Schlafanzug, und angesichts des Grüppchens Männer mit angespannten Gesichtern bekam sie *den Schreck ihres Lebens* (das hörte L sie später im Treppenhaus herumerzählen). Als die Polizisten an der richtigen Tür klingelten, hatten sie ein wenig von ihrer Selbstsicherheit eingebüßt – der angsterfüllte Schlafanzug der Nachbarin, das zusätzliche Stockwerk, das man ohne Schwung und Enthusiasmus erklimmen musste –, und sie fragten nach Elias, als rechneten sie nicht damit, ihn wirklich vorzufinden. Die Szene ähnelte nicht im Geringsten den Razzien, die L sich bei Einsetzen ihrer »großen Angst vor der Verhaftung« ausgemalt hatte. Einer der Polizisten sah sich lächelnd und aufmerksam in der Wohnung um und schien bei sich zu denken, dass L und Elias die sonderbar geschnittenen Dachzimmer geschickt ausgenutzt hatten. Ein anderer musste im Flur warten, weil in dem engen Wohnzimmer kein Platz mehr für ihn war, und von Zeit zu Zeit streckte er sein enttäuschtes Gesicht durch den Türrahmen. L dachte, dass es *so* schlimm nicht sein konnte, weil alles so ruhig blieb. Bei Beschlagnahmung des Computers warf ein unbeholfener Bulle die Yuccapalme um, und die Krone aus spitzen Blättern wurde auf dem beigefarbenen Linoleum platt gedrückt. Der Polizist stellte den Topf nicht wieder auf, murmelte aber eine Entschuldigung. Es konnte doch nicht so schlimm sein, wenn ein Bulle »Entschuldigung« sagte. Übers Geländer sah L benommen zu, wie Elias von den Uniformierten abgeführt wurde, wie er sechs Stockwerke lang mehrmals im Rund der Treppe verschwand und wiederauftauchte, als wäre er schon fort und dann doch wieder nicht. Schließlich erreichten sie das Erdgeschoss, die Haustür schlug zu, und L blieb einige Sekunden vornübergebeugt stehen und wusste nicht, worauf sie noch wartete. Sie bemerkte, dass auch die Nachbarin von unten den Abgang der lärmenden Gruppe beobachtet hatte. Die Frau im Schlafanzug hob den Kopf, und als L kurz ihrem verschreckten, wütenden Blick begegnete, trat sie den Rückzug in die Wohnung an und schloss zweimal von innen ab.

Elias kam nicht wieder. Mehrere Tage vergingen, über die L nichts Genaueres hätte sagen können und die sie Salma später so zusammenfasste, dass sie die eigene Wohnungstür angestarrt habe, den weinroten Anstrich und das Doppelschloss, das ihr mit seinen Flunderaugen aus dem Rechteck entgegensah. Die Zeit schien nicht mehr nach den üblichen Regeln zu vergehen, manchmal kam sie kein bisschen voran, oder sie lief abrupt rückwärts, und unter diesen Umständen war es schwierig, eine klare Abfolge der Ereignisse festzulegen. L lebte in einem Zeitabschnitt, der lediglich durch seinen Ausgangspunkt definiert wurde: die Verhaftung. Sie war wie blockiert und voller Angst, wiederkehrende, heftige Kopfschmerzen durchfuhren ihren Schädel, spiralförmige Kometen aus

Schmerz, die von einer Schläfe zur anderen jagten. Sie lief in ihrer schwebenden Höhle im Kreis umher oder blieb im Bett liegen, bis der Hunger sie zwang, sich unter der Decke hervorzuquälen und die Schränke zu durchwühlen. Anfangs hing noch überall Elias' Geruch und wallte auf, wenn L einen Gegenstand verrückte, eine Tür öffnete, dann verblasste er schließlich. Sie wusste nicht, was schlimmer war: der trügerische Geruch, der sie glauben machte, Elias wäre noch da, oder das olfaktorische Vakuum, das seine Abwesenheit unterstrich. Irgendwann, sie konnte nicht sagen, wann genau, rief ein Mann an und stellte sich als Elias' Anwalt vor. Er teilte ihr mit, dass sein Klient in Untersuchungshaft sei, und schlug vor, sich zu treffen. Als L auf den Treppenabsatz des sechsten Stocks hinaustrat und die dunkle Stufenspirale beäugte, schien sich das Erdgeschoss weiter von ihr entfernt zu haben, schien seit der Verhaftung tiefer in den Boden getrieben worden zu sein, sie konnte es nicht einmal mehr ausmachen.

Der Anwalt drückte ihr fest die Hand und kam ihr dabei zu nahe. Mit seinem Atem schlug L auch der Mief nach Kaffee und Minze entgegen. Rasch erklärte er, Elias sei, während er auf sein Verfahren warten müsse, nicht auf freien Fuß gesetzt worden, weil der Untersuchungsrichter fürchte, er könne Kontakt zu möglichen Komplizen aufnehmen. Außerdem war Elias Deutscher, was ihm in den Augen des Untersuchungsrichters die Möglichkeit eröffnete, das französische Staatsgebiet zu verlassen. Daher saß er nun in U-Haft. Vor Ls innerem Auge erschienen Tunnel, die unter einer nicht mehr bestehenden Grenze verliefen, oder Autos mit ausgeschalteten Scheinwerfern, die in einem kleinen elsässischen Dorf auf Elias warteten, um ihn *rüberzubringen*. Sie versuchte, sich auf das zu konzentrieren, was der Anwalt ihr erzählte, aber die von ihm aneinandergereihten Sätze verwandelten sich in ihren Ohren zu akustischem Brei. Es war das erste Mal, dass L mit dem Rechtsapparat konfrontiert wurde, und sie brachte die unterschiedlichen Akteure durcheinander. Sie hätte sich gewünscht, dass man ihr einfach sagte, wer die Guten und wer die Bösen waren, aber der Anwalt sprach hartnäckig mit ihr, als spielte das Rechtswesen sich in einer Welt ab, wo man im Vollbesitz seiner geistigen Kräfte war und Ämter und Titel auseinanderhalten konnte, und nicht in einer Welt, wo man von solch zermürbendem Kummer erfasst wurde, dass man nicht mehr wusste, ob das Gestern vor dem Heute stattgefunden hatte. Er informierte L, dass man sie höchstwahrscheinlich bald als Zeugin aufs Revier vorladen werde und dass er sie dorthin nicht begleiten dürfe. Sie werde den Polizisten allein Rede und Antwort stehen müssen, aber länger als vier Stunden dürfe die Vernehmung nicht dauern, und das alles äußerte er, als wäre es nichts, als spräche L regelmäßig vier Stunden lang mit den Bullen, als hätte er L durch diese Mitteilung nicht soeben einen betäubenden Schlag versetzt. Er musterte ihren großen, krumm auf dem Caféstuhl sitzenden Körper von oben bis unten: das Gewirr schlecht zum Dutt gebändigter Haare, den bis zum Kinn zugeknöpften Mantel, die fleckige schwarze Jeans voller mit dem Handrücken fortgewischter Asche, die um die Knöchel klaffenden Doc Martens. Er legte ihr nahe, für die Vorladung konservativere Kleidung anzuziehen – das könnte helfen. Da er der Vernehmung nicht beiwohnen dürfe, müsse er jetzt wissen, was sie sagen werde. Habe sie Informationen zur Ermittlung, die sich zu Elias' Gunsten

66

auswirken oder ihm schaden könnten? L verneinte, sie wisse nichts, sie verstehe nicht. Sie spielte dem Anwalt einen Part vor, den er sicher schon hundertmal gesehen hatte – und garantiert schon besser verkörpert –, den Part des Naivchens, der nicht zu ihr passte. Während sie dem Anwalt versicherte, dass ihr die Gründe der Verhaftung völlig unbekannt seien, fielen ihr die Auseinandersetzungen mit Elias wieder ein: ihr beharrliches Bitten, Harm-Ony nicht anzugreifen, ihre wiederholten Beweisführungen, warum das Risiko zu hoch sei, das Ziel zu gefährlich. Er konnte nicht ungestraft die Website einer Firma infiltrieren, deren gesamtes Geschäft auf Cybersecurity beruhte, und ihr Daten klauen. Das war kein Dummejungenstreich, sondern Selbstmord – sie hatte das Wort mehrfach wiederholt: »Selbstmord!« Harm-Ony hatte einige Niederlassungen im Ausland, um die fünfzig Fachleute für IT-Sicherheit, die Elias nachstellen konnten, und vermutlich eine Rechtsabteilung, die ihn ohne Umschweife verklagen würde. Warum hatte er nicht auf sie gehört?

Danach stellte der Anwalt ihr Fragen zu Elias' Umgang und Familie, doch dazu konnte L ihm nichts sagen. Sie wusste, dass irgendwo in Deutschland seine Eltern lebten, außerdem eine Ex-Frau und ein paar Freunde, wie bei jedem anderen auch, aber mehr wusste sie nicht. Mit dem Draußen brauchte er es bei *ihr* nicht zu versuchen; was sie über den Elias der Fleischosphäre wusste, wollte sie mit niemandem teilen. Gewisse, immer gleiche Gesten, der heisere Klang seiner Stimme nach dem Aufwachen, die Rundung der Schultern, die Krähenfüße in den Augenwinkeln, all das, was einen Körper ausmachte, ging den Anwalt nichts an. Dafür hätte L ihm erzählen können, was für ein großartiges Wesen Elias im Drinnen war, hätte von der knappen Eleganz seines Codes sprechen können, von den wiederkehrenden Motiven, die sie in seinen DOS-Befehlen entdeckte, oder von den geheimen Funktionen, die er in jedes Programm im Herzen seiner Musikinstrumente einbaute und wie einen versteckten Track am Ende eines Musikalbums betrachtete.* Doch dazu befragte der Anwalt sie nicht, und sie zog es vor zu schweigen.

Als er wissen wollte, ob sie Fragen habe, starrte L ihn einige Sekunden mit leicht geöffnetem Mund an und versuchte, sich zu erinnern, worüber sie seit der Ankunft im Café gesprochen hatten, doch ihr fiel nichts ein. Ihr Gedächtnis hatte die Unterhaltung nicht aufgezeichnet, L konnte wühlen, so viel sie wollte, sie fand nicht einmal ein partielles Back-up, und da der Anwalt sie weiterhin auffordernd ansah und auf eine Erwiderung wartete, nuschelte sie irgendetwas Unzusammenhängendes von ihren Kopfschmerzen. Nicht schlimm, meinte er, vor allem müssen Sie gut auf sich aufpassen, auf sich und auf Elias, es wäre gut, wenn Sie ihn besuchen gingen.

Als L wieder zu Hause war, setzte sie sich mit dem Vorsatz an ihren PC, das Formular für die Besuchserlaubnis herunterzuladen, doch ihre Hand blieb genau über der ⏻-Taste in der Luft schweben, und sie sah zu, wie sie zitterte und die Bewegung nicht zu Ende führen konnte. Seit der Verhaftung hatte L ihren Computer nicht mehr hochgefahren. Sie war überzeugt, dass er überwacht wurde. Sie

---

* Drückte man mehrmals eine bestimmte Taste, erklang Vogelgezwitscher, ein anderer Konsolenknopf setzte ein helles Blinken in Gang, das für Kenner des Morsealphabets ein fröhliches ENJOY aussendete, und manchmal verbarg Elias unter einem Schalter oder Cursor ein Musikstück, das er selbst komponiert hatte, seinem Freundeskreis aber nie im Leben einfach so vorgespielt hätte.

verstand nicht, warum die Bullen ihn nicht mitgenommen hatten, außer sie wollten ihr eine Falle stellen. Die drei oder vier Festplatten, die auf dem Schreibtisch herumlagen, Elias' Laptop und den gewaltigen Tower, der auf dem Parkett vor sich hin surrte, hatten sie einfach eingesackt, ohne nach dem Besitzer zu fragen. Zwei USB-Sticks steckten sie in eine Plastiktüte. Vielleicht waren sie von dem Überfluss an Elektronik verwirrt gewesen und hatten deshalb schlicht nicht daran gedacht, in den Rucksack zu schauen, der in der Küche stand? L fand, dass man für diese Theorie an Wunder glauben musste, und dafür fehlte ihr jegliche Spiritualität. Würde alles, was sie tippte, gleichzeitig auf einem anderen Bildschirm auf einer Polizeiwache erscheinen? L glaubte, dass sie ihren Rechner zu schützen verstand, aber sie wusste auch, dass sie kein Informatikgenie war, dafür hatte sie nicht genug Fantasie, und die Cybercops hatten vielleicht ein solches Genie in ihren Reihen, vielleicht beschäftigten sie Söldner – sie hatte von verqueren Rekrutierungsmethoden gehört, von Websites, die mit einer gewissen Zahl an Sicherheitslücken online gingen, wie raffiniert erdachte Hindernisse auf einem Parcours, und dann beobachtete man, wie geschickt die Eindringlinge in diese Geheimreiche eindrangen, wie weit sie dabei kamen, doch sobald sie alle Hindernisse überwunden hatten, stellte sich die Ziellinie als Falle heraus: *Sie haben eine Straftat begangen, arbeiten Sie für uns, oder Sie zahlen einen hohen Preis.*

L grauste es auch davor, was Harm-Ony, das von Elias angegriffene Unternehmen, tun könnte. Dessen Manager würden sich bestimmt nicht damit begnügen, das Ende des Gerichtsverfahrens abzuwarten, und sich derweil in Sicherheit wiegen, sie würden unweigerlich andere Maßnahmen ergreifen. Vielleicht verfolgten sie L ihrerseits, weil sie fürchteten, dass der Datenraub sich wiederholen könnte? Sie starrte auf den schwarzen Bildschirm vor sich und schaltete den Rechner mit angehaltenem Atem ein, machte ein paar Klicks. Wer beobachtete sie aus dem Dunkel des Drinnen, ohne seinen Namen zu nennen? Der Gedanke an den unbekannten Spion erfüllte sie mit einer zunächst diffusen Wut, die sich in den folgenden Minuten zu Sadismus steigerte. Statt das Formular herunterzuladen, machte L sich daran, nach den seltsamsten und abstoßendsten Dingen zu suchen. Auf Gesundheitsseiten sah sie sich Beispielbilder für Krankheiten an: geschwollene Haut und aufgedunsenes Fleisch, offen, ekelerregend vielfarbig, zu dicken Schuppen verkrustet, zu suppenden Schwären degeneriert, verflüssigt und schwarz, schillerndes Ölfleisch, trockene Flechtenhaut, von Schrunden und Pusteln übersät. Danach ließ sie Videos über die operative Entfernung von Organen laufen, die sie selbst keines Blickes würdigte, von denen sie aber hoffte, dass ihre Spitzel sie sich reinziehen würden, Sekunde für Sekunde, und dass sie deswegen nie wieder schlafen könnten, die Lider offen gehalten von der Erinnerung an bis auf den blanken Knochen säbelnde Skalpelle oder an derart von Blut triefende Kompressen, dass sie riesenhaften Gerinnseln glichen. Mitten in der Nacht kam L die Idee, einen kurzen Ausschnitt aus *Planet Earth* in Endlosschleife laufen zu lassen, in dem sich ein Babyelefant im Sturm verirrt, völlig verängstigt von staubigen Böen, und die Kameraleute, die die Szene hoch oben aus ihrem Helikopter filmen, tun nichts, können nichts tun, um ihm zu helfen, und wissen genau, dass er fernab seiner Herde und der Oase, zu der er zurückzufinden versucht, sterben wird. Falls jemand ihren Computer geownt hatte, hoffte L, dass er weinte.

Elias' Anwalt hatte ihr gegenüber angedeutet, dass man es sehr begrüßen würde, wenn sie in den kommenden Monaten nichts Ungesetzliches oder Strafbares täte, wenn sie, in den Augen der Bullen, eine untadelige Zeugin bliebe, und L hatte zugestimmt, als wäre das eine Selbstverständlichkeit. Seit der Verhaftung hatte sie sich daran gehalten, zu verängstigt, um diese Linie zu übertreten, zu beunruhigt von der Wohnungstür und all jenen, die davor auftauchen könnten. Doch wenn L ihre üblichen Aktivitäten von VOR der Verhaftung auflistete, fand sich keine einzige darunter, die sie als gesetzeskonform oder nicht strafbar hätte einordnen können. Seit mehreren Jahren verdiente sie sich ihren Lebensunterhalt, indem sie informatisch unbegabten, nebulösen Freunden von Freunden schwarz aus der digitalen Patsche half. Sie war nicht sicher, wie lange sie noch in dieser Wohnung bleiben konnte, wenn sie nicht mehr arbeitete. Kurz vor seiner Festnahme hatte Elias einen Auftrag fertiggestellt, eine Art Melodica, bei der jeder Tastendruck ein Rezitativ erklingen ließ, und da er sein Geld schon bekommen hatte, hatte er ihr seinen Teil der Miete für die folgenden drei Monate überwiesen. Sie fragte sich, ob er das getan hatte, weil er ahnte, was geschehen würde: seine Verhaftung, das Gefängnis und Ls prekäre Einsamkeit. Sie versuchte, sich an sein Gesicht in dem Moment zu erinnern, als die Bullen die Wohnung betraten. War er überrascht gewesen? Wäre dieses Geld erst aufgebraucht, säße L auf dem Trockenen. Wenn sie auf Elias' Anwalt hörte, hatte sie keine andere Wahl, als die Gelegenheitsjobs ihrer ersten Jahre in Paris wieder aufzunehmen. Sie sah sich schon Zeitarbeitsfirmen, Geschäfte und Bars abklappern, so wie früher, einen Stapel Lebensläufe in der Hand, auf denen das wenige zusammengetragen war, was sie im Draußen zustande gebracht hatte, ihr verstümmeltes, mittelmäßiges Dasein. An Türen klopfen, durch Schaufenster linsen, sich gedulden, vage Antworten kassieren: »Der Chef ist gerade nicht da«, »Lassen Sie mal Ihre Kontaktdaten hier, nur für den Fall«, »Kommen Sie wieder, wenn wir Inventur machen«. Sie musste eine andere Lösung finden. Die musste es einfach geben. L würde auf keinen Fall so brutal auf diese Stufe zurückfallen. Seit dem Jahr 2015, nachdem sie Salma und Guillaume auf der Place de la République kennengelernt hatte, verkaufte sie ihre informatischen Reparaturdienste an deren Clique. Von denen hatte niemand Geldprobleme; ohne mit der Wimper zu zucken, zahlten sie L für eine Pannenhilfe den geforderten Fünfziger, egal wie lange sie gebraucht hatte. Inzwischen kursierte ihre Telefonnummer innerhalb einer wohlsituierten Pariser Schicht, die von der Welt des Drinnen zugleich fasziniert und entsetzt war. Als L merkte, dass sie zwei- oder dreihundert Euro pro Woche verdienen konnte, schmiss sie die endlosen Zeitverträge. Es würde keine Bars und Wirte mit widerlichen Händen mehr geben, die sich hinter ihrem Ich-bin-verheiratet verbargen, Bars voller Kunden, die überzeugt waren, allein ihr Vergnügungswille halte Paris am Leben und verdiene entsprechende Verehrung. Es würde keine zu grell erleuchteten Geschäfte mehr geben, wo man Kleider zusammenlegte, bis einem die Ellenbogen knirschten und der Körper am Abend unfähig war, das Leben zu leben, das der am Tag verdiente Lohn eigentlich ermöglichen sollte, ein Körper, der einen hängen ließ, bloß noch Muskelkater und Schnarchen war.

Es würde kein vollständig bekleidetes Erwachen mehr geben, bei dem man sich sagte, dass man schon wieder ma-
lochen gehen musste, ohne Zeit für irgendetwas anderes
gehabt zu haben, keinen Lohnabzug mehr fürs Zuspät-
kommen, keinen als Verführung oder väterliche Besorgnis
getarnten Machtmissbrauch, und man würde L auch nie
wieder mit all ihren Kolleginnen zusammenschmeißen
und als »die Mädels« bezeichnen, sie zu ewiger Kindheit
verdammen, das war vorbei. Über drei Jahre hatte sie wirklich geglaubt, das könnte vorbei sein.

Sie presste die Stirn ans Wohnzimmerfenster, spürte die
Dezemberkälte, die die Scheibe durchdrungen hatte und
sich nun den Weg unter ihre Haut bahnte. Draußen war
es dunkel, und in der Ferne breitete der Parc de la Villette
entlang des Kanals seine düsteren Tentakel aus, bildete
ein unbestimmbares Loch zwischen den erleuchteten
Gebäuden. Auf dem kleinen Balkon drängten sich Elias'
dämliche Pflanzen, konnten aber vom Beton, Blech und
Zement ringsum nicht ablenken. Das Rauschen der
Périphérique ganz in der Nähe stieg bis zu L auf, und sie
dachte, falls sie zu arbeiten aufhörte, bliebe ihr immer
noch die Möglichkeit, die magische Grenze der Ring-
autobahn zu überqueren und zurück zu ihrer Mutter zu
ziehen, in die Vorstadt. Natürlich müsste sie sich deren
Vorwürfe anhören, die Standpauken, das »Ich hab's dir
ja gleich gesagt«. Sie müsste es hinnehmen, in der engen
Welt von Körper und Sprache zu leben, im Nacheinander
der Dinge statt in der Gleichzeitigkeit. Sie müsste außerdem – da war sie sich sicher – das Auftauchen der Bullen
in ihrer Wohnung verschweigen; ihre Mutter hätte sich zu
sehr dafür geschämt, sie hatte L immer wieder eingebläut,
anständig zu sein. Dennoch blieb es eine Möglichkeit, L

könnte just zu Weihnachten bei ihr auftauchen, das würde ihre Mutter nicht kaltlassen, sie hatte diese Brücke nicht vollständig hinter sich abgebrochen. Sie könnte auch Guillaume und Salma fragen, ob sie eine Weile bei ihnen übernachten dürfe, denn die beiden verfügten über den in Paris unglaublichen Luxus eines Gästezimmers.

Das Problem, überlegte L, während sich die Sirene eines Krankenwagens unter das Motorengebrumm mischte, bestand weniger darin, auf die Kunden zu verzichten, die zahlten, als auf all jene, die nicht zahlten und nicht wissen würden, an wen sie sich wenden sollten, wenn L von der Bildfläche verschwände. Durfte sie, beispielsweise, die ängstlich raunenden Frauen im Stich lassen, um Elias zu helfen? Der hatte nicht auf seinen Angriff verzichtet, um L zu schützen. Er hatte weitergemacht bis zum Schluss, bis die Folgen seiner Tat in der Avenue de Flandre anbrandeten und ihre gemeinsame Wohnung auf den Kopf stellten.

Sie entfernte sich vom Fenster und glitt mit ihrem allzu großen Körper behutsam in die Küche; wegen der Dachschräge musste sie, wenn sie sich nicht bücken wollte, an der Wand entlanggehen. Zwischen zwei Müslipackungen zog sie die SIM-Karte ihres Arbeitshandys hervor. Auch wenn sie nicht antworten würde, konnte sie immerhin die seit der Verhaftung eingegangenen Nachrichten abhören. Mit einer raschen Bewegung öffnete sie die Rückseite ihres Smartphones mit dem Daumennagel und schob den kleinen Chip an seinen Platz.

Zwei Frauen weinten. Ein Typ schrie, dass das wieder angefangen habe, so eine Scheiße, da war wieder dieses Teil, dieses Dingsda, das sich drehte und gar nicht mehr aufhörte. Dann wieder eine der Frauen, die nicht mehr weinte, die sagte, dass sie vielleicht die falsche Nummer erwischt habe, das wäre Pech, aber falls es eventuell doch nicht die falsche Nummer sei, könnte L sie bitte zurückrufen? Dann kam die Stimme von Fatou: *Danke für letztes Mal. Wollen wir mal wieder einen trinken gehen? Ich schulde dir längst mindestens zehn Drinks, ruf mich an!* Eine Stimme, die weder Mann noch Frau gehörte, beschrieb ein unmögliches IT-Problem und betonte die eigene unglaubliche Überraschung: *Ich versteh das wirklich nicht, das war plötzlich einfach da, das ist schon sehr komisch.* (L wusste, solche Anrufe kamen von Leuten, die ihren Computer fallen gelassen hatten und es nicht zugeben wollten.) Ein alter Herr erklärte, dass er Hilfe brauche, um einen Onlinetermin im Rathaus zu vereinbaren, denn man lasse ihn keine Termine mehr vor Ort ausmachen, die Leute vom Rathaus hätten ihm gesagt, er solle ins Internet gehen, als stünde er nicht gerade vor ihnen, einem Mitarbeiter direkt gegenüber, in der Eingangshalle des Rathauses, nur dass er das nicht hinkriege, im Internet, das klappe nicht, man habe ihm eine Bestätigungsseite versprochen, aber die erscheine nie. »Ich bin ein Freund von Isabelle«, schloss er abrupt und wie in einem Wort, als würde er ein Codewort nennen. Dann weinte wieder jemand, ohne etwas zu sagen, füllte eine Minute und sieben Sekunden mit leisen, zittrigen Geräuschen und Geschniefe. Schließlich verkündete die abgehackte Stimme des Anrufbeantworters, dass es nichts mehr zu hören gebe.

Da waren sie, die raunenden Frauen, in ihrem zitternden Elend. L hätte nicht sagen können, wann genau sie in ihren Hilferufen ein wiederkehrendes Motiv ausgemacht hatte. Der erste kam von Fatou, ihrer ehemaligen Kollegin bei Zara, so viel war sicher, Fatou, die Schöne, die Großartige, von der sie niemals geglaubt hätte, dass sie zu einem so beschämten Stimmchen herabgemindert werden könnte. Anschließend hatte es wohl eine gewisse Zahl ganz ähnlicher Fälle gegeben, aber wie viele? Fünf? Zehn? Die Frauen in der Leitung zögerten, stammelten. Sie konnten das Problem nicht benennen, weil sie nicht sicher waren, ob es überhaupt ein Problem gab. Aber sie wollten wissen, ob L irgendwie prüfen könnte, dass sie nicht ausspioniert wurden. Zunächst hatte L sich nicht viel dabei gedacht, weil das eine verbreitete und keineswegs aus der Luft gegriffene Angst war. Das Drinnen häufte Informationen über einen an, das wusste jeder (L besser als andere, immerhin hatte sie diese Informationen genutzt, um im Internet ihre Feinde fertigzumachen). Die Menge virtueller Hinterlassenschaften einer Person erinnerte sie an Krimiserien, wo die Ermittler beim Betreten eines Motelzimmers die Spuren früherer Bewohner per Lumineszenz sichtbar machen: Speichel, Sperma und Blut in leuchtendem Blau, nachweisbar auf dem Boden, an den Wänden und, natürlich, auf dem Bett. Bloß dass die Frauen, die bei ihr anriefen, nicht an die NSA, den französischen Nachrichtendienst oder Cambridge Analytica dachten. Sie sagten: Ich glaube, mein Typ liest meine E-Mails, ich glaube, mein Ex hat immer noch Zugriff auf meine Konten. Und manchmal raunten sie noch beunruhigendere Dinge: Er kann mir folgen, er ist überall, wo ich hingehe. L gab ihnen zunächst ein paar grundsätzliche Ratschläge, Passwörter ändern, sicherstellen, dass die sozialen Netzwerke nicht anzeigten, von wo man seine Nachrichten schickte. Manchmal genügte das. Manchmal kehrte das Raunen trotz aller Vorsichtsmaßnahmen zurück: Er ist immer noch da, er hat Nachrichten gelesen, die ich schon gelöscht hatte, er zitiert aus Unterhaltungen, bei denen er gar nicht dabei war ... Wie ist das möglich? L fragte dann, ob der Verdächtige Ahnung von IT habe, aber selbst wenn die Raunerinnen bejahten, reichten ihr wenige Fragen, um sich vom Gegenteil zu überzeugen. Wie kamen Typen ohne Know-how an solch gut entwickelte Überwachungstechnik, dass sie im Drinnen den Tyrannen spielen konnten? Durch das beunruhigte Raunen hatte L das Ausmaß des *Stalkerware*-Marktes entdeckt, Spionagesoftware, die den Eifersüchtigen, Manipulierern und Erotomanen völlig unkontrolliert verkauft wurde. Sie wusste, dass es solche Programme im Dark Web gab, doch da sie die Tiefen der Oberfläche vorzog, war ihr entgangen, dass das Zeug inzwischen zu einem ganz gewöhnlichen Konsumgut geworden war. Angesichts der gebotenen Möglichkeiten war die Mehrzahl der Produkte erstaunlich günstig: Man konnte Telefonate mithören, von fern das Mikro oder die Kamera eines Smartphones aktivieren, Browserverläufe aufzeichnen, Handys orten – und das alles für einen Preis von um die fünfzig bis zweihundert Dollar. Sie hießen Retina-X, Ispyoo, Hoverwatch oder FlexiSpy. Sie kamen häufig als Überwachungstools für Eltern für die Smartphones von Jugendlichen daher, darum wurden viele von Antivirenprogrammen nicht erkannt. Auf einer Website namens Mothervoice hatte L mehrere Artikel dazu verfasst, doch die waren bloß von etwa hundert Personen gelesen worden – und sicher nicht von den Managern bei Apple und Google, die L in ihren Texten angriff. L forderte, dass sie umgehend aufhören sollten, derartige Anwendungen zu verkaufen, sofern sie keine Mitschuld an häuslicher Gewalt tragen wollten.

Denn diese Überwachung zum Schleuderpreis hatte es Männern erlaubt, die Frauen zusammenzuschlagen, die sie angeblich liebten, und ganz offensichtlich hielten sie das für ihr gutes Recht, nachdem sie ihnen beim Orgasmus zugehört hatten oder wie sie sich mit einem anderen verabredeten oder allzu zärtlich »Hallo« sagten, mit diesem charakteristischen, rauen Timbre, der halb erstickten zweiten Silbe, das kannten sie doch alles, da konnte man ihnen nichts vormachen. Ebenso gut kannten sie zu jeder Tageszeit den Ort, an dem sie die Frauen ausfindig machen konnten, um ihnen die Faust in die Fresse zu rammen, was denen ganz recht geschah, dann waren die Kinder eben dabei, dann heulten sie halt, Kinder heulen doch immer, und hinterher vergessen sie das wieder. Selbstverständlich konnte man mit der Software auch Männer ausspähen, aber das brachte nicht die gleichen Gefahren körperlicher Gewalt mit sich – L hatte im Gedächtnis des Internets nicht die geringste Spur dafür gefunden. Kostenlos bot sie ihre Hilfe also nur Frauen an, sobald sie deren beunruhigtes Raunen vernahm.

Könnte er in meinem Telefon sein?
Kann er dieses Gespräch mithören?
Ich lege jetzt besser auf.
Du musst glauben, ich spinne.

Konnte L diese Frauen nun im Stich lassen? Jenen, denen sie geholfen hatte, hatte sie gesagt, sie sollten ihre Nummer an alle weitergeben, die Hilfe gebrauchen könnten. *Sie* hatte das gesagt, sie selbst. Niemand hatte sie dazu gezwungen. Also was jetzt? Wollte sie abhauen, von Neuem, wie ein Stück Scheiße, wie ein *no-lifer*?

Zitternd vor Wut spielte L auf ihrem Bett wieder und wieder den Anrufbeantworter ab, und je öfter sich die Nachrichten wiederholten, desto stärker wuchs das verbissene Verlangen, dieses Gefühl der Lähmung in ihr möge implodieren, sich verwandeln, sodass sie auf der Matratze zerfiele, in Funkenregen und einer schwarzen Rauchwolke.

Antoine hatte zu Weihnachten das Buch *La Valise mexicaine* bekommen, ein gewaltiges Werk, in dem die Tausende von Fotos abgebildet waren, die Capa, Chim und Taro im Spanischen Bürgerkrieg gemacht hatten – siebzig Jahre lang verschollen im sogenannten mexikanischen Koffer, wiederentdeckt im Jahr 2007. Er hatte das Buch bekommen, weil er es sich ausdrücklich gewünscht hatte. Als er noch mit Cécile zusammen gewesen war, durfte er zu Weihnachten auf freudige Überraschungen hoffen – sie liebte es, für andere wochenlang nach Weihnachtsgeschenken zu suchen, und als Antoine ihr gestand, dass er für seine Familie bloß irgendwelchen Schnickschnack kaufte und auf den Gabentisch legte, ohne dass der Inhalt unter dem glänzenden Papier irgendeine Bedeutung hatte, glaubte er, Cécile würde losheulen. Zu den beiden Weihnachtsfesten, die er mit ihr feierte, gab er sich gehörige Mühe, sie nicht zu enttäuschen, und er selbst war glücklich, Geschenke zu bekommen, die er sich niemals selbst gekauft hätte, die ihm aber sofort notwendig erschienen. In diesem Jahr, das war ihm klar, wären seine Eltern die Einzigen, die ihm etwas schenken würden, und er hatte sie sehr bestimmt auf das Buch gestoßen, das seiner Meinung nach den Grundstein für seine Recherchen zum Spanischen Bürgerkrieg legen würde. Er schlug es auf, um durch die Ruinen und über die Gesichter in Schwarz-Weiß zu schweifen. Er überflog es und fragte sich, ob er die charakteristische Herangehensweise des einen oder anderen Fotografen erkennen würde, und zwang sich, nicht gleich auf den Titel oder die Bildunterschriften zu schauen, den Urheber des Fotos nach Möglichkeit selbst herauszufinden. Es misslang ihm häufig.

Eines der Bilder sah er sich fast jeden Abend vor dem Einschlafen an. Es war sein Trittstein in den Schlaf und schien bereits einem Traum zu entstammen. Die Aufnahme hatte Capa im Februar 1937 gemacht, auf dem Madrider Campus, der Ciudad Universitaria. Links im Vordergrund sind zwei lachende Soldaten zu sehen. Sie tragen offenbar die gleichen Jacken mit steifen Kragen und großen Metallknöpfen, aber nur der rechte hat eine Schirmmütze (ein Képi?); sie sitzt ihm etwas schief auf dem Kopf. Der linke macht beim Reden eine Geste mit der Hand, und die hinterlässt einen verschwommenen Streif auf dem Foto. Sie stehen an einem großen Felsen, auf dem Säcke, dem Anschein nach Sandsäcke, aufgeschichtet sind. Zumindest auf der linken Seite des Fotos. Denn rechts, auf demselben Felsen, ist ein Bär. Ein Bär, der ganz lebendig wirkt. Er knabbert an einem der Säcke, der große Bärenschädel ist gesenkt, seine Augen sieht man nicht. Sein Pelz ist üppig und weich – keine einzige kahle Stelle. Es könnte fast ein Plüschpelz sein, und Antoine überlegt, ob es sich tatsächlich um ein Plüschtier handeln kann, raffiniert zur Erhöhung der Behelfsbarrikade benutzt, doch die Bewegungen des Bären, die man an seinem ganzen Körper erahnt, lassen einen die Plüschhypothese rasch wieder verwerfen. Durch das Lachen der beiden Soldaten, die kaum einen Meter von dem Tier entfernt

81

stehen und es noch nicht einmal ansehen, wirkt der Bär dennoch sehr harmlos, und außerdem ist er nicht sonderlich groß, es ist ein Bärenjunges, ein junger Bär, aber natürlich kann Antoine sein Alter nicht schätzen, von Bären versteht er nichts. Da die Soldaten miteinander scherzen und mit den Händen fuchteln, ohne dabei ein Auge auf das Tier zu haben, fürchten sie sich wohl nicht vor ihm, sind sogar an den Bären gewöhnt. Seine Anwesenheit ruft kein Erstaunen mehr bei ihnen hervor. Da ist ein Bär, so wie da auch ein Baum ist, etwas weiter im Hintergrund. Gerade die Tatsache, dass der Bär zu etwas Gewöhnlichem geworden ist, ist außergewöhnlich.

Immer, wenn Antoine das Foto betrachtete, sagte er sich, dass er sein Buch vielleicht mit einer Beschreibung dieses Bildes beginnen könnte, weil es die Zerstörung einer allgemeinen Ordnung illustrierte, die Auflösung von Grenzen und die erstaunliche Freude zweier Unbekannter. Es wäre die perfekte Einleitung zur Erzählung dessen, was die vergängliche Freiheit der spanischen Städte und Dörfer unter den Anarchisten gewesen sein mochte. Vor allem davon träumte Antoine zu schreiben: von der Umsetzung eines politischen Ideals unter unsicheren oder Furcht einflößenden Bedingungen, mit aller Improvisation, die dies beinhaltete, also auch mit einem Bären, denn das Foto bewies Antoine, dass es so gewesen war.

»Das ist natürlich eine heikle Angelegenheit.«
Am 15. Januar sollte die sogenannte Große Nationale Debatte beginnen, die der Staatspräsident angestoßen hatte, und der Abgeordnete fragte sich, ob er zu den abendlichen Versammlungen gehen sollte, die von den Bürgermeistern seines Wahlkreises organisiert wurden,

oder ob er eine Aussprache boykottieren musste, die er aufgrund der vier vorgeschriebenen Themen als von vornherein verfehlt ansah: ökologischer Wandel, Steuerwesen, Demokratie und Staatsbürgerschaft, staatliche Institutionen. Man hätte den Teilnehmern erlauben müssen, sich völlig frei zu äußern, um daraus irgendeine Erkenntnis zu ziehen, fand er, eine Art Abbild Frankreichs, eine Beschreibung jedes Einzelnen von dem, was sein Umfeld ausmachte, den minutiösen Ablauf eines Lebens und die innewohnenden Schwierigkeiten. Damit wäre man zum Wesenskern, zum Herzen der Politik vorgedrungen: zu einer kritischen Diskussion von Existenzen, gefolgt von einer Reflexion der Mittel und Wege, diese zu begleiten. Doch alles geschah genau umgekehrt, weil man die Teilnehmer nach ihrer Meinung zu ganz bestimmten Themen fragte, die nichts als die Schwerpunkte eines bereits beschlossenen politischen Aktionsplans waren.

»Meinen Sie nicht, Antoine?«

Antoine stimmte zu, dachte dabei jedoch weiter an den Bären von Madrid und an den Prolog für sein Buch. Diese Große Nationale Debatte, redete der Abgeordnete weiter, war eine gute Idee, aber man hätte sie ganz ohne Zeitdruck aufziehen müssen. Im Grunde hätte man sie um ihrer selbst willen führen sollen und nicht als überstürzte, panische Reaktion auf die Gelbwestenbewegung. Seit dem ersten Aktionstag der Gelbwesten waren zwei Monate vergangen, und auf den Kreisverkehren standen noch immer wacklige Palettenkonstrukte herum. Antoine hatte sie gesehen, als er Weihnachten zu seinen Eltern fuhr. In der Nähe seines Elternhauses verbrachte eine kleine Gruppe das Weihnachtsfest in einer quietschgelben Bretterbude. Als er am 25. Dezember mit dem Auto unterwegs war, bekam er mit, wie sie bunte Girlanden an der Außenwand anbrachten und sich an einem Klapptisch mit rostigen Beinen ein paar Brathähnchen teilten.

»Wenn ich an einer dieser Veranstaltungen teilnehme«, erklärte der Abgeordnete, »sieht es so aus, als würde ich die Art und Weise gutheißen, wie die Regierung diese Gespräche ausrichtet. Wenn ich ihnen fernbleibe, wirkt es, als gingen die in meinem Wahlkreis geäußerten Meinungen nur die Bürgermeister und die Regierung etwas an.«

»Wenn Sie hingehen«, fügte Bertrand hinzu, »könnte das die Redefreiheit beeinträchtigen. Die Teilnehmer werden zur Selbstzensur neigen oder, im Gegenteil, all ihre Forderungen direkt an *Sie* richten.«

»Aber wenn Sie nicht gehen«, wandte Antoine ein, »könnte man Ihnen vorwerfen, die Bewegung schlicht und einfach zu verleugnen.«

Sie einigten sich auf einen Kompromiss: Der Abgeordnete würde für einige Zeit in seinen Wahlkreis reisen und die Beschwerden einsehen, die in den Rathäusern gesammelt wurden, jedoch keiner der abendlichen Veranstaltungen im Rahmen der Großen Nationalen Debatte beiwohnen. Bevor er in den Zug nach Soissons stieg, erklärte er Antoine und Bertrand, dass er während der Weihnachtsferien viel über die Gelbwesten nachgedacht habe und glaube, in Bezug auf die Bewegung etwas begriffen zu haben. Neben der Abschaffung der CO_2-Steuer und der Einführung eines Referendums zur Stärkung der direkten Demokratie, die wie fast schon zufällig gestellte Forderungen anmuteten und deren Nebeneinander einem surrealistischen Manifest zu entstammen schien, im Geist von Lautréamonts Bild mit Regenschirm und Nähmaschine, verlangten die Beteiligten vor allem, dass man ihre Stellung innerhalb der repräsentativen Demokratie neu bewertete, von der sie sich ausgeschlossen fühlten, obwohl sie doch ihretwegen überhaupt nur funktionierte. Tatsächlich – so erläuterte der Abgeordnete Bertrand und Antoine – waren die Gelbwesten diejenigen, die es hingenommen hatten, ihre Entscheidungsgewalt *vollständig* den Volksvertretern zu übertragen. Sie besaßen keinerlei Kontrollmechanismen und keine Instanz, um das Vorgehen der gewählten Machthaber anschließend zu überwachen, abzumildern oder sich ihm zu widersetzen. Kein Geld, keine Medien, kein Netzwerk, kein Empfinden von Rechtmäßigkeit durch das Verfassen eines Protestschreibens, auch gar keine Zeit für dergleichen, noch nicht einmal eine geografische Nähe zu den Orten, an denen ihre zum Abgeordneten oder Senator oder Präsidenten gewordene Stimme Wirkung entfaltete. Sie delegierten alles, und dann merkten sie, dass diese Machtübertragung – bisweilen, sagte der Abgeordnete – einer Beschlagnahmung gleichkam. Die höheren Schichten hatten dieses Problem nicht. Sie verstanden das Räderwerk, zumindest ein bisschen, betrachteten Politik als Spiel, als Abfolge von Intrigen, fanden das Schauspiel amüsant, und außerdem hatte man ihnen beigebracht, sich öffentlich zu äußern: Auch wenn sie daran zweifelten, dass ihnen irgendjemand Gehör schenkte, konnten sie ihr Missfallen in Worte fassen. Was die Reichsten betraf – meinte der Abgeordnete noch –, über die brauchen wir gar nicht zu reden: Die Politiker, die sie eher wählen lassen, als sie selbst zu wählen, sind nur ein Rädchen von vielen, über die sie gebieten. Eigentlich haben sie nicht den blassesten Schimmer, was Machtabtretung überhaupt ist.

Den ganzen Januar über fuhr der Abgeordnete immer

wieder zwischen Soissons und Paris hin und her. Antoine hätte das gern dazu genutzt, weiter vom Bären zu träumen (der aus dem Zoo im Park Casa de Campo ausgerissen sein musste, sicher während der Schlacht um Madrid – was bedeutete, dass er bereits seit Monaten dort herumlief, und die heitere Gelassenheit der Soldaten erklärte), doch das Gegenteil trat ein. Er musste mehr Zeit im Büro verbringen, um den Abgeordneten in dessen Abwesenheit zu vertreten, die Vertretung eines Volksvertreters, was eher einer Mise en abyme als einer Arbeit entsprach und ihn vom Schreiben abhielt.

Am Dienstag, dem 22. Januar, während andere sich garantiert im Schnee vergnügten und die Stadt als frische, weiße Spielwiese nutzten, würdigten Antoine und Bertrand die Flocken vor dem Fenster kaum eines Blickes. Wie sie es sich nach der Rückkehr aus den Weihnachtsferien vorgenommen hatten, brachten sie die Aktenberge in Ordnung, die sowohl den großen Metallschrank als auch die Festplatten ihrer Computer verstopften.

»Ich hoffe, meine Tochter baut einen Schneemann«, seufzte Bertrand.

Er sprach stets mit erstaunlichem Ernst von ihr, fast schon mit Trauer, als wäre er sicher, dass die Welt ihr nie all das Glück schenken könnte, das sie eigentlich verdiente. Manchmal wunderte es Antoine, dass Bertrand sich ein Kind gewünscht haben musste, wo er doch im menschlichen Dasein – oder zumindest in dem seiner Tochter – eine Abfolge enttäuschter Erwartungen sah. Seinem Kollegen gegenüber mied er dieses Thema, denn die paar Male, die sie sich herangewagt hatten, schien Bertrand zu finden, Antoines mangelnde Vaterschaft disqualifiziere ihn von vornherein als Gesprächspartner.

Zwischen zwei verträumten, aber flüchtigen Blicken auf die Schneeflocken verfolgten Antoine und Bertrand die aktuelle Sitzung im Plenarsaal der Assemblée, die auf den in allen Büroräumen stehenden Fernsehern lief. Sie nutzten die Abwesenheit des Abgeordneten, um sich zu lautstarken Kommentaren über die Redner hinreißen zu lassen, staunten hier und da über ihnen noch unbekannte Gesichter, und manchmal rief einer von beiden: »He, Moment, der ist gut!«, um anzudeuten, dass man den Ton lauter stellen sollte. Ein paar Minuten lauschten sie dem Redebeitrag, dann drehten sie wieder so leise, dass die Äußerungen der Parlamentarier nur mehr als entferntes Gemurmel zu ihnen drangen. Eingelullt von diesem Gesumm sortierte Antoine Briefe in zwei Stapel: jene, die beantwortet, und jene, die niemals beantwortet werden würden. Als er fertig war, nahm er sich den ersten Stapel erneut vor und sortierte nun nach Art des Anliegens: Kommentare zu den Reden des Abgeordneten, Anschuldigungen wegen angeblicher Skandale oder Verschwörungen, hilfreiche politische Anregungen, Appelle, eine Bildungsstätte, einen Park oder einen Verein zu retten, unterschiedlichste Bewerbungen – verschickt von Personen, die vermutlich nicht daran gedacht hatten, dass ihre Schreiben just von den Assistenten gelesen werden würden, die sie zu ersetzen suchten. Er blieb bei einer Sendung hängen, die er nicht einzuordnen wusste: ein Kurzgeschichtenband mit einer Notiz, die versprach, dass »diese Texte dazu berufen sind, zum Nachdenken über unsere Gesellschaft anzuregen, aber ebenso sind sie ein Schatzkästchen voller Lyrik und Wortspielereien«. Nicht zum ersten Mal fand er einen Text mit literarischen Ambitionen in der Post. Mal waren es satirische Verse, mal war es eine Novelle, aber gut war es nie. Als er seine Stelle gerade frisch angetreten hatte, las Antoine diese Einsendungen mit einer Mischung aus Neugier und Mitleid und versuchte, ein paar ausführlichere Anmerkungen in seine Antwort einfließen zu lassen. Inzwischen begnügte er sich mit einem Musterschreiben, in dem der Abgeordnete dem Autor dankte, ohne dass irgendwie ersichtlich wurde, ob er die Texte gelesen hatte oder nicht. Diese Vorlage unterschied sich vermutlich kaum von der, die Verlage verschickten, dachte Antoine – und ihm fiel wieder ein, dass der Abgeordnete ihm von Freunden erzählt hatte, Pariser Verlegern, die sich für sein Buchprojekt interessieren könnten. Antoine hatte eingewilligt, sich mit ihnen zu treffen, auch wenn er fand, dass eine solche Unterredung zu früh kam.

Bertrand seinerseits nutzte die Abwesenheit ihres Vorgesetzten, um die Personenkartei auf den neuesten Stand zu bringen. Auch da ging es ums Sortieren: einerseits in Unterstützer, andererseits in Widersacher, und für jede und jeden gab es einen kleinen Eintrag, in dem zusammengefasst war, wie die jeweilige Person ihnen nutzen oder schaden konnte, welchen Austausch es bereits gegeben hatte, welche Perspektiven sich eröffnen könnten. Personen waren noch komplizierter einzuordnen als Briefe. Aus dem Büro des Abgeordneten, in dem Bertrand sich vorübergehend eingerichtet hatte, rief er Namen und biografische Details zu Antoine hinüber, um dessen Meinung einzuholen – wer war das, was war mit dieser Anwältin, deren Name ohne jeden Kommentar mitten in der Exceltabelle stand? Warum war da eine Anwältin zwischen zwei Spalten verloren? Was sollte er mit einer frei im Raum schwebenden Anwältin anfangen? Da Antoine keine Meinung dazu hatte (er dachte über die wiedergefundene Freiheit eines jungen Bären mitten in der Schlacht von Madrid nach), schimpfte Bertrand noch kurz und verfügte dann, dass es Zeit für die Kantine sei. Bertrand hatte immer Hunger, das war etwas, was Antoine an ihm faszinierte. Eigentlich nicht der Hunger an sich, sondern die Tatsache, dass sein Kollege es unabhängig von der Arbeitslast schaffte, nie auch nur eine einzige seiner sechs täglichen Mahlzeiten zu verpassen (die Pause am Vormittag und der Nachmittagsimbiss konnten bei Bertrands Ernährung als vollwertige Mahlzeiten gelten).

Wenn der Abgeordnete nicht da war, durften sie nicht in das Restaurant mit gediegenem Komfort und Panoramablick im achten Stock. Sie stellten sich genau einen tiefer im siebten an, und auch von dort war die Aussicht bereits grandios, mit all den wunderlichen Dächern, aus denen die goldene Kuppel des Invalidendoms hervorragte; allerdings musste man diesen Ausblick mit etwa hundert anderen teilen. Auch musste man gut aufpassen, was man sagte, da jedes Wort vom Nebenmann mitgehört werden konnte, der auch ohne Eintrag in Bertrands Personenkartei unweigerlich als Unterstützer oder Widersacher eingestuft wurde. An den Selbstbedienungstheken begegneten und musterten die Mitarbeiter einander. Die Rue de l'Université 101 beherbergte Büros auf sechs Etagen, und jedes dieser Büros beherbergte wiederum mehrere Assistenten. Antoine hatte keine Ahnung, wie viele es insgesamt waren, aber jeder Gang in die Kantine ließ ihn spüren, dass sie eine beträchtliche und homogene Masse bildeten. Im Allgemeinen waren sie jung, weiß und ernst, die Schultern von streng geschnittenen Jacketts eingefasst. Unter dem fast schon gewaltsam durch die große Glasfront strömenden Licht blitzten Brillengläser, dezenter

Schmuck und Armbanduhren in winzigen Glanzfunken auf. Wenn Antoine die Frauen beobachtete, glaubte er, an ihrer Haltung ablesen zu können, wer früher Ballett- oder Reitstunden genommen hatte, denn ihre Oberkörper schienen von einem unsichtbaren Faden in die Höhe gezogen (er selbst hatte sich auf zwei Jahre Badminton in den Sportkursen seines Collège beschränkt und seiner Meinung nach keine besondere Haltung davongetragen). Oft verlor er sich in der heimlichen Betrachtung fremder Körper und füllte sein Tablett nahezu wahllos, während Bertrand sich neben ihm genau gegenteilig verhielt und sehr ernsthaft den Inhalt jedes Schälchens studierte, bevor er sich an die Zusammenstellung seines Mittagessens machte.

Anschließend musste man, vom Tablett in den Händen behindert, einen Tisch finden, und wer schon einmal in der Kantine gegessen hat, weiß, welche Strategien in diesen wenigen Sekunden zum Tragen kommen, vom untergründigen Spiel der Allianzen bis zur Berechnung der Flugbahnen. Die Polizisten, die das Gebäude bewachten, aßen ebenfalls hier; mit lautem Ratschen zäumten sie ihre kugelsicheren Westen ab und behielten sie dicht bei ihren Plätzen. Wenn man neben ihnen aß, leerte man seinen Teller auf begrenztem Raum, denn über ihren Plunder konnte man sich schlecht beschweren. Antoine setzte sich deshalb nur ungern an die wenigen noch freien Tische, weil sie schon in der nächsten Minute jene hyperexpansiven Nachbarn anlocken konnten. Da ging er lieber das Risiko ein und schlängelte sich zwischen den Stuhlreihen hindurch, um hoffentlich noch eine Lücke zu ergattern. Bertrand folgte ihm mit Mühe und balancierte seine kostbare Mahlzeit über den Köpfen der anderen, das Gesicht vor Konzentration gerötet.

Zwei Jahre zuvor war eine kleine Gruppe neuer Parlamentsmitarbeiter im siebten Stock aufgetaucht. Sie passten so gar nicht zwischen all die Kostüme und Anzüge. Sie trugen Jeans, Kapuzenpullover, ausgelatschte Turnschuhe, manchmal auch T-Shirts mit dem Namen einer Rockband quer über der Brust. Es waren die Assistenten der Abgeordneten von La France insoumise (»Aufsässiges Frankreich«). Als Antoine sie zum ersten Mal sah, war es ihm spontan wie eine Art Erkennen, nicht, weil er sie schon einmal gesehen hätte, sondern weil er sie als seinesgleichen betrachtete. Fast schon automatisch schenkte er ihnen ein verschwörerisches Lächeln. Bei dem Blick, den die Mitglieder des Grüppchens ihm zurückwarfen, wurde ihm jedoch klar, dass er ihnen seit Jahren nicht mehr ähnelte. Er gehörte inzwischen zu den anderen, in den grauen oder blauen Jacketts, den Hemden und Krawatten. Und anstatt die Nähe der Neuankömmlinge zu suchen, hatte er sie letztlich lieber gemieden. Diese Typen erinnerten ihn daran, dass er einen Kleidungsstil übernommen hatte, der kein bisschen verpflichtend war, den er bloß für verpflichtend halten wollte, um ihn vor sich selbst zu rechtfertigen, den er aber eigentlich pflegte, weil er sich nach der damit einhergehenden Glaubwürdigkeit sehnte. An jenem Mittag, als er sie in die Kantine kommen sah, schlang er mit zwei Bissen ein Törtchen hinunter, das unter einem Haufen Gelee begraben war, und bedeutete Bertrand, dass er zurück ins Büro ging.

Camille und Léna, die Assistentinnen im Wahlkreis, waren von der vermehrten Anwesenheit ihres Chefs verstört und überschwemmten ihre Pariser Kollegen mit Telegram-Nachrichten. Von den Wahlkämpfen einmal abgesehen hatte der Abgeordnete zuletzt so viel Zeit in seinem Wahlkreis verbracht, als sein zweites Buch erschien, und das war sechs Jahre her. Weder Camille noch Léna hatten damals schon für ihn gearbeitet. Das Werk behandelte die Deindustrialisierung des Departements Aisne und die notwendigen politischen Reaktionen darauf, und natürlich hatte er in der Region ausführlich Werbung dafür gemacht. Er hatte es in allen möglichen Buchhandlungen und Stadthallen vorgestellt, begleitet von Lokaljournalisten, die diese Abende moderierten. Jetzt, da er bei ihnen im Büro saß, schien Camille und Léna aufzugehen, was Antoine und Bertrand längst wussten, nämlich dass sie weniger einem politischen Vorhaben als einer Einzelperson dienten und dass diese Aufgabe von ihnen verlangte, sich um ein riesiges Spektrum an Details zu kümmern, von Roadmaps für den jeweiligen Tag bis zur Bevorratung von Trockenfrüchten in den Büros, und nebenbei musste man das Smartphone des Abgeordneten wieder zum Laufen kriegen, der ständig seine PIN vergaß und das Gerät mehrmals pro Woche lahmlegte. Außerdem mussten die beiden den Überblick über all die Versprechen behalten, die ihr Arbeitgeber während seiner Geschäftstermine gab, Versprechen ohne jeden politischen Inhalt, umfangreich und sachfremd, jedoch präzise und dringlich, etwa wenn er seinem Gesprächspartner erklärte, dieser müsse unbedingt dieses oder jenes Buch lesen, und fest versprach, es ihm zuzuschicken. Manchmal war das leicht, aber bisweilen war das Werk vergriffen, man musste es antiquarisch im Internet auftreiben, es kostete fünfzig Euro, stellte ein beachtliches Geschenk dar, und Camille und Léna waren gezwungen zu kalkulieren, ob eine solche Zusendung tatsächlich nötig war. Bisweilen beschrieb der Abgeordnete ein Buch so vage, dass man unmöglich herausfinden konnte, um welchen Titel es sich handelte, die Beschreibung passte auf zehn verschiedene Bücher, und es war noch nicht einmal klar, ob er selbst es irgendwann gelesen hatte, also warum empfahl er es überhaupt? Auf diese Frage von Léna antwortete Antoine in ihrem Telegram-Endlos-Chat mit einem Ausschnitt aus dem Dokumentarfilm *Soziologie ist ein Kampfsport*, in dem Pierre Bourdieu verkündet, Reife zeige sich darin, nicht länger über Bücher zu reden, die man nicht gelesen habe.

Durch die U-Form der 101 konnte man aus dem Bürofenster diejenigen beobachten, die im Trakt gegenüber arbeiteten. Im Windschutz der drei Gebäudeflügel schwebten die Flocken senkrecht nieder. Im dritten Stock lief ein Mann hinter einem noch immer mit Weihnachtsmanngirlande dekorierten Fenster im Kreis und brüllte in ein Telefon. Als er Antoine entdeckte, der auf seinem Bürostuhl vor und zurück wippte, zog er genervt die Jalousie hinunter. Antoine machte mit dem Sortieren der Post weiter und dachte bei sich, dass die Mappe mit der Aufschrift »Nicht beantworten« bloß ein höfliches Purgatorium vor dem Aktenvernichter war, das nun endlich sein Ende finden sollte. Während der Schredder die missachteten Schreiben in Papierspaghetti zerlegte, öffnete er Google Maps und suchte nach Zoos im Umkreis der Universität Madrid. Es war durchaus möglich, dass der Bär auf dem Foto aus dem Tierpark Casa de Fieras entlaufen war, nicht aus Casa de Campo. So oder so hätte er sich mehrere Kilometer durchs Schlachtengetümmel schlagen, vielleicht sogar einen Fluss durchqueren müssen, um Capa vor die Linse zu laufen. Etwas Bewunderung war also angebracht.

Aus den Boxen dröhnte der leicht verlotterte und mürrische Rock von dEUS. L liebte ihre Musik, die nicht kraftvoll sein wollte und auch nichts Wehklagendes hatte. Ob sie ihre Stücke in voller Lautstärke hörte oder ganz leise, die Musik ließ ihr jederzeit Raum, erwuchs aus einer Leerstelle, die sie zu rufen schien, um sich der Band anzuschließen, den wackeligen Song durch ihre Energie zu stützen. Gerade sezierte sie sorgfältig und vertieft ihren Rechner, um neue Sicherheitssoftware zu installieren. Sie war schon seit einigen Stunden damit beschäftigt, virtuelle Trennwände hochzuziehen, den PC in verschiedene, unverbundene Räume zu unterteilen, und das so gekonnt, dass niemand, der hier eindränge, vom einen in den anderen gelangen würde, nicht einmal erraten könnte, dass es in diesem informatischen Gebäude weitere Trakte gab. L würde langsamer sein als zuvor, so viel war sicher, sie würde Geduld brauchen, um das hundertmalige Vor und Zurück auszuführen, aber wenigstens war sie bereit, ins Drinnen zurückzukehren. Heute würde sie nur einen kurzen Spaziergang unternehmen, ohne Risiko, weder Fight noch Flucht. Anschließend wollte sie Salma treffen.

Zunächst öffnete L, aus einer quasi mechanischen Treue heraus, die ersten Diskussionsforen, in denen sie

sich nach ihrer Entdeckung des Drinnen zu Hause gefühlt hatte, wo sie mit angesehen hatte (und sie zwang sich,
nicht zu denken: ohne mitzumachen), wie die anonyme
Armee geboren wurde. Einige Chatrooms hatten die Ver-
sprengung der Anons überlebt, um den Preis zahlreicher
Umstrukturierungen. Dort, wo L und die ihren Strategien
besprochen hatten, Übernahme einer Seite – exploit oder
Denial of Service? –, tauschte man nun Neuigkeiten aus,
entwarf Health Checks: Klage eines Vereins für Netzfrei-
heit gegen GAFAM, Antrag der Regierung, die Anonymität im Internet aufzuheben, Unterstützung für Chelsea
Manning ... L befand sich durchaus in ihrem ersten Zuhause, aber sie erkannte deren Bewohner überhaupt nicht
mehr wieder, sie gehörten nicht zu ihrer Familie, nicht
einmal zu ihrer Art. Die Armee hatte sich nie wieder vom
Verrat Sabus erholt, eines außerordentlichen Hackers, der
2011 vom FBI festgenommen worden war und am Ende einer langen Zusammenarbeit mit den Bullen fünf weitere
Hacker verpfiffen hatte. Die Drohkulisse der Props (Anonymous ist eine Hydra, schneidet einen Kopf ab, und uns
wachsen zwei nach) war nichts als ein Schwanengesang für
Twitter-Nutzer. Hinter jedem Kampfgenossen versteckte
sich nun ein potenzieller Informant, ein Spitzel, man
konnte nicht länger im Team arbeiten, sich Unbekannten
anschließen, sich auf das technische Know-how seiner
Nachbarn verlassen. Die Armee war von Angst zersetzt
worden.

L wechselte in andere Foren, die diskreter waren, ver-
borgener. Dort ging es, wie nicht anders zu erwarten, um
die ganz großen Verschwörungstheorien, vieles drehte
sich um Russland und Syrien, etwas seltener Nordkorea,
einige fast schon antiquierte Stimmen klammerten sich

an ReOpen911, aber deutlich weniger als früher, dachte L. Unentwegt öffneten und schlossen sich Fenster, Gruppen verdichteten und zerstreuten sich, und die Namen unterschieden sich bloß in einem einzigen Buchstaben, einem einzigen Zeichen, ein Apostroph rief ein Kräuseln hervor, und die anfangs unmerkliche Erschütterung wurde ein paar Zeilen später zum Erdbeben. Sah man von außen darauf, wirkte es wie diese Vogelschwärme, die urplötzlich die Richtung änderten, ohne dass man sagen konnte, welcher Vogel die Führung übernahm oder wie er den anderen seine Entscheidung mitteilte.

Nachdem L sich einige Minuten durch verschiedene Seiten geklickt hatte, erlebte sie eine böse Überraschung. Sie stellte fest, dass sie aus einem recht zwielichtigen Forum der *black hats* verbannt worden war, das sie gern besucht hatte, um den Verkauf gehackter Daten zu verfolgen: Bankverbindungen eines ugandischen Ministers, Blaupausen eines Elektrizitätswerks irgendwo in Osteuropa, abgehörte Telefongespräche, Zugriff auf ein Netz von Geldautomaten oder Überwachungskameras. Hier boten jene, die über ausreichend technische Expertise für solche Raubzüge verfügten, ihre Beute all jenen an, die ausreichend strategisch, ehrgeizig oder schonungslos waren, um sie auch zu nutzen, es war eine Schnittstelle zwischen zwei Welten. Versteigerungen fanden statt; abhängig von Trends oder Geopolitik stiegen oder fielen die Kurse, und L kam regelmäßig hierher, um sich ihren persönlichen Börsenbericht zu erstellen. Es gab überhaupt keinen Grund, warum sie nach ein paar Wochen Abwesenheit vor verschlossenen Türen stehen sollte: Sie hatte die Anmeldegebühr bezahlt, ein Profil angelegt und war im Vorjahr von zwei Mitgliedern hineingewählt worden.

Dennoch stieß sie immer wieder gegen ein abweisendes Dialogfenster, obwohl alles darauf hindeutete, dass das Forum noch aktiv war. Das war weniger demütigend, als wenn sie hineingelangt und dann öffentlich ausgeschlossen worden wäre – so war es ihr einige Jahre zuvor ergangen, als sie mit mehreren Mitgliedern der Community einen Krach darüber angefangen hatte, ob Hacking aus rein politischen Motiven notwendig war. *Moralfag** nannten ihre Kontrahenten sie damals, bevor die Administratoren sie aus dem Chatroom schmissen. L blieb außen vor, frustriert und fuchsig, und hatte keine Ahnung, was drinnen über sie geschrieben wurde. Aber wenigstens wusste sie damals, dass ihre Äußerungen zu dem Rausschmiss geführt hatten. Diesmal hingegen konnte sie nicht einmal raten, warum sie gebannt worden war, und die Meldung, die ihr den Zutritt verwehrte, öffnete sich immer wieder mit nervtötendem »Plonk«, unverändert und unerklärlich, bei jedem ihrer Versuche.

Ein noch aktives Fenster pochte bläulich gegen ihre Netzhaut. Antworten erschienen ohne echten Bezug zueinander, sprangen, überschlugen sich, griffen einander erneut auf. Nichts Spannendes. L schickte eine Nach-

---

* Ein paar Monate später, als L Antoine einige Begriffe aus dem Drinnen erklären musste, hing sie plötzlich bei einer Reihe unübersetzbarer Beleidigungen fest: *moralfag, namefag, leaderfag, lovefag* … Das Französische brauchte für diese Wörter lange Umschreibungen, und als L sie in diesem Zusammenhang zum ersten Mal in ihre eigene Sprache übertrug, bluteten ihr angesichts der Homophobie des ständig wiederkehrenden *fag* die Ohren. Auf Englisch kam ihr das Wort schlicht wie ein weiterer respektloser Ausdruck des *lulz* vor. Dennoch wagte sie sich für Antoine an eine Definition, die alle Begriffe zusammenfasste: »moralisierende Schwuchteln, die sich nur wichtigtun, anderen Vorschriften machen oder immer im besten Licht erscheinen wollen.«

richt an Salma. Als sie sich erneut dem Fenster zuwandte, schrieb jemand sie direkt an:

<NoLogo> hey L

Sie antwortete nicht. L antwortete niemals, ehe sie nicht sicher war, dass es sich bei ihrem Gesprächspartner nicht um einen Bot handelte.

<NoLogo> 1 down but weR still fighting
<NoLogo> Ur not a crybaby, ar U?

L erstarrte vor dem Bildschirm, aber nach diesen drei Zeilen erschien kein weiterer Text, und schon bald ging NoLogo offline. L gefiel das gar nicht. Sie drehte *Let's Get Lost* lauter, als könnten Schlagzeug und E-Geige sie vor einer neuerlichen Belästigung schützen. Die Nachrichten mussten sich, selbst wenn sie undurchsichtig blieben, auf Elias beziehen – er war schließlich gefallen *(1 down)*. Doch L und er hatten ihre Beziehung im Drinnen stets geheim gehalten, wo jede Privatinformation eine Verhaftung erleichtern konnte, und das hieß, dass sie NoLogo aus dem Draußen kennen musste. Allerdings war L völlig unklar, wer sich dahinter verbergen mochte. Und sie hatte auch absolut keine Ahnung, welche Gruppe mit der ersten Person Plural *(weR still fighting)* gemeint sein sollte. Der Datenklau bei Harm-Ony war keine Gemeinschaftsaktion gewesen. Wer konnte sich also damit brüsten, den Kampf weiterzuführen? Und was für ein Kampf war das genau? Als sie den Gesprächsverlauf im Forum zurückverfolgte, fand sie mehrere Einträge von NoLogo. Ein paar waren auf Englisch verfasst, wie die Nachrichten, die er ihr geschickt hatte, aber andere auch auf Spanisch und einer in einer Sprache, die ihr nordisch vorkam, mit winzigen Kringeln betupft und von wild wuchernden Strichen durchkreuzt. Sie fragte sich, ob sie es demnach mit einer Gruppe und nicht mit einer Einzelperson zu tun hatte. Sie konnte nicht erkennen, ob NoLogo all diese Sprachen beherrschte oder ob einige der Posts bloß automatisch übersetzt worden waren. Im Drinnen war L polyglott, sie konnte Python, SQL, JavaScript und alle möglichen Varianten von C, aber im Draußen hatte sie es bloß zu gebrochenem Englisch gebracht, einem unbeholfenen Idiom, das Brücken dahintreibender Syntax zwischen den Fachbegriffen lieferte. Sie startete eine Suche in Foren, die jenem ähnelten, in dem NoLogo soeben aufgetaucht war, aber sie fand keine Spur von ihm. Oder von ihr (L bemühte sich immer, die Bewohner*innen des Drinnen nicht automatisch mit der männlichen Form zu bezeichnen). Anschließend suchte sie in mehreren Chats über das Buch von Naomi Klein nach ihm oder ihr, dem das Pseudonym zu entstammen schien. Sie fand ellenlange Kommentare über die Tyrannei von Marken, die sie rasch überflog. Nichts davon war nützlich. Und nichts davon folglich eine Beruhigung. L presste sich die Handflächen gegen die Augenlider, bis ein dumpfer Schmerz ihr das Gefühl gab, die Augenhöhlen würden in ihrem Kopf zerdrückt, dann nahm sie ihren Mantel und verließ die Wohnung.

»Es ist viel zu kalt.«
Salma rieb sich die behandschuhten Hände und blickte feindselig auf das graue Wasser des Kanals zu ihren und Ls Füßen. Seit L ihr von Elias' Verhaftung erzählt hatte, rief

sie fast täglich an. Immer wieder sagte sie: Du solltest nicht allein sein. Sie wollte wissen, ob L schon von der Polizei vorgeladen worden war (nein), ob man Druck auf sie ausgeübt hatte (definiere »Druck«), ob Elias einen guten Anwalt hatte (definiere »gut«), ob L Elias im Gefängnis besucht hatte (nein), ob sie ihre Besuchserlaubnis beantragt hatte (bald), hatte er ihr geschrieben (jetzt hör schon auf), wollte L einen Artikel für Salmas Vereinszeitschrift schreiben (nein), eine Petition starten (nein), aß sie auch genug (natürlich), konnte sie schlafen (nein). Anfangs wusste L nicht, wie sie mit dieser neuen Fürsorglichkeit umgehen sollte, es war angenehm und aufdringlich, ein bisschen wie das Meeresrauschen (vermutete L, die nur einmal während einer Klassenfahrt am Meer gewesen war, in der Fünften, und sich an die Schlafsäle besser erinnerte als an den Strand). Nach langer, durch einsilbige Telefonate punktuell unterbrochener Abschottung hatte sie Salma vorgeschlagen, sie zu besuchen, aber nach der Nachricht von NoLogo entschied L jäh, dass ihre Wohnung kein sicherer Ort war. Sie fürchtete, jemand könne von ferne das Mikro ihres Computers aktivieren – auch wenn sie es ausgeschaltet und das winzige Loch anschließend mit einem Streichholzsplitter verstopft hatte. Vor dem wässrig-trüben Streifen des Kanals, im abendlichen Dämmer, ähnelte ihr Gespräch auf der Bank einer klassischen Szene aus einem Agentenfilm, dachte L. Salma schniefte und schlenkerte mit angewiderter Miene leicht mit den Füßen, um die herantippelnden, grindigen Tauben in Schach zu halten. L entschied, dass sie schnell machen musste.

»Erinnerst du dich an diesen Kumpel von dir, den wir auf der Place de la République getroffen haben, der mitgemacht hat bei diesem … Dings, diesem Anwaltskollektiv, *Avocats debout?*«

»Pierre«, erwiderte Salma, und sobald das Wort über ihre Lippen gekommen war, verwandelte es sich in ein dichtes, weißes Dunstwölkchen.

»Kann ich seine Nummer haben?«

»Warum?«

L zuckte die Achseln und brummte, dass sie ein paar Fragen an ihn habe. Seit der Verhaftung war ihr Leben eine Abfolge von Fragesätzen, eine nie endende Liste, deren Schluss erneut in den Anfang mündete und umso vehementer von vorne begann. Sie sagte, dass sie Stunden auf Service-public.fr zubrachte, ihr das aber nicht weiterhalf, weil sie nichts verstand. Als Salma partout wissen wollte, worum es ihr ging, gab L zu, sie wolle sich in erster Linie versichern, dass die Bullen, die sie aufgrund von Elias' Verhaftung überwachten, kein Recht zu einer Ermittlung in einer anderen Sache als der vorliegenden hatten.

»Dealst du jetzt etwa mit Heroin?«

L erwiderte, sie müsse wieder anfangen zu arbeiten, und lehnte mit nervösem Kopfschütteln das Geld ab, das Salma ihr anbot – Barmherzigkeit hatte sie nicht nötig, sie wollte ihr Leben zurück. Salma fragte, warum sie sich nicht an Elias' Anwalt wandte, und L meinte, dass ihn das nichts anging. Elias' Anwalt verteidigte Elias, ausschließlich Elias, und das war sehr gut so.

»Hast du seit dem 4. Dezember überhaupt nichts mehr gemacht?«

L überkam eine Welle von Zärtlichkeit für Salma, die dieses Datum so tiefernst ausgesprochen hatte wie einen offiziellen Feiertag. Damit zeigte Salma, dass sie – entfernt – zur gleichen Erinnerungsgemeinschaft gehörte wie L und dass auch ihr der Tag der Verhaftung ins Gedächtnis eingebrannt war. L verneinte, sie arbeite nichts mehr, und das fehle ihr: aufs Fahrrad steigen, losziehen und anderer Leute Probleme aus der Welt schaffen, Gesichter und vor allem Wohnungen an sich vorüberziehen sehen. L liebte es, sich die verschiedenen Wohnräume ihrer Kunden vorzustellen, während sie deren Computer reparierte, und manchmal träumte sie davon, dass man sie dort allein ließe und sie von Zimmer zu Zimmer schlendern, an ein Fenster treten und herausfinden könnte, wie man durch dieses Rechteck auf die Stadt blickte. Das passierte nie. Meistens tigerte der Besitzer des Rechners um sie herum und stellte dämliche Fragen. Niemand gab zu, dass er von IT keine Ahnung hatte. »Wenn ich gewusst hätte, dass das so einfach ist, hätte ich es selbst gemacht«, bekam sie regelmäßig zu hören, wenn sie ihre fünfzig Kröten einsackte. Schön und gut, hätte sie gern erwidert, aber du wusstest es eben nicht und ich schon, darum bezahlst du mich ja. Wenn ein Kunde ihr zu nervig wurde, behauptete L, sie müsse Musik hören, um sich konzentrieren zu können, und stopfte sich umgehend ihre Kopfhörer in die Ohren, denen nervöse Gitarrenklänge und schriller Gesang entströmte, sodass keine Frage mehr zu ihr durchdrang. Nun stellte sie fest, dass sogar die nervigen Kunden ihr fehlten.

Salma legte ihr eine Hand auf die Schulter, musste aber gespürt haben, dass Ls Körper bei der Berührung erstarrte, denn sie zog sie sofort wieder zurück. L entschuldigte sich mit einem Augenzwinkern. Genau vor ihnen landete eine Ente ungeschickt auf dem Kanal und tauchte für einen Moment mit aufgebrachtem Schnattern schräg ins trübe Wasser ein.

»Ich kann mich selbst nicht mehr ertragen«, sagte L. »Ich muss echt mal rauskommen.«

Eigentlich meinte sie: aus meinen kranken Gedanken, aus meinem nutzlosen Körper, meiner widerlichen Passivität, doch Salma nahm das Verb wörtlicher, verstand es, durch und durch Pariserin, im Sinne von »feiern« und erwiderte: »Dann schau doch Freitag Abend vorbei, es kommen alle.«

Man musste schon Salma sein, um so einen Satz zu sagen, dachte L. Man musste ihre vielen Freunde und ihre überbordende Großzügigkeit besitzen, die sie dazu trieb, ihren Freundeskreis mit jedermann zu teilen, ihn fast schon auszuleihen.

L kannte Salma nun seit knapp drei Jahren. Sie hatte sie zu Beginn der Proteste von *Nuit debout* getroffen, auf der Place de la République. Eine Woche zuvor war L nach ihrer Probezeit bei IKEA entlassen worden. Während sie darauf wartete, dass sie etwas anderes fand, verbrachte sie ganze Tage im Drinnen und spürte einem Arschloch nach, das weibliche Journalistinnen im Internet belästigte. Indem sie in fragwürdigen Foren seiner Fährte folgte, schaufelte sie Hunderte, Tausende Kommentare in sich hinein, die sich wie eine graue, nicht wegzuschrubbende Schmutzschicht auf ihr ablagerten. Auf der Place de la République konnte sie für ein paar Stunden die Witze über Verbrennungsöfen und die manipulierten Islamistenfotos vergessen, durch die sie im Internet watete. Kurz nachdem sie auf dem Platz angekommen war, begann es zu schütten. Unter dem Vordach eines Cafés, vor dem sich etwa zehn Personen verdruckst zusammendrängten, hatte ihr eine junge Frau mit Puppenmaßen eine K-Way-Jacke angeboten. Später fand L heraus, dass Salma immerzu Dinge dabeihatte, die anderen nützlich sein könnten: ein Feuerzeug, obwohl sie selbst nicht rauchte, Kondome, Pflaster, ein wenig Garn. Ihr winziger Körper setzte sich in all diesem Zubehör fort, das sie in Taschen und Rucksack bei sich trug und einem stets bereitwillig reichte, indem sie den Arm ausstreckte, breiter lächelte. Die K-Way, die L überzog, war lächerlich klein gewesen, und sie hatte Angst gehabt, sie zu zerreißen. Da sie versprochen hatte, die Jacke vor ihrem Aufbruch zurückzugeben, blieb sie so lange wie möglich, um den Moment hinauszuzögern, in dem sie sich wieder aus ihr herausschälen müsste – worauf gründen Freundschaften, hatte sie sich hinterher gefragt. Mehrere Nächte in Folge ertrugen sie gemeinsam den Regen und die aufeinanderfolgenden Reden, hin- und hergerissen zwischen Begeisterung und Erschöpfung. Salma kam fast jeden Nachmittag mit den Mitgliedern von Grenade(s) auf den Platz, einem Verein für Frauenrechte, den sie einige Jahre zuvor gegründet hatte. Sie leitete Arbeitsgruppen und Gesprächskreise. L dagegen kam erst am Abend. Sie interessierte an der Bewegung vor allem, dass der Sonnenuntergang nicht als Signal zur Heimkehr, als Ende des Kollektivs hingenommen wurde. Unter all den Parolen, die auf der République erblühten, mochte sie die erste am liebsten, die einfachste, jene, die dem hereinbrechenden Abend die Stirn bot: *Wir gehen nicht nach Hause.* In der Bereitschaft, gemeinsam die Nächte durchzumachen, lag in ihren Augen etwas Schöneres als in all den dem Tageslicht ausgesetzten Gedankenschleifen. Vielleicht dank der Dunkelheit, in der die Versammelten stets zahlreicher wirkten, weil der Platz sich sanft zusammenzog, oder vielleicht erinnerte die Verweigerung stiller Nächte sie auch an die Erregung, die sie

im Drinnen empfand, wenn es unmöglich war, die Zeit-
zone zu erraten, in der die anderen lebten, und ob sie bald
schlafen gehen würden oder eben erst aufgewacht waren; und einige Kanäle verstummten nie, weil für irgend-
jemanden immer die richtige Zeit war, etwas zu posten.
Außerdem war L vom Erscheinen der ramponierten, be-
trunkenen Gestalten gerührt, die man nur abends traf,
wenn sie den Platz, auf dem sie schon sehr viel länger
schliefen als die Demonstranten, wieder einnahmen.
Diese Männer und Frauen in dicken, dreckigen Klamotten, mit schmutzstarrenden Haaren; in den Straßen von
Paris war L ihnen bereits begegnet, aber gehört hatte sie
sie nie. Wenn sie das Wort ergriffen, brachte das einen Teil
der versammelten Menge furchtbar auf, weil sich merkwürdige und unverständliche Dinge dabei abspielten –
Bruchstücke von Leben und Feststellungen über Tauben,
Magenknurren, endlose an Gott oder an die Bürgersteige
gerichtete Beschimpfungen, nichts, was zu einer Abstim-
mung aufgerufen hätte –, doch L hörte ihnen gern zu. Die
Zusammenkünfte standen unter dem Vorwurf, bloß dem
Narzissmus zu dienen, man lauschte den eigenen Worten,
sah sich selbst beim Reden zu, man tat nichts, kam nicht
voran. Und doch, die Tatsache, dass sich bislang unter-
drückte Körper und Stimmen nun in der Abenddämmerung zum Mikro vorkämpften, reichte aus, dass dieser
Narzissmus nicht ganz und gar zu verdammen war. Man
vertiefte sich vielleicht in ein Spiegelbild, doch es war
das Bild einer Gruppe, auf die L noch nie zuvor geachtet
hatte, die sie am helllichten Tag missbilligte.

Nachdem sie L das Versprechen abgerungen hatte, am
Freitag zu kommen, ging Salma in Richtung Metro davon, ihr kleiner Umriss schutzlos den E-Rollern und pfeil-

schnellen Fahrrädern ausgeliefert. L blieb noch ein paar Minuten auf der Bank sitzen, aber sie mochte es nicht, wie die Passanten ihr im Vorübergehen rasche Blicke zuwarfen. Sie mochte auch den Mann nicht, der ein Stück entfernt auf der Ufermauer saß und sie nicht beachtete – sie so wenig beachtete, dass L sich fragte, ob es nicht verdächtig war. Sie ging nach Hause und hielt unterwegs ihren Mantelkragen umfasst, in dem vergeblichen Versuch, die eisigen Januarböen abzuwehren. Der Schnee des vorigen Tages war restlos geschmolzen, doch in der Luft hing noch etwas von seinem eigentümlichen Geruch. Das Drinnen sei von unendlichem Reichtum, hatte Elias eines Tages gesagt, doch sei es nicht in der Lage gewesen, etwas auf so banale, so unmittelbare Weise Erfreuliches zu erfinden wie Schnee. Daran erinnerte L sich jedes Mal, wenn sie Schneeflocken sah.

Sie fing an, sehr gewissenhaft den Antrag für die Besuchserlaubnis auszufüllen. Das Formular war kurz, vollkommen klar, und L glaubte, gut damit fertigzuwerden, bis sie zu der Liste benötigter Anlagen kam und ihr aufging, dass es kein Familienstammbuch gab, das ihre Verbindung zu Elias belegt hätte. Den Websites zufolge, auf denen sie recherchierte, musste sie einen Brief schreiben und darin ihre enge Beziehung zum Beschuldigten darlegen, samt der vorbeugenden und förderlichen Wirkung, die ihr Besuch »hinsichtlich seiner Wiedereingliederung in die Gesellschaft und ins Berufsleben« auf ihn haben könnte. Das ist ein Witz, dachte L. Ein verfickter Witz. Sie war noch nie für die gesellschaftliche oder berufliche Wiedereingliederung von wem auch immer förderlich gewesen, und, wenn man so darüber nachdachte, schon gar nicht für die von Elias. Sie hatte ihn im Gegenteil aus sehr vielen Dingen ausgegliedert. Aus Deutschland. Aus einer Ehe. Das waren jetzt nur zwei, aber sie schienen ihr ausreichend gewaltig, um als »viel« zu gelten. Deutschland war zum Beispiel ein sehr großes Land, war das dem zuständigen Gericht bewusst? Und warum gingen alle Musterbriefe, die L im Internet fand, wie selbstverständlich davon aus, dass Liebe einer gesellschaftlichen Wiedereingliederung gleichkam? Warum sollte sie nicht gerade das Gegenteil bedeuten?

Bevor er mit L zusammenlebte, war Elias mit einer Frau verheiratet gewesen, die mit Computern nichts am Hut hatte. Sie war deutsch, so wie er. Doch aus unerfindlichen Gründen hatte L Elias nie als Deutschen angesehen – wohingegen sie sehr genau gesehen hatte, dass er mit einer Deutschen verheiratet war, als wäre dies das Exotische an ihm. Als sie ihn acht Jahre zuvor zum ersten Mal getroffen hatte, erklärte Elias, für ihn sei es ein Glück, dass seine Frau sich nicht für IT interessiere. Er sagte, das erlaube es ihm, ein anderes Leben zu haben (»ein Außerhalb«), und sanft sprach er von dem Raum, den seine Frau ihm gab, wenn er zu ihr zurückkehrte, einem Raum, in dem er einen Körper hatte, langsam sein konnte, schlecht. L fragte sich, ob er das nur so dahinsagte, denn sie konnte sich schwer vorstellen, wie man damit einverstanden sein sollte, wie es eine Liebesbekundung oder ein Kompliment sein sollte, dass man bei jemandem schlecht sein konnte. Seine Ehe war nicht bloß ein Raum, sondern auch eine andere Zeitlichkeit und sogar eine vollkommen andere Seinsart, sagte Elias mit einem Lächeln, das zeigen mochte, dass ihm die Schwülstigkeit seiner Aussage bewusst war, oder seine Verzückung angesichts dieser Schwülstigkeit ausdrückte, die er seiner Beziehung vollkommen angemessen fand. In Real Life for Real and For Life, darum hatte er geheiratet, aber das konnte L sicher nicht verstehen, sagte er und senkte die Stimme. L glaubte, es doch zu verstehen, und senkte den Kopf, um seinen Tonfall zu spiegeln. Er und seine Frau, murmelte Elias, beschäftigten sich mit Themen, von denen er keine Ahnung hatte, oder zumindest nicht viel, oder aber mit Themen, von denen er etwas verstand, auf die er jedoch keinen Einfluss hatte, und all ihre Gespräche kreisten immer wieder langsam um diese Themen, indem sie sie mit Sätzen umrissen, in etwa so, als würden die zwei ein wunderschönes und/oder lächerliches Exponat in einer Vitrine bewundern, zum Beispiel ein Fabergé-Ei, das man bloß betrachten, aber niemals öffnen oder auseinandernehmen konnte, und das, sagte Elias, sei eine Erholung, wie man sie im Drinnen nicht kannte. Genau darum hatte L ihn begehrenswert gefunden, wegen der Dinge, die er an jenem Tag erzählte und die ausgerechnet das darstellten, was L durch ihren Wunsch zerstören würde, mit ihm zusammen zu sein oder er dadurch, dass er mit L zusammen wäre. Denn er und L gemeinsam, das ließ kein Draußen mehr zu, in dem man leben konnte, kein Fabergé-Ei, keine Langsamkeit, übrig blieb nur noch das Drinnen, aus dem man kurz auftauchte, um nach Luft zu schnappen, und in das man dann wieder abtauchte. L liebte ihn also, ja, aber sie hatte niemals ihre Liebe zu ihm geliebt. Sie wusste zu gut, was sie ihm durch diese Liebe genommen hatte.

Ein paar Monate nach seinem Besuch in Paris hatte L Elias angerufen und, langsam, zu ihm gesagt, indem sie immer wieder zwischen den Sätzen innehielt: »Schau aus dem Fenster. Siehst du den kleinen Parkplatz neben dem Thai-Restaurant? Da steht ein weißes Auto.«

L hörte, wie er aufstand, die Lamellen der Jalousie auseinanderschob, sein Gesicht wahrscheinlich nah an die Scheibe hielt – denn sein Atem wurde greifbarer.

»Bist du das?«, fragte Elias. »Bist du gekommen?«

L hielt die Luft an und schwieg.

»Du bist gekommen.« Ein Lächeln lag in seiner Stimme.

»Nein. Aber du hättest es gern. Es bringt nichts, jetzt noch das Gegenteil zu behaupten.«

Drei Tage später war er es, der zu ihr nach Paris kam.

»Wie oft hast du dir meine Straße auf Google Maps angesehen?«

L schüttelte den Kopf, als könnte sie sich nicht erinnern.

»Und wenn da an dem Abend gar kein weißes Auto gestanden hätte?«

»In Europa ist das seit zwei Jahren die am häufigsten verkaufte Farbe.«

»Hmm.«

»32 Prozent.«

»Also lag die Wahrscheinlichkeit, dass du dich vertust, bei 68 Prozent.«

»Natürlich nicht. Nur, wenn bloß ein einziges Auto da gestanden hätte.«

Sie stellten mehrere Berechnungen an. Elias schien zu glauben, das einzige Risiko für L habe darin bestanden, dass kein Auto ihre Anwesenheit suggerierte. L wusste, ihr einziges Risiko, ein nicht zu bezifferndes Risiko, hatte darin bestanden, dass er antwortete: »Was zum Teufel machst du hier?«

Hätte L schriftstellerisches Talent besessen, hätte sie dem Richter einen zornentbrannten Text über die Möglichkeit geschickt, Liebe als den Abbruch aller vormals bestehenden Bindungen zu definieren, über die Tatsache, dass Elias eine Frau von 1,78 Metern einem Land von 357 592 Quadratkilometern vorgezogen hatte, und über die Notwendigkeit, ihr aus exakt diesen Gründen eine Besuchserlaubnis zu erteilen. Doch die Niederschrift ihrer Gedanken in den Formen, die das Draußen verlangte, war ihr schon immer unangenehm gewesen. L schrieb also angewidert einen Brief aus dem Internet ab und bekräftigte, dass sie *Elias gern ihrer moralischen Unterstützung und ihres Zuspruchs versichern und die Beziehung aufrechterhalten wollte, die sie in dieser schwierigen Zeit verband.*

Antoine verspürte einen schwachen, aber hartnäckigen Brechreiz. In der Zeit, die er von der riesigen Glastür bis zur Metrostation brauchte (eine relativ kurze Strecke, die ihm auf dem Hinweg aber viel zu lang erschienen war, weil er vor Schweiß triefte und mit jedem Schritt das Risiko wuchs, dunkle Mondhöfe unter seinen Achseln zu präsentieren, sobald er im Büro von Clisset und Haume das Jackett ablegen würde), versuchte er herauszufinden, woher seine Übelkeit kam. Bevor er zu dem Treffen aufgebrochen war, hatte er noch hastig ein Sandwich hinuntergeschlungen, das man gar nicht anders als hastig essen konnte, weil man seine Meinung sonst gründlich geändert hätte. Labberiges, süßliches Weißbrot, eher Brioche als richtiges Brot, auch wenn das Etikett behauptete, es handele sich um Baguette (sicher nicht), belegt mit matschigem Thunfisch in Mayonnaise, die praktischerweise das fahle Grünzeug festpappte, das andernfalls herausgefallen wäre. Gut möglich, dass diese eher unpassende Zwischenmahlzeit (die allein dazu diente, einer akuten Unterzuckerung vorzubeugen, um bei seinem ersten Rendezvous zu dritt mit den beiden Verlegern nicht mit geschwächtem Kampfgeist und Charisma aufzutreten) die Übelkeit hervorgerufen hatte, doch etwas in ihm beharrte lieber darauf, dass der Brechreiz moralischen Ursprungs war.

Er war vom vorgesehenen Pfad für seine Projektvor-
stellung abgewichen. Statt es vorzustellen, hatte er es verkauft, und das ohne jeden Zwang. Niemand hatte ihm
Druck gemacht, selbst Fragen waren die Ausnahme gewesen. Clisset und Haume waren Freunde des Abgeordneten, diese Verbindung hatte Antoine ihre wohlwollende
Aufmerksamkeit gesichert und vielleicht sogar schon
einen Erfolg (ein weiterer, oder alternativer, Grund für
seine Übelkeit?). Während der ersten Minuten des Tref-
fens wanderte Antoines Blick vom einen zum anderen,
ohne dass er feststellen konnte, wer von beiden der Chef-
lektor und wer der Verlagsleiter war, und er fragte sich,
ob er seinen Vortrag ihrer jeweiligen Funktion anpassen
müsste. Also hatte er zunächst ein paar Sätze ins Blaue gesprochen und ihre Reaktionen belauert, ein leichtes Zucken im einen, dann im anderen Gesicht. Je mehr er über
die Zuständigkeiten seiner beiden Gegenüber in Zweifel geriet, desto mehr fühlte er sich zur Dreiecksspitze
der Ehrerbietung abgleiten; er fürchtete, sein erträumtes
Buch könnte missfallen, fürchtete, dass er eine Absage kassieren, dass man ihn höflich vor die (gewaltige, verglaste,
einschüchternde) Tür setzen würde, und er fing an, über
die Beziehung zwischen Capa und Taro zu sprechen, als
hätte Anarchie in seinem Projekt nie eine Rolle gespielt.
In schillernden Farben schmückte er ihre Liebesgeschichte aus und ging so weit, Capas Tod als, freilich ver-
zögerte, Antwort auf den von Gerda Taro darzustellen.
Dann beschrieb er, weil er nicht aufhören konnte, die Fotos aus Barcelona und Madrid. Er verfiel ins Sensationelle
und wollte die Wirkung spürbar machen, die diese Bilder
auf ihn hatten, und wenn seine Gesprächspartner davon
weniger elektrisiert schienen als er, lag das vielleicht da-

ran, dass sie Madrid und Barcelona nicht kannten oder dass sie diese Städte nicht mochten – vielleicht hatte man ihnen dort im Urlaub einmal das Portemonnaie gestohlen, oder es war ihnen im Sommer zu heiß gewesen –, also ließ Antoine die alten Fotos in einem neuerlichen Versuch, jäh wie ein Paukenschlag, links liegen und zeichnete den Verlegern das Bild eines Krieges, als hätte dieser vor ihrer Haustür stattgefunden:

»Stellen Sie sich eine der größten Avenuen der Stadt vor, den Boulevard Sébastopol vielleicht, weil das nicht so klischeehaft ist wie die Champs-Élysées, vollkommen leer gefegt. Auf Fahrbahn und Bürgersteigen: Autos und Busse mit offenen Türen, wie von ihren Einsiedlerkrebsen zurückgelassene Muscheln an einem Strand bei Ebbe. An einen geschlossenen Zeitungskiosk gedrückt versucht ein zitternder Mann, den Scharfschützen zu entgehen, die Stellung hinter den bunten Rohren des Centre Pompidou bezogen haben. Geschosse prallen vom Pflaster der Rue Quincampoix und vom verlassenen Museumsvorplatz ab. Im Brunnen der Place Stravinsky haben Niki de Saint Phalles Skulpturen den selbst gebastelten Bomben nicht standgehalten: Kläglich baumeln sie ins Wasser, ihre farbenfrohen Hüllen speien Füllung und Metallstäbe aus. An beiden Enden der Passage Molière wurden Sandsäcke und Steine hastig zu Barrikaden aufgetürmt. Ein Junge flucht, während er sie mit Scherben zu spicken versucht. Entlang der Ladenzeile sind alle Schaufensterscheiben durch die Druckwelle einer Bombe zersplittert: die des Juweliers, des Gipshandherstellers, der Tapasbar …«

Noch beim Sprechen dachte er, dass seine Schilderungen wohl den Bildern der letzten Samstagsdemos glichen, die Clisset und Haume im Fernsehen gesehen hatten (er war sich sicher, dass keiner von beiden auch nur einen Fuß in einen der Demonstrationszüge gesetzt hatte, und er befürchtete, dass sie zu den reichen Parisern gehörten, die ein Verbot der Demonstrationen forderten, damit sie samstags wieder in den Jardin du Luxembourg gehen konnten, die Kinder waren schon traurig, und was unternahm eigentlich ihre Bürgermeisterin, Anne Hidalgo? Schließlich lag der Park ganz in der Nähe, es wäre nur logisch, es sei denn, Haume und Clisset wohnten in einem anderen Arrondissement und begnügten sich damit, hier zu arbeiten, doch das konnte Antoine sie nicht fragen, er hatte sich schon genug in seinem Vortrag verheddert und war kurz davor, ihnen die Tapas auf den Speisekarten der zerstörten Restaurants aufzuzählen).

»Ich verstehe nicht ganz«, bemerkte Haume. »Spielt Ihr Buch nicht in Spanien?«

Clisset lächelte mit leicht glasigem Blick.

»Doch, natürlich. Das sollte nur …« Antoine schwieg einen Moment, selbst nicht sicher, was *das* genau gewesen sein sollte. »… ein Beispiel sein.«

Haume nickte langsam mit seinem Cheflektoren- oder Verlagsleiterkopf und starrte auf einen Punkt hoch oben an der gegenüberliegenden Wand.

Antoine hatte sie verloren. Er konnte sich nicht einmal einreden, dass es politische Gründe hatte, er hatte das Treffen verpatzt: Sein Endlosmonolog war unangebracht und hatte zweifellos wenig Ähnlichkeit mit der Fassung, an die er sich gern erinnern wollte. Sicher war er mit schiefen Sätzen gespickt gewesen, die Straßennamen waren Antoine erst nach mehreren Sekunden schmerzhaften Gestammels eingefallen. Wenigstens hatte er den Bären nicht erwähnt.

Am Ende des Gesprächs baten ihn die beiden Verleger, ihnen ein Kapitel zuzusenden. Antoine willigte rasch ein, als wäre dieses Kapitel bereits fertig. Was nicht vollkommen falsch war. Er hatte in den vergangenen Wochen dies und das geschrieben. Aber mehr war es nicht: dies und das, kein richtiger Text, geschweige denn ein klar gegliedertes Kapitel, in dem er das große Ganze entwarf, in das er sich anschließend versenken würde. Auf einem der Zettel über seinem Schreibtisch waren seit einigen Tagen die verschiedenen Abschnitte seines Buchs aufgeführt, einer unter dem anderen, so wie er sie grob eingeteilt hatte:

EINLEITUNG
ENTWICKLUNG
RETARDIERENDES MOMENT
AUFLÖSUNG

Für jeden Abschnitt hatte er als Motto zwanzig mögliche Zitate zur Auswahl, gefolgt von handschriftlichen Notizen, in denen man mehr Pfeile als Wörter entdeckte. Oft dachte er, er hätte früher mit dem Schreiben anfangen sollen. Mit dreiunddreißig war er schon so reif und kultiviert, dass man etwas von ihm erwartete – dass er selbst etwas von sich erwartete. Er hatte zu viele Bücher gelesen und zu oft über sie gesprochen, um sich ein mittelmäßiges Werk zu erlauben. Es gab da so einen Nietzsche-Satz, aber er fand ihn nicht mehr (von Nietzsche war Antoine schon lange fasziniert, nicht wegen seiner Tiefgründigkeit, sondern weil er es fertiggebracht hatte, einen Teil von *Ecce homo* mit »Warum ich so gute Bücher schreibe« zu betiteln – wo nahm man ein solches Selbstvertrauen her? Wie eignete man es sich an?). Jetzt musste er also nur noch ein Meisterwerk zustande bringen. Er war wie gelähmt. Er dachte an all die Männer, denen es nicht genügt hatte, über den Spanischen Bürgerkrieg zu schreiben, und die ihn daher mitgemacht hatten. Er fragte sich, ob es vernünftig war, in den Ring der Schriftstellerei zu steigen und diese Schwergewichte herauszufordern, und zwar alle auf einmal. Die spanischen Republikaner waren schon von Hemingway, Orwell, Dos Passos, Malraux und Bernanos beschrieben worden. Brauchten sie da noch Antoine?

In der Metro legte sich seine Übelkeit schließlich, seinem grünlichen, immer wieder aufblitzenden Spiegelbild in den Zugfenstern zum Trotz. Er ertappte sich sogar bei einem Lächeln, als ein Musiker in den Wagen stieg, schwer beladen mit einem Lautsprecher, aus dem (erstaunlicherweise) ein Stück von The Cure drang, das der Mann (noch erstaunlicher) in einer Sprache zu singen begann, die Antoine nicht erkannte. Am Ende des Songs wollte Antoine nicht mehr nach Hause fahren. Er war zu einer Party eingeladen, auf die er bisher nicht hatte gehen wollen (er hatte gehofft, ein Treffen mit Verlegern würde ihn zum Schreiben anspornen). Das war die Gelegenheit, umgehend zu prüfen, ob er sein verpatztes Treffen in ein Vorzeichen künftigen Erfolgs ummünzen konnte. Eine halbe Stunde später stand er vor Jérémies Tür.

Der Freundeskreis, in dem er sich seit seiner Aktivistenzeit bewegte, war einer jener Zirkel, in der die Frage »Was machst du so?« nicht darauf zielte, etwas über jemandes Beruf zu erfahren, sondern über die diversen Projekte, die man möglicherweise zur Besserung der Gesellschaft verfolgte. »Ich schreibe ein Buch über den Spanischen Bürgerkrieg« wäre eine völlig akzeptable Antwort, und wenn es Antoine gelänge, den schizophrenen Zusammenprall zu vermeiden, der in seinem Geist den Vortrag, den er seinem Gegenüber hielte, mit jenem überblendete, den er schwitzend und stammelnd vor Clisset und Haume vorgebracht hatte, wäre er ausnahmsweise einmal zufrieden mit sich. Natürlich würde das Buch eines Tages erscheinen (wenn er es schaffte, sich ans Werk zu machen, aber vielleicht musste er dazu erst Fernseher und Weißweinflaschen loswerden, dafür sorgen, dass der Weinhändler in seiner Straße dichtmachte, einen anonymen Anruf im Pariser Rathaus tätigen und behaupten, er habe dort Ratten gesehen, und dann noch die Lieder von Conor Oberst verbieten oder, schlimmer, Conor Oberst umbringen –, aber nein, dann gäbe es posthume Platten, Tributes, das wäre noch viel schlimmer), und dieses Doppelleben hätte ein Ende. Es wäre offensichtlich, dass Antoine ein gut verkäufliches Werk über die Epoche geschrieben und das Rot und Schwarz der Anarchie rosa übertüncht hätte, Und hätte das Buch den erhofften Erfolg, würde er tüchtig absahnen, indem er Robert Capa und Gerda Taro, die ihn nicht darum gebeten hatten, wie Marionetten tanzen ließe. Während Antoine die Treppe hochging, redete er sich allerdings ein, dass er ein paar bewundernswerte, aber unauffällige Passagen in das Buch einflechten könnte, deren ungewohnte, sepiafarbene Schönheit manchen Leser dazu brächte, die Anarchie neu und von nun an mit Wohlwollen zu betrachten.

Den ganzen Nachmittag über war es Ls Plan, ihr Wort zu brechen und nicht zu Salmas Party zu gehen. Sie könnte behaupten, sie habe Bauchschmerzen bekommen, Kopfschmerzen, Unwohlsein, egal was, einen beliebigen Körperteil anführen und ihn beschuldigen, irgendwie defekt zu sein – die Gesundheitswebsites, die sie in letzter Zeit ausgiebig besucht hatte, hatten sie für ihre Entschuldigung mit einem ganzen Fächer brauchbarer Krankheiten versorgt. Wahrscheinlich würde Salma nicht sofort lockerlassen, aber L war sich sicher: Wenn sie ihr spät absagte und Salma schon von vollen Gläsern und lautem Gelächter umgeben wäre, würde ihre Freundin ihr Fehlen nur kurz bedauern und sich dann wieder ins Vergnügen stürzen.

Der Parc de la Villette lag bereits im Dunkeln, und die Reflektorstreifen an den Hosen der Jogger blitzten regelmäßig entlang des Kanals unter den Brücken aus Stahlrohr auf. L goss kochendes Wasser in ihre Stempelkanne, beobachtete ein paar Sekunden das wirbelnde Kaffeepulver und setzte sich dann wieder an ihren Computer. Sie richtete sich dort mit der Absicht ein, mehrere Stunden im Drinnen zu verbringen, begriff jedoch schnell, dass sie sich an diesem Abend entweder langweilen oder streiten würde. Nichts geschah, abgesehen von den Shitstorms, die über die weite, eintönige Fläche der Websites fegten und Ruinen hinterließen. Es war ein Abend für Trolle, von dem man sich nichts erwarten durfte. Die einzig vernünftige Reaktion war – das wusste L genau –, sich vom Rechner zu entfernen, die Hände von der Tastatur zu nehmen, ehe man, auf die eine oder andere Weise, in den Strudel hineingezogen wurde. Trolle waren faszinierende Ungeheuer, furchtbar effektiv. L hatte ihr Verhalten über Jahre studiert und ihr unterirdisches Reich kartiert, das sie ihren Freunden aus dem Draußen bisweilen erläuterte.

Da gab es die *Hater*, besonders auf YouTube und anderen Seiten zum Content-Sharing, die sich auf das Zerfleischen all derer spezialisiert hatten, die sich selbst für Helden hielten oder die von den *Hatern* für Menschen gehalten wurden, die sich selbst für Helden hielten, sodass jeder x-beliebige Kommentar unter einem Video oder Artikel ihre Wut entfesseln konnte – in unterschiedlichen Ausprägungen, erklärte L eingehender, denn die *Backstalker* machten dich fertig, indem sie dich mit deinen eigenen Onlinearchiven in Verruf brachten, die *Concerned* sabotierten lieber jegliche Unterhaltung und lenkten sie immer wieder auf ein Thema, das man selbst geflissentlich umgangen hätte (Kinder, Sklaverei, das gefälschte Video der Mondlandung von 1969 und natürlich: den verdammten 11. September), während die *Hate Mongers* einfach nur penetrant SCHWUL, LESBE oder FETTE KUH zu tippen brauchten (auch hier gab es zwei Lager, die sich anhand ihrer ultimativen Lieblingsbeleidigung unterschieden; in 99 Prozent der Fälle und traurig ähnlich verteilt erwies sich diese als JUDE oder NAZI).

Und dann, fuhr L fort, gab es da noch die *Griefer*, von denen es in Onlinespielen nur so wimmelte und die möglichst vielen Mitspielern zum Spaß die Partien verdarben, Spiele aus sadistischer Befriedigung gegen die Wand fuhren, beispielsweise auf einen oder mehrere Gegner zielten und sie immer wieder aufs Neue töteten, so verlässlich, dass ihre Opfer gar nicht mehr ins Spiel zurückkehren konnten, im Augenblick ihrer Neugeburt starben und an ihren Tastaturen schier durchdrehten.

Natürlich gab es auch

- die *Perversen*, deren plötzliches Auftauchen unweigerlich von Schwanzfotos begleitet wurde – und die Gleichstellung von Mann und Frau wäre im Internet an dem Tag erreicht, sagte L manchmal, an dem man damit anfinge, mit Vulvafotos zu trollen,
- die *Crybabies*, die jegliche Äußerung verletzte und die ständig damit drohten, eine Website für immer zu verlassen (es aber nie taten) oder einen bei den Administratoren anzuschwärzen,
- die *Gläubigen*, die jeden ihrer Kommentare mit Bibel- oder Koranversen spickten (den Beiträgen der *Haters* und *Griefers* an Absurdität in nichts nachstehend, bloß dass diese Absurdität verdeckter war, was sie umso nerviger machte, da man sich erst mühevoll erschließen musste, dass die Kommentare rein gar nichts aussagten),
- die *Grammar Nazis*, die hervorsprangen, sobald ihnen ein Rechtschreib- oder Grammatikfehler den Einsatz gab (in Ls Fall also häufig), und die manchmal so schnell tippten, dass ihnen selbst ein Fehler unterlief, was wiederum *Grammar Nazi Nazis* auf den Plan rief (sofern es sich dabei nicht

um die gleichen Personen mit unterschiedlichen Pseudonymen handelte), und von da an pendelte die Unterhaltung ausweglos zwischen Konjunktiv I und II hin und her,

- die *Shitposter*, die von Copy-Paste lebten und am Bildschirm das bekannte Kinderspiel nachspielten, bei dem man seinem Gegenüber einfach alles nachplappert – und trotzdem blieben die Leute da, erklärte L mit großen Augen, sie schrieben weiter Kommentare, in die Falle gelockt von ihrem Wunsch, reif und überlegen zu wirken.

Wenn sie genug von der Liste hatte oder ihre Zuhörerschaft aus dem Draußen keinen Gefallen mehr daran fand, versuchte L, deutlich zu machen, dass man nur dann von Trollen sprechen konnte, wenn die Leute selbst nicht an ihre Aussagen glaubten und andere Nutzer bloß in den Wahnsinn treiben wollten. Man durfte sie also nicht mit wirklich wütenden, gläubigen, grammatik- oder penisfixierten Usern verwechseln. Das machte das Erkennen von Trollen ziemlich kompliziert, sofern man sie nicht schon in anderen Chatverläufen bei ähnlichem Verhalten beobachtet hatte, und konnte ein Erkennen sogar – dachte L manchmal – gänzlich unmöglich machen. Was die Frage aller Fragen betraf, nämlich warum Trolle trollten, war L unsicher, ob sie eine Antwort darauf hatte. Einige Bewohner des Drinnen verglichen Trolle mit den nicht abreißenden Kränkungen des Sokrates und beteuerten, sie würden eine besondere Art der Mäeutik anwenden, um ihren Opfern die Wahrheit zugänglich zu machen (die in diesem Fall also eher als »Patienten« oder gar unglückselige »Schüler« zu betrachten waren), und zwar über den Umweg des Zorns. Manchmal erwähnte L diese philosophische Erläuterung, doch es war ein rein solidarischer Reflex unter den Clans des Drinnen. Üblicherweise reagierte sie auf die Ankunft der Trolle mit einer angewiderten Grimasse und vorsichtigem Rückzug.

Der Kaffee war dick wie Suppe, sie ließ ihn länger im Mund kreisen und zögerte, ihn zu schlucken. Das Forum, in dem sie sich angemeldet hatte, wurde gerade von einem besonders rüden *Hater* zerlegt, der einen Schweif zu spät kommender oder zu wenig beherzigter Ratschläge hinter sich herzog: *Don't feed the troll, don't feed the troll.*

L stand seufzend auf, schlug die Wohnungstür hinter sich zu und eilte die Treppe hinunter.

Antoine überlegte die ganze erste Stunde der Party über, wie er verkünden könnte, dass er gerade bei einem großen Pariser Verlagshaus gewesen war, ohne angeberisch zu klingen. Er wollte die Information nicht einer ganzen Gruppe vor die Füße werfen, ein wenig Vertrautheit war nötig, aber es waren nicht genügend Leute da, dass sich am Rand Zweier- oder Dreiergrüppchen gebildet hätten. Als sich die Wohnung endlich so weit gefüllt hatte, dass die Schar in der Zimmermitte zerbrach und in Splittergruppen vom großen Tisch abdriftete, fand er sich mit einer jungen Frau auf dem Sofa wieder, die er kaum kannte, und er wollte sie nicht als Erste in den Genuss seiner Neuigkeit kommen lassen. Er hatte nichts gegen sie, aber ihre Bindung war zu schwach, zu mager, nett, aber unpersönlich. Die Frau schien das anders zu sehen, denn nach ein wenig Small Talk fragte sie ihn mit ernster Miene, warum er sich von Cécile getrennt habe. Er erwiderte, dass es nicht mehr funktioniert habe, oder irgendeine andere der Mechanik entlehnte Schwachsinnsmetapher, anstatt das zu sagen, was er eigentlich sagen wollte: »Ich habe Cécile verlassen, weil sie mir, sobald es Spannungen zwischen uns gab, Boris Cyrulnik zitiert hat. Als ich ihr gesagt habe, dass ich mich trennen will, sind ihr die Tränen gekommen, und ihre Nasenspitze wurde mit einem Mal ganz rot. Sie war unwiderstehlich. Es tat mir leid, so ein Mistkerl zu sein. Und da hat sie wieder Cyrulnik zitiert, also bin ich raus aus dem Café.« Die Frau stand vom Sofa auf und ging fort, zufrieden mit seiner verlogenen Antwort und ohne sich Gedanken darüber zu machen, dass ihre Frage weiter in seinem Kopf rumorte, ohne das von ihr heraufbeschworene Gespenst Céciles zu sehen, oder vielleicht sah sie es, war aber heilfroh, dem Phantom zu entfliehen und es Antoine zu überlassen, der es, weil er zwei Jahre mit Cécile zusammengelebt hatte, wenigstens eine Weile zu ertragen hatte. Er umkreiste es und beobachtete es neugierig. Er fragte sich, was denn nun wirklich passiert war, ehe er Cécile am Cafétisch hatte sitzen lassen, dem Ort ihrer letzten Auseinandersetzung, ehe sie zum Gespenst geworden war.

Augenscheinlich hatte Cécile eine gewisse Zahl ihrer persönlichen Neurosen identifiziert, was – ihrem Tonfall nach zu urteilen – bereits ein Erfolg war. Doch was war aus ihrer Fähigkeit geworden, sie einzuordnen und zu benennen? Antoine fand, dass sie sie schlicht in einem Wortcluster oder einer Begriffsliste angeordnet hatte, sodass die Neurosen offenbar und in Unterhaltungen offenbart werden konnten; sie schwebten über Céciles Kopf wie Warnungen, die ihr Gegenüber nicht übersehen konnte, oder wie Schlüssel, die man benutzen musste, um weiter mit ihr reden zu dürfen. Wenn Antoine so darüber nachdachte, bekam er tatsächlich den Eindruck, Cécile habe ihre Neurosen unter Glas gestellt, wie die Seemannsknoten auf dunkelblauem Grund, die man in den Souvenirläden entlang der bretonischen Küste kaufen konnte. Das schlangenartige, dichte, zwiegespaltene Aussehen des Achterknotens konnte dabei für das Verhältnis zu ihren

Eltern stehen, die ebenso schöne wie undurchsichtige Verflechtung des Trossensteks hatte gewisse Ähnlichkeit mit Céciles Aussagen über ihre Sexualität, die scheinbare Wurschtigkeit des Palsteks, der an einen schlampigen Henkersknoten erinnerte, symbolisierte ihre Schwierigkeit, die eigene Zukunft zu planen, die einfache Schlaufe des Webeleinsteks – die von einer Seilschlinge sowohl abgeschnürt als auch geschützt werden konnte – stand für ihr Selbstvertrauen, und die sorgfältige Wicklung des Wurfleinenknotens, der die vertrackten Windungen des Taus verdeckte, versinnbildlichte vielleicht die Neurose aller Neurosen Céciles: die Tatsache, dass sie durch die Klassifizierung ihrer Neurosen nicht von ihnen erlöst worden war. So wie man Seemannsknoten unter Glas stundenlang geistesabwesend betrachten konnte, ohne sie deshalb je knüpfen oder lösen zu können, schon gar nicht bei Sturm auf einem Schiff, waren die von Cécile freundlicherweise zusammengestellten Neurosen nur nutzlose Nachbildungen ihrer inneren Vorbilder, die unauflösbar blieben. Welchen Rat ein Gesprächspartner auch vorbringen mochte, Céciles Neurosen verweigerten sich, denn wie ihre Wirtin, ihr Opfer, ihre Eigentümerin seufzte, sobald ein Aufdringling eine entschiedene Meinung zu äußern wagte: »So einfach ist das nicht.« Sie hatte nie die Zeit, sich laut und deutlich an den Strängen und Fasern ihrer Neurosen entlangzuhangeln, die sich auf Traumata und Nichtigkeiten gründeten, doch Antoine gegenüber hatte sie zugegeben, dass sie sich vor dem Einschlafen oft an einer peinlich genauen Sezierung versuchte, und leicht beschämt bekannte sie, dass es ihr wohl nie gelingen würde, jede einzelne Neurose genauestens zu beschreiben, dass die Versuche an sich sie jedoch, wenn sie ehrlich war, mehr interessierten als alles andere. Im Grunde war er deshalb gegangen: Es war ihm unerträglich gewesen, sich mit einem zweiten Platz zu begnügen.

Nach Cécile (denn sie hatten sich vor fast einem Jahr getrennt, also warum stellte man ihm diese Frage jetzt? Warum beschwor man ihr Gespenst herauf? Aus Boshaftigkeit? Um ihn zu bestrafen?) hatte es nach und nach in verstreuten Nächten knapp ein Dutzend Frauen gegeben, doch die ersten hatten keine Vornamen gehabt, sie hießen gar nicht, sie erhielten das Etikett »nach Cécile«. Seinen Gesprächspartnern zufolge äußerte er diese zwei Wörter mit der wehmütigen und noch ein wenig hungernden Freude desjenigen, der wusste, dass er sich amüsiert hatte, oder, im Gegenteil, mit dem Selbstmitleid desjenigen, der einsieht, dass er sich ein wenig verloren hat. Die Frauen bekamen erst wieder Vornamen, als sie seltener wurden – ein paar Namen fielen ihm nicht mehr ein, manchmal tauchte zwischen zwei Benannten ein Gesicht auf, das nur für sich stand –, und schließlich erhielten sie auch einen Nachnamen, selbst wenn die Geschichten nicht lange hielten, und er hatte sich daran gewöhnt: mit Frauen zu schlafen, die auch einen Nachnamen hatten.

Antoine, tief in Jérémies Sofa versunken, war mit seinen Gedanken ungefähr an diesem Punkt angelangt, bei den Frauen und ihren vollständigen Namen, als er L begegnete, und es nervte ihn außerordentlich, dass sie mit nichts als einem einzigen Buchstaben herumspazierte. Wäre sie untenrum splitternackt und obenrum mit einem T-Shirt bekleidet gewesen, er hätte es nicht obszöner finden können. Guillaume stellte sie einander vor – und diese Aussage ist falsch, denn L stellte er gar nicht vor, sie war da, neben ihm, und er nannte Antoines Namen und wedelte in dessen Richtung oder Richtung Sofa, und indem er mit der anderen auf die junge Frau wies:

»Und das ist ...«

»L«, sagte L.

Guillaume zeigte das müde Lächeln eines Typen, der das eigentlich nicht mehr lustig findet, aber keine Wahl hat.

L wollte gehen, sie würde gehen, und das war nahezu eine 180-Grad-Wende, wenn man bedachte, wie lange sie überlegt hatte, ob sie herkommen sollte, dann wie lange sie gebraucht hatte, um sich einen Weg durch diese Wohnung zu bahnen, teils wegen der vielen Gäste, teils weil Salma sie bremste, indem sie um sie herumtanzte und sich nicht entscheiden konnte, ob sie L mit Mitgefühl überschütten oder Feierlaune in ihr wecken sollte, beständig zwischen geflüsterten Fragen und kleinen Freudenschreien wechselnd, mitunter Leute herbeiwinkend, die L kennenlernen sollten, und obwohl L Salma verboten hatte, mit irgendjemandem über Elias' Verhaftung zu sprechen, war ihr klar, dass Salma sie heute Abend gerade wegen dieser geheimen Verhaftung interessant fand und der Meinung war, Hinz und Kunz müssten sie kennenlernen, sodass L, hinten im Wohnzimmer angekommen, beschloss zu gehen, da es sie weder nach Barmherzigkeit noch nach Sensationslust verlangte. Also machte sie unauffällig kehrt und hängte Salma mit kleinen, kaum merklichen Schritten ab, als sie plötzlich am Top einer großen, rothaarigen Frau mit mascaraschweren Augen einen selbstbewusst angepinnten, runden Plastikanstecker entdeckte. L näherte sich so weit, wie es das überfüllte Zimmer zuließ. Das Mädchen trug einen Button mit dem Foto von Jeremy Hammond. L rückte noch etwas näher. Eigentlich näherte sie sich nicht der jungen Frau, sondern dem Anstecker. Sie hatte Hammonds Gesicht immer gemocht, und das fügte sich gut, denn sein Gesicht gab es zweimal: Jeremys Zwillingsbruder, Jason, hatte das gleiche. Sie sahen wie die netten Jungs auf dem Lycée aus; die, die sich nicht zwischen Metal und Reggae entscheiden konnten, zwischen Kiffen und Skaten, die an Wintervormittagen Rauchwolken ausstießen und sich die Hände rieben, weil sie früh aufgestanden waren, um Plakate zu kleben oder den Bus zu einem Festival zu nehmen. L spürte eine besondere, innige Zuneigung zu Jeremy Hammond, und sie bedauerte, dass sie ihn im Drinnen nicht kennengelernt hatte. Online mussten sie sich zu Beginn der 2010er-Jahre zwangsläufig begegnet sein, und vermutlich hatte sie sich mit ihm unterhalten, als er ghost hieß oder o oder Anarchaos, allerdings ohne zu wissen, dass er dieser Riese mit den fahlen Augen und den geflügelten Fingern war, und L hatte ihn wieder vergessen. Elias hingegen war mit Hammond in Kontakt gewesen, zu der Zeit, als er Hack This Site benutzte. Er meinte, er könne nur schwer glauben, dass Jeremy Amerikaner sei: Seine politische Kultur war voller Bezüge, die Elias deutsch und L französisch vorkamen. Dennoch war Hammond ein Junge aus Illinois, aufgewachsen in Glendale Heights, in der Chicagoer Vorstadt, und von dort hatte er sich nie sehr weit entfernt. Er hatte ein wundervolles Talent für Rechner, doch nicht deshalb schätzte ihn L, und auch das Mädchen mit den verklebten Wimpern trug sein Konterfei nicht deshalb an der Brust – darauf wettete L. In einer Welt, in der das *lulz* für so einige Reibereien gesorgt hatte, da manche Aktionen nur angestoßen wurden, weil sie lustig waren, und andere nur, weil sie möglich waren, war Jeremys Lebenslauf von seltener politischer Perfektion. L hatte Anons gekannt, die an einem Tag Banker angriffen und am nächsten ein Forum für Epileptiker sprengten – für sie zählte nur die Schwachstelle, durch die sie eindringen konnten, was man daraus machte, war völlig nebensächlich. Doch Jeremy Hammond hatte sowohl im Draußen als auch im Drinnen stets Kämpfe ausgetragen, mit denen L sich identifizieren konnte. Draußen kämpfte er gegen Neonazis, Homophobe und Holocaustleugner, und er kämpfte wirklich, mit Fäusten und Füßen, kämpfte mit seinem ganzen Körper, diesem großen, blassen Körper, der in Jason, seinem Zwilling, seine Nachbildung fand, und vielleicht, dachte L manchmal, hatte er deshalb keine Angst davor, verletzt oder getötet zu werden: Zu Hause blieb ihm immer noch eine zweite Version seines Körpers. Außerhalb dieses Körpers, in der Unendlichkeit des Drinnen, hatte Jeremy Hammond sich im Jahr 2006 bei Protest Warriors eingeschleust, dann, sechs Jahre später, genau zu Weihnachten, bei Strategic Forecasting. Sobald Hammond und seine Partner von der Gruppe Anti-Sec die Website von Stratfor geknackt hatten (denn sogar Informations- und Überwachungsdienste haben Kosenamen), brachten sie Kreditkartennummern an sich – Nummern von dreißigtausend Karten, da weidete eine ganze Herde, völlig schutzlos, oder jedenfalls fast – und nutzten sie für Spenden (es war immerhin Weihnachten). So wurden siebenhunderttausend Dollar »an das Bradley-Manning-Unterstützungsnetzwerk, die Electronic Frontier Foundation, die ACLU, an CARE, das Rote Kreuz, Amnesty International, Greenpeace, zwei oder drei Kommunisten, Knackis, einige Hausbesetzer und einen Haufen Mitstreiter überwiesen, deren Namen ungenannt bleiben sollen«. Außerdem speicherte man interne Firmenkommunikation aus acht Jahren und gab sie an WikiLeaks weiter. Diese E-Mails deckten insbesondere auf, dass Stratfor von der Dow Chemical Company beauftragt worden war, nach der Katastrophe von Bhopal die Gegner des Unternehmens zu überwachen, und von Coca-Cola, sich zum Zeitpunkt der Olympischen Winterspiele 2010 nach dem Wohlergehen von *deren* Gegnern zu erkundigen. Bevor die Piraten die Seite verließen, empfahlen sie sich höflich, indem sie alle Daten löschten und die Startseite durch *Der kommende Aufstand* des Unsichtbaren Komitees ersetzten. Jeremy Hammond hatte sich keinen einzigen Dollar in die eigene Tasche gesteckt. L dachte, wenn die Städte des Draußen die gleichen Gesetze hätten wie die Drinnen-Welt, wären öffentliche Plätze mit allen möglichen Denkmälern geschmückt, Obelisken oder Triumphbögen, die unter steinernen Blättern und Kränzen Jeremys siegreiche Schlachten feiern würden. Sie sah ihn als wiedergekehrten Robin Hood. Der Richter, der ihn zu zehn Jahren Haft verdonnerte, war offensichtlich anderer Meinung. Hammond gehörte zu jenen, die 2012 von Sabu ans FBI geliefert wurden, seine Verhaftung läutete das Ende der anonymen Armee ein – am Abend des 6. März, einem Dienstag, gab es über Chicago möglicherweise einen hübschen Sonnenuntergang, wer wusste das schon, nach den eisigen Temperaturen des Vortags war das Wetter beinahe schön, die Luft musste nach Frühling gerochen haben, und dann plötzlich: *Keine Bewegung, Hände an den Kopf!* Ein paar Stunden später fiel das Drinnen durch folgende Information schlagartig auseinander: *Sie haben Anarchaos festgenommen, ghost ist gefallen, die*

Bullen haben o geschnappt, und wegen seiner vielen Avatare wirkte es, als wäre Jeremy zwanzig Mal in zwanzig verschiedenen Gestalten verhaftet worden. Seltsam, dachte L, dass ihr gerade dieses Gesicht auf einer Party ins Auge fiel, auf die sie gegangen war, um nicht ans Gefängnis zu denken. Oder vielleicht war es gar nicht seltsam, im Gegenteil. Sie glaubte zwar, nicht mehr daran denken zu wollen, aber ein anderer Teil von ihr suchte nach Dingen, an denen sie sich nähren konnte, um weiterzumachen, und sie tat, als wäre das Zufall, eine verrückte Fügung, wo es doch bloß eine Ausflucht war. Hammond würde 2020 aus dem Gefängnis kommen. Er würde freikommen und eine Welt vorfinden, in der nun Elias im Gefängnis säße. Doch würde Hammond das wissen? Existierte Elias' Verhaftung für ihn, so wie seine für Elias existierte, für L oder für das rothaarige Mädchen mit dem Button? L blieb benommen stehen, vergaß, dass sie eigentlich gehen wollte. Sie stützte sich an der Wand ab, um nicht mehr zu schwanken. Guillaume tauchte auf, zwischen zwei Körpern in geblümten Pullovern. Er fragte sie mehrmals, betont freundlich, ob alles in Ordnung sei. *Bist du zum ersten Mal abends aus, seit es passiert ist?* Sie nickte schnell, noch bevor er den Satz beendet hatte. Sie fingen an, mit übertriebener Nostalgie von früheren Partys zu reden, als hätten sie zehn oder zwanzig Jahre eher stattgefunden, als hätte L sich einen Gutteil ihres Lebens eingesperrt und als stünden sie einander plötzlich gealtert gegenüber. *Weißt du noch, letzten Sommer, als wir Helium genommen haben?* Die Wirkung hatte nur wenige Minuten angehalten, außer bei Salma, deren Stimme lächerlich hoch geblieben war, und das hysterische Gelächter schlug in Sorge, dann in Panik um. Elias war an jenem Abend nicht dabei ge-

wesen, erinnerte sich L, doch gleich darauf erwähnte
Guillaume seine Anwesenheit und meinte, er habe darauf bestanden, einen Medizinerfreund in Deutschland
anzurufen und abzuchecken, dass man auf Helium nicht
»hängen bleiben« konnte. Warum war er auf keinem
der Bilder, die L von der Party einfielen? Sie tat, als würde
sie Guillaume weiter zuhören, doch mit jeder Sekunde
tauchte sie tiefer in ihr eigenes Gedächtnis ab. Seit dem
4. Dezember schienen sich ihre Erinnerungen unablässig
zu rekonfigurieren. Manchmal tilgten sie Elias, als wäre
er schon immer im Gefängnis gewesen, als hätte es niemals einen freien Elias gegeben, einen Code- und einen
Fleisch-Elias ganz nah an ihrer Seite, die laue Wärme
seiner etwas zu weißen Haut, seine schwere, ernsthafte
Stimme mit dem deutschen Akzent, den Abdruck seiner
Brille abends auf seiner Nasenwurzel. Manchmal dagegen fügten ihre Erinnerungen Elias überall hinzu: zum
soeben zu Ende gegangenen Tag, zum gestrigen und zu
all den anderen wiedererinnerten. Elias mit dem Arm
um Ls Schulter. Elias, der ihr vom anderen Ende des Zimmers aus zulächelte. L musste, kraft ihres angespannten
Willens, in einer Anstrengung, von der sie zu zerreißen
glaubte, Elias' Arm aus ihrer Erinnerung entfernen, den
sie immer noch auf der Haut zu spüren meinte, und sich
dann zu ihm umwenden, zu diesem Hampelmann-Elias,
den die Erinnerung ihr aufdrängte, um ihn freundlichst
zum Gehen aufzufordern. Gestern warst du nicht da.
Auch vorgestern nicht. Und L mochte das Datum noch
so gut kennen, von dem an es unmöglich war, dass Elias
in ihren Erinnerungen auftauchte, ihre Erinnerungen
scherten sich kein bisschen darum und bevölkerten sich,
wie es ihnen beliebte.

»Ève?«, fragte Antoine.

»L«, korrigierte Guillaume. »L wie Leïla.«

Antoine streckte ihr die Hand hin, eine Geste, die er auf Partys sonst nie benutzte, die er nicht hätte erklären können, und er sah sich selbst, wie er sie hinstreckte, sah die erstaunten Blicke von Guillaume und der großen, braunhaarigen Frau vor sich. Kurz dachte er, sie würde nicht reagieren, würde seine Hand im Nichts hängen lassen, als handelte es sich um eine viel zu fremdartige Sprache, die sie unmöglich verstehen konnte.

»Ich hab ein bisschen viel getrunken, Leïla«, sagte er in dem für Vorstellungen typischen, leicht gekünstelten Tonfall.

Er hatte nach jeder kreisenden Flasche gegriffen, um den Mund voll und einen guten Grund zu haben, nicht das zu erzählen, von dem er geglaubt hatte, es hier erzählen zu wollen, und von dem er nun einsah, dass er es eigentlich nicht erzählen konnte, nicht auf diese Art, nicht in diesem Rahmen, in Wahrheit war sein Buch allen herzlich egal. Ihm war schwindelig, und er bereute, dass er sich für Ls Begrüßung vom Sofa erhoben hatte. Jetzt, da er stand, musste er sich irgendwie durchlavieren. Ohne großes Interesse stellte er ihr ein paar Fragen, denn die einzigen, die in einem solchen Moment von Bedeutung waren – nämlich »Wer bist du?« und »Warum rede ich mit dir?« –, durften nicht gestellt werden. Stattdessen spielten sie alle drei »Was machst du so?« und »Woher kennt ihr euch?«. Guillaume berichtete, L führe einen virtuellen Krieg gegen Neonazis, doch sie wandte sogleich ein, dass sie sich sehr gemäßigt habe und vor allem IT-Hilfe leiste, was ihn zu enttäuschen schien – Guillaume wollte immerzu stolz auf seine Freunde sein können, und gerade aus diesem Grund war er Antoine oft lästig. Antoine erzählte, dass er Salma aus der Vorbereitungsklasse für die Uni kannte, und fügte hinzu: »Das macht uns nicht gerade jünger«, in einer ironischen Imitation seines Vaters, aber vielleicht konnten Menschen, die seinen Vater nicht kannten, diese Ironie gar nicht wahrnehmen, und er bereute den Satz augenblicklich. Er erzählte von der Salma von vor zwölf Jahren, zu der Zeit, als sie Grenade(s) gegründet hatte, anfangs nichts als eine Studentinnenvereinigung, die sexistisches Benehmen von den Partys der Sciences Po verbannen wollte. L erwiderte, sie habe Salma auf der Place de la République kennengelernt. Guillaume kramte die Anekdote mit der zu kleinen K-Way-Jacke hervor, als wäre er dabei gewesen, und in seiner Geschichte wirkte die Regenjacke wie ein Werkzeug, das den seltenen Vogel namens L eingefangen hatte.

L sprach rasch und abgehackt. Man hatte den Eindruck, sie würde jeden Satz innerhalb eines Atemzugs denken und danach so schnell wie möglich loslassen wollen, um zum nächsten überzugehen. Antoine überlegte, ob er sie hübsch fand – eine Frage, die er zu verscheuchen suchte, weil Salma ihm schon oft gesagt hatte, es sei unerträglich, wenn er glaube, Frauen hätten es nötig, von ihm in ihrem Äußeren bestätigt zu werden, könne er sie nicht einfach urteilsfrei sie selbst sein lassen? Offenbar lautete die Antwort nein, und Antoine versuchte, sich auf das zu konzentrieren, was L ihm erzählte, um nicht länger über die Vorwürfe nachzudenken, die Salma ihm gemacht hätte, hätte sie vom anderen Ende des Wohnzimmers aus seine Gedanken lesen können. Doch je mehr Mühe er sich gab, der Unterhaltung ohne innere Wertung von Ls Aussehen zu folgen, desto nachdrücklicher bewirkte er natürlich das Gegenteil und vertiefte sich in eine Betrachtung, die ihn am Zuhören hinderte. L hatte ein sehr ausdrucksstarkes, ein sprechendes Gesicht. Sogar wenn sie während der Unterhaltung für Sekunden die Gedanken schweifen ließ, in sich selbst abtauchte, schlafften ihre Züge nicht ab. Im Gegenteil, es zuckte und tanzte durch all die kleinen Fältchen ihrer Mimik. Es war ein echtes Zwiegespräch, in das Antoine sich gern eingemischt hätte, er wollte ein paar Erwiderungen zwischen die Worte setzen, die er von den Bewegungen ihrer Lippen, Pupillen und Brauen ablas. Von diesem Abend behielt er weniger ein Gespräch mit L als mit dem Gesicht einer Frau in Erinnerung.

Ständig betraten und verließen Gäste die Wohnung. Manchmal begann L einen Satz neben dem Ohr einer Person und beendete ihn bei all dem Kommen und Gehen neben dem einer anderen. Das schien allen egal zu sein. Das rothaarige Mädchen sprach mit Guillaume, der sprach mit Antoine, und Antoine sprach mit L, oder andersherum, und irgendwann bemerkte L, dass die Rothaarige ihren Button verloren hatte, und hielt am Boden danach Ausschau, doch das Parkett der Wohnung war nicht mehr zu sehen, es gab zu viele Füße. Etwas später meinte Guillaume: »Hör auf, sie Leïla zu nennen, sie heißt nicht Leïla«, und die Frau, die neben ihm stand und nicht mehr die Rothaarige, sondern eine Brünette mit Kurzhaarschnitt war, fragte, ob das wahr sei. L nickte. Die andere wollte wissen, wie sie denn nun wirklich heiße, und L antwortete seufzend, wenn sie gewollt hätte, dass alle Welt ihren Namen kenne, hätte sie ihn auch öffentlich benutzt. Mit beleidigtem Gesicht sagte die Frau, sie finde es unfair, dass L sich unter einem Namen vorstelle, der nichts über sie aussage, das laufe einer grundlegenden gesellschaftlichen Übereinkunft zuwider, also auf Partys und so.

»Mädchen«, erwiderte L, »du zupfst dir die Augenbrauen, hast gefärbte Haare und bist geschminkt. Ich glaube nicht, dass gerade du mir was von authentischer Selbstdarstellung erzählen solltest.«

Die Frau zuckte zusammen, als hätte L sie von hinten angesprungen, und die Eiswürfel in dem leicht milchigen Drink in ihrer Hand stießen mit hübschem Klingeln hier und da gegen die Innenwand des Glases. Sie warf L einen schiefen Blick zu: »Du zupfst dir doch auch die Augenbrauen.«

»Nicht mein echter Name, nicht mein echtes Gesicht. Ich bin da konsequent. Und ich texte auch niemanden zu.«

L wunderte sich, dass sie die Energie aufbrachte, eine Unbekannte anzuraunzen, wo sie doch über einen Monat eingeschlossen in ihrer Wohnung verbracht und der Gedanke an eine Unterhaltung sie in Angst und Schrecken versetzt hatte. Sie dachte, dass es ihr offenbar nicht so schlecht ging, und um das zu feiern, nahm sie sich noch ein Bier. Der Typ namens Antoine fragte, warum sie lächele. L hielt ihm das soeben geöffnete Bier hin und fischte sich ein zweites aus dem Gemüsefach – durch sukzessive Seitwärtsbewegungen hatten sie die Küche erreicht. »Trinken wir auf mein steinernes Herz«, rief sie über den Lärm hinweg. Antoine antwortete etwas, das sie nicht verstand. L wettete, dass er was zur Musik gesagt hatte – Unbekannte auf Partys redeten oft über die Musik –, und sie nickte im Takt. »Wir brauchen was Stärkeres«, schrie Antoine, der Ls Toast nicht verstanden und seinerseits vorgeschlagen hatte, dass sie beide auf seinen zukünftigen Verlagsvertrag anstießen. Er schaute zum

Tisch und entdeckte eine Flasche Rum, die er mit kindlicher Freude schwenkte. L konnte nur wenige Schlucke nehmen, bevor Salma ihr das Glas aus der Hand nahm. »Verleite sie nicht zum Trinken«, sagte sie streng zu Antoine, und der hob beide Hände, um zu bedeuten, dass er nichts getan hatte, und kippte sich dabei Rum übers Hemd. Salma lachte los und schob ihn zur Spüle, damit er sich waschen konnte.

»Trink nicht zu viel«, sagte Salma zu L.

»Definiere ›zu viel‹«, erwiderte L.

»Du weißt schon«, meinte Salma.

L sagte nichts mehr. Antoine hatte am Spülbecken offenbar einen Freund getroffen und kam nicht mehr zurück. L folgte Salma ins Wohnzimmer, und als die Wohnungstür sich öffnete und ein Paar einließ, fiel ihr wieder ein, dass sie gehen wollte.

Antoine schaffte es schließlich, seine Unterhaltung mit Samir zu beenden, und versuchte, unter den Gästen Ls flackerndes Gesicht wiederzufinden. Er wechselte von der überfüllten Küche ins Wohnzimmer, das inzwischen bis hinaus auf den winzigen Balkon von Körpern überlief, wohin Jérémie und Guillaume trotz der Kälte anscheinend gedrängt worden waren. Ungeachtet aller Anstrengungen und abgebremst von embryonischen Wortwechseln entdeckte er das erhoffte Gesicht nicht. Dafür stieß er erneut auf die Rothaarige, die ebenfalls zum Rum übergegangen war, und er hielt ihr seine Flasche hin. Er erlebte eine kleine Enttäuschung: Das Gesicht der Rothaarigen tanzte nicht wie Ls, es schrieb keine stummen Wörter in bewegliche Fältchen, doch ab einem gewissen Nähegrad, zum Beispiel wenn Lippen einander berühren, unterscheidet man Gesichtszüge ohnehin nicht mehr.

L war froh, als sie wieder auf der Straße stand, geohr-
feigt von der kalten Luft. Früher war sie manchmal bis in
den Morgen von einer Party zur nächsten gezogen. Während ihrer Zeit als Kellnerin in den Bars hatte es sie mitunter noch überkommen: eine Lust, selbst zu trinken und
zu grölen, wie all jene, die sie über Stunden bedient hatte.
Man musste etwas finden, das noch offen war, manchmal
mit vom gleichen Durst ergriffenen Kollegen in ein Auto
steigen, um zu einer weit entfernten Fete zu gelangen.
Das machte sie jetzt nicht mehr. Ist eine gewisse Uhrzeit
überschritten, sind die Freunde weg und alle Kerle gei-
fernde Hunde, so ihre Erfahrung. Je fortgeschrittener die
Stunde und die Zahl der Gläser, desto mehr schwand die
Liebenswürdigkeit. Diese Penetranz der Vorstöße, die nur
noch ein einziges Ziel kannten. Wir hatten unseren Spaß,
aber. Warum war da dieses »aber«? L hatte immer gefunden, dass Spaß und Lachen überwältigend waren. Nur
dass das den Kerlen nicht reichte. Was wollten sie mehr?
Eines Nachts, während eines Raves, hatte ein besoffener
Typ sie augenrollend gefragt: »Warum willst du nicht?
Mit wem aus diesem Hangar würdest du denn in die Kiste
hüpfen?« Der Satz war hängen geblieben. Die fehlende
Wahl, die man ihr als Wahlmöglichkeit verkaufen wollte:
Such dir einen aus, denn mit irgendeinem musst du ja
schlafen. Manchmal antwortete sie den Jägern, dass sie les-
bisch sei, aber ab einem gewissen Alkoholpegel genügte
diese Grenze auch nicht mehr. Sie waren überzeugt, dass
L bloß mal *ihren* Schwanz kennenlernen müsste, und waren drauf und dran, ihn auszupacken, hier und jetzt, um
diesen Irrtum des Schicksals zu beheben. Diese widerlichen Dumpfbacken.

L wollte ehrlich zu sich sein: Auch sie hatte es früher

tun müssen, wollte mit irgendwem mitgehen, egal mit wem, sagte sich, dass der Abend vergeudet oder unvollendet war, wenn sie ihre Haut nicht an der eines anderen rieb. Manchmal hatte L ihre Freundschaften und sogar die Höflichkeit vergessen, hatte die Körper anderer Mädchen als potenzielle Bedrohung angesehen. Über die mit ihr im Wettstreit stehenden Körper hinweg hatten die Augen der anderen Frauen ihr diesen Blick zurückgeworfen, und für jede gab es nur noch zwei mögliche Modi Operandi: Rivalität oder Mitleid. L konnte noch so schlecht von den Typen denken und wie erbärmlich der spätabendliche Alkohol sie machte, auch sie erinnerte sich (vage), gebettelt zu haben: »Nur einmal, nur dieses eine Mal.« Noch ein anderer Satz fiel ihr wieder ein, sie wusste, dass sie ihn ausgesprochen hatte, aber sie bemühte sich, ihn unter all die in ihr abgelagerten Erinnerungsschichten zu stopfen, damit er nie wieder hochkäme: »Ich sag dir, das wird megagut«, ein Satz, der die ihr überlegenen Körper, die sie möglicherweise umgaben, vergessen machen, den sichtbaren Pluspunkten von Ls Körper einen technischen Bonus hinzufügen sollte, für das bloße Auge unsichtbar. Wenn sie ehrlich war, waren nicht die Männer das Problem, das Problem war die gesamte Fleischosphäre. Sie hatte recht gehabt zu gehen.

Sie haben kein Glück, Antoine. Sie erleben die Partei in einer traurigen Zeit. Die Angst vor der Revolte erstickt jede Debatte. Als ich eingetreten bin, haben wir uns permanent beharkt. So haben wir unsere politischen Argumente geschärft, durch intellektuelle Prügeleien. Niemand war sich mit dem anderen einig, aber genau das wollten wir von der Partei. Sobald Hollande Präsident geworden ist, haben sich die Medien noch auf die kleinste öffentliche Unstimmigkeit gestürzt. Fünf Jahre konnte niemand mehr laut und deutlich aneinandergeraten, man hat uns weisgemacht, Dissens wäre mangelnde Loyalität. Natürlich ist uns das dann im Wahlkampf um die Ohren geflogen. Und jetzt … wir herrschen über Scherben, und sie fliegen uns trotzdem noch um die Ohren. Vier Sozialisten, sechs Meinungen, hab ich recht?«

Sie saßen an einem Tisch im Palais Bourbon, gleich neben der Assemblée, und der Abgeordnete war in nostalgischer Stimmung. Eine Senatorin hatte soeben die PS verlassen, um sich La France insoumise anzuschließen, und ein weiterer Parlamentarier war einfach gegangen, ohne eine Richtung zu nennen, *alles lieber als das*, schien sein Austritt zu sagen. Der Abgeordnete hatte beim Verlassen des Plenarsaals mehreren Journalisten Rede und Antwort stehen müssen, und er hatte keine besonders gute

Figur gemacht. Sogar Bertrand hatte ihm nichts anderes sagen können: Das war ein bisschen … *lasch.*

»Die Partei ist ein verendetes Tier, in dessen Bauch wir immer noch Schutz suchen, aber es beginnt, zu stinken und kalt zu werden. Es hat überhaupt keinen Sinn mehr, heutzutage ein ganzes Leben in der Partei zu bleiben. Es bringt einen nicht weiter. Diese Art, Politik zu machen, ist tot, und ich kenne keine andere. Ich weiß nicht, was ich tun soll.«

Antoine schlug vor, noch einen Nachtisch zu essen, das schien ihm in diesem Moment die einzig vorstellbare Reaktion.

»Ah ja … eine Crème brûlée. Als ich zum Staatssekretär ernannt wurde – das habe ich Ihnen, glaube ich, noch nicht erzählt –, habe ich in zwei Monaten acht Kilo abgenommen. Meine Frau dachte, es wäre die Angst vor der Verantwortung, Versagensangst oder was weiß ich. Aber eigentlich habe ich die Vorstellung nicht ertragen, dass Kameras mich beim Essen filmen oder fotografieren könnten. Ich hatte nie darüber nachgedacht, wie ich esse, bis andere mir dabei zusehen konnten, und plötzlich, als ich zu jemandem wurde, dem die Journalisten folgen, konnte ich an nichts anderes mehr denken. Ich fand alles daneben. Ich war zu laut, krümelte zu viel, meine Lippen waren schlaff und wulstig, ich würde mich zwangsläufig bekleckern. Nichts ging mehr. Also habe ich tagsüber nicht mehr gegessen. Ich ernährte mich nur noch abends, wenn ich nach Hause kam, und Éliane war die Einzige, die mir dabei zusehen durfte.«

Die Frau des Abgeordneten war – ein bisschen wie die von Columbo – eine wiederkehrende Figur in dessen Monologen. Doch sie trat niemals auf – wie die von Columbo –, weil sie in Wahrheit seine Ex-Frau war und ihn nicht mehr sehen wollte. Ihr zufolge – so dem Abgeordneten zufolge – erlaubte ihnen der Umstand, dass ihre Kinder erwachsen waren, dieser furchtbar peinlichen Art der Verbindung zwischen geschiedenen Paaren zu entgehen, eine Mischung aus Frostigkeit und Hass, trotz allem gepaart mit einer auf jahrelanger Gewohnheit fußenden Zärtlichkeit. Das war ein Glück, und sie hatte die Absicht, es gründlich auszukosten und ihm weder zur Last zu fallen noch zuzulassen, dass er ihr zur Last fiel, daher nun adieu, ja, adieu. Als Antoine Cécile verlassen hatte, erzählte er es dem Abgeordneten – er fragte sich, wie er hatte glauben können, das sei eine gute Idee –, und der Abgeordnete widmete ihm daraufhin eine neue Aufmerksamkeit. Er vertraute ihm Episoden seines Ehelebens an, portioniert durch die Länge der Fahrten im schwarzen Dienstwagen, gebaut aus so straff organisierten Wörtern, dass für Zweifel kein Raum blieb. Antoine hörte zu. Er persönlich konnte unmöglich sagen, wem die Trennung anzulasten war. Und im Grunde war es ihm ebenso unmöglich, mit irgendwem anders als Céciles Gespenst über Cécile zu sprechen, und seine Monologe waren auch nicht von der gleichen formalen Eleganz wie die des Abgeordneten.

Bertrand hatte ihm eines Tages gesteckt, dass er das gesamte erste Buch ihres Vorgesetzten geschrieben und dieser lediglich seinen Namen daruntergesetzt habe, aber Antoine glaubte das nicht. Bestenfalls hatte Bertrand Material gesammelt und vorsortiert. Der Abgeordnete brauchte niemanden, um sich sprachlich zu entwerfen, Antoine stellte sich manchmal sogar vor, dass sein Arbeitgeber noch allein in seiner Wohnung die Reden weiterführte, die er vor seinen zwei Assistenten entwickelte. Die Wörter flogen ihm jederzeit tadellos geordnet zu, und wenn man ihm mitten im Satz ins Wort fiel, schien er ihn sogleich auf unbestimmte Zeit zu unterbrechen, um genau an dieser Stelle wieder anzusetzen, sobald er weiterredete. Antoine hatte diese Sprachakrobatik immer bewundert. Er fand sie ebenso schön wie die Kunststücke der Artisten unter den bunten Zirkuskuppeln, die ihm als Kind staunende Ahs und Ohs entlockt hatten. Sie schien ihm zudem mühelos ins Schriftliche übertragbar. Der Abgeordnete hatte gewiss niemals über einem ersten Kapitel geschwitzt, wie es Antoine seit seinem Treffen mit Clisset und Haume erging, vergeblich, stupide, bei jedem begonnenen Satz sicher, dass er einen anderen hätte schreiben sollen und dass dieses wackelige Fundament das Gleichgewicht der gesamten zukünftigen Arbeit aufs Spiel setzte, einer Arbeit, die keine Zukunft hatte.

Auf der kleinen Place Édouard Herriot, die jenseits der Fenster lag, sah Antoine, wie uniformierte Männer eine winzige Zusammenkunft unter kahlen Bäumen umrahmten. Ein etwa Vierzigjähriger im Dufflecoat schwadronierte in ein Mikro, das mit einem Lautsprecher auf Rollen verbunden war, drei andere hörten ihm zu und applaudierten so beherzt wie möglich. Sie trugen keine Transparente oder Flaggen, an denen man sie hätte erkennen können. Diese Straßenkreuzung war eine Petrischale der Proteste, ein winziges Fleckchen, auf dem sie genährt wurden, in der Hoffnung, die Wucht eines Slogans möge die vorübereilenden Parlamentarier in ihren Bann ziehen, bevor sie den Plenarsaal betraten. Jeden Morgen lernte Antoine eine neue Forderung kennen. Jeden Morgen vergaß er sie binnen Sekunden wieder, sobald er die Place Herriot mit großen Schritten hinter sich gelassen hatte.

Er klopfte nervös mit dem Teelöffel auf sein Dessert. Die karamellisierte Zuckerkruste war glühend heiß und die Crème kalt, das Ganze hatte eigentlich keinen definierbaren Geschmack, war reiner Temperaturunterschied. Ein Satz des Abgeordneten blieb ihm wie ein verirrtes Insekt im Ohr hängen und verursachte ein lästiges Surren, das er nicht loswurde: *Diese Art, Politik zu machen, ist tot.* Er fragte sich, ob man so etwas Synästhesie nannte, wenn Trauerreden einem noch die Crème brûlée im Mund verdarben und diese sich auf der Zunge zu zersetzen schien.

»Alles in Ordnung, Antoine?«

»Im Moment gelingt mir nichts«, sagte er mit erstickter Stimme.

Damit meinte er hauptsächlich das Schreiben, doch der Satz konnte sich auch auf die nahende Europawahl und die Erkenntnis beziehen, dass sie in ihm nicht das geringste Interesse weckte, oder darauf, dass er niemals die Rothaarige von Jérémies Party angerufen hatte. Er spürte, wie er in die verlorene Zone des Dreiecks abrutschte, wo alles grieselig und kalt war, jene Zone, die er in seinem Pariser Umfeld »Depression« nennen könnte, die bei seinen Eltern aber nie mehr als »ein kleiner Durchhänger« sein würde. Er glaubte nicht, dass der medizinische Fachbegriff irgendetwas änderte, dass er für so etwas wie Würde sorgte. Im Gegenteil, vielleicht wog er nur noch ein wenig schwerer. Plötzlich hatte er Lust, zu seinen Eltern zu fahren, um den »kleinen Durchhänger« abseits der Blicke seiner Freunde und Kollegen sowie seines Vorgesetzten zu haben. Er dachte, dass er gern eine Runde über den

Alten Hof drehen würde. Dachte an Xavier. Ans Meeresrauschen.

»Ich werde ein paar Tage in die Bretagne fahren und schreiben …«, sagte er. »Während der Sitzungspause, Ende Februar.«

Der Abgeordnete verschob das Kreuz seines Gesichts nach oben. Er musterte Antoine besorgt.

»Ich sehe die Gestalt noch vor mir – mitleiderregend anständig«, deklamierte er mit seiner allein Zitaten vorbehaltenen Stimme, »und rettungslos verlassen.«

»Hugo?«

»Melville. Ich bin kein Monomane. Die Seeluft wird Ihnen guttun.«

Er fügte hinzu, dass auch er am Monatsende wegfahren wolle. Wenn möglich, würde er übrigens schon früher fahren. Vielleicht würde er das wirklich tun. Der Mehrheit dabei zuzusehen, wie sie in den Ausschüssen die Gesetzesvorlagen der Opposition abschmetterte, war für niemanden ein Vergnügen. Und außerdem zermürbten ihn die nächtlichen Sitzungen. Er sah keinen triftigen Grund, warum man noch mehr davon brauchte, außer man wollte Parlamentarier seines Alters zermürben. Er sagte, er fühle sich wie gefangen in einem schlechten Remake von *Nur Pferden gibt man den Gnadenschuss*. Er bat Antoine, ihm die Gesetzesentwürfe in Erinnerung zu rufen, die in der Folgewoche diskutiert werden sollten, und in dem Bemühen, sie aufzuzählen, ohne dafür seinen Laptop auszupacken, stammelte Antoine ein lausiges Haiku daher: *Schule des Vertrauens/plötzlicher Kindstod/ Glyphosat.*

»Ach«, seufzte der Abgeordnete, »das Glyphosat … Bei diesen Sitzungen, und sei es nur in rhetorischer Hinsicht, da möchte ich schon dabei sein. Wir werden Zeugen groß-artiger Verrenkungen werden, warten Sie ab. Die werden sich die Sprache packen und sie verbiegen, um uns weis-zumachen, dass sie für das Glyphosatverbot sind, aber ge-gen das Gesetz, das Glyphosat verbietet, und dass das alles absolut Sinn ergibt. Die werden sich winden, Antoine, sie werden mit Floskeln jonglieren wie mit Tellern. Viel-leicht voller Ergriffenheit, vielleicht mit arroganter Non-chalance. Vielleicht werden sie auch gar nichts tun. Die können es sich erlauben. Sie können sich erlauben, ein-fach Nein zu sagen, sie haben die Mehrheit. Das werfe ich ihnen nicht vor – schließlich hatten wir sie selbst, wir auch, und wir haben sie genutzt, aber wir nutzen sie nie-mals genug, wie es scheint. Und dann haben wir sie so schnell wieder verloren … Die Regierung Valls ist den Stimmen hinterhergelaufen, es tat weh, das mit anzuse-hen. Man hatte den Eindruck, die Minister kämen auf ein Fußballfeld, wo niemand ein Trikot trägt, und würden an jede Tür klopfen, um sich zu vergewissern: Sie spielen doch in unserer Mannschaft?«

Antoine nickte langsam. Er erinnerte sich ganz genau an diesen Moment der Unschlüssigkeit und des Aushan-delns, von dem der Abgeordnete sich seltsamerweise aus-zunehmen schien, obwohl er zu jenen Mandatsträgern der PS gehört hatte, die zwischen den scharfen Parteikritikern und den Anhängern der Regierung schwankten.

»Das Problem haben die heute nicht mehr, so viel ist sicher!«, fuhr sein Chef mit verkrampftem Lachen fort. »Die Leute wählen rechts, halten sich an die Spielregeln, es gibt überhaupt keine Überraschungen mehr. Aber auch das werfe ich ihnen nicht vor. Sie wollen, dass ihre Mehr-heit einer Dampfwalze gleicht, und das ist ihr trauriges

Recht, dagegen kann ich nichts einwenden. Allerdings glaube ich allmählich, dass man Demokraten nur in der Minderheit erkennt, denn in der Mehrheit, und vor allem in der absoluten Mehrheit, gibt es im Grunde keinen Unterschied zwischen einem Demokraten und einem Diktator: Was er will, das tritt ein, so fürchterlich einfach ist das. Aber was ich denen sehr wohl vorwerfe, Antoine, ist, dass sie glauben, ihre Mehrheit verdankten sie der Fähigkeit ihres Präsidenten, die Kluft zwischen rechts und links zu schließen, und da gebe ich zu, dass ich morgens manchmal am liebsten losbrüllen oder irgendwas kaputt schlagen würde, und wenn ich es lasse, dann sicher nur, weil ich mir völlig bewusst bin, ein Weichling zu sein, aber wie dem auch sei, wütend bin ich, denn das Ende der traditionellen Parteien hat nichts mit Emmanuel Macron zu tun. Es gibt neue Gräben, die sowohl die Linke als auch die Rechte spalten und die, würde man sie zu vorherrschenden Kriterien machen, eine neue Karte politischer Strömungen ergäben, und in erster Linie – Verzeihung, ich werde vulgär –, aber in erster Linie ist das unser Scheißlaizismus. Ist Ihnen aufgefallen, dass ich darüber niemals spreche? Ich weigere mich. Ich weiß nicht einmal, ob ich eine Meinung dazu habe, und das macht die Sache dann doch einfacher, werden Sie sagen. Der Laizismus, die Abwehr des Front National, die Aufnahme von Migranten, diese Scheidelinien haben uns zersplittert, und nirgends, nie, konnten wir unter uns ausdiskutieren, wie wir uns dazu stellen wollen, wir haben uns gegenseitig angegriffen und mit kurzen öffentlichen Statements reagiert, wir haben das Schauspiel unserer Auflösung aufgeführt, ohne zuvor über die tiefer liegenden Gründe nachzudenken, und jetzt, wo wir retten, was noch zu retten ist, scheint es zu spät, um innezuhalten und sich zu besinnen, es ist *noch zu später*, falls das irgendwie Sinn ergibt. Wissen Sie was, Antoine? Eigentlich habe ich überhaupt keine Lust, mir noch eine einzige öffentliche Sitzung anzuhören. Ich fahre in Urlaub.«

Was genau hat ihn denn zu Fall gebracht?«, fragte Pierre.

Er hatte sich mit ihr in einem Café im 10. Arrondissement verabredet, voll abgenutzter lackierter Holzmöbel, und L war ihm dankbar, dass er nicht die nagelneue Saftbar direkt nebenan gewählt hatte, deren Deko aus in großen Körben drapierten Früchten auf weißen Tischen bestand. Sie hasste solche Läden, wo die Kellner und Kellnerinnen hinter Haufen alter Gemüsesorten und exotischer Knollen, die die ganze Theke blockierten, eine überlegene Miene zur Schau stellten. Verschlüsselt in ihren Tätowierungen, die ihnen vom Handgelenk bis zur Schulter reichten, schienen sie das Geheimnis gesunden Lebens und ewiger Jugend mit sich herumzutragen.

L musterte den Typen, der ihr freundlich, aber verkehrt herum zulächelte, mit nach unten gezogenen Mundwinkeln. Allein aus diesem Grund hatte sie sich nach Jahren noch an ihn erinnert: wegen dieses seltsamen Lächelns, das sie auf der Place de la République unter einem Schild mit »Avocats debout« ausgemacht hatte. Aktuell fragte sich L, ob es nicht ein Fehler gewesen war, sich bei Salma seine Nummer zu besorgen. Pierre war ein wandelndes Botnet: Er hatte zwei Smartphones, ein Tablet, eine Smartwatch und einen internetfähigen Ruck-

sack. Allein durch Hacken seiner Hardware hätte man
ein ganzes Zombie-Netzwerk aufsetzen können. Bevor sie
ihm irgendetwas erzählte, forderte sie ihn auf, seine Handys auszuschalten und die Akkus rauszunehmen.

»Hast du schon mal was von Phineas Fisher gehört?«

Ratloser Blick. Offenbar nicht. L nahm an, dass er
ebenso wenig wusste, was ein Hackback war, also begann
sie, es ihm zu erklären, zunächst langsam, indem sie jedes Wort einzeln ansteuerte, auf Pierres Gesicht nach einer Bestätigung suchte, dass ihre Sätze Sinn ergaben, und
dann immer schneller. Sie erzählte ihm, dass viele Hacker
ihre Zeit damit zubrachten, Schwachstellen in Programmen, Browsern oder Betriebssystemen aufzuspüren. Irgendwo in all den Codezeilen, aus denen die Cyberwelt
errichtet war, musste es einen Fehler geben, mindestens
einen, meist mehrere, und wenn man ihn fand, konnte
man damit verschiedene Dinge tun. Zum Beispiel konnte
man ihn den Entwicklern melden, damit sie ihn behoben,
man konnte ihn selbst nutzen und schauen, ob man damit
das gesamte Bauwerk ins Wanken bringen konnte. Oder
man verkaufte ihn. Hier begann die ganze Sache mit
Elias, sagte L, bei dieser letzten Möglichkeit, mit der sich
weitere auftaten, denn der Käufer konnte die aufgedeckte
Verwundbarkeit seinerseits verkaufen und so weiter und so
fort. Makler kauften *Zero-Days* an der Börse, und Firmen
verkauften sie weiter, und das alles in aller Heimlichkeit.
Da Pierre das Wort nicht verstand, erklärte L, dass ein
Zero-Day ein Softwarefehler sei, den noch niemand entdeckt habe und für den es folglich keinerlei Korrektur
gebe, sie redeten hier von einem Mauseloch, von etwas
Winzigem, das offen steht, auch wenn man denkt, man
habe sein Haus doppelt abgeschlossen, und was dort ein-

dringen kann, ist riesig, schlichtweg tödlich. Daher gab es ganze Heerscharen von Unternehmen, die die Funde der Hacker aufkauften, um sie in mächtige Spionagewerkzeuge zu verwandeln, will heißen: Sie schrieben Programme, die dank der aufgedeckten Schwachstellen mit wenigen Klicks einen ganzen Computer unterwandern konnten, und anschließend verkauften sie diese Programme schnellstmöglich, um sie in Umlauf zu bringen, bevor der Fehler ausfindig gemacht und behoben werden konnte. Kurz gesagt habe der Kapitalismus sich des Codens bemächtigt, meinte L. Ehemalige Genies des freien Internets waren zu Söldnern von Firmen geworden, die Militär und Waffenindustrie nahestanden, und L sagte, dass sie jetzt, seit der Verhaftung, ein bisschen besser verstand, wie einige derart den Kurs hatten ändern können: Es lag ebenso sehr an einem Schutzbedürfnis wie am Geld, am vom Geld garantierten Schutz, denn ohne Schutz und Geldgeber waren die Internetpiraten auf sich allein gestellt und schwach, die Uniformierten hingegen zahlreich. Sie fand es immer noch ekelhaft, trotz allem, für Firmen zu ackern, die von Überwachung der schlimmsten Art lebten, indem sie mit Regierungen, Polizei oder Nachrichtendiensten verhandelten. Sie bedienen sich unserer Verfahren und unseres Know-hows, erklärte L eindringlich, und verkaufen das an unsere Feinde, an Personen oder Institutionen, die im Draußen bereits sehr viel Macht haben und die das Drinnen nutzen wollen, um die Leute noch stärker zu beeinflussen. Übrigens trieben manche Firmen den Zynismus so weit, dass sie selbst Bilder von Hackern verwendeten: Sie hatten Logos mit Männern im Schatten gewählt, mit Kapuzen, die das Gesicht verbargen, oder mit einer Maske wie die von Guy Fawkes. Doch diese Firmen waren keineswegs einsame Netzpiraten: Sie hatten Jahresumsätze von vierzig Millionen Dollar, zusammengerafft durch den Verkauf von Spionagesoftware. Und dann – sagte L –, dann war eines Tages Phineas Fisher auf den Plan getreten. Er hatte die deutsch-englische Gamma Group gehackt, und HackingTeam, einen italienischen Laden, zwei tragende Säulen auf dem Markt der Cyberüberwachung. Fisher hatte deren Kundenkarteien publik gemacht, und darin konnte man lesen, dass die Gesellschaften ihre Produkte an autoritäre Regime wie den Sudan, Bahrain oder Kasachstan verkauften. Natürlich hatten beide Firmen verkündet, sie würden die Angreifer aufspüren, doch trotz aller Anstrengungen war Phineas Fisher ihnen entwischt. Vor seinem Verschwinden veröffentlichte er im Netz einen Guide für all jene, »die keine Geduld haben, auf Whistleblower zu warten«, beschrieb darin Schritt für Schritt die Methode seines Hacks, und er bot sie allen an, man musste sie nur noch kopieren. Es war ein schöner Text, sagte L, auch wenn er, auf Laien, vermutlich etwas verworren wirkte, aber davon durfte man sich nicht entmutigen lassen. Pierre nickte freundlich, wies allerdings darauf hin, dass sie seine Frage noch immer nicht beantwortet hatte. Welche Frage? Warum dein Freund verhaftet worden ist. L erwiderte, dass sie gerade dabei sei, das zu beantworten. Denn, logischerweise, hatte Elias Phineas Fisher immer bewundert, und L übrigens auch, obwohl sie glaubte, dass durch Angriffe auf große Unternehmen die Mikro-Überwachungen aus dem Blick gerieten, die sich in unseren modernen Gesellschaften tagtäglich vollzogen, etwa in den sozialen Netzwerken, und die sie persönlich beunruhigender fand als alles andere, denn – darüber sollte Pierre einmal nachdenken, regte L an – diese Mikro-Überwachungen zeigten, dass es keinen großen bösen Wolf gab, der die Fäden in der Hand hielt, sondern dass wir alle auf gewisse Weise der Wolf waren – beängstigend, aber gerade nicht ganz ihr Thema. Was Fisher, neben möglichen Angriffszielen, aufgezeigt hatte: Die Schönheit eines Hacks beruhte auf seiner Asymmetrie – ein einzelner Hacker konnte, durch mehrere Hundert Stunden Arbeit, einem Konzern extrem schaden, der über Jahre viele Millionen für seine Sicherheit ausgegeben hatte. Letztlich konnte man im Cyberspace nie absolute Macht ausüben. Diese Lektion in Demut, die jeder daraus ziehen sollte, die war außergewöhnlich, fand L, und auch die Hoffnung, dass es heute noch einen Ort gab, an dem David sich durchsetzen konnte gegen – wie hieß der andere noch gleich? –, und rasch flüsterte Pierre ihr »Goliath« zu, damit sie nicht noch einmal den Faden verlor. Genau, sagte L, alles in allem hatte Elias das Gleiche getan, das Gleiche wie David, das Gleiche wie Phineas Fisher. Eine *copycat*, wenn man so wollte. Nur dass es in der anonymen Hackerwelt keinen Unterschied machte, ob man eine *copycat* oder dieselbe Person war. Elias hätte sehr gut Phineas Fisher unter einem anderen Alter Ego sein können; im Übrigen wusste niemand, wer Phineas Fisher war, und einmal gab er, um seine Anonymität zu wahren, ein Interview als Frosch. Jedenfalls hatte Elias eine Firma namens Harm-Ony angegriffen (L fragte sich, ob Pierre den Bindestrich in der Mitte des Namens hören konnte, wenn sie ihn aussprach), mit Sitz in Malta, die über den Umweg internationaler Tochtergesellschaften IT-Sicherheitstools an Polizeidienste und Privatfirmen in aller Welt verkaufte. Die meisten Kunden von Harm-Ony waren kleine bis mittelständische Betriebe, nichts Überwältigendes, aber darunter waren auch französische, manche kümmerten sich um die Sicherheit wichtiger politischer Parteien, und ganz anders, als sie behaupteten, verkaufte Harm-Ony besagten Parteien nicht bloß einen Schutz gegen Angriffe, sondern buchstäblich Mittel und Wege, um ihre Gegner mithilfe der Schwachstellen und Programme auszuspionieren, von denen L gerade gesprochen hatte. Genau das hatte Elias mit den beschafften Dateien zeigen wollen. Nur dass er sich, im Gegensatz zu Phineas Fisher, hatte schnappen lassen – nicht für den Hack selbst, sondern beim Versenden der an Land gezogenen Daten; er hatte versucht, sie an jemanden weiterzuleiten, der sie für ihn online stellen sollte, und das war schiefgelaufen. Entweder hatte er sich einem Trottel anvertraut, oder sein Kontakt hatte ihn verpfiffen (vielleicht auch beides auf einmal), jedenfalls hatte die Polizei nicht lange gebraucht, um auf ihn zu kommen. L gab zu, dass sie im Grunde nicht wusste, was sich abgespielt hatte, die genannten Details hatte ihr Elias' Anwalt verraten, nachdem Elias wegen unbefugten Eindringens in ein automatisiertes Datenverarbeitungssystem und wegen Manipulation, Diebstahl und Hehlerei besagter Daten verhaftet worden war. L wusste, dass alles, was sie von jetzt ab erzählen konnte, ungenau wäre, und Elias' Anwalt hatte ihr geraten, sich zum laufenden Verfahren nicht zu äußern. Trotzdem konnte sie sich in ihrer Erzählung nicht bremsen. Pierre war so freundlich (oder so apathisch?), sie nicht zu unterbrechen, keine Parallelen zwischen Ls Bericht und dem zu suchen, was er über Hacking wissen mochte. Anders als Salma oder Guillaume klammerte er sich nicht an Erinnertes aus Filmen oder der Serie *Mr. Robot*, um zu verstehen, was sie ihm da erklärte. Er saß einfach auf seinem Stuhl und nickte und lächelte weiter verkehrt herum. Also ging L so weit, etwas zuzugeben, das sie bisher noch niemandem gesagt hatte, weder Salma noch Guillaume, geschweige denn Elias' Anwalt oder den Bullen, nämlich dass sie Elias anfangs geholfen hatte: Sie hatte das Mapping für ihn übernommen. L hatte schon immer eine große Begabung dafür gehabt, Domains, Subdomains und IP-Adressen zu kartieren, und unterhalb der Startseiten von Websites entdeckte sie Beinaheinseln, Tentakel, geheime oder halb vergessene Verästelungen. L war geduldig, gründlich, sie machte Oberflächen so peinlich genau sichtbar, dass sich irgendwo zwangsläufig ein angreifbarer Riss zeigte. Mit Elias hatte sie stundenlang über das beste Vorgehen gegen Harm-Ony diskutiert: auf einen Blitzangriff setzen und alles in wenigen Minuten plündern oder sich im Gegenteil tief in der Seite einnisten, die Spuren verwischen und Daten über einen langen Zeitraum sammeln. Und dann hatte L es mit der Angst gekriegt und nicht mehr gewollt, dass er diesen Angriff startete, sie fand, ein Überleben im Drinnen auf ihre Art reiche aus und sei schon schwer genug. Doch Elias hatte nicht auf sie gehört. Er machte ohne sie weiter. Ohne es ihr zu sagen. Angeblich, um sie zu schützen. Sie war deswegen so sauer auf ihn, dass es ihr vorkam, als trüge sie einen brennenden Strich quer über der Stirn, sorgfältig von einer Schläfe zur anderen gezogen. L sagte, Elias sei seit zwei Monaten im Gefängnis und sie habe ihn noch nie besucht. Sie hatte mehrere Wochen gebraucht, um zu verstehen, dass sie wütend war, eine weitere, um zu entscheiden, was sie mit dieser Wut anfangen sollte, und jetzt wartete sie darauf, dass ihre Besuchserlaubnis bewilligt wurde. Elias und L verständigten sich ausschließlich per Brief, und natürlich wurden ihre Briefe gelesen, und L wollte Elias nicht von ihrer Wut schreiben, wenn ihre Wut zuerst von einem unbekannten Bullen gelesen wurde, also schrieb sie Texte, die an Postkarten aus dem Ferienlager erinnerten. Elias habe keine Ahnung, dass sie sauer auf ihn sei, sagte L. Elias habe kein Recht, ihr irgendetwas zu verschweigen, nicht einmal zu ihrem Schutz, man habe kein Recht, jemanden gegen dessen Willen zu schützen. Und außerdem war das albern, denn Draußen wie Drinnen waren seither feindlich geworden, und L fühlte sich ganz und gar nicht geschützt. Im Gegenteil, ihre Unwissenheit exponierte sie auf grausame und schmerzhafte Weise. All die Dinge, von denen sie nichts wusste, waren wie abgezogene Schichten, und L war noch nie im Leben so nackt gewesen, mehr als nackt oder weniger als nackt, sie wusste nicht, wie man das sagen sollte. Zum Beispiel reichte eine dreizeilige Nachricht mit der Unterschrift »NoLogo«, dass sie sich die Fingernägel in die Handballen grub oder versteinerte, und so durfte man nicht reagieren, wenn man derart tief im Drinnen lebte. L wusste nicht einmal, ob sie noch arbeiten konnte – schloss sie mit der Frage, die sie Pierre stellen wollte, von der sie vergessen hatte, dass sie sie Pierre stellen wollte – oder ob das zu riskant war. Sie erzählte von PC-Reparaturen, immer schwarz, größtenteils für Freunde, und von Fünfzigeuroscheinen, die den Besitzer wechselten. Pierre erwiderte, dass das jetzt bestimmt riskanter sei als vorher, dass er sich aber schwer vorstellen könne, wie es mit dem vorliegenden Fall zusammenhängen sollte. Das ginge das Finanzamt oder die Sozialversicherung an, aber was L beschreibe, sei eine Ermittlung, die eine internationale Zusammenarbeit von Polizeibehörden mehrerer Länder erfordere. Er erkundigte sich nach dem Namen von Elias' Anwalt, wirkte zufrieden, als L ihn nannte, vielleicht sogar ein wenig bewundernd. Dann fragte er, wer das Honorar zahle. L antwortete, dass Elias für Elias zahle, sie erzählte ihm ein bisschen von den elektronischen Musikinstrumenten, die er nach Kundenwunsch anfertigte, in erlesenen Gehäusen – Nussbaumholz, Perlmutt, Elfenbein –, und deren interne Computer er entwarf. Ich glaube, er ist reich, sagte sie und sprach diesen Gedanken damit zum ersten Mal aus, auch wenn sie schon früher gedacht hatte, dass Elias' Gelassenheit wahrscheinlich an den Tausenden von Euro lag, die auf irgendeinem Konto schlummerten und deren Existenz seine Lebensweise überhaupt nicht vermuten ließ. Als Nächstes erkundigte sich Pierre, wie es Salma gehe, und L begriff, dass ihre Unterhaltung sich dem Ende zuneigte. Er würde seine Handys wieder einschalten, aufstehen, sich einen Rucksackriemen über die Schulter streifen und auf die Straße treten, Kopfhörer über den Ohren, Träger seines eigenen Netzwerks dank der in den Rucksack integrierten Anschlussbox, seine zwei Handys mit der Powerbank verbunden, und wenn er Lust auf eine Kippe hatte, konnte er sogar den eingebauten Zigarettenanzünder benutzen. Der Rucksack musste ihn mindestens zweihundert Euro gekostet haben, und er hatte sie ausgegeben, um eine Blase um sich zu erschaffen, die ihn von der Fleischosphäre trennte, ihn zu einem teilweise digitalen Wesen machte, mit sorgfältig auf dem Rücken verborgenen Steckdosen und Kabeln. War das ein Vorgeschmack auf die Zukunft? Eine Zukunft, in der sich Drinnen und Draußen zunehmend vermischten, allerdings nur für die, die sich Schnittstellen zwischen den beiden Welten leisten konnten, während die Armen in ihr Fleisch eingezwängt blieben, Gefangene eines unoptimierten Körpers.

»Haben wir dann alles besprochen?«

Wenn L eine letzte Frage stellen wollte, dann jetzt. Doch sie konnte sich nicht entscheiden, ob sie sie *wirklich* stellen wollte. Sie hatte Pierre bereits vom Mapping und von ihrer Schwarzarbeit erzählt. Wenn sie jetzt noch ihre unentgeltlichen Dienste für die Frauen mit den brüchigen Stimmen ansprach, musste Pierre glauben, sie tue alles, um im Gefängnis zu landen. L war klar, dass sie mit ihrer Hilfe für die beunruhigten Raunerinnen oftmals die Grenze zur Illegalität überschritt. Um die virtuellen Peiniger davon abzuschrecken, ihren Opfern erneut zu folgen oder sie zu belästigen, griff sie zu Demütigungsstrategien, die sie einem Anwalt schwerlich schildern konnte. Und was könnte er ihr schon sagen, das sie nicht bereits wusste? Dass der französische Staat den angegriffenen Frauen nicht das Recht zugestand, sich selbst zu verteidigen, und erst recht nicht das Recht, deswegen zu L zu gehen? Dass Rache keine Gerechtigkeit war? Das war L nur zu bewusst. Doch was sie tat, war schneller und wirkungsvoller. Es war müßig, Pierre eine Frage zu stellen, deren Antwort sie bereits kannte, deren Antwort sie ablehnte.

Als er das Café verlassen hatte, glaubte L ein paar Minuten lang, sie sei erleichtert, ihm das alles erzählt zu haben, aber bald wurde ihr klar, mit den zwei leeren Tassen vor sich, dass ihr Kopf nach dieser Unterhaltung angefüllt war mit Elias, ihr Mund angefüllt mit Elias, die Hände angefüllt von Elias' Gestalt, die sie in die Luft gezeichnet hatte. Sie kam sich obszön vor, als könnten die anderen Gäste Elias' heraufbeschworenen, schemenhaften Körper wahrnehmen, der den ihren umschlang, als könnten sie von ihren geröteten Wangen die Sehnsucht und Leere ablesen, die sie mit ihren Worten ausgehöhlt hatte.

Der Zug durchquerte, wie üblich, unbestimmte, leere Räume. Je weiter er sich von Montparnasse entfernte, desto weiter schien er in eine immer flachere Landschaft vorzudringen, nicht nur weniger bebaut, weniger bevölkert, sondern auch weniger beschriftet. Es gab nichts mehr zu lesen, keine leuchtenden Firmennamen oben an den Gebäuden, nicht einmal Städtenamen vor den Giebeln der gleichförmigen Bahnhofshäuschen, keine von Feuchtigkeit gewellten Werbeplakate mit Gesichtern, denen man ansah, dass sie aus einem anderen Jahrzehnt stammten, keine Graffitis auf den Mäuerchen entlang der Gleise oder auf verlassenen Bauten, weil es selbst diese Mäuerchen und Bauten nicht mehr gab. Die einzig vorgezeichnete Spur war die des Zuges, der durch die Leere schoss, und diese Spur konnte Antoine von innen nicht sehen. Auch das, was er durchs Fenster wahrnahm, erkannte er nicht: Da waren keine Felder, keine Fabriken, auch keine Häuser oder Wälder. Da waren Land, Erde, Kies, manchmal Gras, da waren niedrige, rechteckige Formen, die Gebäude sein mochten, und senkrechte Striche, die vielleicht Masten oder Schlote waren. Der Zug durchquerte Teile des Landes, die allein dazu da schienen, von einem Zug durchquert zu werden, wie in Videospielen, wo sich zwischen zwei von den Designern sorgfältig ausgestalteten Welten Zwischenzonen ohne jedes Detail erstreckten.

Vor seiner Abreise hatte der Abgeordnete Antoine mit der Vorbereitung eines Informationsausschusses betraut, der in Kürze durch die Kommission für Landesverteidigung gegründet werden sollte. Antoine versuchte, die Sache auf Bertrand abzuwälzen, aber der erwiderte, er gedenke, die Ferien mit seiner Familie zu verbringen, besonders mit seiner fünfjährigen *Tochter,* die er zu selten sah, und Antoine behielt die Akte und verwünschte Bertrands übliches gravitätisches Gehabe, wenn es um seine Nachkommenschaft und seine geheimnisvollen Vaterpflichten ging. Auch der Abgeordnete selbst hätte nur zu gern auf diese Lektionen in Internetsicherheit verzichtet – ein Thema, das er öder nicht finden könnte, wie er seinen Assistenten gestand –, doch Artikel 145 verlangte nun einmal, dass Ausschüsse mit mehr als zwei Mitgliedern »sich bemühen, die politischen Mehrheitsverhältnisse in der Assemblée abzubilden«. Der Abgeordnete würde also die Rolle des Sozialisten vom Dienst übernehmen und seine Langeweile, so gut es ging, überspielen. Antoine versuchte, die großen Linien vorzuzeichnen, an denen sich der Ausschuss seiner Meinung nach ausrichten könnte, doch sein Blick schweifte immer wieder vom Bildschirm ab und ruhte stattdessen auf der gestaltlosen Landschaft vor dem Fenster. Er merkte, wie rund um Laval Kanten und Konturen zurückkehrten und bis Rennes sichtbar blieben. Von dort nach Saint-Brieuc gab es mitunter kurze, unscharfe Intervalle, größtenteils aber Felder. Auch wenn die Landschaft leer wirkte, war sie exakt an ihrem Platz. Sie schien auf plötzliche Eindringlinge vorbereitet: Rehe, Traktoren, Jäger in auffälligen, orangefarbenen Warnwesten, den wuchtigen Umriss eines Kirchturms. Manchmal sah Antoine ein Kaninchen durchs hohe Gras hoppeln, und das fand er schön, und er bedauerte, zu alt zu sein, um sich an seinen Sitznachbarn zu wenden und zu sagen: »Gucken Sie mal da!«, und er wusste, bei seiner Ankunft würde er niemandem davon erzählen, denn ein Kaninchen ist ein zu kleines Ding, als dass man den Bericht seines Erscheinens ein oder zwei Stunden mit sich herumträgt, bevor man ihn jemandem mitteilt, ein Kaninchen verschwindet von allein, ohne eine Geschichte zu hinterlassen, wenige Minuten nachdem man es gesehen hat, und Antoine war traurig über seine Freude, die er mit niemandem teilen würde, und er war traurig, dass Kaninchen nicht gewichtiger waren.

Das Haus stammte aus den Achtzigern. Wenn Antoines Eltern darüber sprachen, sagten sie noch immer: »Es ist ein neues Haus.« Doch in dreißig Jahren war es gealtert – und zwar schlecht. »Neues Haus« bedeutete jetzt einfach, dass es nicht aus Stein gebaut war. »Neues Haus« verhinderte nicht die Risse und Flecken, die abblätternde Farbe. »Neues Haus« richtete nichts gegen die seltsam verbogene Regenrinne aus. »Neues Haus« hielt keine der Schieferplatten auf dem Dach.

Von ferne sah man es nicht. Die Dorfstraße verlief nahezu spiralförmig, und jede Kehre war von Kalifornischem Flieder und Stockrosen zugewuchert. Man erkannte nichts, man fuhr und fragte sich, ob man sich nicht eigentlich im Kreis bewegte, von der Straße gingen Sackgassen und Privatwege ab, die nach Auswegen aussahen, aber keine waren. Autos unternahmen hier und da langsame Wendemanöver, und die Fahrer beteten, dass nicht gleich jemand um die Kurve schießen würde. Die Straße gab einem unweigerlich das Gefühl, sich verfahren zu haben. Antoine hatte neunzehn Jahre hier gelebt, und er ließ sich noch immer von diesem unwirklichen Gefühl hereinlegen, wenn er in sein Elternhaus, das neue Haus, zurückkehrte.

Das Innere dagegen war nicht gealtert. Es war schon immer alt gewesen. Antoines Eltern hatten ein neues Haus bauen lassen, um es alt einzurichten. Während er darin aufwuchs, hatte der Junge, wenn er ins Wohnzimmer hinunterging, das seltsame Gefühl, seine Eltern wären wie Großeltern, zu denen er in die Ferien gefahren war, anders ließ sich das Mobiliar nicht erklären. Antoine beschwerte sich nicht. Sogar als Jugendlicher sagte er nichts dazu. Das Haus mochte noch so hässlich sein, er begriff: Es sollte nicht dem Auge, sondern dem Körper schmeicheln. Nach seiner Ankunft in Paris und der allmählichen Entdeckung bürgerlicher Interieurs kam ihm der Gedanke, dass dieses unästhetisch Flauschige vermutlich Ausdruck seiner sozialen Schicht war. Er fand es nirgends wieder. Im Gegensatz zu den Häusern der Reichen, die offenbar dazu entworfen wurden, das Privatleben ihrer Eigentümer vor Gästen zu verbergen, schienen jene der Mittelschicht (das Haus von Antoines Eltern) sich (im Innern) danach zu sehnen, die Existenz ihrer Bewohner warmherzig mit anderen zu teilen. Alle Möbel und Dekoartikel waren so angeordnet, dass man es behaglich und bequem hatte, etwa durch die Nähe des Sessels zur Hausbar oder durch die kuschelweichen Kissen und die Decke, die stets auf dem Sofa herumlagen, um den Körper einzuwickeln und zu stützen, egal in welcher Haltung man sich hinlümmeln wollte. Und dann waren da noch die Schlappohren der Zierdeckchen, die in diversen Zimmerecken drapiert waren und keinerlei Nutzen hatten, einen jedoch daran erinnerten, dass die Dame des Hauses sich Finger und Augen ruiniert hatte, damit man selbst sich wohlfühlen konnte, sie waren die von Hand gehäkelte GASTFREUNDSCHAFT, diese Zierdeckchen, und sie hatten auch etwas Christliches, denn jetzt mal im Ernst, stundenlang auf dieses mehr als zweifelhafte ästhetische Resultat hinzuarbeiten, war ein Opfer – es konnte nur ein Opfer sein, Antoines Mutter hatte schließlich keine Tomaten auf den Augen, so blind war niemand, dass er Zierdeckchen schön fand, Zierdeckchen mussten also Symbole sein. Je beharrlicher das Haus säuselte: *Setz dich, mach's dir bequem, fühl dich wie zu Hause*, desto beharrlicher wollte Antoine es verlassen. Er lächelte höflich, wenn seine Eltern über sein künftiges Studium in Rennes sprachen, doch einen Antrag für die Vorbereitungsklasse am dortigen Lycée Chateaubriand hatte er nicht gestellt. Er zählte die Tage, die ihn noch von Paris trennten – und falls er nirgends in der Hauptstadt angenommen würde, wusste er nicht, was er tun sollte, er hatte keinen Plan B, diese Möglichkeit bestand nicht. »Du schröpfst uns«, sagte sein Vater in scherzhaftem Ton, als sie Antoine ein Zimmer suchen und sich um Bahntickets kümmern mussten. Antoine wusste, dass das kein bisschen witzig war: Er hatte einen Teil des elterlichen Sparkontos mit auf seine Flucht genommen. In seinem Kielwasser flossen die Euros nur so davon, Hunderte, Tausende, und kein Studentenjob, den er annehmen könnte, würde dieses Loch stopfen. Das wusste er, aber er war trotzdem gegangen. Er dachte, dass es für ihn eine *Notwendigkeit* war.

Bei jeder Rückkehr sagte sich Antoine, dass seine Flucht nach dem Lycée der Angst entsprungen war, er könnte unversehens zum Gefangenen werden, und indem er auf das Haus hörte, fände er das Aquarell der Sagrada Família an der Wand am Ende gar nicht mehr so hässlich, auch nicht den Porzellanhund mit den zu großen Augen, und der Abstand zwischen Sessel und Hausbar erschiene ihm gerade richtig, also warum sollte man überhaupt von hier fortgehen, uns geht's doch gut hier, stimmt's, oder hab ich recht?

Im Haus seiner Eltern setzte er sich in seinem Kinderzimmer aufs Bett, den Laptop auf den Knien, und seine Füße ragten über das ihm nun zu kleine Bettgestell hinaus. Mehrmals las er den Entwurf des Kapitels, das er den Verlegern schicken sollte: *Als sie mit schallendem Lachen den Namen Gerda Taro annimmt, den Namen Gerta Pohorylle ablegt, obwohl sie fünfundzwanzig Jahre so geheißen hat, ahnt sie vermutlich nicht, dass sie bald keineswegs hinter ihrem eigenen Pseudonym verschwinden wird, sondern hinter dem eines anderen: Robert Capa. Sie hat auch diesen Namen erfunden, diesmal für den Mann, den sie liebt und der bei ihrem Kennenlernen Endre Ernö Friedmann hieß. Sie ist nun keine deutsche Jüdin mehr, die vor Hitler geflohen ist, und er kein ungarischer Jude, der von Horthys Regime vertrieben wurde: Sie beide tragen Namen, die an Hollywoodstars erinnern, und hoffen, dass sich die Zeitschriften, angezogen vom neuen, verführerischen Klang dieser Namen, endlich entschließen werden, ihnen Arbeit zu geben. Das geschieht 1936, und zwar in Spanien, für elf Monate, bis zum 25. Juli 1937.*

Hätte man Gerda zu diesem Zeitpunkt, zum Zeitpunkt ihres Aufbruchs an die spanische Front, gefragt, ob es für sie ein Problem sei, stets den zweiten Platz zu belegen, immer »die Frau von« zu sein oder das Beatles-Mitglied, an das

sich später niemand mehr erinnern wird, hätte sie vermut-
lich Nein gesagt und sich eine Zigarette angezündet. Sie
ließ sich von ihren Kameraden der Internationalen Bri-
gaden über Monate »die kleine Rothaarige« nennen, ohne
Anstoß daran zu nehmen. Sie nahm es hin, dass in Unter-
haltungen eher von ihrem Lächeln oder ihren Liebhabern
gesprochen wurde als von ihrer Arbeit, obwohl sie die erste
weibliche Kriegsberichterstatterin war. Wichtig war vor al-
lem, so hätte sie gesagt, dass sie gegen den in Europa erstar-
kenden Faschismus kämpfen konnte, dass sie jene filmen
und fotografieren konnte, die in diesem Kampf die vorderste
Front bildeten, dass man der nationalistischen Propaganda
Bilder entgegenzusetzen hatte. Und filmen oder fotogra-
fieren, nun, das bedeutete an sich schon ein gewisses Ver-
schwinden, hinter einem Objektiv, einem Pseudonym oder
dem Körper eines geliebten Menschen, es war nicht weiter
schlimm, damit würde sie sich abfinden.

Antoine verschob mehrmals ein Komma, schuf neue
Pausen im Satz, schließlich setzte er es wieder an seinen
ursprünglichen Platz. Sein anachronistischer Bezug auf
die Beatles ließ ihn bei jedem Lesen zusammenzucken,
doch er konnte einfach nicht entscheiden, ob er ihn tilgen
sollte. Er war überzeugt, in solchen Verschiebungen, solchen Seitwärtsbewegungen, verbarg sich die Literatur.
Doch wie stellte man es an, dass das Verfahren nicht künst-
lich oder gezwungen wirkte? Auf seinen Oberschenkeln
wurde der Laptop glühend heiß, schwer zu ertragen, obwohl er höchstens ein Dutzend Wörter ergänzt hatte.
Seine Reglosigkeit ärgerte ihn genauso sehr wie seine Un-
fähigkeit zu schreiben – nicht nur war er nicht »im Text«,
sondern selbst als Zuschauer fand er keinerlei Gefallen
daran, sich zu beobachten. Das war nicht seine Schuld,

tröstete er sich: Beim Schreiben gibt es nichts zu sehen, nichts zu betrachten, und im Übrigen beißt sich das Kino genau daran jedes Mal die Zähne aus, wenn es einen Schriftsteller zeigen will, es muss anschauliche Ereignisse schaffen, es verlangt, dass man Papier zerknüllt, Schreibmaschinen zu Boden wirft, einen zu fest umklammerten Bleistift in der hohlen Hand zerbricht, geräuschvoll etwas durchstreicht, verlangt, dass nervöse, irre Kugelschreiberminen das Papier durchlöchern, dass der Autor brüllt, mit geballten Fäusten oder erhobenen Armen, ein Kreisel, ein Projektil, oder wenigstens schließt er sich ein, knallt eine Tür, sperrt sich draußen ein oder drinnen, ganz egal, denn jeder Ort, der nicht der unmittelbare Schreibplatz ist, ist ein Außen, an dem er erstickt, ersticken *muss*, so fernab jeglicher Schöpfung, und daher knallt er eine Tür, vielleicht fällt etwas zu Boden, eine Vase, eine Wandleuchte, ein Bilderrahmen mit einem Foto darin, man hört es splittern, hört das kristalline Geräusch splitternder Dinge, vielleicht weint jemand, aber all das sagt nichts über das Schreiben aus, es könnte für jede beliebige Tätigkeit kopiert, annektiert, repliziert werden, man kann Schläger in einem Film über Tennis zerbrechen, eine Geige in einem Film über Musik, einen Marderhaarpinsel in einem Film über Malerei, man kann Papier in einem Biopic über Alan Turing zerknüllen, der den Enigma-Code entschlüsseln will, kann eine Töpferscheibe zu Boden werfen, einen Marmorblock, eine Staffelei, und man kann brüllen und sich einschließen, immer, überall, aber keine dieser Taten hilft, Kunstschöpfung oder geistige Betätigung an sich zu denken. Antoine hatte keine Ahnung, wie ein schreibender Mensch aussehen musste, warf sich aber dennoch vor, selbst nicht eindeutiger wie einer auszusehen. Am nächs-

ten Tag, statt seinem unzulänglichen Spiegelbild gegen-
überzutreten, ging er lieber an den Strand.

Zu Fuß durchquerte er den alternden Teil des Dorfes,
zu dieser Tageszeit sein bevorzugter, weil dort immer etwas los war. In den neueren Siedlungen am anderen Ende
der Ortschaft sah man zwischen 10 und 17 Uhr niemanden: Die Kinder waren in der Schule, und die Erwachsenen arbeiteten. Die Bewohner waren nicht wohlhabend
genug, um eine Haushaltshilfe oder einen Gärtner zu bezahlen, nichts regte sich. Doch im Dorfteil von Antoines
Eltern nahm man ringsum kleine Bewegungen der Alten
wahr, winzige Gänge zum Briefkasten oder zur Müll-
tonne oder Spaziergänge mit dem Hund, der ebenfalls alt
war, mit halblahmem Hinterteil. Ab dem Ortsausgangs-
schild erstreckte sich ein Wald aus Farn und Kastanien,
der sich schließlich, beinahe überraschend, zu der kleinen Bucht und zum Strand öffnete.

Es herrschte Ebbe, und Antoine machte ein paar un-
gelenke Schritte über die Kiesel, um auf den bloßen
Sand hinter einer Reihe größerer Felsen zu gelangen.
Die an den wuchtigen Blöcken festgesaugten Napfschnecken und Austern verbreiteten ein schmatzendes Zi-
scheln. Als Jugendlicher kam er mit einem kleinen Mes-
ser hierher, öffnete die Muschelschalen direkt am Fels
und beugte sich darunter, schürfte sich beim Schlucken
des Inhalts die Wange auf. Außerdem rauchte er Joints
mit Xavier, ebenfalls an diesem Ort – in einer kleinen,
von drei schwarzen Felsen umschlossenen Bucht, wo sie
sich vor jeglichem elterlichen Zugriff sicher fühlten. Allerdings nahm er an, dass fast alle französischen Jugendlichen das in diesem Alter getan hatten, während die
Austern das Besondere seiner Jugenderinnerungen aus-

machten. Jetzt vermischte sich das eine seltsamerweise mit dem anderen: Der Gedanke an Austern rief den an Joints hervor und umgekehrt. Am Strand, ein Ohr an die grauen Muscheln gepresst, um ihre Sprache aus Blasen und Geknirsch besser zu verstehen, kamen Antoine die kleinen Dealereien am Lycée in den Sinn, die taktischen Manöver, um im richtigen Augenblick, kurz vor dem Wochenende, an ein Piece zu kommen, und er dachte bei sich, dass Haschdealen vielleicht das erste *Gebiet* gewesen war, auf dem er verstand, was eine Machtstellung bedeutete, auch wenn er es damals noch nicht in Worte fassen konnte.

Auf diesem Gebiet hatte damals zur Schulzeit Fabien die größte Marktmacht innegehabt, ein Schüler des technischen Zuges, der ohne ersichtlichen Grund den Spitznamen »der Russe« trug. Seine Überlegenheit beruhte auf der Fähigkeit, jene, die danach verlangten, stets mit Shit zu beliefern, selbst wenn die anderen Dealer auf dem Trockenen saßen und behaupteten, in der ganzen Stadt gebe es keinen Stoff mehr, und auch nicht in Saint-Brieuc oder Rennes. Seine Macht speiste sich aus dem Geheimnis seiner unerschöpflichen Lagerbestände, auch wenn man munkelte, Fabien stehe mit einem Großhändler aus der Pariser Vorstadt in Verbindung – was bedeutete, dass er nicht die Macht an sich war, sondern eine ihrer Abordnungen. Damals stellte Antoine fest, dass alle Mitschüler – obwohl niemand Fabien leiden konnte, der nicht sehr unterhaltsam war und kaum Interessen hatte – es als beträchtliche Ehre ansahen, ein paar Sekunden mit ihm zu reden oder eine Party zu besuchen, auf der er aufkreuzte. In dem Gefühl, das er hervorrief, schwang auch Angst mit – und vielleicht rührte daher sein Spitzname, der Russe, und verortete ihn in einer Art Furcht einflößender Mafia oder rückte ihn in die Nähe von Wladimir Putin. Dennoch waren Antoine nie irgendwelche Heldentaten Fabiens zu Ohren gekommen. Andere konnten sich damit brüsten, ein paar Fressen poliert zu haben oder am Montagmorgen mit aufgeplatzten, blauschwarzen Augenbrauen in die Schule gekommen zu sein, doch der Russe stellte auf seinem bleichen Gesicht niemals Spuren von Gewalt zur Schau. Nie hörte Antoine ihn eine Drohung ausstoßen. Und für Antoine hieß Macht, dass Fabien das auch nie nötig hatte, weil es bei ihm niemals offene Rechnungen gab, und das, obwohl seine kleinen Geschäfte am Lycée und ringsum in der Regel auf Pump liefen. Vielleicht hätte es gereicht, wenn jemand beschlossen hätte, Fabien eine reinzuhauen oder, noch einfacher, sein Geld nicht rauszurücken, damit die von Fabien ausgeübte Vormacht in sich zusammenfiele. Doch niemand tat es, niemand dachte auch nur daran. Die Macht erschuf eine Aura der Faszination, der Quasibenommenheit um ihren Meister, die es schwierig bis unmöglich machte, ihm irgendetwas zu verweigern. Antoine sah das beim Abgeordneten. Manchmal musste er in dessen Namen Personen einbestellen, die sein Chef treffen wollte, und fast immer beugten sich die Unbekannten, die er per Telefon oder E-Mail kontaktierte, vor dessen Titel, obwohl der Abgeordnete nicht einmal anwesend war, obwohl sie nicht einmal dessen Stimme hörten, und sagten ein gemeinsames Mittagessen zu, als wäre er ihr Vorgesetzter und kein gewählter Volksvertreter.

Der Strand war zu klebrig, Antoine konnte sich nicht auf die Unermesslichkeit des Meeres konzentrieren und sich in dessen Bann ziehen lassen. Diesmal rief er sich nicht – wie üblich – diesen einen Vers von Baudelaire ins Gedächtnis, der einen freien Menschen aus ihm machte, weil er das Meer liebte, bla, bla, bla, die zwölf Silben des Alexandriners; er konnte an nichts anderes denken als an die klebrigen Algen und all die anderen klebrigen Dinge derzeit, labberige Sandwiches, Sprache, kleine Durchhänger und der Anblick seines Gesichts über dem Waschbecken im Kinderzimmer heute früh. Da war zu viel Meer, zu viel Himmel, die Bewegungen der beiden glichen sich auf geheime Weise an. Es tat ihm überhaupt nicht gut, von alldem umgeben zu sein. Er hatte es geglaubt, aber nein. Das Unendliche öffnete sein felsiges Maul, und alles, bis hin zu den Sandkörnern an seinen Füßen, bis hin zu den braunen Wasserflecken auf seinen Schuhen, war für ihn ein Zeichen, dass er verschlungen wurde. In Paris war die Landschaft voll, klar umrissen. Der Gedanke an all die Leben, die das seine dort streiften, machte ihn manchmal schwindeln, doch das war nichts im Vergleich zu dem Entsetzen, das heute am Strand in ihm aufstieg, zusammen mit den widersprüchlichen Gerüchen nach Salz und Fäulnis. Hatte er sich, indem er zu lange im Zentrum Haussmann'scher Sichtachsen geblieben war, vom Unendlichen entwöhnt? Konnte er nur noch domestizierte Landschaften um sich herum ertragen?

Er sagte sich, dass er, wenn er schon einmal hier war, zum Alten Hof gehen und Xavier Hallo sagen könnte. Er sagte es sich, als wäre es eine Zufallsentscheidung, dabei machte er das jedes Mal, wenn er seine Eltern besuchte. Er musste seinen eigenen Weggang und die Bewegungslosigkeit Xaviers nebeneinanderhalten und, zu diesem Zweck, beim Hof vorbeischauen, um sich zu vergewissern, dass sein Jugendfreund auch wirklich dort war, noch immer an seinem Platz, so *aufgeräumt* wie in Antoines Erinnerung.

Es war ein Arbeitstag, ein Tag Leben, ein ganzer Tag im Draußen. L hatte entschieden, sich aus ihrer Erstarrung zu lösen, denn Pierre schien zu glauben, dass sie damit nicht allzu viel riskierte. L hatte zugesagt, drei Rechner in unterschiedlichen Ecken von Paris zu reparieren. Am Vortag hatte sie ihr Fahrrad wieder aus dem Keller hervorgeholt und beim Hochgehen den Briefkasten geleert, der mit Post und Prospekten vollgestopft war. Auf ihren Besuchsantrag war keine Antwort gekommen, aber dafür ein Brief von Elias. Wie die vorigen wechselte er zwischen lapidaren Beschreibungen und noch lapidareren Sätzen in der ersten Person (»Die Lampe ist kaputt. Mir geht's gut. Es gibt kein einziges Buch auf Deutsch in der Bibliothek. Ich frage mich, wann du kommst« etc.).

L ließ ihren Computer aus, um nicht in den Bann der Drinnenwelt zu geraten. Stattdessen wollte sie mit dem alten Transistorgerät, das sie auf der Suche nach Müsli in einem Küchenschrank gefunden hatte, Radio hören. Es musste Elias gehören. Aller elektrische Trödel in der Wohnung gehörte Elias. Er hasste internetfähige Dinge und das ungeschützte Netz, das sie miteinander verband – das *Internet der Dinge*, er sprach diese Wörter stets mit angewiderter Miene aus. Er hatte die Wohnung mit ausgeblichenen, gedrungenen Dinosauriern deutscher Produktion bevölkert. Manchmal zweigte er ein Gerät, das seinem Geschmack besonders entsprach, für die von ihm entworfenen Musikinstrumente ab, und wenn L die Schränke öffnete, stieß sie auf schäbige, verstümmelte Apparate mit herausragenden Drähten, die ihr unheimlich waren, die sie sich aber nicht wegzuwerfen traute.

L drehte lange am Regler des alten Radios, bis sie klaren Empfang hatte. Die Nachbarsender sabbelten über den Kanal hinweg, den sie hören wollte. Sie verstand einige Fetzen, es ging um Algerien und Alexandre Benallas Selfie mit Glock (das klang wie der Titel eines alten Gemäldes, »Stillleben mit Büchern«), doch die Informationen wurden fast vollständig vom Beat eines Popsongs übertönt, der aus einem verborgenen Winkel der Funkwellen quoll. L drehte den Regler einen winzigen Millimeter weiter, und die Stimmen wurden kräftiger. Man kündigte Veranstaltungen für den 8. März an, den *Tag des Kampfes für die Rechte der Frau* (eine Journalistin meißelte die zehn Silben voll Überzeugung ins Mikrofon). Einer der genannten abendlichen Programmpunkte wurde von Grenade(s), Salmas Verein, ausgerichtet. Auch wenn L die Aktivitäten von Grenade(s) nie besonders aufmerksam verfolgte – zu Salmas großer Verzweiflung, die sie unermüdlich zu den Treffen einlud und davon träumte, eine Konferenz über »Frauen und Informatik« zu organisieren –, lächelte sie in ihrer kleinen Küche stolz, als sie den Vereinsnamen hörte. Grenade(s) bestand seit über zehn Jahren, war jedoch lange Zeit bloß einer Handvoll Aktivistinnen bekannt gewesen und von diesen getragen worden. Seit Beginn der #MeToo-Bewegung waren Sichtbarkeit und Mitgliederzahl beträchtlich gestiegen, und die Journalisten berichteten über die vom Verein angebotenen Kurse und Vorträge, als hätten sie das schon immer getan.

Das hatte Elias gefehlt, überlegte L, während sie sich mit dem Rad zwischen farbenfrohen Joggern, heiseren Möwen und einigen Biertrinkern hindurchschlängelte: eine Zeitung, die bereit war, seine Erkenntnisse publik zu machen, oder gar mehrere Zeitungen. Man hätte die Informationen vor seiner Verhaftung veröffentlichen müssen, vielleicht hätte man ihn dann gar nicht mehr verhaften können. Ohne Journalisten wäre Assange machtlos gewesen, ebenso Snowden. Die Zusammenarbeit von Drinnen und Draußen war ein elementarer Schritt. Es war dumm von Elias gewesen loszulegen, ohne sich vorher zu vergewissern, dass eine Vertrauensperson übernehmen würde. Um geleakte Informationen gab es immer einen Kommunikationskrieg. Und man musste bereit sein, diesen auch zu führen, nicht nur in technischer, sondern auch in propagandistischer Hinsicht – das war die Arbeitsteilung zwischen Ops und Props, die zehn Jahre zuvor für die goldene Ära von Anonymous gesorgt hatte. Damals hatten sich Hunderte ausschließlich um die Kommunikation gekümmert. Anders ging es nicht. Auf der Gegenseite ackerte die Überzeugungsmaschinerie mit voller, offizieller, massiver, institutionalisierter Gewalt. Wenn man ihr kein Kontra gab, fraß sie einen auf. Die Props hatten eine Heidenarbeit geleistet, damit die Bewegung nicht mit Haut und Haaren verschlungen wurde, und oh, was war eigentlich aus Barrett Brown geworden? L hatte schon lange nicht mehr an Brown gedacht. Auch er hatte im Gefängnis gesessen. L war sich nicht sicher, was nach seiner Entlassung aus ihm geworden war. In den Foren wurde manchmal getuschelt, dass er es nicht ausgehalten und nun einen an der Klatsche habe. Aber daran durfte L jetzt nicht denken. Ans Gefängnis. An den Schrecken des Gefängnisses. Da fing bloß ihr Rad an zu schlingern.

Barrett Brown war als Figur schwer in der anonymen Armee zu verorten. Er war zugleich (oder vielleicht nacheinander, aber so rasch, dass die unterschiedlichen Funktionen wie zeitgleich wirkten) ein Freund, Aktivist, Verräter, Beteiligter und Vermittler gewesen. Barrett Brown hatte nie einen anderen Namen getragen als Barrett Brown, und weil ihm die Anonymitätspflicht schnuppe war, konnte er mit den Medien sprechen. Er war selbst ausgebildeter Journalist und wusste, wie man die Aufmerksamkeit von Fernsehsendern und Presseorganen erregte. Im Winter 2011 wurde er zum Sprecher von Anonymous, wenn auch ohne die Zustimmung der Gruppe – ohne überhaupt um sie gebeten zu haben, behauptete er. In den IRCs bezeichneten ihn zahlreiche Diskutanten als *namefag*, und L erinnerte sich, dass er ihr nicht sonderlich sympathisch gewesen war und seine Fernsehauftritte sie zu Beleidigungen provozierten. Doch heute erkannte sie an, dass dieser Kerl – dessen Zigarette niemals auszugehen, eigentlich niemals an ihr Ende zu gelangen schien, sich von einer Sekunde auf die nächste erneuerte, sodass Barrett Brown scheinbar immerzu *am Rauchen* war – ihnen durch seine Auftritte vor der Kamera genützt hatte, mit seinen schlaftrunkenen (oder im Gegenteil vom Schlafmangel getrübten) Augen im zunehmend blasseren Gesicht. Bei diesen Auftritten beteuerte er, Anonymous leiste zivilen Ungehorsam und setze sich für das Recht auf Informationsfreiheit jedes Amerikaners ein. Barrett Brown verwendete, ohne zu erröten, ohne mit der Wimper zu zucken, jedoch mit leicht verwirrtem Stottern, die

177

Begriffe Aufstand und Propaganda und erklärte wiederholt, beides sei notwendig. Barrett Brown war zu über
sechzig Monaten Haft verurteilt worden, und zwar wegen
»Unterstützung von Straftätern«, »Behinderung der Justiz« und weil er, möglicherweise unter Heroineinfluss
oder aufgrund starker Entzugserscheinungen – die Auf-
fassungen hierzu gingen auseinander –, verkündet hatte,
bewaffnet zu sein und seine Waffe auch einsetzen zu wollen, falls man die Schuld bei seiner Mutter suchen sollte
(»Bedrohung eines Bundesbeamten«). Barrett Brown
hatte, als wahrer Held von Informationsfreiheit und Ver-
arsche, zudem die Großtat vollbracht, sich vom FBI verhaften zu lassen, während er gerade über Tinychat eine
Unterhaltung mit drei anderen Anons führte, sodass die
Szene (teilweise) mitgefilmt und umgehend online gestellt werden konnte.

Wie immer, wenn sie an die Zeit der anonymen Armee dachte, überkam L eine Mischung aus vager Freude
und herber Traurigkeit. Freude, dabei gewesen zu sein,
das Herannahen der Schatten gesehen zu haben, Freude,
dass sie diesen Augenblick hatte miterleben dürfen, ohne
zu glauben, er werde einmal enden. Traurigkeit bei dem
Eingeständnis, dass die ihren den Krieg trotz vieler siegrei-
cher Schlachten nicht gewonnen hatten, Traurigkeit, dass
sie Ruinen bewohnten, Traurigkeit, die wie eine Klinge
in ihrem Hals feststeckte. Um das Gefühl zu vertreiben,
teilte sie ihren Tag in Listen und Maps ein.

Der erste Rechner, um den L sich an diesem Morgen
kümmern musste, war der von Delambre in der Rue des
Petites-Écuries. Bis zum Jardin Villemin würde sie eine
Viertelstunde die Kanäle entlangfahren, bevor sie nach
Westen abbog. Um diese Uhrzeit, im leichten Niesel, war

gewöhnlich niemand am Ufer unterwegs, um die versunkenen Umrisse der Einkaufswagen und E-Roller zu betrachten. Danach wollte L einem Kumpel von Salma aus der Patsche helfen, der in der Nähe der Place d'Italie wohnte, also etwa zwanzig Minuten entfernt, wenn sie den großen Verkehrsachsen folgte, zwischen Place de la République und Place de la Bastille über den Boulevard du Temple fuhr, doch falls sie genug Zeit hatte, würde sie die kleineren Straßen nehmen, an Beaubourg und der Place des Vosges vorbei, würde eine Reihe von Museen an sich vorüberziehen lassen, in die sie noch nie einen Fuß gesetzt hatte und an denen sie gern so schnell vorbeischoss, wie der Verkehr es zuließ, um anschließend nach einer passenden Brücke über die Seine zu suchen. Am anderen Ufer würden die Museen durch Universitäten und Klinikbauten ersetzt werden, in die sie auch noch nie einen Fuß gesetzt hatte und die hinter blinden, monotonen Mauern ungeheuer viel Platz einnahmen, ihr das Gefühl gaben, überhaupt nicht voranzukommen oder niemals das Ende eines Gebäudes zu erreichen. Von der Place d'Italie führe sie weiter zur verrückten Katzenfrau, die gar keine Katzen hatte und am Boulevard Arago wohnte.

L glaubte zu wissen, was sie auf Delambres Kiste vorfinden würde. In den vergangenen Wochen waren so einige Rechner von einem neuen Trojaner befallen worden – einer Ransomware, einem üblen, kleinen Schädling, der die Dateien infizierter Computer verschlüsselte und von den Besitzern Geld forderte, das sie im Tausch gegen den Schlüssel zur Dechiffrierung überweisen sollten. In manchen Fällen gab sich die Ransomware offen als Geiselnehmerin zu erkennen und nannte die geforderte Summe beim Namen: Lösegeld. Mitunter gaben sich die Schadprogramme aber auch als offizielles Anschreiben und das Lösegeld als Bußgeld aus. Mithilfe eines Briefes mit falschem Briefkopf, der den Bildschirm sperrte und alle Aktionen blockierte, behauptete der Neuankömmling, vom Innenministerium zu stammen. »Auf Ihrem Computer wurden illegale und/oder pornografische Inhalte entdeckt.« Er verlangte eine Zahlung von dreihundert Euro, um das Gerät zu entsperren. Das war zugleich idiotisch (wer glaubte denn bitte, das Innenministerium könne auf diese Weise vorgehen?) und ziemlich gerissen (die durch den Wortlaut hervorgerufene Verlegenheit hielt einen Teil der Opfer davon ab, den Computer einem Techniker zu zeigen, und drängte sie zur heimlichen Zahlung, und tatsächlich kannte L niemanden, auf dessen Computer nicht wenigstens *eine* illegale und/oder pornografische Datei gespeichert war).

Am Telefon klang Delambre fast schon resigniert. Er gehörte zu jenen, die sich andauernd Viren einfingen. Hätte es in den unermesslichen Weiten des Internets nur ein einziges trojanisches Pferd gegeben, auf seinem Computer wäre es gelandet. L hätte sich sagen können, dass der Kerl dämlich war (er trieb sich auf etlichen recht dubiosen russischen Websites herum, mit nichts als einem Gratis-Antivirenprogramm, das selten ein Update erfuhr), aber sie meinte, im Laufe der Jahre beobachtet zu haben, dass bei befallenen Geräten nicht unbedingt die Technik ausschlaggebend war. Es war wie mit Mückenstichen: Immer sitzt im Hochsommer jemand mit am Tisch, der zerstochen wird, und die anderen betrachten ihn mitleidig, aber auch erleichtert. Schließlich beschloss L bei sich, dass die Viren schlicht Geschmack an Delambres PC gefunden hatten und er nicht viel dafür konnte.

»Warum machst du das?«, hatte er sie gefragt, als sie das erste Mal zu ihm gekommen war.

»Ist das ein Vorwurf?«

»Nein, ich bin nur neugierig. Ich frage mich, was eine junge Frau wie dich dazu bringt, sich so viel mit Computern zu beschäftigen.«

»Wenn ich Klavier spielen würde, würde niemand rumnerven und fragen, warum ich Klavier spiele.«

»Okay …«

»Du musst dir also nur sagen, dass ich Klavier spiele und du die Musik einfach nicht hören kannst.«

Seither nannte er sie Franz. Wie Schubert. Wie Liszt. L ging gern zu ihm. Delambre arbeitete in der Eventbranche, verdiente sehr gut und schien dennoch selbst nicht ganz zu wissen, was er eigentlich machte. Er stolperte von Erfolg zu Erfolg. Auch das Geld fiel ihm auf diese Art zu, ohne dass er es zu erwarten oder irgendetwas für die an ihn getätigten Zahlungen zu tun schien. Deshalb gab er es aus, als handelte es sich um ein Weihnachtsgeschenk und nicht um seinen Lebensunterhalt. Er kaufte riesigen, absurden Kram und schaffte ihn sich anschließend wieder vom Hals. Mal stand eine alte Jukebox im Wohnzimmer, dann eine entfernt an Calder erinnernde Skulptur, dann wieder war es eine neue Stereoanlage mit turmhohen Lautsprechern, und einmal traf L auf einen Pyrenäenschäferhund, der unter seinem langen Fell unendlich traurig wirkte.

Sie schloss ihr Fahrrad an ein bereits zugeparktes Geländer und klemmte sich dabei den Zeigefinger zwischen Rahmen und Pedale. Ein Mann rauchte schweigend neben der Haustür und stieß wirbelnden Rauch durch die Nase aus. Er trug eine Jeans, einen Pullover und eine schwarze Jacke, und seine einfarbige Silhouette hob sich deutlich vom sandfarbenen Stein ab. Wegen ihres Gefluches lächelte L ihn entschuldigend an. Er reagierte bloß mit einem Flattern der Augenlider.

Sobald sie Delambres Computer hochgefahren hatte, sah L ein, dass sie sich mit ihrer Diagnose geirrt hatte. Das Gerät war nicht von einer Ransomware lahmgelegt worden, sondern von etwas sehr viel Hartnäckigerem. L zog es auf einen Stick, um den Programmcode später genauer zu analysieren. Sie spürte, wie sie beim gründlichen Säubern des Computers munter wurde. Dieser Virus hatte sich geradezu organisch auf der Festplatte ausgebreitet und überall winzige Larven hinterlassen, die, ließ man ihnen im Dunkeln ihre Ruhe, nach nichts als Wachstum strebten. Sie wusste, dass sie zu ihren nächsten zwei Terminen zu spät kommen würde, jagte jedoch mit Begeisterung den vielen Ablegern nach, die sich noch in den kleinsten Winkeln eingenistet hatten.

»Ich hab dich selten so konzentriert gesehen, Franz.«

Es war früher Nachmittag, und doch war Delambre noch im Pyjama oder zumindest in einem besonders luftigen Jogginganzug, vielleicht auch in traditioneller asiatischer Kleidung, die er von einer Reise in ein L unbekanntes Land mitgebracht hatte. Er war liebenswürdig und träge, Gesicht und Stimme verquollen vom Schlaf. L erklärte ihm, dass sein Problem ausnahmsweise einmal *interessant* sei. Auch er schien zu erwachen, fragte, ob sie eine Idee habe, wo es herkomme, wie es auf seinen Computer gelangt sei. Könne sie irgendwie feststellen, ob es ihm jemand absichtlich per Mail zugeschickt habe? Sie ließ den USB-Stick in der Hand hüpfen und erwiderte in gespielt ernstem Tonfall: »Haben Sie Feinde?«

Sie konnte nicht glauben, dass jemand etwas gegen Delambre haben könnte. Er hatte etwas von einer aufwendigen Sahnetorte im Schaufenster einer Edelkonditorei. Er sprach von Differenzen mit ein paar Sicherheitsleuten – und allein die Tatsache, dass er das Wort »Differenzen« benutzte, bestätigte L, dass Delambre keine echten Feinde hatte. Mit seiner leicht verschlafenen Stimme erzählte er ihr, dass er sich nach einem mies gelaufenen Abend entschlossen habe, seiner üblichen Sicherheitsfirma zu kündigen. Die Typen hatten seine Entscheidung nicht gut aufgenommen und ihm das Leben schwer gemacht. Und Delambre stellte fest, dass diese wandelnden Schränke derart häufig den Schuppen wechselten, ihre Muskeln verkauften, ohne einen Gedanken an den Namen auf ihrem Polohemd oder ihrer Jacke zu verschwenden, dass die Geschichte schon bei den meisten potenziellen Anbietern die Runde gemacht hatte, ehe er sich eine Ersatzfirma suchen konnte. Jetzt hatte er Schwierigkeiten, vertrauenswürdige Sicherheitskräfte für die nächste Veranstaltung zu finden, über die er – wie es so seine Art war – wenig verlauten ließ. Sogar die Hostessen und die Barkeeper liefen ihm davon. Er würde wegen zwei gekränkter Kerle sein gesamtes Team erneuern müssen und war obendrein als schlechter Auftraggeber verschrien.

»Als ich mich bei ihnen beschwert habe, haben sie mir Mails mit ziemlich … kreativen Beleidigungen geschickt. Ich hab mir gedacht, vielleicht kommt das von denen.«

»Ich prüf das mal«, meinte L und schob den USB-Stick in ihre Tasche.

Als sie das Gebäude verließ, stand der Mann in Schwarz noch immer da, und merkwürdigerweise schien seine Zigarette ganz genau so weit heruntergebrannt zu sein wie bei Ls Ankunft. *Da ist ein Fehler in der Matrix.* Sie musterte seine hervortretenden Muskeln unter den straffen Jackenärmeln und fragte sich, ob er ein Sicherheitsmann sein könnte, der auf Delambre wartete. L überlegte, ob sie ihrem Kunden eine Nachricht schicken sollte. Falls der Typ wirklich wegen Delambre da war und der mit seinem schlaffen Körper und dem Asiaglanz-Pyjama das Haus verließe, wäre er in zwei Sekunden Hackfleisch. Doch während sie sich noch mit ihrem Fahrradschloss abmühte, drückte der Kerl die Zigarette aus und ging Richtung Metro davon, nachdem er sie, wie sie glaubte, mit *einer kleinen Abschiedsgeste* bedacht hatte. Als sie ihre Aufmerksamkeit endlich wieder auf das Schloss richten konnte, zitterte sie ein wenig, und der kleine, runde Schlüssel umtanzte das Schlüsselloch und wollte nicht hinein.

Ihr zweiter Kunde war ein wenig eigen. Salma hatte ihr gesagt, dass er Journalist sei und sich, seit er über die Demonstrationen der Gelbwesten berichtete, vor polizeilicher Überwachung fürchte. L hatte ihm eine DBAN-Software mitgebracht, damit er alle Daten von seiner Festplatte löschen konnte, aber natürlich wollte der Typ seine Daten *auf gar keinen Fall* löschen. Seine Fotos, seine Videos, mit genau diesem Material arbeitete er, darauf war er angewiesen. Eigentlich wollte er, dass L seine »Kiste abschirmte«, und das wiederholte er mehrmals, er wollte Abschirmung. Nachdem sie das Gerät rasch durchgecheckt hatte, schlug sie ihm vor, zuerst einmal seine Programme zu updaten – bei ihm gammelten veraltete Versionen mit bekannten Fehlern vor sich hin, da war Tag der offenen Tür. Während sie seine Ordner verschlüsselte, redete der Journalist ohne Unterbrechung: Gelbwesten, die ein Auge verloren hatten, Gelbwesten in der Gefährder-

Datenbank, Mediapart, Gaspard Glanz, und dann, plötzlich, mit einem Ruck ins Internationale, sprang er zum Hirak in Algerien. Da er ein Freund von Salma war, wagte L es nicht, ihre Kopfhörer aufzusetzen. Allerdings musste sie sich eigentlich konzentrieren, ihre Handlungen auf den Rhythmus einer bekannten Musik abstimmen, um in ihren Flow zu kommen. So war sie zu hibbelig, und die eigenen Gedanken schienen ihr abgehackt.

Als sie verkündete, dass sie fertig sei, begutachtete der Journalist seinen Computer eingehend und wirkte ein wenig enttäuscht, als hätte er erwartet, dass sie ihm ein wortwörtlich »abgeschirmtes« Gerät übergeben würde, ganz und gar mit schimmernden Schilden geharnischt.

»Kann ich mir auch sicher sein, dass …«

Er zögerte, hatte seinen Fünfzigeuroschein schon in der Hand, hielt ihn aber noch fest umschlossen.

»Dass das sicher ist?«, ergänzte L.

Was sie ihm jetzt erklären musste, hatte sie schon im Voraus über: Im Drinnen konnte man sich nie sicher sein, sicher zu sein, es gab dauernd neue Erfindungen, neue Verfahren, einen noch fantasievolleren oder geduldigeren Hacker als all jene, die die Schutzvorkehrungen erarbeitet hatten. Sobald man über die Grenze stolperte, war es im Grunde ein bisschen wie der Wilde Westen, und egal wie viel lautes und schweres Geschütz man am Gürtel trug, man konnte trotzdem entdeckt und zur wandelnden Zielscheibe werden. Sogar sie selbst war sich ihres Computers nicht sicher, konnte es gar nicht sein. Und außerdem: Auch wenn man virtuelle Mauern hochzog, reichten eine simple Nachricht aus drei Zeilen, unterschrieben mit »NoLogo«, oder ein schwarz gekleideter Mann, dass die Angst wiederkehrte und man das Gefühl hatte, doch überhaupt kein bisschen geschützt zu sein … Manchmal war da Überdruss. Mutlosigkeit. Sie hätte ihm am liebsten gesagt, er solle sein Geld behalten und ihr stattdessen ein Bier anbieten. Aber sie musste zur verrückten Katzenfrau.

Um zum Hof zu gelangen, musste man die Küsten-
straße nehmen, die in dieser Gegend zwei fast völlig verschiedene Gebiete miteinander verband: das der
Freizeitsegler auf der Seite des schönen Meeres und das
der Einkaufszentren und -zonen, von denen die vielen örtlichen Gemeinderäte, Politiker und die die Gebäude nut-
zenden Unternehmer behaupteten, sie seien für die »wahren« Einwohner der Region errichtet worden. Vielleicht
wollten einige Leute hier sie wirklich, diese schaufenster-
losen Nettos, die von einer »Einkaufspassage« gesäumten
Super-U-Märkte, noch immer mit einer gewissen Ehr-
furcht erwähnt, als wären sie die Innovation einer genia-
len Marketingabteilung; Nachbarn, die Antoine gar nicht
in Verdacht hatte, mochten sie womöglich, diese Bau-
märkte, die stets hinter Barrikaden ihrer eigenen Waren
verschwanden, die haargenau wie Schuh-Outlets ausse-
henden Notarbüros, die nicht von Möbelhausketten wie
Monsieur Meuble zu unterscheidenden Weinhandlun-
gen, die Behälter mit Wellenmuster voll bretonischer Spe-
zialitäten, von blau-weiß gestreiften Matrosenshirts über
Müslischalen, Algenflocken und Gewürze mit Meersalz
bis hin zu buttrigen Keksen, Tuben mit schlierigem, grün-
lichem Duschgel und Regenkleidung in unterschiedlichen Größen, die dort hing wie die Felle der drei Bären

aus *Goldlöckchen*: das riesige, marineblaue Ölzeug für den Mann, das mittlere, sonnengelbe für seine Gattin und das kleine, rote oder rosafarbene für die Sprösslinge.

Vielleicht brauchte irgendwer diese Läden.

Vielleicht »wärmte« ihr Licht abends das Herz manchen Autofahrers.

Vielleicht gab es Männer und Frauen, die freudig die mit Rhododendren bepflanzten und von Fischerbooten überragten Kreisverkehre umkurvten, angelegt für einen besseren Verkehrsfluss zwischen einem Geschäft für gebrauchtes Spielzeug und einem Autohaus.

Aber wer sollte das sein?

Als Kind beobachtete Antoine die Rentnertrupps an den weißen Tischen der Schnellrestaurants wie Flunch oder Kitchen, die direkt neben einem Supermarkt gemeinsam Mayo-Garnelen-Eier verspeisten. Bring mich um, bevor ich im Alter so werde, sagte seine Mutter. Antoines Vater sagte nichts. Ihn schien der Anblick der arthritischen Herde zu rühren, umrahmt von weißen Löckchen, im Neonlicht schimmernd wie frischer Schnee auf den Hängen eines Skigebiets. Er betrachtete sie mit eindringlicher, andächtiger Stille, bis ihm sein Einkaufswagen wieder einfiel, der Einkaufszettel in seiner Tasche, der kleine, unruhige Körper Antoines, der sich bereits mit aller Macht zum Comicregal reckte. Na bitte, dachte Antoine, da habe ich meine Antwort: Ich war einer von denen, die diese Orte mochten. Ich wollte dorthin. Es machte mich glücklich. Ich bettelte darum, dass man mich mitnahm.

Er ging zu seinen Eltern zurück, um das Auto zu holen. Zum Alten Hof konnte man nicht zu Fuß gehen. Auf der falschen Seite der Landstraße gab es keine Fußwege, keine

Bürgersteige, bloß Straßen und Parkplätze: Es war das Königreich der Karre. Gleich hinter den Parkplätzen begann jäh die Landschaft, und dort, am Beginn dieser Landschaft, stand der Alte Hof. Antoine kannte den Ort schon ewig, lange bevor die Gruppe sich hier niedergelassen hatte. Am Ende des Weges lag der ehemalige Steinbruch mit der vollgelaufenen Kiesgrube. Im Sommer war er immer zum Klippenspringen hergekommen – und er sagte stets »Klippenspringen«, obwohl er bloß unbeholfen, schwankend und angsterfüllt hinunterhüpfte, weder den kurzen, pfeifenden Fall noch die eisige Ohrfeige des silbrigen Wassers mochte, Quecksilber in einem Loch ähnlich, dessen Grund kein Junge je erreichen konnte. Der Hof war das einzige Gebäude zwischen Landstraße und verbotener Badestelle: zwei gegenüberliegende Steinhäuser, eins wie das Modell des anderen in leicht verkleinertem Maßstab, und daneben drei riesige Blechschuppen von einer Höhe, die sich anhand der darin geparkten Traktoren nicht erklären ließ. Hier begann das Argoat, das Inland der Bretagne. Der überreichliche Platz oder die unterdurchschnittliche Einwohnerzahl ermöglichte es den Landwirtschaftsbetrieben, zu gigantischer Größe anzuwachsen; die paar Menschen, die hier vorbeikamen, wirkten winzig, und das bisschen Verlangen, das sie verspüren mochten, sich hier niederzulassen, verpuffte angesichts des Gefühls der eigenen Kleinheit, vermutete Antoine. Kurz nachdem Xavier ins Dorf zurückgekehrt war, hatte er das Anwesen für wenig Geld gekauft.

In ihrem Abschlussjahr am Lycée hatten Antoine und Xavier bloß noch vom Fortgehen geredet, und sobald sie das Bac in der Tasche hatten, taten sie es auch, machten sich glücklich an die Umsetzung eines Plans, dessen

Punkte sie schon viele Male durchgesprochen hatten, im Grunde nur zwei Punkte: die Großstadt und das echte Leben. Doch nach zwei Jahren in Lyon war Xavier zurückgekehrt. Für Antoine war es undenkbar, dass man hierher zurückkehren wollte, dass dies kein Scheitern bedeutete. Und er kam nicht umhin zu denken, dass dieses Scheitern (die Rückkehr aufs Land) in einem anderen Scheitern gründete, zu dessen Erfüllung die Zeit nicht gereicht hatte, dessen Unabwendbarkeit Xavier, genau wie ihm, jedoch bewusst war: das Scheitern Xaviers im Studium und folglich das Scheitern daran, eine ordentliche Stelle auf dem Arbeitsmarkt zu finden. Letztlich kam das Scheitern, das seine Rückkehr verkörperte, unmittelbar nach einem Scheitern, das zwar nicht eingetreten, aber dennoch vorausgegangen war, und hier verlor Antoine sich ein wenig in der Ordnung seiner Gedanken, allerdings nicht so sehr, dass er übersehen hätte, wie diese Gedanken Xaviers Bild mit Fetzen des Scheiterns rahmten. Antoine konnte mit ihm kein Gespräch von Gleich zu Gleich führen, denn alles, was Xavier als freie Wahl darstellte, verstand Antoine als Notlösung. Trotzdem trafen sie sich noch. Sie hatten Bindungen zwischen sich nachgebildet, sinnierte Antoine, die außerhalb der Familie gar nicht existieren dürften: unerschütterliche Bande, die auf keinerlei Zuneigung mehr beruhten. Sie trafen sich weiterhin, auch wenn sie sich vielleicht anschnauzten, denn es wäre sehr viel verstörender gewesen, sich nicht mehr zu sehen. Xavier war die Elle, an der Antoine die eigenen Errungenschaften maß, und Antoine war – so vermutete er – das Schreckgespenst, das Xavier brauchte, um seine Rückkehr aufs Land zu rechtfertigen, der wandelnde Beweis für den Preis eines großstädtischen, politischen Lebens, der sich auf Erschöpfung belief, auf mehr oder minder beschämende Kompromisse, auf Schikanen und unvermeidliche, tagtägliche Verkleidung. Einmal hatte Xavier Antoine gebeten: »Komm so, wie du auch ins Büro gehen würdest«, und Antoine hatte gehorcht, er wusste nicht genau, warum, zog einen Anzug an, eine Krawatte und schlüpfte in seine Stadtschuhe, obwohl er wusste, dass die matschigen, steinigen Pfade des Alten Hofs sie ruinieren würden. Während ihrer einstündigen Unterhaltung, in der kein einziges Mal das Thema Outfit zur Sprache kam, musterte Xavier noch das kleinste Detail seiner Kleider ohne Abscheu oder Spott, jedoch mit dezenter Trauer, von der Antoine nicht sagen konnte, ob sie geheuchelt war.

Er selbst hatte Xavier nicht angesehen. Das vermied er fast immer und starrte auf einen weit entfernten Punkt, auf seine eigenen Schuhe oder die Zigarette in seiner Hand. Xavier war stämmig. Seine Gestalt, seine Haut, seine Haare, seine Lippen, alles war wie mit einer stumpfen, wachsweichen Bleistiftmine gezeichnet. Als er einmal bei Antoine übernachtete, hatte Xavier sich lange in dem großen Spiegel in Antoines damaligem Zimmer betrachtet – und natürlich fürchtete Antoine, er würde einen Kommentar über ebendiesen Spiegel machen, nicht über das, was er darin sah, sondern über Eitelkeit, einen Mangel an Männlichkeit, den der große, hinter der Tür verborgene Spiegel offenbarte –, und dann sagte Xavier: »Das ist nicht mal meine eigene Fresse. Es ist die von meinem Vater.«

Tatsächlich ähnelten die beiden sich sehr, und das war kein Geschenk. Xaviers Vater war, als er noch lebte, weithin als Polterer bekannt, der trübselig dem Alkohol und maßvoll der Boshaftigkeit zuneigte – auch wenn einige behaupteten, das Gegenteil sei der Fall. Er hatte jahrelang beteuert, dass er weder etwas für seinen Charakter könne (was vielleicht stimmte, wie Xavier und Antoine sich als Jugendliche sagten) noch für seine Taten (was schon fragwürdiger war): Die Gegend mache ihn fertig. Er war untröstlich, dass er nicht direkt am Meer leben konnte, dass es ihm finanziell verwehrt blieb, in dessen Nähe zu wohnen, obwohl das in diesem Winkel doch die einzige Sache von Wert war. Es machte ihn rasend, dass die Häuser mit Blick auf die Wellen fast immer leer standen. Wenn er an der Küste entlangging oder -fuhr, sagte er häufig, dass er heulen könnte bei dem Gedanken, dies hier die meiste Zeit zu verpassen. Er sagte, er trinke, um das Meer zu vergessen. Vielleicht war Xavier an einen Ort nur wenige Kilometer vom Haus seines Vaters zurückgekehrt, um ihm – auch wenn er bereits tot war – zu beweisen, dass einen die Gegend nicht zwangsläufig fertigmachen musste, dass man hier glücklich sein konnte. Oder vielleicht wollte er es sich auch selbst beweisen. Wer wusste das schon. Und ohnehin hatte er dieses Ziel, Antoine zufolge, bislang verfehlt: Xavier war nicht glücklich. Aber er selbst war es auch nicht so recht. Dafür hätten sie erst einmal eine Definition des Wortes liefern müssen, die sie in ein wenig mehr als 50 Prozent der Fälle überzeugte.

Bei seinen regelmäßigen Besuchen auf dem Alten Hof sah Antoine die Früchte von Xaviers mühevoller Arbeit: die neu hochgezogenen Mauern, das mit frischem Schiefer gedeckte Dach, das zurückgedrängte Dornengestrüpp. Er erlebte auch die Ankunft der anderen, der Akrobaten in ihren Wohnwagen. Sie parkten sie inmitten von wilder Minze, Schafgarbe und Löwenzahn. Schon bald pochten die Haselsträucher an ihre ovalen Plexiglasfenster. Die

Wohnwagen waren geblieben, für immer – eine Wohnwagenewigkeit, eine begrenzte Ewigkeit. Die Bewohner allerdings wechselten. Der Alte Hof war durch winzige, flüchtige Muster zu einer Gemeinschaft aus Artisten, Bauern, Abgehängten und Obdachsuchenden geworden.

»Ich dachte, ich finde dich auf einem Kreisverkehr, zwischen zwei Transparenten.«

»Ich hatte noch nie eine Karre. Und wo sollte ich deiner Meinung nach eine gelbe Weste hernehmen?«

Niemand konnte hier ohne Auto leben, dachte Antoine, die Entfernungen waren absurd. Und doch erledigte Xavier alles per Anhalter, mit dem Rad oder zu Fuß. Er sagte, es wäre völlig sinnlos, jetzt den Führerschein zu machen oder ein Auto zu kaufen, wo das Erdöl knapp werde. So würde er sich eine Sache weniger abgewöhnen müssen, »wenn es so weit ist«. Im Laufe der Jahre hatten seine Waden einen imposanten Umfang erreicht und einen matten Lehmton angenommen.

Er reichte sein Beil (oder war es eine Axt?) dem Typen, der die Holzscheite in eine Schubkarre stapelte, und ging zu Antoine. Er wirkte nicht überrascht, ihn zu sehen. Wegen des Funklochs, in dem der Alte Hof lag, konnte man Besuche kaum durch einen Anruf oder eine Nachricht ankündigen, daher hatten die Bewohner sich an plötzlich auftauchende Freunde gewöhnt und auch an verschwindende, die es müde geworden waren, Mitteilungen auf Anrufbeantworter zu sprechen und nicht zu wissen, wann sie abgehört würden. Durch das hohe, noch taunasse Gras liefen Antoine und Xavier einfach drauflos. Große, geflügelte Insekten sirrten schwerfällig vor ihnen auf oder wurden auf ihren Halmen überrascht, ehe sie abheben konnten, und klammerten sich an ihre Schienbeine. Die Sonne schien, ungewöhnlich für Februar, und die Natur steckte in einem großen Widerspruch zwischen Kalender und Wetterbericht fest. Knospen zeigten sich als kleine braune und grüne Tupfer auf den klebrigen Zweigen des Obstgartens, verfingen sich in ihren Haaren, wenn sie sich nicht tief genug bückten. Antoine bemerkte eine neue Hütte am Waldrand, und Xavier erklärte, sie sei gerade erst fertig geworden, stehe aber leer. Sie hätten sie nur gebaut, weil einer der Jungs Zedernbretter von einer Schiffswerft bekommen habe und sie unbedingt etwas damit hätten machen wollen. Der vom Holz aufsteigende Duft war süß und schwer, man würde darin wie in einer Opiumhöhle schlafen, und dann hatten sie im letzten Monat noch zwei oder drei Bauten auf Kreisverkehren zusammengezimmert, das wurde gerade zu einer richtigen Routine für sie, diese Hütten. Sie machten das, ohne nachzudenken, ihre Arme dachten inzwischen für sie, und Xavier ahmte beim Sprechen den Umgang mit den unterschiedlichen imaginären Werkzeugen nach, die in seinen leeren Händen wirbelten.

»Anfangs haben wir uns gesagt, dass wir die Hütte Einwanderern ohne Papiere anbieten könnten, aber das sorgt hier für Diskussionen. In unsere Gemeinschaft können wir die Leute integrieren, wenn wir sie bei uns aufnehmen, aber von allem anderen schneiden wir sie ab. Hier fährt fast nie ein Bus, man kann nirgends zu Fuß hingehen: Krankenhaus, Arbeitsamt, Präfektur, alles zwanzig oder dreißig Kilometer weit weg. Wäre das also Gastfreundschaft oder eine Falle? Wir sind uns immer noch nicht sicher, ein paar sagen: ›besser als nichts‹, aber andere finden, dass das kaum anders wäre, als Migranten in irgendwelchen Aufnahmeeinrichtungen zusammenzupferchen.«

Antoine nickte schweigend. Er war in dem Gefühl hier aufgewachsen, von allem weit entfernt zu sein. Solange es nur um Freizeitangebote ging (Kino, Bowlingbar, Konzerthalle, Disco), war das nervig, aber erträglich. Doch auch andere, grundlegendere, brennendere Bedürfnisse waren aufgrund der Entfernungen gar nicht oder nur schwer zu befriedigen. In ihrem Abschlussjahr hatten Antoine und Xavier lange, langsame Fahrten im Xantia von Antoines Mutter unternommen; Antoine fuhr voller Eifer, hatte gerade erst seinen Lappen gemacht, Xavier kümmerte sich um die Landkarten und die Musik. Eine Fahrt war Antoine besonders im Gedächtnis geblieben. Es war Mai, kurz vor dem Bac. Xavier hatte die Nacht bei Caroline verbracht und rief Antoine morgens an: Er müsse sie abholen, Caroline und ihn, und sie zur Apotheke fahren, sie bräuchten die Pille danach, und wisse Antoine zufällig, was so eine Pille danach koste, und könnte er ihm den Betrag vorstrecken? Antoine erwiderte, dass er seine verbliebenen zehn Euro für Sprit brauche (einer der Ausdrücke, die er bei Ankunft in Paris rasch aus seinem Wortschatz gestrichen hatte), das Auto fuhr auf Reserve. Xavier war sich sicher, dass es die zwanzig Kilometer durchhalten würde. Antoine tuckerte also in gedrosseltem Tempo, um Benzin zu sparen, zu Caroline. Dann machten sie sich alle drei auf den Weg zur Apotheke, in noch langsamerem Tempo, jeder Meter Asphalt und Steigung dem Wagen mühsam bei stets drohendem Kollaps abgerungen. Auf der holprigen Straße wurde die Nadel der Tankanzeige durchgerüttelt und zeigte Widersprüchliches an. Hinten schwieg Caroline, mit finsterem Gesicht, das Lederband ihrer Halskette zwischen den Zähnen. Antoine schloss daraus, dass der Kauf einer Pille danach keine konzertierte Entscheidung war, sondern die Folge von Xaviers Nachlässigkeit oder Übererregung. Er hoffte, dass es nicht Carolines erstes Mal gewesen war – kein erstes Mal sollte mit einem Trauerzug enden, angeführt von einem quasi unbekannten Kumpel. Die Fahrt bis zur Apotheke dauerte dreißig schweigsame, dreißig verabscheuungswürdige Minuten. Alles war weit weg, verdammt. Wer seine Jugend nicht auf schmalen Straßen vergeudete, hatte keine gehabt.

Sie betraten das Häuschen aus Zeder. Zwischen den windgeschüttelten Zweigen knarrte es wie ein vom Meer hin und her geworfenes Schiff. Antoine legte die Handfläche auf das frisch gespaltene Holz; es war uneben und warm. Abgesehen von zwei Liegestühlen und einer umgedrehten Kiste, die als niedriger Tisch diente, gab es keine Möbel. Nichts verdeckte das Grundgerüst, das die Hütte aufrecht hielt, und das sah beeindruckend aus, diese zusammengefügten Holzteile und ihre zur Schau gestellte Funktionalität, Traglast, Stützpfeiler, all diese Wörter, die Antoine wenig sagten und die er sich ins Gedächtnis zurückzurufen versuchte, während er den Blick über das Gebälk wandern ließ.

»Geht's dir gut?«

Xavier stellte die Frage zuerst, aber Antoine wiederholte sie während ihres Gesprächs mehrmals. Er fand Abwandlungen: »Wie läuft's bei dir?«, »Hier alles gut?«, »Und sonst so?«. Er ließ nicht locker. Es war wichtig. Wenn es Xavier gut ging, konnte er sich daran freuen, dass er gegangen, dem anderen zuvorgekommen war, ihn im wahrsten Sinne des Wortes hinter sich gelassen hatte. Aber wenn es Xavier nicht gut ging, musste Antoine sich fragen, ob die Überwinder ihrer Klassen nicht in Wahrheit über die am Boden liegenden, die zu Boden gestoßenen Körper ihrer Nächsten vorankamen. Von überallher stieg die Schuld auf, wie Feuchtigkeit im Mauerwerk. So konnte man nicht mehr stolz auf den eigenen Weggang sein.

Diesmal ging es Xavier zum Glück gut. Der Winter war mild gewesen, und der Frühling kam früh. In Bezug auf die Erderwärmung war das beunruhigend, aber er musste zugeben, dass es für die Menschen hier, die ihr Leben größtenteils draußen verbrachten, angenehm gewesen war. Seit Januar hatten sie in einer der Scheunen ihre eigenen Großen Debatten organisiert, und die Teilnehmer waren fast schon zahlreich zu nennen.

»Ich hab sogar deinen Vater gesehen«, sagte Xavier. »Er war niedlich. Hat von dir erzählt.«

Antoine lächelte verkrampft. Xavier ließ es dabei bewenden und meinte, äußerst vage, dass sich *etwas bewege*. Er wollte wissen, ob Antoine es auch spüre, bei sich in Paris.

»Was meinst du?«

»Dieses Gefühl, dass es nicht mehr so weitergehen kann. Mir kommt es vor, als würden viele Leute sich an Themen wagen, die bisher als Spinnerei oder extremistischer Quatsch abgetan wurden. Die Dringlichkeit des Klimawandels, das versiegende Erdöl, das Ende des Kapitalismus.«

»Was für Leute, Xavier? Ihr redet hier seit Jahren darüber. Das ist überhaupt nicht repräsentativ.«

»Klar. Aber ich spreche hier von Herrn und Frau Müller von nebenan. Die haben wir vorher nie bei uns gehabt. Jetzt kommen hier alte Damen vorbei und fragen nach Saatgut. Wir machen Ernte-Workshops mit Kindern. Sogar für Arbeiten, für die man – ich sag mal – Muskelschmalz braucht, gibt es immer mehr Neue.«

Er sagte noch einmal, dass sich etwas bewege, ganz leise, in glücklichem Tonfall. Antoine verstand. Gewisse Diskurse, die von Randgruppen seit Jahrzehnten geführt wurden, drangen gerade an die große Öffentlichkeit. Er dachte oft an eine Konferenz mit Slavoj Žižek zurück, auf der der Philosoph bemerkt hatte, dass die westlichen Gesellschaften bereitwillig die völlige Zerstörung des Planeten durch einen rein spekulativen Asteroiden erwogen, aber nicht das Ende des Kapitalismus. Alles an den zwei Präsidentschaftswahlkämpfen, die Antoine mitverfolgt hatte, hatte Žižek recht gegeben. Kandidaten, die in Interviews einen Ausstieg aus dem System ansprachen, wurden von den Journalisten mit dem leicht genervten Paternalismus eines Erwachsenen bedacht, der mit einem Kind über den Weihnachtsmann redet und weiß, dass er seine Zeit vergeudet. Seit Kurzem hatte sich etwas verschoben, rasch, sodass man Politiker nun bekräftigen hörte, der Ökokapitalismus sei nicht die Lösung der Umweltkrise und Produktions- und Konsumweisen müssten radikal umgestellt werden. Die Studien zum Thema mehrten sich, ohne dass die Fakten sich grundlegend änderten, und diese Diskrepanz entsprach in etwa dem großzügigen Abstand zwischen den Bäumen im Obstgarten. Wenn Antoine an all die derzeit veröffentlichten Bücher dachte, schien es ihm ein fantastischer Zeitpunkt, um links zu sein. Dachte er an das Leben im Plenarsaal, sagte er sich das genaue Gegenteil. Er bestätigte seinerseits, dass sich etwas bewege – die Formulierung war allgemein genug, um ihn auf nichts festzulegen.

»Bei mir bewegt sich übrigens auch was. Ich versuche zu schreiben.«

»Worüber?«

»Capa und Taro. Den Spanischen Bürgerkrieg.«

Xavier lachte. »Brauchen wir darüber noch ein Buch heutzutage?«

Xavier selbst war es gewesen, der Antoine in ihrer Jugend jenes historische Ereignis nahegebracht hatte, indem er ihm *Land and Freedom* zeigte. Der Ken-Loach-Film war für Antoine ein Wendepunkt gewesen. Hatte er bis dahin geschwankt, welchen Weg er nach dem Lycée einschlagen sollte, begriff er nun, dass er in die Politik gehen wollte. Xavier und er fanden beide, dass sie eigentlich für immer in einer der Filmszenen leben müssten, nämlich in der, wo die Mitglieder der POUM und die örtlichen Bauern nach der Befreiung eines aragonischen Dorfes rund um einen großen Tisch über Kollektivierung diskutieren – ein paar Minuten, in denen die Zukunft allen Männern und Frauen guten Willens offenzustehen scheint. Daneben wirkte alles andere fade, schäbig, und kamen die beiden Jungen in einen Raum, in dem niemand die Zukunft aufzubrechen versuchte, um der Gleichheit einen Weg zu bahnen, wurden sie von Klaustrophobie befallen. Während ihrer Zeit am Lycée verschrieben sie sich der Anarchie – die mit der Figur der Blanca verschmolz –, eine heimliche und heftige Liebe, niemals ausgelebt, eine Liebe, die bloß in ihren langen Unterhaltungen existierte. Xaviers Reaktion verletzte Antoine: Sein Freund hätte besser als jeder andere verstehen müssen, was ein solches Buch bedeutete, welche Verbindung es zu ihrer Jugend und der Treue schuf, die dort als uraltes Idealbild vorherrschte. Antoine sagte sich, dass Xaviers mangelndes Interesse bloß ein Weg war, die eigene Überlegenheit zu behaupten, und ihm war nicht nach Kämpfen zumute. Also antwortete er einfach: »Ich denke schon.«

Xavier fragte, ob er den Abend bei ihnen verbringen wolle. Viel würde nicht passieren, alle waren ein bisschen fertig von einer Geburtstagsparty am Tag zuvor, und die langen Tische im Gemeinschaftsraum klebten noch von Rumtopf, aber natürlich war Antoine willkommen. Der lehnte ab, redete von einem Abendessen, das er seinen Eltern versprochen hatte.

»Dann ein andermal«, sagte Xavier.

»Ja, ein andermal«, bekräftigte Antoine.

Sie kamen wieder am Holzschuppen an. Antoine hatte den Typen, der das Holz hackte, nie zuvor gesehen. Zunächst hatte er geglaubt, ihn zu kennen, wegen des Ohrrings, doch tatsächlich trugen hier alle einen Ohrring. Oder fast alle. Seine Bewegungen waren exakt, das Scheit fiel, der Länge nach gespalten, rechts und links vom Hauklotz zu Boden, und der Typ nahm ein neues, fing von vorn an, mit den so haargenau gleichen Gesten, dass Antoine kurz dachte, er wohne einer Endlosschleife bei, dem GIF eines Typen, der Holz hackte.

»Das ist Kedriss.« Xavier deutete auf den vollkommenen Holzspalter.

Der andere hielt kurz inne und grüßte. Antoine bemerkte ein paar merkwürdige Narben, die eine horizontale Linie auf seinen Oberkörper zeichneten.

»Willst du auch mal probieren?«

Antoine trat einen Schritt zurück, als Kedriss ihm die Axt hinhielt. In Gegenwart der bewegten Körper der Hofbewohner fühlte er sich unwohl. Jedes Mal fiel ihm der Strand von Binic wieder ein, als er zehn oder elf, vielleicht zwölf Jahre alt gewesen war (er wusste, er war dreizehn gewesen). Sein Körper war damals eine Anhäufung von spitzen Winkeln und Rötungen, kaum mehr; lockiges Haar,

Körperbehaarung (ein wenig, *zu* wenig). Er konnte die Winkel nur schwer einklappen und, einmal angewinkelt, ebenso wenig wieder ausklappen. Das Ballspiel mit seinen Freunden an jenem Nachmittag verwandelte sich nach und nach in eine Gymnastikstunde durch eines der Mädchen. Sie drängte alle zum Mitmachen, Hände nach vorn in den Sand, und begleitete jedes geschlagene Rad mit spöttischem Gelächter, sodass ihr Pferdeschwanz hin und her hüpfte. Alle außer Antoine. Zuerst hatte er es für ein Versehen gehalten und war näher gekommen, doch sie wandte sich unmerklich von ihm ab. Heute sagte er sich, dass sie seine klemmenden Winkel bemerkt hatte, dass es keine Boshaftigkeit gewesen war, sie ihn vielleicht sogar vor Verletzungen hatte schützen wollen. Doch wie fürsorglich sie es auch meinte, aus dem neuen Spiel schloss sie ihn aus, und er existierte nicht mehr. Also sagte er – und seine Stimme war ebenso rostig wie seine Ellenbogen, seine Knie: »Guck mal, wie ich ein Rad schlage.«

Sie versuchte, ihn aufzuhalten, deutete auf seine enge Hose: »Du hast nicht die richtigen Sachen an.«

Er ließ nicht locker: »Du brauchst mir keine Ratschläge geben, nur eine Note. Von 0 bis 10.«

Sein Lächeln war ein wenig zittrig. Er versuchte, die anderen glauben zu machen, dass er diese Demütigung wollte, dass er sich ihr mit Anmut, mit Vergnügen unterwerfen würde. Er wagte es und bekam es hin, dass das Rad weder völlig misslang noch völlig glückte. Er hatte ein Rad geschlagen, das wie die Abwesenheit eines Rades war, ein Radschlag, der niemals stattgefunden hatte. In dem Augenblick, als seine Füße wieder den Boden berührten, erinnerte sich niemand mehr an die Ausführung. Das Rad hatte sich in Luft aufgelöst, und mit ein wenig Konzentration hätte er vielleicht das Vergessen spüren können, das ihm so dicht auf den Fersen folgte, dass es ihm um Zehen und Knöchel strich. Die Hofbewohner weckten in ihm den gegenteiligen Eindruck: als ließen ihre Gesten eine schwache Spur in der Luft zurück, die von der Anmut zeugte, mit der sie sie durchteilt hatten.

»Ich hab nicht die richtigen Sachen an«, sagte er zu dem Typen, der ihm die Axt hinhielt.

Er fragte sich, warum Xavier sich entschieden hatte, mit ihnen zusammenzuleben. Wie ihm das nicht wehtun konnte, sein Körper neben ihren Körpern.

Sobald er in einen Bereich kam, wo er wieder Netz hatte, fing sein Handy an, zu vibrieren und zu piepsen. Unter den Nachrichten war eine Einladung von Guillaume zum Abendessen.

Bin bei meinen Eltern.

Was hast du denn da verloren?

Er zögerte, ihm von der Klebrigkeit der Dinge zu erzählen. Von der Leere im Herzen des Dreiecks. Vom Maul des Unendlichen.

Ich versuch, mich vor der Arbeit zu drücken.
Scheißkommission.

Worum gehts diesmal?

Cybersecurity.

Haha.

Bei seinen Eltern im Wohnzimmer lag eine Zeitschrift auf dem Couchtisch, aufgeschlagen auf Seite 3: »Ist die Sozialistische Partei noch zu retten?« Man sah ein Foto des Abgeordneten im Plenarsaal: Mit hochgezogenen Brauen blickte er auf etwas vor sich, unterhalb des Bildrandes, und die anderen blickten auf ihn. Antoines Vater oder Mutter mussten die Zeitung extra aufgehoben haben, um sie ihm zu zeigen. Es schien ihnen nicht einzufallen, dass er und Bertrand Pressespiegel erstellten. Antoine machte sogleich die Schlagworte »Narzissmus«, »Größenwahn« und »Ego« aus. Er erinnerte sich jetzt wieder an seinen Ärger bei der Lektüre. Die Psychologie, in ihrer abgeschmacktesten Form, hatte die Politik getötet. Man interessierte sich nicht mehr für Gesetzesvorlagen, sondern machte Porträts von denen, die sie einbrachten, ohne jeden Charme und Verstand, und das Ergebnis ähnelte den Psychotests in Frauenmagazinen: »Wie erkenne ich, ob ich es mit einem zwanghaften Narzissten zu tun habe?« Sogar Antoines Mutter war diesem seichten Tümpel perversen Vokabulars verfallen. Am Vorabend hatte sie zugegeben, sie mache sich Sorgen, ob ihr gewohnter Kandidat nicht »ein bisschen megaloman« sei. »Na und?«, erwiderte Antoine. Sie zögerte, als wäre das Skandalon nicht ihre Äußerung, sondern die Frage ihres Sohns, und dann meinte sie, mit fester Stimme: »Das ist nicht gut.«

Antoine faltete die Zeitung zusammen und ließ sich in den Sessel sinken. Seine Eltern kamen herein, zurückhaltende Schritte auf dem Teppichboden.

»Trinken wir einen Aperitif?«

Und als Antoine den Arm nach der Portweinflasche ausstreckte, konnte er einmal mehr die geniale Anordnung der Wohnzimmermöbel würdigen.

Die verrückte Katzenfrau wohnte am Boulevard Arago 6, direkt neben einer Apotheke und einem kleinen Supermarkt, wo sie so gut wie alle ihre Einkäufe erledigte (eine äußerst ausgewogene Mischung aus Medikamenten und Nahrungsmitteln), ohne sich zu weit von zu Hause entfernen zu müssen. Ihren Spitznamen hatte L ihr nicht selbst gegeben, fand ihn nicht einmal lustig. Salma hatte ihn benutzt, als sie zum ersten Mal von ihr sprach, und behauptet, niemand bei Grenade(s) verwende ihren richtigen Namen. L war nicht klar, ob die verrückte Katzenfrau am Vereinsleben teilnahm oder von dessen Aktivitäten profitierte. Sie war seit fünf Jahren Witwe, hatte nie gearbeitet und lebte von dem ansehnlichen Erbe, das ihr Ehemann hinterlassen hatte. Bei seinem Tod durch einen plötzlichen Herzinfarkt nahm er das gesamte soziale Netzwerk mit ins Grab, das seine Frau bis dahin umgeben hatte, und ihre neue Einsamkeit hätte sowohl ein ehrenamtliches Engagement als auch ein Hilfsgesuch bei Grenade(s) erklärt.

Die verrückte Katzenfrau glaubte ständig, das Opfer fürchterlicher, zumeist völlig abstruser Cyberattacken zu sein. Übrig blieben einige wenige Fälle, in denen ihre Schilderungen im Bereich des Möglichen lagen, sowie eine verschwindend geringe Zahl von Ängsten, die sich als

begründet erwiesen. Zwei Jahre zuvor, als L sie kennenlernte, war die verrückte Katzenfrau – die eigentlich Isabelle hieß – gerade kurzzeitig auf Antrag eines Dritten in
einer Klinik gewesen, also ohne ihre Einwilligung, wie sie
L erklärte, sogar gegen ihren Willen. Sie hatte zwei Tage
in einer psychiatrischen Anstalt verbracht, so lange, wie es
brauchte, sich den Untersuchungen zu unterziehen, die
die Notwendigkeit eines längeren Aufenthalts widerlegten,
und auch lange genug, um sich ihren Spitznamen zu erwerben, weil ein Nachbar gesehen hatte, wie sie abgeholt
wurde, ein in ein Schultertuch gewickelter kleiner Vogel-
körper zwischen zwei breitschultrigen Pflegern. Da es
bereits eine Frau im Viertel gab, die man »die Verrückte«
nannte (die Pennerin vor der Bäckerei), und da Isabelle
ein Katzenmotiv auf ihrem Fußabtreter hatte, war sie »die
verrückte Katzenfrau« geworden. Später fand L heraus,
dass die Tochter – die Isabelle zufolge schon seit ihrem
fünften Lebensjahr ein Scheusal war – eine Spionagesoftware auf Isabelles Computer installiert hatte, um ihren
Antrag bei der psychiatrischen Klinik zu stützen. Gewapp-
net mit einem Dutzend Seiten Suchverläufe von Isabelle
war sie zum Anstaltsleiter gegangen. Diese enthielten
häufige medizinische Fragen, vor allem zu Krebs, allen
möglichen Arten von Krebs, an allen möglichen Kör-
perstellen, *gibt es Ohrenkrebs?*, was bewies, dass Isabelle
hypochondrisch war, aber auch Suchanfragen zu Chem-
trails und Mutterkornvergiftung und *macht abgelaufener
Schinken verrückt?*, was bewies, dass Isabelle paranoid war,
ebenso wie eine lange Liste unterschiedlichster Fragen
zum Leben von Promis, die Isabelle gern mochte, *wer ist
die Frau von Sean Penn?* oder *Clint Eastwood Gesund-
heitsprobleme*, und gegen diese Fragen wäre nichts einzu-

wenden gewesen, bloß dass Isabelle, wenn sie die Namen in die Suchleiste eingab, regelmäßig Filmrollen und zugehörige Schauspieler verwechselte, was bewies, dass ihr jeglicher Realitätssinn abhandengekommen war. Isabelle erklärte L, zutiefst enttäuscht, dass sie die Seiten gesehen habe, mit denen ihre Tochter zur Klinikleitung gegangen sei, und dass sie nicht etwa die Liste mit Fragen am meisten verletzt habe, die sie Google ja wirklich gestellt habe, sondern all das, was ihre Tochter weggelassen habe, um ausschließlich ihre Wunderlichkeit zu unterstreichen. Man fand zum Beispiel rein gar nichts über Loire-Schlösser, und auch nichts über Tennis, obwohl Isabelle für beides gleich große Leidenschaft hegte; sie verehrte Federer, und sie verehrte Chenonceau, die Netzangriffe des einen, die in sich ruhende Unbewegtheit des anderen, Isabelle teilte sich nicht auf, sie konnte sie beide lieben, wie wahnsinnig, und gerade diesen Aspekt ihres Daseins hatte ihre Tochter völlig unterschlagen.

Auch wenn L unbewusst ihren Spitznamen verwendete, glaubte sie nicht, dass Isabelle verrückt war. Sie lebte in einer Welt, die ihr durch und durch feindselig vorkam, weil sie für Leute wie sie feindselig war: alleinstehende, alternde, zwanghafte Frauen, die sich nicht damit zufriedengaben, Großmutter zu werden und Kuchen zu backen, die weder über das Wetter noch über die Rente reden wollten, sondern über Krankheiten, die sie über kurz oder lang auffressen würden und von denen ihr Umfeld verlangte, dass sie sie ignorierten, die nicht mehr verreisten, weil man ihnen bloß noch Gruppenreisen anbot, in Bussen oder auf Schiffen, wo sie als »Seniorinnen« abgestempelt wurden, in nichts von ihren Mitreisenden unterschieden, die nicht aufgehört hatten, Männer zu begehren, sich jedoch damit begnügen mussten, das Internet nach Informationen über sie zu durchsuchen, um sich ihnen nahe zu fühlen, die sich nicht in »Damen« verwandeln wollten, sobald ihre Haare weiß wurden, weil diese unechte Würde sie von ihrem Geschlecht entfremdete, die somit jedoch namenlos umherirrten, weil »alte Frau« als Beleidigung galt. Isabelle war urplötzlich misstrauisch geworden, als ihr aufging, dass sie als Begleitung nicht länger begehrenswert war, sondern eine Last für ihr Umfeld. Da dieses Misstrauen neu für sie war, richtete sie es auf diverse, zumeist unnütze Ziele. L war froh, sie zumindest in einem Punkt beruhigen zu können: Niemand würde mehr ihren Suchverlauf nutzen, um ihre Einweisung zu erwirken. Niemand würde mehr darauf zugreifen können. Es würde keinen Suchverlauf mehr geben.

Als L sie anrief, um Bescheid zu geben, dass sie unten stehe, erwiderte die verrückte Katzenfrau, sie komme ihr aufmachen.

»Ich glaube, die haben die Sprechanlage gehackt«, flüsterte sie, als sie L in die Eingangshalle ließ. »Manchmal klingelt es, aber niemand ist unten.«

L erwiderte, dass ihr sicher bloß ein paar Kinder Klingelstreiche spielten.

»Nein, keine Kinder. Da sind Stimmen, ich höre Leute von weit weg reden und so ein Knistern. Aber wenn ich mich aus dem Fenster beuge, ist niemand da. Ich sage Ihnen, jemand muss sie gehackt haben, und jetzt können sie sie aus der Ferne aktivieren.«

»Hmm … und wozu?«

»Keine Ahnung. Ich dachte, vielleicht wissen Sie das. Und außerdem, diese Stimmen … Ich glaube, die sprechen russisch.«

Manchmal vermutete L, dass sie bloß eine Hilfe unter vielen war, auf die Isabelle zurückgriff, und dass die anderen sicherlich Medien oder Schamanen einschlossen, die etwas mehr geneigt waren als L, weit entfernte Stimmen in fremden Sprachen reden zu hören (ein festes Motiv in den Cyberangriffen, die die verrückte Katzenfrau aufzudecken glaubte). Auf gewisse Weise war L Mitglied eines Ghostbusters-Teams, das diese Frau sich vollkommen beliebig zusammengestellt hatte. Manchmal konnte sie nachvollziehen, warum Isabelles Tochter irgendwann in Panik geraten war und ihre Mutter lieber hätte einweisen lassen, als mit der Aussicht auf eine lange Periode der Senilität voll russischer Ektoplasmen zu leben, die sie tagein, tagaus würde im Auge behalten müssen. Doch dass sie die Tochter verstand, hinderte L nicht an ihrer Meinung, dass diese Frau einen Anschlag auf Isabelles Freiheit verübt hatte und diese Freiheit verteidigt werden musste.

»Ein paar Männer sind gekommen, um sie zu reparieren«, sagte Isabelle, »obwohl es gar kein Problem gab. Und das ist ja schon mal komisch. Denn wenn man sich beschwert, dass in diesem Haus was kaputt ist, kann man tagelang warten, aber diesmal kommen sie, noch bevor es überhaupt Schwierigkeiten gibt. Außerdem hatten sie nicht die Overalls von der Firma an, die sonst immer kommt, die waren in Straßenkleidung, und mal ehrlich, mit ihren schwarzen Jacken sahen sie ein bisschen aus wie Gauner ...«

L erschauderte leicht und dachte an den Mann vor Delambres Haus. Konnte sie die Geste, mit der er seine Kippe weggeworfen hatte, mit einem Zeichen an sie verwechselt haben? Je öfter sie die Szene im Geist durchspielte, desto mehr zweifelte sie an dem, was sie da gesehen hatte, die Erinnerung war formbar, sie ließ sich auf alle möglichen Arten bearbeiten, um unterschiedliche Dinge zu enthüllen.

Isabelle freute sich, dass sie Eindruck auf L gemacht hatte, und fuhr nachdrücklicher fort: »Und seitdem sie sie ›repariert‹ haben, klingelt es ins Nichts. Ich glaube, die haben die Sprechanlage frisiert, um sie zu steuern, auch wenn ich nicht verstehe, wozu. Ich wollte im Internet nach einer Übersetzung der russischen Wörter suchen, die ich gehört habe, aber mit deren Alphabet ist das echt schwierig.«

»Isabelle, darüber haben wir doch schon öfter gesprochen: Vorgefertigte Theorien zu hinterfragen, die man uns vorsetzt, ist gut. Aber danach muss man versuchen, sie zu verifizieren oder zu beweisen, dass sie falsch sind, und keine Ersatztheorien aufstellen, für die man genauso wenig Beweise hat.«

Diese Regel hatten Elias und sie sich vor knapp zehn Jahren gesetzt, um im Drinnen nicht durchzudrehen. L wiederholte sie den meisten ihrer Kunden wie ein Mantra.

»Wenn ich Russisch könnte, hätte ich bestimmt welche. Sie sprechen nicht zufällig Russisch?«

L antwortete, dass sie Spanisch als zweite Fremdsprache gewählt hatte und bei ¡Hola! ¿Qué tal? ausgestiegen war, wie alle an ihrer Schule. Isabelle seufzte mitleidig: Sie habe, erklärte sie, in ihrer Jugend fünf oder sechs Sprachen gesprochen, zu der Zeit, als sie mit ihrem Mann gereist sei. Und als sie noch jemanden hatte, für den sie kochen konnte, bereitete sie Speisen aus ebenso vielen Ländern zu, denn im Grunde fand sie, dass es da keinen Unterschied gab: die Neugier auf eine fremde Grammatik, die Lust, mal etwas anderes im Mund zu haben. Jetzt war ihr das natürlich nahezu alles verloren gegangen, das Kochen und die Sprachen. Manchmal streute sie Gewürze auf ihr Gemüse und sprach morgens auf Italienisch oder Thai zu sich selbst, aber das waren winzige Inselchen, wo es einst Kontinente gegeben hatte. Mit ihren wässrig blauen Augen starrte sie an die Decke, als könnte sie zwischen den verstaubten Stuckleisten einen kleinen Rest verlorener Weite wiederfinden.

L vergewisserte sich, dass Isabelles Computer keinen Virus hatte, prüfte nach, dass seit ihrem letzten Besuch die Browsereinstellungen nicht verändert und keine unerwünschten Programme heruntergeladen worden waren. Das erforderte keine besondere Fachkenntnis, es war im Betriebssystem angelegt, bildete sogar dessen Grundrepertoire, aber L hatte trotzdem nicht das Gefühl, dabei zu verblöden. Als sie anfing, sich im Drinnen zu bewegen, war sie besessen von technischem Know-how, von den *madskillz*. Sie wollte, dass der Computer unter ihren Fingern Dinge tat, die die Hersteller nicht vorhergesehen und auch nicht gewollt hatten; durch ihre Befehle sollte er sich ihren experimentellen Wünschen beugen. Natürlich begeisterte sie das auch weiterhin, aber ihr war aufgegangen, dass es nur unter Leuten aus dem Drinnen etwas galt. Was sie bei Isabelle tat, war etwas anderes, eine Art Sozialinformatik.

»Können wir mein Lied anmachen?«

Bei ihrem ersten Besuch hatte L für Isabelle Spotify installiert, doch die benutzte es nicht. Sie pickte sich lieber etwas aus ihrem CD-Turm, wählte aus einer überschaubaren Zahl an Titeln. L spielte ihr bei jedem Kommen ein paar neue Songs vor, um sie daran zu erinnern, dass abseits ihrer Wohnung eine musikalische Außenwelt existierte. Manchmal fand Isabelle alles blöd und verkroch sich in ihre verzerrten Erinnerungen vergangener Tage, als es ausschließlich gute Musik gegeben hatte. Manchmal begeisterte sie sich für ein Stück wie ein Kind. Mit wenigen Klicks startete L das Lied, und die Stimme von Brigitte Fontaine klang durch die Wohnung, gedoppelt durch den schwerfälligen Rhythmus des Schlagzeugs: *J'exhibai ma carte senior sous les yeux goguenards des porcs.* Isabelle – aus deren Mund L noch nie ein Schimpfwort gehört hatte – wiegte sich in ihrem tadellosen Bleistiftrock hin und her und sang mit träumerischem Lächeln den Refrain mit:

Je suis vieille et je vous encule,
avec mon look de libellule.
Je suis vieille et je vais crever,
un petit détail oublié.

Bevor sie ging, öffnete L das VPN, das sie zwei Jahre zuvor eingerichtet hatte, und verlängerte mithilfe eines gehackten Codes das Software-Abo. Sie wusste, dass dies einer von Isabelles liebsten Momenten war. Bei der Installation hatte sie ihr erklärt, dass es sich, kurz gefasst, schlecht gefasst, um einen Netzwerktunnel handelte, der es Isabelles Computer erlaubte, sich physisch im Wohnzimmer zu befinden, sich jedoch von einem anderen Ort aus zu verbinden, den sie gemeinsam festlegen konnten. Die Identifikation und Ortung ihres Rechners würde so deutlich erschwert – und gern hätte L »unmöglich« gesagt, damit Isabelles Augen ganz kurz zu blinzeln aufhörten, aber sie wusste, dass es eine Lüge wäre.

»Ändern wir die Stadt?«, fragte sie.

»Wo war ich denn zuletzt?«

»Amsterdam.«

Isabelle lächelte, redete über Grachten, Frühlingsgärten voll blühender Glyzinien direkt am dunklen Wasser, deren Blütenblätter auf die kleinen Wellen rieselten. Amsterdam, eine schöne Stadt. Sie hatte dort mit ihrem Mann ihren vierzigsten Geburtstag gefeiert. Sie hatten Gras geraucht und den Hunger gespürt, der eine Stunde später einsetzt. Sie dachte an die Restaurants, die für Leute wie sie die ganze Nacht geöffnet hatten, die nur dazu da schienen, sie von ihren knurrenden Mägen zu erlösen. Am nächsten Morgen merkt man natürlich, dass es auch wegen des Geldes ist, eine ganze Wirtschaft gründet auf den Kiffern, und letztlich ist Amsterdam eine Stadt der Händler, eine seit Jahrhunderten ausgesprochen reiche Stadt, aber das ändert nichts an diesem nächtlichen Gefühl, dem Eindruck, dass diese Tür nur für uns offen war.

L schlug Brüssel vor, aber Isabelle hatte die belgische Hauptstadt nie gemocht, mit ihren raumgreifenden Vierteln und dem zu tief hängenden Himmel. Sie war für New York, wo sie zehn Jahre zuvor mit ihrem Chor auf Konzertreise gewesen war und das sie sehnlichst wiedersehen wollte. L erinnerte sie, dass viele Seiten, die sie besuchte, nur europäische User auf ihre Inhalte zugreifen ließen und Isabelle mit ihrer amerikanischen Verkleidung riskierte, ihre üblichen Videos nicht mehr gucken zu können. Schließlich entschieden sie sich, mit dem Gedanken an Salma, für Granada, weil der Pariser Frühling noch auf sich warten ließ und Isabelle davon träumte, dass ihre Tochter oder die Russen oder die ganze Welt bei dem Versuch, ihren Rechner zu orten, sie an einem kleinen Tisch mit Mosaikplatte vor sich sähen, im Viertel Albaicín, mit von gefüllter Paprika öligen Lippen. In der Abenddämmerung würde sie die orangefarbenen Lichter auf der Alhambra direkt gegenüber bewundern, die Gässchen mit ihren Treppen würden sich mit Musikanten und Studenten füllen. Isabelle würde ein andalusisches Schultertuch fester um ihren mageren Körper wickeln und bis zur völligen Dunkelheit Rioja trinken.

Je vais m'inventer d'autres cieux,
toujours plus vastes et précieux.
Je suis vieille, sans foi ni loi.
Si je meurs, ce sera de joie.

Antoine war spät dran, weil er mit seinem Vater zu Abend gegessen hatte. Das geschah oft nach seinen Besuchen in der Bretagne: Einer seiner Elternteile verkündete, dass er demnächst nach Paris kommen würde. Die Gründe variierten, ein Ausflug der Wandergruppe, eine Konzertkarte für das Stade de France, ein alter Freund, der in der Stadt war, aber immer war es ein einzelner Elternteil, der mit dem Zug am Gare Montparnasse eintraf. Einige Jahre zuvor hatte Antoine seinen Vater oder seine Mutter unweigerlich mit zur Assemblée genommen und ihnen den Prunk des Palais Bourbon vorgeführt: Er zog die Tür der Bibliothek einen Spaltbreit auf, deutete auf die gewaltigen Kamine mit ihren kunstvoll gemeißelten Schlünden, die Gemälde in herbstlichen Farben, auf denen Bild für Bild die gleichen, gutmütigen Gesichter toter, weißer Männer zu sehen waren. Er machte den Sicherheitsleuten im Vorübergehen mehr vertrauliche Zeichen als sonst, doch sein Vater oder seine Mutter huschten trotzdem weiterhin eingeschüchtert neben ihm her, als könnte man sie jeden Moment zum Gehen auffordern. Daraufhin wurde Antoine von dem schmerzhaften Drang ergriffen, seinen verstörten Elternteil zu beschützen, sowie von einem ebenso starken Drang, ihn zu schütteln und anzuschreien, sich nicht länger wie ein Hinterwäldler zu benehmen. Inzwischen war er davon abgekommen, Vater oder Mutter an seinen Arbeitsplatz einzuladen, und traf sie erst nach Feierabend. Mehr wollten sie auch gar nicht, begriff er: einen Abend allein mit ihrem Sohn. Der Aperitif dauerte stets ein bisschen zu lange, Abendessen im Restaurant (chinesisch mit seinem Vater, Tapas mit seiner Mutter), harmlose Vertraulichkeiten, nie sehr konkret, aber ausreichend, dass Antoine die Grundbotschaft erfasste: »Du bist jetzt groß genug zu verstehen, dass ich nicht bloß Vater/Mutter bin, AUCH ICH habe ein Leben (gehabt).« Diese Botschaft wurde umso vehementer bekräftigt, da Antoine seine Eltern gerade erst zusammen gesehen hatte, im altbekannten Haus, und Vater oder Mutter schien es nach seinem Besuch ein Bedürfnis, dem Sohn eine andere Facette zu zeigen, eine Identität jenseits der Paarbeziehung. Bloß dass die angedeuteten Vertraulichkeiten, die ihren vom Wein krustig-violetten Lippen entschlüpften, Antoine bestätigten, dass dieses Leben, das Leben von Vater oder Mutter, ihn nicht sonderlich interessierte, ihm sogar peinlich war. Er wollte nicht hören, wie seine Eltern von der Zeit vor ihrem Elternsein sprachen, es ging ihn nichts an. Und er begriff nicht, warum sein Vater und seine Mutter solche Unabhängigkeitsbestrebungen hatten (winzig und kategorisch), wo sie doch sonst all die Verschmelzungserscheinungen exquisit gereifter Paare hinnahmen, insbesondere den Umstand, unter einem einzigen Namen zusammengefasst zu werden. Für das Dorf, die Freunde sowie für entfernte Bekannte waren sie bloß »die Madecs«. Was für ein gesondertes Dasein sollte Antoine ihnen da bezeugen?

Obwohl diese Pariser Treffen selten waren, schaffte er es nie, sich einen ganzen Abend Zeit dafür zu nehmen. Er setzte immer noch eine zweite Verabredung hintendran, ein Glas mit ein paar Kumpels, eine Spätvorstellung im Kino. Schon ab dem Aperitif sah er auf die Uhr und musste feststellen, dass er nie zu der Zeit, die er angedacht hatte, an dem Ort wäre, den er abgemacht hatte. Sein Vater oder seine Mutter spürten, wie die Uhr tickte. Sie oder er nahmen es ihm übel, seine Mutter, indem sie verletzt aufseufzte, sein Vater, indem er ihn anmotzte. Das hat heute Abend ja gerade noch gefehlt. Sag's ruhig, wenn ich dir auf die Nerven gehe. Na? Antoine versuchte, seinen Vater zu beschwichtigen, doch er hatte ihn trotzdem gekränkt, das war offensichtlich. Und er würde zu spät kommen. Zu allem Überfluss musste er pinkeln.

Als er die Bar betrat, nickte er Guillaume nur kurz zu und bahnte sich dann unbeholfen einen Weg zu den Toiletten, in der Hoffnung, dass sie sich in diesem ihm unbekannten Lokal zwangsläufig hinten links befinden würden, einem architektonischen Naturgesetz folgend, dessen Grund er nicht kannte, das sich aber fast immer als zutreffend erwies. So auch diesmal. Darüber hinaus befanden sich die Toiletten im fortgeschrittenen Verfallsstadium: kreuz und quer mit Edding bekritzelte Fliesen, ein mit Stickern übersäter metallener Klorollenhalter, auf dem zudem mit einem Schlüssel Obszönitäten eingeritzt worden waren, eine schiefe, nur noch am rechten Scharnier hängende Klobrille, und der Uringeruch, beißend und schwer, der den gesamten Raum erfüllte.

Antoine hatte keine Zeit gehabt, all die Gesichter rund um Guillaume wahrzunehmen; Jérémie, Clément und Samir hatte er erkannt. Keine Mädchen. Gern hätte er geglaubt, dass diese unverzügliche Feststellung von einem inneren Gleichstellungsanspruch herrührte, doch er wusste genau, dass die damit einhergehende Enttäuschung nur seine Hoffnung bewies, ein Glas unter Kumpels könnte zu etwas anderem führen als einem Glas unter Kumpels. Partys, von denen er garantiert allein nach Hause gehen würde, interessierten ihn weniger seit … Er wusste es nicht. Spontan hätte er »seit Cécile« gesagt, aber das stimmte wahrscheinlich nicht. Selbst als er noch mit ihr zusammen gewesen war, wurde er, wenn er allein auf eine Party ging, wo ihm einige der Frauen gefielen, traurig bei dem Gedanken, dass er nichts versuchen würde, dass er sogar – falls nötig – eventuelle Annäherungsversuche abwehren müsste, dass es weder flüchtige Berührungen noch Versprechungen gäbe, keinen einzigen Pas de deux. Die Wahrheit lautete vermutlich, dass es ihm, seit er zum ersten Mal in Begleitung von einer Party heimgekommen war, seit er wusste, dass diese Möglichkeit bestand, wie Verschwendung vorkam, wenn die Reaktivierung dieser Möglichkeit ausblieb. Doch er wusste auch, dass sich Guillaume in der Regel in einer größeren Clique bewegte und dass sich die Leute, sobald sie in eine Bar kamen, in kleine Grüppchen aufsplitterten, die er durchaus übersehen haben konnte. Möglicherweise waren *doch* Mädchen da.

»Hi.«

Er hatte L seit der Party bei Jérémie nicht mehr gesehen, auf der er eindeutig zu viel getrunken und die er mit einem rothaarigen Mädchen verlassen hatte (der Abend kam ihm wirr und bruchstückhaft ins Gedächtnis zurück: Rum, Lippen, Flecken auf seinem Hemd, an die Tür gelehntes Rumgeknutsche, der Geist verlorener Liebschaften, gehauchte Sätze, und das rothaarige Mädchen hieß Chloé). Antoine erinnerte sich an nichts, was L ihm erzählt hatte und was seine Freude darüber erklärt hätte, sie hier zu sehen. Guillaume hatte sie ihm als Hackerin vorgestellt, und Antoine bezweifelte, dass er eine Unterhaltung über dieses Thema geführt hatte. Er hoffte, dass er ihr nicht von Cécile erzählt hatte. Beim Aufwachen erfuhr er von Chloé, dass er viel über Cécile geredet hatte, und er hatte nie gewagt, sie wieder anzurufen. Jetzt stand L vor ihm und wartete, dass er etwas sagte. Das war schon das zweite Mal, dass er sie nicht einfach begrüßen konnte. Sie hatte etwas Einschüchterndes, trotz ihres allzu ausdrucksstarken Gesichts oder vielleicht gerade deshalb.

»Cool, dich wiederzusehen«, sagte er, ohne ihr einen Wangenkuss zu geben.

Ls Körper schien direktem Kontakt nicht unbedingt zugeneigt. Sie war groß und hager, und wenn sie ruhig dastand, führte sie die Arme in einer komischen Haltung vor den Körper, die Hände rechts und links neben dem Hals. Sie hatte braune Haut, die aber so fahl aussah, dass Antoine sie niemals als »gebräunt« bezeichnet hätte. Im Gegenteil, Ls Haut schien ursprünglich dunkel gewesen und dann über die vergangenen Tage, Monate oder Jahre blasser geworden zu sein – schwer zu sagen.

»Guillaume hat mir erzählt, woran du arbeitest«, setzte sie an.

Antoine dachte an sein Buch über den Spanischen Bürgerkrieg und war froh, dass man offenbar in seiner Abwesenheit darüber sprach. Er wollte gerade erwidern, dass er nicht so viel schrieb, wie er eigentlich sollte, da fügte sie hinzu: »Versteht er was davon, dein Abgeordneter? Von Cyberkriminalität?«

Antoine begriff, dass Guillaume die Arbeit für die Verteidigungskommission erwähnt hatte. Nicht sein Buch. Er wurde rot, als hätte L seine Gedanken lesen können, als hätte es dieses Missverständnis zwischen ihnen tatsächlich gegeben. Sein Buch existierte nirgends – was stellte er sich denn vor?

»Nein.« Dann betonte er: »Und es geht um Cyberabwehr, nicht um Cyberkriminalität.«

»Woran arbeitet ihr?«

»Am Problem der virtuellen Kriegserklärung. Eigentlich der nicht vorhandenen Kriegserklärung. Die aber eine virtuelle Kriegserklärung sein könnte, die nur noch nicht verstanden und zur Kenntnis genommen wurde. Ab welchem Punkt kann sich ein Land als durch ein anderes per Internet angegriffen betrachten und darauf reagieren? Darf es physisch zurückschlagen?«

»Waffenhändler«, flötete Jérémie.

»Leck mich.«

Sofort fiel das Gespräch in gewohnte Bahnen zurück, unsichtbar, aber unvermeidlich. Antoine musste sich für seine Arbeit rechtfertigen, fand in der Clique mal Unterstützer, mal Ankläger, ohne je sicher zu sein, welche Rollenverteilung sein nächster Satz hervorrufen würde. Er erklärte, wie er es immer wieder tat, ohne der Sache müde zu werden: »Ich sage gar nicht, dass meine Art, Politik zu machen, die richtige ist. Und übrigens ist das, was ich als parlamentarischer Assistent tue, nur einer *meiner* Wege, Politik zu machen, wäre nett, wenn ihr euch das mal merken könntet. Beide Übungen haben nämlich ihren Sinn: das, was innerhalb der Institutionen passiert, und das, was draußen passiert.«

L lächelte in ihr Bier, als sie die Drinnen-draußen-Aufteilung eines anderen hörte.

»Selbst wenn die Übung außerhalb der Institutionen

darin besteht, die Institutionen zu stürzen, schließt das ein Engagement an beiden Fronten überhaupt nicht aus. Es ist eine Frage der Zeitlichkeit. Solange die Institutionen existieren, arbeitet man in ihnen. Schafft man es eines Tages, sie zu stürzen, hat sich die Arbeit als parlamentarischer Assistent natürlich erledigt. Aber ich werde nicht auf das verzichten, was jetzt im Parlament möglich ist, und darauf warten, dass die Revolution das Parlament abschafft.«

»Siehst du«, meinte Salma, die hinter ihm aufgetaucht war, »du redest vom Warten auf die Revolution. Nicht vom Machen.«

»Du machst keine Revolution«, säuselte Antoine. »Ich auch nicht. Im besten Fall bereiten wir sie vor. Wenn ich euch frage, womit ihr den Tag verbracht habt, kann mir keiner von euch erzählen, dass er die Revolution angezettelt hat. Scheiße, seien wir doch mal ehrlich.«

»Heute nicht, nein … Aber hat es nicht Tage gegeben, an denen wir das getan haben? Zumindest ein bisschen?«

»Kann man ein bisschen Revolution machen?«

Samir nutzte die Chance, um anzumerken, dass er persönlich letzte Nacht ein bisschen Liebe gemacht und es schön gefunden hatte, die Dinge nicht zu Ende zu bringen, aber dass er sich auch sorgte, das könnte bedeuten, dass er alt wurde. Samir hatte zehn Jahre lang Gebäude für Hausbesetzer geknackt – und war zugleich Hygiene- und Sicherheitsbeauftragter eines Versicherungsunternehmens. Der kleine Kreis, der die Häuser kannte, die sich dank seines Talents für Migranten, Künstlerkollektive oder Obdachlose geöffnet hatten, bewunderte ihn. Samir besaß, auf seine Art, ein Immobilienportfolio, auch wenn ihm keine einzige Immobilie gehörte. Betrat er eine Bar, folgten ihm fensterlose Gebäude, efeubewachsene Einfamilienhäuser und Lagerhallen, deren Tore nur seinetwegen offen standen. Wer noch nie von dieser Adressliste gehört hatte, ignorierte ihn total, in dem Glauben, er sei bloß ein irgendwie sympathischer Typ mit einem langweiligen Job, und Antoine fand es verrückt, dass Samir das hinnahm, dass er nicht das Bedürfnis hatte, sein wahres Ich zu offenbaren. Er war sicher, dass er sich das Angeben an Samirs Stelle nie hätte verkneifen können. Sechs Monate zuvor hatte Samir verkündet, dass er aus Angst vor dem Altern mit dem Häuserknacken aufhören würde. Plötzlich war ihm aufgegangen, dass er beim Erklimmen einer Fassade oder beim Einsteigen durch ein Kellerfenster einen Krampf bekommen oder irgendein anderer stechender Schmerz ihn erfassen könnte und er fallen oder stundenlang in einem düsteren Schlund feststecken würde. Der Zweifel an seiner körperlichen Leistungsfähigkeit schien nun auch aufs Sexuelle überzugreifen, und nachdenklich stellte er die Frage, ob die vergehenden Jahre ihm wohl das geringste Feld lassen würden, auf dem er sich noch zu etwas imstande fühlen durfte. Um ihn her entspann sich eine Parallelunterhaltung ohne jegliche Parallelen, sie nahm eher verschlungene Pfade, und es war unmöglich festzustellen, wer sich alles daran beteiligte; sie sprang von einem Thema zum nächsten, es gab Fehlzündungen, Missverständnisse, Lachanfälle. Antoine verteidigte sich weiter und wusste nicht, ob gegen Salma, Guillaume oder Jérémie. Und L schien weiter zuzuhören.

»Kann man irgendetwas ›ein bisschen‹ oder in kleinen Schritten tun, wenn man sich einen gewaltigen Feind ausgesucht hat? Wenn man es sich zum Ziel gesetzt hat, die Macht des Kapitals zu zerschlagen, muss man anerkennen, dass sie absolut vielgestaltig und tentakelartig ist und die gesamte Gesellschaft betrifft. Man muss ihr, damit man überhaupt eine Chance hat, einen anderen Titanen entgegenstellen, auch wenn er Fehler hat, Fehler, die wir alle kennen, und dieser Titan ist der Staat. Wer sonst sollte den Job machen? Wer ist mächtig genug?«

»Das funktioniert aber nur, wenn der Staat nicht selbst zum Kapital geworden ist.«

»Wenn er es geworden ist, heißt das doch, dass er es ebenso gut nicht sein könnte. Dass er es nicht von Natur aus ist. Er kann also auch etwas anderes sein.«

»In einem Gedankenexperiment ja, okay. Aber in der Wirklichkeit?«

»Ich weiß es nicht.«

»Und falls er vom Kapital getrennt werden kann, glaubst du wirklich, dass sich diese Trennung durch Reformen herbeiführen lässt?«

»Ich weiß es nicht!«

»Und du kannst weiter für deinen Abgeordneten arbeiten, obwohl du das nicht weißt?«

»Und ihr, ihr könnt weiter auf mir rumhacken, weil ihr denkt, ich mache diesen Job, weil meiner Meinung nach jeder so was Ähnliches machen sollte. Ich mache das hier, ihr macht etwas anderes. Von uns tut sowieso keiner das Gleiche. Manche lehren, andere arbeiten für einen Verein, manche knacken Häuser, fahren Taxi, sind Hackerinnen oder eben Assistenten von Parlamentsabgeordneten: Wir decken eine sehr große Bandbreite ab. So was nennt man Arbeitsteilung.«

»Amen«, meinte Salma zustimmend.

Am Ende tat Antoine ihr jedes Mal leid, und auch wenn sie oft selbst mit seiner Arbeit anfing, war sie es ebenso, die

dem Thema ein Ende setzte, denn es war ihr unangenehm, dass er sich jedes Mal gegen alle anderen verteidigen musste. Sie bot ihm ein Bier an. Antoine dachte, zum
tausendsten Mal in zehn Jahren, dass Salma viel zu schön
und Guillaume viel zu eindeutig ihr Macker war, als dass
er sie lange ansehen konnte, ohne dabei ein wenig Traurigkeit zu empfinden. Vor Jahren hatte er sie auf einer Sil-
vesterparty einmal gefragt, ob sie sicher sei, dass ihre Mo-
nogamie sich gut mit ihrem feministischen Engagement
vertrage, und sie hatte erwidert, sie sei sich nur einer einzigen Sache sicher: Ihr feministisches Engagement konnte
von Antoine auf gar keinen Fall ausgenutzt werden, um
sie ins Bett zu kriegen. Am nächsten Tag litt er an einem
grässlichen Kater, sowohl vor Dehydrierung als auch vor
Scham. Noch dazu war es gar nicht seine Absicht gewesen, sie ins Bett zu kriegen, und dieses Missverständnis
machte die Erinnerung umso schmerzhafter. Er hätte nur
gern gespürt, dass sie Lust darauf haben könnte. Er war
überzeugt, dass dies seinem Narzissmus genügt hätte.

Er wandte sich Ls Gesicht zu, das die Köpfe der anderen überragte, und es überraschte ihn nicht, dass es mit
allen Zügen sprach und tanzte und dabei verriet, dass sie
den vorangegangenen Dialog neugierig verfolgt hatte.
Zum ersten Mal fiel ihm auf, dass sie ein klein wenig größer war als er.

»Du kannst dich gut verteidigen«, sagte sie.

»Danke, dass du dich nicht an dem Kesseltreiben beteiligt hast.«

»Dem was?«

Er dachte, sie habe ihn nicht richtig verstanden, wiederholte den Satz, dann das Wort, aber Ls Brauen blieben
erhoben.

»Das ist so ein Jagdbegriff. Wenn Hasen zusammengetrieben werden.«

L nickte und wandte den Blick ab. Wenn sie zu Verabredungen wie dieser ging, vergaß sie zwischendurch oft, dass die anderen so reden würden, mit all den Jahren Studium und Buchlektüre im Rücken. Und dann, mit einem einzigen Wort, einem Schwachsinnswort, einem unnützen Wort, knallte es ihr wieder voll in die Fresse – ein Jagdbegriff, scheiße noch mal! Wofür hielt der sich eigentlich? Im vergangenen Jahr hatte sie Fatou vorgeschlagen, sie auf eine Feier bei Salma und Guillaume zu begleiten. Sie erinnerte sich noch an die Blicke, die Fatou ihr zugeworfen hatte, während die anderen auf den Sofas parlierten – bevor die Musik aufgedreht wurde, bevor sich die Körper in Bewegung setzten und die Unterschiede ein wenig vergessen ließen. Fatous Blicke schwankten zwischen Furcht und Vorwürfen, weil sie an den Moment dachte, in dem man ihr beiläufig eine Frage stellen würde, und dann müsste sie so wirken, als fehlten ihrer Sprache ein paar Wörter, als hätte sie vor dem Ausgehen die Hälfte davon zu Hause gelassen, und sie war sich sicher, dass ihre Sätze auf all die Leute in diesem Raum löchrig und hinkend wirken würden, und ihr Blick bohrte sich in den von L, um dort die Gründe für diese Falle zu finden.

L bemühte sich, Antoine das Wort »Kesseltreiben« nicht übel zu nehmen, und fragte: »Und? Was sagt er jetzt zum Cyberkrieg, dein Staat?«

»Er zerbricht sich den Kopf. Denn wenn man auf einen virtuellen Kriegsbeginn ebenfalls nur mit einem informatischen Angriff reagieren kann, steht man schnell vor einem Problem: Im Grunde verfügt Frankreich über keinerlei virtuelle Armee. Seit 2016 gibt es Reservisten für

Cyberabwehr, aber da reden wir von dreihundert Personen, und die sind natürlich nicht fest angestellt.«

»Lass mich raten«, meinte L, »ihr kriegt Riesenschiss, wenn ihr an Russland, Nordkorea und die chinesische Einheit 61398 denkt.«

Antoine war beeindruckt, wie exakt dieser Satz ins Schwarze traf. Nicht nur erinnerte L sich haargenau an die Zahlenfolge, die eine der chinesischen Armee angegliederte Hackergruppe bezeichnete (während er selbst dauernd in seinen Notizen nachsehen musste, um sie nicht mit seinem Türcode durcheinanderzuwerfen), sondern sie hatte auch recht damit, dass er sich fürchtete. Das Bild von mehreren Tausend Personen, die Tag und Nacht in einem zwölfstöckigen Gebäude in Schanghai arbeiteten, um überall auf der Welt Daten zu klauen, pochte immer wieder gegen seine geschlossenen Augenlider, wenn er einzuschlafen versuchte.

L fuhr unbeirrt fort: »Mit den Russen ist es richtig scheiße. Habt ihr euch mit Cozy Bear beschäftigt?«

Der Name sagte Antoine überhaupt nichts.

»Fancy Bear?«

Er schüttelte ratlos den Kopf. L erklärte ihm, es handele sich dabei um zwei Gruppen, denen die amerikanischen Geheimdienste vorwerfen würden, sie hätten im Auftrag russischer Behörden das Weiße Haus, die NATO und die *New York Times* angegriffen. Man legte ihnen außerdem die Hackerangriffe auf den Deutschen Bundestag, die ukrainische Armee, die französische Partei République en Marche und den Sender TV5Monde zur Last. Tatsächlich wusste jedoch niemand, für wen diese Hacker arbeiteten, ob sie selbst Russen waren (konnte man wegen ein paar kyrillisch geschriebener Wörter im Programmcode darauf schließen?) und ob die Namen Cozy Bear und Fancy Bear (also »Kuschelbär« und »Schicker Bär«) bloß dazu erfunden wurden, die Gegner zu demütigen, indem man sie zwang, jedes Mal absurde Begriffe zu verwenden, wenn sie über ihre Angreifer sprechen wollten (bei Hackern eine verbreitete Praxis und unter Trollen noch beliebter). Antoine erläuterte L, dass sie in der Kommission bloß von »russischer Einflussnahme« sprächen, ohne je in die Details zu gehen – vermutlich, weil sie von diesen Details keine Ahnung hatten.

»Für uns ist die eigentliche Frage: Muss der französische Staat aufrüsten? Würde in der aktuellen Situation ein Cyberkrieg ausgerufen, wen könnte man mit dem Gegenschlag beauftragen? Ein wild zusammengewürfeltes Heer aus Einzelkämpfern? Wie sollte man das steuern? Es wäre das totale Chaos. Muss man einen informatischen Wehrdienst einführen?«

»Habt ihr mit Hackern gesprochen?«

»Nee. Wir sprechen vor allem mit den Typen von der nationalen Agentur für IT-Sicherheit. Und mit den Militärs.«

»Na super.«

»Willst du in die Assemblée kommen? Wenn du dazu bereit wärst, würde man dir sicher zuhören.«

»Perfekt, das ist mein Traum und bestimmt auch der von allen Abgeordneten. Ganz besonders jetzt.«

L sah plötzlich sehr verzweifelt aus. Antoine wandte verlegen den Blick ab, aber er sah sie noch immer im Spiegel hinter der Bar. Ein graues Gesicht, das niemandem mehr ähnelte.

Nach ein paar Sekunden fasste sie sich wieder: »Und was ist euer Fazit?«

»Na, dass es zu schwer zu entscheiden ist, ob es sich um echte Kriege handelt, und dass das Konzept eines bilateralen Krieges ohnehin der Vergangenheit angehört. Aber man kann leicht von virtuellen Terrorakten sprechen. Und ein informatischer 11. September würde ausreichen, um eine umfassende Anti-Terror-Operation zu starten.«

»Was macht informatischen Terrorismus aus?«

»Ganz einfach: die Absicht, Chaos und Schrecken zu säen.«

»Dann gibt es zwei mögliche Lösungen«, meinte L. »Entweder sind wir alle Terroristen, oder niemand ist es.«

»Und wer ist wir?«

»Die Hacker.«

»Nicht nur die Hacker«, warf Guillaume ein und klinkte sich aus der Nebendiskussion aus. »Ich bin auch für Chaos und Schrecken.«

Auf diese pompöse Äußerung stießen sie an, und Guillaume, ganz dem Fair Play verschrieben, verneigte sich leicht, um die Albernheit seiner Aussage einzuräumen. Die winzige Bewegung reichte aus, dass die Körper um sie herum halbe und viertel Drehungen vollzogen, und ihr Gespräch wurde zu dem der Gruppe.

»Mir macht das total Angst«, meinte Jérémie, »der Gedanke, was diese Hacker alles über mich rausfinden können. Manchmal sitze ich vor meinem PC, und die Panik überkommt mich, es ist wie einer dieser Träume, wo man plötzlich merkt, dass man keine Hose anhat. Aber andererseits kann ich auch nicht völlig gegen das sein, was sie machen. Natürlich verbreiten sie Angst, aber nicht nur bei mir, auch bei all den Großunternehmen, die vergessen haben, wie sich Angsthaben überhaupt anfühlt.«

»Wenn du es so sagst, klingt es natürlich ganz gut«, gab Samir zu. »Aber für mich besteht das große Problem bei den Hackern darin, dass ihr Vorgehen viel zu technisch ist. So was kann nie zum verbindenden Element werden. Es ist ein Riesenproblem, dass ...«

L schnitt ihm mit einer genervten Handbewegung das Wort ab. »Der Elitismus der Hacker, ich weiß, ich weiß, die Leier kenn ich. Ihr müsst halt programmieren lernen, Jungs. Das sag ich euch schon seit Jahren.«

Gern hätte sie hinzugefügt, dass sie immer ein wenig die Krätze kriegte, wenn sie die anderen über Elitismus sprechen hörte, wo ihre kleine Schar doch eine recht erkleckliche Zahl an Privilegien vereinte. Sie wusste von keinem Einzigen hier, der sein Studium vor dem Master beendet hätte. Von keinem, der bei Zara, IKEA oder in einem der Läden mit exotischen Spitznamen gearbeitet hätte, wo sie sich im Neonlicht monatelang die Beine in den Bauch gestanden hatte. Sie sahen in Ls Informatikkenntnissen ein seltsames Geburtsprivileg, doch damit lagen sie ganz falsch: Das Internet war ihr nicht als Erbe in den Schoß gefallen. Zu der Zeit, als L es entdeckte, war es vielleicht der letzte Ort, an dem alle gleichermaßen bei null anfingen.

»Das technische Know-how der Hacker«, überlegte Antoine laut, »das kann doch auch ein Riesenvorteil sein, oder? Was die Außendarstellung betrifft, meine ich. Man kann sie nicht als Randalierer bezeichnen. Bei Randalierern spricht man schnell von roher Gewalt, um ihre Glaubwürdigkeit zu untergraben, man macht sie zu Tieren. Und fegt sie bei der Gelegenheit gleich von der politischen Bildfläche: Sie stellen keine echten Forderungen, sie handeln rein triebgesteuert, bla, bla, bla. Aber was die

Hacker machen, geht zwangsläufig als eine Art Intelligenz durch. Das ist ganz und gar nicht tierisch, diese Ziffern- und Zeichenfolgen, man kann da unmöglich von Trieben sprechen.«

»Stimmt«, meinte L. »Aber uns hängt trotzdem das Image von Bösewichten, Söldnern oder Psychopathen an. Das hat politisch auch Gewicht.«

Antoine wollte wissen, was sie von der Darstellung von Hackern im Kino hielt, doch das Gespräch um sie her bog zum Anti-Vandalismus-Gesetz ab, und L antwortete nicht. Ihre große, eckige Gestalt verschwand nahezu hinter Guillaumes und Samirs vorgebeugten Körpern. Salma lehnte am funkelnden Tresen und vollführte Bewegungen wie aus dem Winkeralphabet, um eine weitere Runde Bier zu bestellen, und ihr bunter Pullover wischte, ohne dass sie es bemerkte, die Pfützen voriger Gläser auf. Antoine beteiligte sich wieder am allgemeinen Thema, sagte Polizeipräsident, sagte Verfassung, sagte, dass das Gesetz trotz einiger abtrünniger Abgeordneter aus der Parlaments- mehrheit durchgehen würde und dass diese Abtrünnigkeit im Übrigen vielleicht nur zur Schau gestellt wurde, weil die Abgeordneten wussten, dass es nichts änderte, sie konn- ten sich den Luxus der Rechtschaffenheit leisten, wohl wissend, dass andere die Drecksarbeit für sie erledigen würden. Jérémie gab zu bedenken, der Senat werde das Gesetz mit Sicherheit ablehnen, und gleich darauf lachte er und fragte seine Zuhörer, ob irgendjemand ein oder zwei Jahre zuvor geglaubt hätte, dass der Senat eines Ta- ges das letzte Bollwerk der Freiheit für sie sein würde. Sie erhoben die von Salma ausgeteilten Biergläser auf den Senat.

Als Antoine sich erneut direkt vor L wiederfand, schaute

sie gerade auf ihr Handy und interessierte sich nicht länger für die Umstehenden.

»Ich muss los.«

Antoine ließ sie gehen, weil das keiner dieser Sätze war, die man nur sagt, damit die anderen einen aufhalten; es war ein forscher Scherenhieb in die Leinwand des heutigen Abends und in dessen Möglichkeiten. Er ließ sie gehen, obwohl es ihn jedes Mal ärgerte, wenn jemand verschwand und er selbst blieb, doch er wollte sich nicht lächerlich machen, indem er das aussprach. Etwas später fragte er Guillaume, ob L eingeschnappt sei, und Guillaume erwiderte, dass es ihr nicht gut gehe. Man merkte ihm an, dass er danach lieber geschwiegen, Antoine mit der Betrachtung des Rätsels allein gelassen hätte, das sich aus diesen wenigen Wörtern entspann, doch er konnte nicht anders, er musste noch etwas hinzufügen. Vielleicht lag hinter den folgenden Wörtern ein anderes Rätsel, das ihm noch besser gefiel. Er sagte: »Ihr Freund wurde geschnappt, als er eine Seite gehackt hat, vor drei Monaten.«

Er schwieg erneut, abrupt. Dann, wie ein kurzer, unkontrollierter Ausrutscher: »Er sitzt im Knast.«

U want mor?, lautete der erste Satz der Nachricht.

Wie ein elektrischer Schauer lief es ihr die Wirbelsäule hoch, vom gestauchten unteren Ende auf dem Bürostuhl bis hinauf zu der Stelle, wo die Halswirbel auf die Schädelbasis trafen. L begriff nicht, wie diese paar Zeilen als SMS zu ihr gelangt waren.

1 down but weR still fighting
We should talk
Kaos

Und darunter noch:

#ExpectUs

L hatte die Kneipe verlassen und war nach Hause geeilt, um ins Drinnen zurückzukehren, dem die Nachricht zu entspringen schien. Der Hashtag ließ sie vermuten, dass die ehemalige Armee dahintersteckte oder zumindest eines ihrer Mitglieder. Doch trotz der Einladung zum Dialog *(We should talk)* wollte L nicht antworten, bevor sie nicht wusste, wer ihr Gegenüber war. Natürlich hatte es keinen Sinn, Nachforschungen zu der angezeigten Telefonnummer anzustellen: Es gab zu viele Apps, die einem eine falsche Nummer generierten, um damit anonyme SMS zu verschicken. Sie ging noch einmal in das Forum, wo NoLogo ihr beim ersten Mal geschrieben hatte. Der Wortlaut war der gleiche, das konnte kein Zufall sein. Aber im Forum war nichts los. Zumindest nichts, was sie hätte sehen können. Sie wurde ein bisschen ruhiger. Der Hashtag als Unterschrift musste nicht unbedingt bedeuten, dass es sich um einen der Anons handelte, mit denen sie Anfang der 2000er-Jahre zusammengearbeitet hatte, auch wenn die zwei Wörter *Expect us* ihr Slogan gewesen waren. Er war zu bekannt, zu oft geteilt worden, und wie alles, was schon lange genug im Drinnen existierte, hatte er keinen Urheber mehr, schien immer schon zum Jargon zu gehören. Doch wer war NoLogo/Kaos dann? Und warum wollte er (oder sie) mit ihr sprechen? (Und außerdem: War Kaos wirklich eine Unterschrift oder doch eher ein Wunsch oder Statement?) Erneut spulten sich endlose Fragen in ihrem Kopf ab. L wusste nicht, mit wem Elias während seines Angriffs Kontakt gehabt hatte, an wen er sich gewandt hatte, um die von Harm-Ony gestohlenen Daten durchzustechen. Versuchte jemand, trotz der Verhaftung die Dateien publik zu machen? Das war unmöglich, die Polizei hatte sie sichergestellt. Wer hätte die Zeit gehabt, sie zu kopieren? Wie viele Personen waren in das verstrickt, was zu Beginn ausschließlich eine Operation von L und Elias gewesen war? Und vor allem: Wer waren diese Personen (sofern es sie gab)? Die Tatsache, dass man sie, L, kontaktierte, bedeutete doch, dass man ihre Verbindung zu Elias kannte, und der wiederholte Gebrauch des Plurals *(WeR still fighting)* erweckte gar den Anschein, dass der Person Ls Teilnahme, auf die eine oder andere Art, an dem Cyberangriff auf Harm-Ony bewusst war – und damit gab es, wie sie seit der Verhaftung befürchtet hatte, in Bezug auf ihre Person keinerlei Abgrenzung mehr zwischen der Rolle als Zeugin und der als Komplizin. Nur: Wenn jemand über all das Bescheid wusste, musste es auf jeden Fall eine Vertrauensperson sein, denn im Drinnen gab Elias nichts von seinem Leben preis, einem Unbekannten hätte er niemals von L erzählt. Hatte er einen seiner Freunde über seine Aktivitäten auf dem Laufenden gehalten? (Diese Frage verästelte sich in Ls Gedanken natürlich sofort weiter: Falls er darüber gesprochen hatte, wollte er um Hilfe bitten? Oder brüstete er sich mit seinen Erfolgen? Kannte sie ihn etwa so schlecht, dass sie nicht bemerkt hatte, wozu er fähig war?) Kam die Nachricht aus Berlin? Die wenigen Zeilen ließen sich unmöglich zurückverfolgen, egal mit welchen Mitteln L auch versuchen mochte, ihnen Informationen zu entreißen. Plötzlich kam ihr eine neue Spur in den Sinn, ein Strahl reinster Angst schoss durch ihre fiebrigen Gedanken: Vielleicht war im Moment der Verhaftung alles durchgesickert? Selbst wenn keiner der wenigen Artikel über Elias L je erwähnte, jemand konnte ihre Besuchserlaubnis in die Finger bekommen haben, die Akten der Bullen konnten gehackt worden sein. Man konnte diese sogar, klammheimlich, an Harm-Ony weitergeleitet haben, denn das Unternehmen hatte Verbindungen zum Geheimdienst. Aber warum sollte einer der Angestellten nun L kontaktieren? Was könnte man von ihr wollen?

#ExpectUs

Sie beschloss, nicht zu antworten. Es gab zu viele offene Fragen, sie hätte nichts als ein Eingeständnis ihrer Unwissenheit verfassen können. Solange sie schwieg, mochten NoLogo und Kaos annehmen, dass sie sie kannte, sie wiedererkannt hatte. Sie musste warten, bis die/er/sie zuerst aus der Deckung kam(en). Sie schaltete den Computer aus und sagte sich, dass sie besser mit den anderen in der Kneipe geblieben wäre. Nun stand sie wieder allein am Rand einer schlaflosen oder von Albträumen erfüllten Nacht, die sie gern noch um einige Stunden zurückgedrängt hätte. Sie war hungrig und ging hinunter in den gekachelten Dönerladen im Erdgeschoss.

Der Raum, mit seinen Schaufenstern zur Straße, war in ein Dönerladenlicht getaucht, anders konnte sie es nicht beschreiben, dieses Licht, das alles wie einen gerollten Fleischturm aussehen ließ; alles wirkte widerlich, fettig und aus Schichten gemacht, auch die menschlichen Gesichter. Es war der einzige Ort, der im Viertel so spät noch geöffnet hatte. Die Namen der Typen, die hier arbeiteten, kannte L nicht. Allerdings hatte sie eines Abends mit Elias ausgerechnet, dass sie hier in zwei Jahren zwischen 220 und 250 Döner bestellt haben mussten. Und wenn jede Bestellung (zwei Döner) zwischen fünf und sieben Minuten Zubereitungszeit erforderte (die sehr viel mehr von den Pommes abhing als vom Andrang und niemals vom Fleisch), hatten sie zwischen 1100 und 1750 Minuten in diesem Laden verbracht. Einer der zwei Angestellten war klein und schmal, mit dunkler, stumpfer Haut, sehr dunkel und sehr stumpf, das Einzige im Dönerladen, das nicht glänzte. Seine etwas zu langen Zähne ragten ein Stückchen über die Unterlippe vor, als wollten sie etwas erspähen, würden eine Ecke des Mundes anheben, um einen Blick hinauszuwerfen. Und dann hatte er noch so einen Tick mit dem rechten Auge. Nicht die ganze Zeit, nur wenn L mit ihm redete. Wenn sie schwieg, war sein Gesicht normal, entspannt. Doch sobald sie etwas sagte, begann das Augenlid zu zucken, als würde er ihre Worte mit Morsezeichen wiederholen. *Pling, pling, pling.* L verstummte, ihr war unbehaglich; der Tick verschwand. Noch was dazu? Eine Dose Cola, bitte. Wieder: *pling, pling, pling.*

Es war ein Dönerladen, wo niemand zum Essen blieb. Die Tische füllten einen Raum, den man mit verlegener Miene durchschritt – während man zu verschleiern suchte, dass man hier nichts zu sich nehmen wollte, im Dönerlicht, das einem das Gefühl gab, tranchiert zu sein; man wollte keine Sekunde länger bleiben als zum Erwerb der Mahlzeit nötig. Manchmal war ein Kumpel der Dönertypen da, der auf ihren Feierabend wartete. Er rückte ein wenig an einem Tisch, einem Stuhl, trank Ice Tea und scharrte mit seinen großen, knallbunten Basketballschuhen über die Kacheln, aber der zählte nicht als Kunde.

An jenem Abend war ein Typ im schwarzen Mantel im Laden, ein schöner, schwerer Mantel, dessen Schöße von der Rückenlehne seines Stuhls hingen und eine zweigeteilte Schleppe bildeten. Der Typ saß vor einer Portion Pommes, einen Berg zerknüllter Papierservietten auf dem Tisch; er wischte sich jedes Mal die Finger ab, wenn er eine Fritte genommen hatte. Das schien den Angestellten aufzuregen – sein Lid schlug den Takt dazu. Er bot dem Kunden zweimal an, eine Gabel zu bringen. Der lehnte sanft ab, stand jedoch auf, um sich neue Servietten zu holen, und da sie direkt neben L auf der Theke standen, näherte er sich ihr, bis er sie fast berührte. Als sich ihre Blicke begegneten, glaubte sie, er werde etwas zu ihr sagen, sich entschuldigen, doch er sah sie nur schweigend an, sodass sie selbst »Pardon« murmelte und einen Schritt zur

Seite machte. Er kehrte an seinen Tisch zurück und fuhr mit der methodischen Aufnahme seiner Fritten fort.

L trat in die kalte Nacht hinaus und wärmte sich die Finger an der in Alufolie verpackten Pommesbox. Während sie den Türcode für den Hauseingang eingab, fragte sie sich, ob der Typ ihr mit Absicht so auf die Pelle gerückt war. Als sie den ersten Stock erreichte, war sie davon überzeugt. Die Treppe knarrte bei jedem Schritt, und das Geräusch machte ihr mehr als ihre eigenen Bewegungen bewusst, dass sie die Stufen so schnell hinaufstieg, wie sie nur konnte. Im dritten Stock kam ihr der Gedanke, dass der Unbekannte vielleicht bloß im Dönerladen gesessen hatte, um auf sie zu lauern. Er konnte dort schon den ganzen Abend auf sie gewartet und ab und zu neue Pommes bestellt haben. Vierter Stock. Sie hätte sich beim Rausgehen vergewissern sollen, dass er ihr nicht gefolgt war, dass er nicht von Weitem die Bewegung ihrer Finger auf den Tasten des elektronischen Türschlosses beobachtet hatte. Fünfter Stock, ihre Hand sucht den Lichtschalter entlang der Wand – die Zeitschaltung reicht nie bis in den sechsten, es ist ein Flurlicht für die Glücklichen, die weiter unten wohnen, wo ist dieser verdammte Schalter? Vor ihrer Tür, außer Atem, fragte sich L, ob der Typ NoLogo sein konnte. Es gab keinen einzigen Hinweis darauf, aber auch keinen dagegen.

L mied ihr Spiegelbild in den Fensterscheiben, vermied, dass etwas von ihr durch das Glas sichtbar und von der Straße aus wahrgenommen werden konnte, oder von gegenüber, oder von einem Dach aus, selbst wenn die kleine Höhle im sechsten Stock nur schwer einsehbar war. Sie zählte auf: der Mann in Schwarz vor Delambres Haus, der Mann im Mantel im Dönerladen, die erste Nachricht von NoLogo, die zweite von Kaos, hingen all diese Vorkommnisse zusammen?

L blieb sorgsam im Innern der Wohnung, bewegte sich wie eine Krabbe fernab der Fenster, und dieser besondere Einsatz ihres Körpers brachte sie auf den Gedanken, dass sie ihre Größe nie ganz akzeptiert, nie gelernt hatte, die ein Meter achtundsiebzig anständig zu manövrieren. Sie fand sich immer unverhältnismäßig groß. »Du wirst größer als die Männer sein«, hatte ihre Mutter mit aufgerissenen, entsetzten Augen geflüstert, als sie L im Alter von zwölf Jahren an der Wand maß. L verstand damals nicht, was an der Aussage erschreckend sein sollte, doch sie vertraute dem Tonfall ihrer Mutter, und abends, im Bett, flehte sie all ihre Zellen an, sich nicht weiter zu teilen. Zwanzig Jahre später wurde sie von diesem großen Ding, ihrem großen Selbst, immerzu behindert. Sie schaute es kaum je an. Sie wusste, dass sie die Linien ihres Schlüsselbeins und die Mulde des Bauchnabels mochte, aber das waren nur einige Satzzeichen eines recht langen Textes, es machte nicht viel her. Den Rest hasste sie nicht etwa. Den Rest hatte sie nicht gelesen.

Im Bett versuchte L, sich in der kleinen Wohnung im Dunkeln zu befriedigen, und hoffte, das würde sie beruhigen. Sie fasste sich an, leckte sich mehrmals die Finger, schloss die Augen, um sich besser konzentrieren zu können. Doch sie schaffte es nicht, gedanklich bei der Sache zu bleiben. Wenn L an Elias dachte, dachte sie auch gleich wieder ans Gefängnis, also versuchte sie, sich zu überzeugen, dass die Fantasieszene in der Zukunft spielte, nach der Haft, aber wie sollte man sich auf eine Geschichte konzentrieren, die vielleicht erst in mehreren Jahren stattfand, wie sollte sie sich Elias vorstellen und wie sich selbst?

Mit was für Körpern, was für Alterserscheinungen? Und dann, da sie herauszufinden versuchte, wann genau in der Zukunft die Szene spielte, dachte sie an sein Verfahren, sie dachte an Elias' Anwalt, der Jeans trug und nicht wie ein Anwalt aussah, sie dachte an die Besuchserlaubnis, die ihr noch immer nicht gewährt worden war, und ihre Finger hätten genauso gut bewegungslos verharren können, denn durch die parasitären Bilder baute sich keinerlei Erregung auf. Erinnerungen funktionierten ebenso wenig, sie machten sie traurig. Sie hatten überhaupt keine Ähnlichkeit mit Pornofilmen – auch wenn sich die Pornofilme, die ausschließlich in Ls Kopf liefen, sehr deutlich von der Massenproduktion unterschieden. Also beschloss L, nicht an Elias zu denken, kein bisschen, sondern an jemand anderen, egal wen, bloß dass sie am Ende doch wieder ans Gefängnis dachte, an die Tatsache, dass sie, würde sie jetzt mit jemand anderem schlafen, einen Typen im Gefängnis betröge. Sie gab auf. Sie verräumte das Projekt Selbstbefriedigung in einen Winkel ihres Geistes, wie man ein Buch neben das Bett legt und bei sich denkt, dass man an einem der kommenden Abende froh sein wird, es dort zu sehen und vor dem Einschlafen aufzuschlagen. L ließ die Bilder kommen und verlangte nicht von ihnen, dass sie ihren Fingern halfen, ihr einen schlafbringenden Orgasmus zu verschaffen.

Er hatte von L geträumt. Das war eine Lüge. Er hatte vor dem Einschlafen an L gedacht. Er wusste nicht, wovon er anschließend geträumt hatte. Da waren Springbrunnen und Haarbürsten gewesen. Keine L. L war anwesend, bevor er einschlief. Er selbst hatte sie einbestellt.

Er mochte L. Er mochte, dass er nicht alles verstand, was sie sagte. In seinem Liebesleben hatte Antoine stets eifrig nach Mädchen gesucht, die intelligenter waren als er. Die Vorstellung, der Kopf einer Beziehung sein zu müssen, jagte ihm eine Heidenangst ein, das war eine viel zu große Verantwortung. Doch er musste zugeben, dass Intelligenz für ihn nur schwer greifbar war. Woran machte man sie fest? Meist erkannte Antoine sie daran, dass er sein Gegenüber nicht verstand. Das hatte ihm an Cécile gefallen, als er sie kennenlernte; sein Gefühl der Verlorenheit angesichts ihrer Sinneswandel nahm er als Beweis ihres wachen Geistes und diese Wachheit wiederum als Beweis ihrer Intelligenz. Doch zwei Jahre später fand er ihre Schnelligkeit nicht mehr bewundernswert: Allmählich hegte er den Verdacht, dass diese nicht, wie er geglaubt hatte, Zeichen einer außerordentlichen Begabung war, sondern bloß den Wunsch offenbarte, sich das Denken vom Hals zu schaffen. Cécile dachte schnell, aber sie wollte *ein für alle Mal* denken, und sie schüttelte gereizt den Kopf, wenn Antoine wieder und wieder auf bestimmte Fragen zurückkam. Gegen Ende ihrer Beziehung hatten sie nicht mehr miteinander reden können, jeder hasste den Gesprächsstil des anderen: Antoine fand Cécile denkfaul, sie fand ihn langsam.

L war vielleicht nicht intelligenter als er, war vielleicht bloß Fachfrau auf einem Gebiet, von dem er wenig verstand, aber das reizte ihn. Ihn reizte die Undurchsichtigkeit ihrer Worte, die er mit Tiefe verwechselte oder der er Tiefe unterstellte, weil er gern wollte, dass sie tiefgründig waren, und zwar, weil L ihm gefiel, noch bevor er wusste, ob ihre Worte wirklich Tiefgang hatten, was bewies, dass ihn in Wahrheit nicht die Intelligenz seines Gegenübers anzog, sondern dass er diese Intelligenz, bei Bedarf, von Grund auf erschuf, um das Begehren zu rechtfertigen, das er zuerst verspürt hatte.

Die Digitaluhr auf dem Regal gegenüber zeigte sieben Uhr an, aber Antoine wollte nicht aufstehen. Sein Bett war der einzig warme Ort in der Wohnung. Das Gewirr aus Bettdecke und Laken hatte die von seinem Körper freigesetzte Energie gespeichert, und sobald er es verließe, würde sie im Zimmer verpuffen, unzureichend, sinnlos, und ihm wäre kalt. Antoine hatte oft das Gefühl, dass bei ihm zu Hause das Bett der einzige vollkommen erträgliche Ort war. Er neigte dazu, nützliche Dinge in dessen Nähe zu versammeln, sodass es neben Bettdecke und Kissen auch Bücher, Kekspackungen und manchmal sogar Kippen beherbergte, weil er mit einer allzu ausladenden Geste seinen Aschenbecher umgeworfen hatte. Regelmäßig widmete er sich großen Aufräumaktionen, die darin bestanden, alles vom Bett wegzubewegen, was er in den vergangenen Tagen angeschleppt hatte, es auf weit entfernten Regalen zu verteilen, wo die Dinge für eine Weile an ihrem Platz schienen. Doch immer wieder kehrten sie zum Bett zurück, wie eine Herde, die sich um ihn scharte, wie die vom Rattenfänger angelockten Kinder von Hameln. Die Wohnung aufzuräumen hieß, allzu zutrauliche Gegenstände zu verscheuchen. An diesem Morgen lag die letzte Räumaktion schon länger zurück, und er musste bloß die Hand ausstrecken, um den Wasserkocher anzuwerfen (der einer Nachttischlampe ihren Tisch streitig machte) und sich seinen Laptop zu schnappen (der einem riesigen Kleiderhaufen den Fußboden streitig machte). Sobald er den Bildschirmschoner wegklickte, hatte er die Datei namens »CapaTaro« vor Augen, die eigentlich ein Buchanfang sein sollte. Doch ein einziger Blick, vom Schlaf noch benebelt, auf die vielen unterschiedlichen Schriftarten des Dokuments erinnerte ihn daran, dass er den Vorabend größtenteils damit verbracht hatte, im Internet zusammengesuchte Informationen in das Manuskript zu kopieren. Es gelang ihm nicht, über die Internationalen Brigaden zu schreiben – sprich, es gelang ihm nicht, auch nur die Szenen zu schreiben, die ihm Lust auf dieses Projekt gemacht hatten. Wenn er das Wort *Anarchie* tippen musste, wurde er jedes Mal von quälender Unruhe ergriffen. Von dem Begriff wurde ihm schwindelig. Wann immer er Werke der politischen Philosophie las, glaubte er zu verstehen, was das Wort meinte, doch sobald er selbst schreiben musste, war er sich überhaupt nicht mehr sicher. Die Anarchie war eine Leere, die sich vor ihm auftat. Wenn sie nicht exakt der Szene aus *Land and Freedom* entsprach, konnte er sie sich nicht vorstellen. Was blieb oder was erstand abseits all der offiziellen Institutionen neu? Für Antoine: nichts. Oder vielmehr glaubte er fest, dass da etwas war, aber er *sah* es nicht. Er fragte sich, ob Anarchisten zu Anarchisten wurden, weil ihre Vorstellungskraft, ihre Fantasie, seiner eigenen überlegen war und sie sich mühelos neue Formen vergegenwärtigen konnten. Ob sie so etwas wie Hellseher waren. Er schloss die Datei »CapaTaro« und öffnete seinen Mail-Account.

Hallo Antoine,

ich kann nicht schlafen (typisch) und denke wieder an das, was du mir in der Kneipe gesagt hast. Sorry übrigens, dass ich abgehauen bin. Gab schlechte Neuigkeiten ☹

Was du von der Arbeit im Komitee erzählst (oder in der Kommission? habs vergessen), ist für mich total spannend. Denn es sagt was über die Entwicklung der Hacker, es bestätigt mir Dinge, die mir gegen den Strich gehen!! Ich glaube, darüber konnte ich bis jetzt noch nie mit jemandem reden, der nicht zur IT-Szene gehört, und es kommt dir vielleicht verwirrt vor (stimmt), aber vielleicht interessiert es dich auch (hoffentlich), denn immerhin ist das ja im Moment dein Job. Ja, das hier ist eine Mail über Hacker, uncool, jetzt bist du vorgewarnt und kannst mit dem Lesen aufhören, wenn du willst ☺

Ich hab in den 90ern angefangen, mich fürs Hacken zu interessieren (das macht uns nicht gerade jünger ☻*), und bei Hackern dachte man damals an rebellische Teenager, die Chaos stiften wollen. Sogar die Wirtschaft hat uns dieses Bild nur zu gern verkauft, weil sie davon ablenken wollte, wo das Internet wirklich herkam – nämlich vom Militär und nicht etwa von irgendwelchen dynamischen Jungunternehmern. Okay, ich wusste das da-*

mals nicht, mir hat das Bild gefallen. Es gab jede Menge Fachdiskussionen, aber das Beste war die Freiheit, die wir uns genommen haben. Hacker waren die, die Technik für etwas anderes benutzten als das, was ihnen vorgegeben wurde. Das hatte so eine widerständige DIY-Komponente. Einer der ältesten Hackerclubs überhaupt, der CCC (in Berlin), sagt, wenn man einen Wasserkocher benutzt, um seine Bockwürstchen darin zu kochen, ist das schon Hacken (und das ist die deutscheste Definition, die ich je gehört habe 😄😄).

Aber mit den Jahren hat sich diese Bastlerkomponente verloren, weil man mit Hacken Geld verdienen konnte. Und viele rebellische Teenager sind zu Söldnern geworden. Teilweise wurden sie von der Überwachungsindustrie angeworben, nicht unbedingt für Kohle, sondern weil man uns Technologien versprochen hat, an die wir sonst nie rangekommen wären (ich hab sie zwei- oder dreimal bei großen Events von Computerfreaks gesehen, die Anzugtypen, die direkt angeworben haben, die machen das ganz offen). Es gab auch die Welle mit den ganzen IT-Start-ups, mehr oder weniger cool, öko, humanitär, artsy, irgendein Fin-Tech-Scheiß, oder IT-Werkzeuge für den smarten Alltag.

Kurz, wenn man heute »Hacker« sagt, denken die Leute meistens an 3 Dinge:

- Yuppies in T-Shirts aus Biobaumwolle
- Spezialeinheiten, die dem militärisch-industriellen Komplex angehören
- Russen (aber das ist ein Fall für sich)

Leute wie ich, aus der Ära Anonymous, sind aus dem Bild quasi verschwunden. Unter diesen Umständen ist es ein bisschen schwierig geworden, korrekte Leute zusammenzutrommeln. Manchmal tauchen welche auf und tun was Gutes für das Allgemeinwohl. Sogar du und deine Kumpels habt schon von Manning und Snowden gehört (Assange lassen wir mal außen vor, das Thema läuft grundsätzlich aus dem Ruder 😊). Ein paar Tage lang sagt man sich dann wieder: Ach ja, die Hacker, das ist die Gegenmacht. Aber ich hab trotzdem das Gefühl, dass wir die Schlacht um unsere Außendarstellung in den letzten paar Jahren verloren haben. In der Kneipe hast du das Kino angesprochen, aber Hollywood hat einen an der Waffel. Wenn die Hacker zeigen, sind das so 'ne Art Superhelden, Geschöpfe der Science-Fiction. Man kriegt den Eindruck, es gebe nur eine Handvoll außergewöhnlicher Typen, die sich tief ins Internet vorwagen können, aber eigentlich müsste jeder Mensch lernen, es WIRKLICH zu gebrauchen, weil jeder es benutzt. Was ihr in der Assemblée vorbereitet, wird die Sache nur noch verschlimmern: Wenn ihr Gesetze macht, die besagen, dass Hacken = Kriegshandlung, wird sich niemand mehr trauen, online rumzutüfteln. Wir werden endgültig zu einer Armee, und was unser Lager in diesem Kampf betrifft, wird man uns, schätze ich, der Achse des Bösen zuschlagen, ohne nach unserer Meinung zu fragen.

Du hast mich auch nicht wirklich nach meiner Meinung gefragt. Gekriegt hast du sie trotzdem.

cu

PS: Zu Ehren unserer großen Vorväter vom Kult der toten Kuh – recherchier das mal ☺

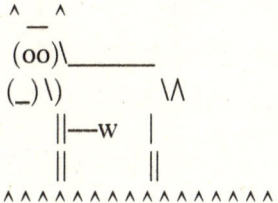

Im Bus war es zu warm, eine schwüle, schwere Dschun-
gelhitze. Die vom Regen durchnässten Körper der
Fahrgäste klebten aneinander, sanken in die feuchten
Sitze ein, saugten sich schmatzend an den großen Fensterscheiben fest. Der Boden war übersät von nassen
Schuhabdrücken und Schleifspuren großer Taschen, von
den Rinnsalen vor sich hin tröpfelnder Regenschirme.
Und dann waren da all die feuchten Geräusche: Sohlen
auf anthrazitfarbenem Bodenbelag, pneumatische Türen,
die an jeder Haltestelle unter den Platzregen schwangen,
Schirme, die sich mit leisem, knappem Klicken zusam-
menfalteten. Das Rauschen des Regens war angenehm,
dachte L, aber all die anderen Regengeräusche waren
beschissen. Diese beschissene Busfahrt dauerte ausgesprochen lang, die Stadt löste sich immer weiter in Schaufenster armseliger Eisenwarenläden auf, in Geschäfte mit
No-Name-Klamotten, in Werbetafeln und dann in Wohn-
blocks und dann in Türme, vom Regen verdrossene Farb-
kleckse, eine große, tetrisartige Ansammlung von Wohn-
raum für die Armen, aufrecht liegend schief, so rüttelte
es jenseits der Scheibe vorbei. Von den ersten Haltestellen
an beobachteten die Frauen einander, stellten erleichtert
fest, dass die anderen auch nicht ausstiegen. Sie setzten
sich bequemer auf den klammen Sitzen zurecht, warfen

einen Blick auf die Abfolge orangefarbener Haltepunkte über den Türen. Sie gingen sie durch, zählten, und wer nicht lesen konnte, versicherte sich bei der Sitznachbarin, dass dies doch der Bus sei, der, und ob man ihr Bescheid geben könne, wenn. Sicher, sicher, sagten die Nachbarinnen. Sie hatten alle dasselbe Ziel, das wussten sie. Man hätte den Bus ebenso gut direkt fürs Gefängnis einsetzen können, niemand stieg unterwegs aus. Also machten sie die Augen zu und lehnten sich an die Scheiben, holten eine Zeitschrift oder ein Handy hervor, eine alte Frau hatte sogar Strickzeug dabei. Sie richteten sich geduldig und schicksalergeben im Bus ein. Beim derzeitigen Verkehr würden sie in zwei Stunden ankommen. Nur L war angespannt, saß stocksteif auf ihrem Sitz und spähte nach jeder Haltestelle aus, als könnte das Gefängnis urplötzlich auftauchen, als müsste man aufspringen.

L dachte »das Gefängnis«, doch in Wahrheit war es gar nicht das Gefängnis, sondern das Empfangszentrum für Familien. Das Gefängnis selbst würde sie niemals von innen sehen, sie musste sich damit begnügen, es sich jedes Mal vorzustellen, wenn sie die Adresse auf einen Briefumschlag schrieb. Sie hatte natürlich nach Fotos gegoogelt, aber man sah bloß das Gebäude von der Straße aus, nie die Zellen, nie den Hof, nie den Speisesaal, nie die Duschen oder die Werkstätten, all die Gefängnisräume, an die sie nur deshalb dachte, weil Kino und Fernsehen ihr versichert hatten, dass es sie gab. Man würde Elias in das Besuchszimmer des Zentrums bringen, und sie könnte ihn nirgends anders treffen. Der Ort gab sich als neutrales Gebiet aus, wenngleich abgesichert, aber für L hatte er absolut nichts Neutrales. Er war ein Gefängnis, wenn auch nicht DAS Gefängnis.

In der Sekunde, in der die Bustür nach dem Aussteigen hinter ihr zuging, dachte L, dass es ein Fehler gewesen war herzukommen. Die zwei Stunden Busfahrt hatten alle Kräfte erschöpft, die sie in Erwartung dieses Besuchs sorgsam angespart hatte. Ihr war übel, und sie fühlte sich nervös, ihre Kehle war trocken und der Körper vom klammen Pullover beschwert. Sie schaffte es nicht, die auf ihr ruhenden Blicke zu ignorieren. Hier war sie die Braut eines Knackis im Strom anderer Knacki-Bräute und Knacki-Mütter und Knacki-Schwestern, Schlangen von Frauen, die sich am Empfang für Familien registrieren ließen, ihre Sachen einschlossen und warteten, dass sie drankamen. Es war ein seltsam frauengesättigter Ort, dachte L, ein bisschen wie ein Hamam oder wie die einzige traditionelle Hochzeit, auf die sie ihre Mutter je zu begleiten eingewilligt hatte, ehe sie wieder kehrtmachte, als ihr klar wurde, dass Frauen und Männer nicht einmal in der gleichen *Wohnung* essen würden. Getrennte Speiseräume hätte sie akzeptiert, darauf war sie vorbereitet gewesen, aber zwei Wohnungen, auf unterschiedlichen Etagen, da hatte sie dankend abgelehnt, und als ihre Mutter murmelte, sie mache ihr Schande, erwiderte L, sie könne noch sehr viel schändlicher. Im Empfangszentrum für Familien gab es keine offizielle Trennung zwischen Männern und Frauen, aber es waren fast nur Frauen anwesend, und ein ganzes Gespinst weiblicher Zeichen erfüllte den Raum. Man roch süßliche Parfums und Seifendunst, honigtriefende Kuchen, Fast Food, den sauren Geruch von in Synthetikschuhen gefangenen Füßen, Schweißausdünstungen, das Benzinaroma von Haarspray, durch Pfefferminzpastillen getunten Atem und kleine Angstfürze. Rund um die Schließfächer, wo man einander

Eineuromünzen lieh, summte es von »Madame« und »Schätzchen«, von Bemerkungen über hochhackige Stiefel oder einen Gürtel mit Goldverzierung, der niemals durch die Sicherheitsschleuse käme – hast du gedacht, du bist hier auf der Fashion Week, oder was? Es gab nur einen einzigen Mann, einen weißhaarigen Alten, der sich sehr gerade hielt, und die Besucherinnen ringsum musterten ihn bewundernd und neugierig, als hätten sie akzeptiert, dass »Familie« hier »Frau« bedeutete und nie etwas anderes, dachte L, denn Männer gehörten zur anderen Seite, Männer saßen im Gefängnis. Einige der Frauen neben ihr schienen das Prozedere in- und auswendig zu kennen und durchliefen es rasch und unbeirrt lächelnd oder im Gegenteil gemächlich und miesepetrig, andere zeigten, wie L selbst, leichtes, nervöses Kopfrucken in alle Richtungen und ängstlich aufgerissene Augen, stolperten auf dem völlig ebenen Boden. Als L den positiven Bescheid auf ihren Besuchsantrag erhalten hatte, wollte sie es zuerst nicht glauben. Sie hatte fest damit gerechnet, dass man ihn ablehnen und sich auf die laufenden Ermittlungen berufen würde oder dass man von ihr verlangen würde, sich im Vorfeld einer Personenüberprüfung zu unterziehen. Es hätte einen Zwischenschritt geben müssen, irgendeine Verzögerung. Dann hätte sie sich überlegen können, was sie zu Elias sagen wollte, hätte sich auf das Wiedersehen vorbereiten können. Sie hätte sich nicht mit dem Arsch auf einem Plastiksitz wiedergefunden, von dem sie jedes Mal hochschreckte, wenn das Wort an sie gerichtet wurde, zwischen zwei flüchtigen, verschüchterten Blicken auf die Überwachungskameras.

Eine kleine, extrem aufgedonnerte Brünette neben ihr fragte sie, ob sie häufig herkomme. L machte eine nichtssagende Kopfbewegung – sie spürte, wenn sie jetzt zugäbe, dass es ihr erster Besuch war, würde die andere sie bis zum Ersticken mit Ratschlägen überschütten. Sie wollte mit niemandem sprechen. Sie musste sich darauf konzentrieren, dass Elias ihr bereits ganz nah war, sofern sie bei ihrem Wiedersehen nicht aus der Fassung geraten wollte. Die Brünette verkündete stolz, dass sie dreimal die Woche komme, o ja, trotz Bus und allem, und dreimal auch nur, weil öfter nicht erlaubt war. Sie sagte: »Ich hab meine Garderobe angepasst, siehst du? Es gibt XL-Tage, um Sachen reinzuschmuggeln. Und dann gibt's XXS-Tage für die Augen.«

L schloss daraus, dass heute eher XXS angesagt war. Der Rock der Frau war so kurz, dass sie es nicht schaffte, sich darauf zu setzen, das Teil rutschte immer wieder hoch. L dachte, dass sie ihn ausgewählt haben musste, damit sie die Beine vor ihrem Typen spreizen und er ihren Slip oder sogar ihre Fotze sehen könnte, und vielleicht würde er in der kurzen Zeit zwischen zwei im Flur vorbeigehenden Wärtern oder Familien die Hand ausstrecken. L fand das ziemlich rührend, aufmerksam vonseiten der jungen Frau, dass sie den ganzen Weg in dieser Aufmachung gemacht hatte, bloß um die Illusion aufrechtzuerhalten, dass sie und ihr Kerl noch ein Sexleben hatten. L trug eine schwarze Jeans und einen weiten, grauen Pulli, bei ihr hätte niemand gewusst, wohin mit seiner Hand. Sie überlegte, ob sie sich anders hätte kleiden sollen. Dann stellte sie sich Elias' Gesicht vor, wenn sie im Minirock aufgekreuzt wäre, um ihm unauffällig ihre Vulva zu zeigen. Vermutlich hätte er einen Lachkrampf bekommen. Jeans und Pulli, das war völlig okay. Aber vielleicht hätte sie sich die Haare machen sollen? Ihre Nachbarin hatte ihre zu einem so straffen Knoten gebunden, dass sie die Augenwinkel leicht Richtung Schläfen zogen. Alles an ihr schrie lauthals heraus, dass sie sich Mühe für den Mann gegeben hatte, den sie treffen würde – das war im Grunde doch das Wichtigste, daran erkannte man Aufmerksamkeit, Höflichkeit; angesichts derartiger Anstrengungen war das Ergebnis wohl ziemlich egal. Wenigstens war L nicht mit leeren Händen gekommen: Sie hatte Elias ein paar Klamotten mitgebracht, T-Shirts und Boxershorts. Sie hatte auf den entsprechenden Seiten (es gab eine unglaubliche Anzahl Websites, die sich den Besuchsterminen in französischen Gefängnissen widmeten) mehrmals nachgelesen, was er haben durfte. Nichts Blaues oder Kakifarbenes, kein Tarnmuster: Den Häftlingen war es untersagt, uniformähnliche Kleidung zu tragen. Keine Kapuzen, mit denen man das Gesicht verbergen konnte. Auch kein Leder, zu widerstandsfähig, sodass es »ausreichend schützen« könnte, »um Sicherheitsvorrichtungen zu überwinden und eine Flucht zu erleichtern«. L hatte die Kleider wie empfohlen in eine durchsichtige Tragetasche mit Reißverschluss gepackt. Auf dem Parkplatz war sie einer Frau begegnet, die jede ansprach, die aus dem Bus stieg, ob sie, sorry, noch eine übrig habe, bitte, eine Reißverschlusstasche. Die Frau hatte Kleider in einer Sporttasche mitgebracht, und die Wärter wollten sie nicht annehmen, weil das Behältnis nicht den Vorgaben entsprach. Sie wedelte mit der Sporttasche, bot einen Tausch an. L wandte den Blick ab und beschleunigte ihre Schritte. Um einen Besuchstermin zu bekommen, musste man sich lange ans Telefon hängen. Manchmal musste man immer wieder anrufen. Man musste den Bus nehmen und lange, sehr lange fahren. Man musste Stunden vor dem

Termin vor Ort sein. Und man konnte ihn aufgrund einer Sporttasche verpassen, die keine durchsichtige Reißverschlusstasche war.

»Ist es jetzt sicher, dass wir reinkommen?«, fragte sie die kleine Brünette.

»O ja, entspann dich. Hätten sie uns ans Bein pissen wollen, hätten sie das schon gemacht. Meistens sind sie nett, aber manchmal, keine Ahnung, da haben sie einen schlechten Tag oder so. Letztes Mal hab ich wegen denen Gespensterbesuch gemacht. Sie haben meinen Süßen in die Kabine gebracht, aber ich bin nie aufgetaucht. Die haben mich nicht reingelassen, weil ich dicht war. Dachten die jedenfalls. Voll der Scheiß, ich hatte ein neues Medikament genommen und war voll drauf. Aber besoffen war ich nicht. Ich würde doch nie um acht Uhr morgens besoffen hier aufkreuzen, wofür halten die mich? Mein Kerl ist durchgedreht. Er hatte keine Ahnung, warum ich nicht da bin. Das sagen sie denen in solchen Fällen gar nicht, dass sie uns am Eingang selber abgefangen haben. Er dachte, ich hätte ihn vielleicht verlassen, verstehst du, und außer an uns zu denken, haben die drinnen ja nicht viel, um durchzuhalten, darum ist es so wichtig, dass wir kommen. Ich hab eine Freundin, deren Typ ist auch hier, und die kommt nicht mehr, die dumme Kuh. Sie meint, das deprimiert sie zu sehr und dass die Besuchszeiten jedes Mal einen Arbeitstag zerballern. Ich sag ihr immer, dass sie egoistisch ist, weil, weißt du ...«

L wünschte, dass sie aufhören würde zu reden. L fühlte sich dieser fremden Frau nicht nahe. L fühlte sich in diesem Augenblick niemandem nahe. L war in ihren Alltagsklamotten gekommen, mit ihren alltäglichen Strubbelhaaren, aber sie würde nicht den Alltags-Elias treffen.

Sondern einen inhaftierten Elias. Vielleicht hätte sie sich allein aus diesem Grund verkleiden sollen, um auf diesen ungewohnten Elias mit einer ebenso ungewohnten Version ihrer selbst zu antworten, um Gleichheit herzustellen. Jetzt war es eh zu spät. Ein Wärter kam, um ihr Bescheid zu sagen, dass ihr Besuchszimmer frei sei.

Elias' und Ls Kuss war wie angedeutet, ihre Lippen berührten sich kaum, reine Formsache, dann saßen sie einander gegenüber und betrachteten sich still. Er war blass, seine Haare waren länger als gewöhnlich und fielen ihm immer wieder vor die Augen, und einige spitz zulaufende Strähnen klemmten in seiner Brille fest. Auf einer Wange sah L zwei kleine, dunkelrote Pickel, wie Insektenstiche. Seine ins Lehmfarbene spielenden grauen Augen studierten L auf die übliche, ernsthafte Art, die hellen Brauen leicht gerunzelt. Die Hände auf dem Tisch zeigten angenagte Fingernägel, aber das hieß nichts, Elias hatte schon immer Nägel gekaut. Als er hereingekommen war, hatte L bemerkt, dass seine Hose von einem Schnürsenkel zusammengehalten wurde, was absurd wirkte, weil er keine mehr in den Schuhen hatte. L wusste nicht, was für Veränderungen ihm an ihr auffielen, welche winzigen Details er seinerseits auflistete. Sie setzten im gleichen Moment mit der gleichen Frage an und antworteten beide, ein wenig zeitversetzt, dass es ihnen gut gehe. Er warf ihr nicht vor, dass sie erst jetzt kam, und sie entschuldigte sich nicht dafür. Sie nahmen sich bei der Hand, doch als sie ihre Finger mit seinen verflechten wollte, zuckte er leicht zurück. Es war eine Geste, die sie nie zuvor gemacht hatte.

»Entschuldige«, sagte sie, »das ist so komisch.«

»Das Gefängnis? Ja, das ist ziemlich komisch.«

Sie stellte ihm ein paar Fragen, aber er antwortete bloß einsilbig oder mit einer Geste, die Handkante schwang hin und her, wie in einem Luftzug. L hatte den Eindruck, dass sie ihn langweilte, traute sich aber nicht, das Thema zu wechseln; wenn jemand im Gefängnis saß, war man es ihm schuldig zu fragen, ob er es aushielt, ob es nicht zu hart war. Sie bohrte ein wenig nach, ohne zu wissen, ob sie es für ihn machte oder weil sie sich sagen wollte, dass sie für ihren Teil tat, was getan werden musste. Schließlich meinte Elias, er habe nicht viel zu erzählen. Er spielte nichts herunter, versuchte nicht, L irgendetwas zu verheimlichen, um sie nicht zu beunruhigen, aber ihm fiel ganz einfach nichts ein, was er vom Gefängnis hätte erzählen sollen. Es eignete sich nicht recht als Erzählstoff. Es war eine extreme Erfahrung der Passivität. Manchmal kam ihn ein Wärter holen, und er verließ seine Zelle, um an einer Aktivität oder am Hofgang teilzunehmen, doch anderswo im Gefängnis machte jemand in diesem Moment das Gleiche, es gab »Bewegung«, also blieb er vor einer Gittertür stehen und wartete, dass jemand, den er nicht sah, irgendwo hineinging oder herauskam. Das konnte lange dauern, so lange, dass der Wärter ihn schließlich wieder umkehren ließ. Und es gab doch keine Aktivität, keinen Hofgang, nichts mehr. Elias sagte, es falle ihm schwer, Tätigkeiten voneinander abzugrenzen, oder sogar Tage. Der Wetterbericht half etwas, weil sie hier alle auf das kleinste Anzeichen für Regen lauerten, voller Angst, dass man sie nicht in den Hof lassen würde. Einer der Häftlinge war vergangenen Monat auf dem nassen Boden ausgerutscht und hatte sich den Kopf aufgeschlagen. Seitdem ließen die Wärter sie an Schlechtwettertagen ungern hinaus. Elias hatte noch nie so genau auf den Himmel geachtet, und dabei war er ihm noch niemals so fern gewesen; hinter dem kleinen, vergitterten Fenster gab es nicht mehr als ein winziges Himmelsrechteck, und das vermaß er in jedem Augenblick. Ihm fiel nichts ein, was er ihr sonst erzählen könnte. Alles verlor sich im Lärm, immer, ein dichter Lärm, pausenlos. Es war wie akustischer Nebel, der die Formen verhüllte, ein Gemisch aus Schreien, Schritten, Metallgeräuschen, beschissener Musik – und hier wurde Elias plötzlich munter –, wirklich das Schlimmste vom Schlimmen, absolute Kackmusik, die aus den Zellen drang und zu einem derart widerlichen Klangbrei verschmolz, dass er manchmal losschrie, er auch, nur um das nicht mehr mit anhören zu müssen.

»Wenn ich hier rauskomme, weißt du, was ich dann gern machen würde? In die Wüste gehen. Und mich an der Stille besaufen.«

L dachte, dass sie vielleicht ruhig sein, für ihn im Besuchszimmer eine winzige Wüste erschaffen müsste. Aber sie hatte nur fünfundvierzig Minuten, und es gab so vieles, was sie ihn fragen wollte. Sie begann, ihm von den Nachrichten zu erzählen, dann dachte sie, dass sie wahrscheinlich besser mit den Männern in Schwarz angefangen hätte. Aber vielleicht auch nicht. Sie war verwirrt, und sie bemerkte, wie sich Elias' Gesicht mit jedem abgebrochenen Satz, zu dem sie als Erklärung ansetzte, weiter verdüsterte. Das Lehmbraun seiner Augen changierte in ein bleiernes Gewittergrau. Sie sprach über das Forum, aus dem sie nach der Verhaftung ausgeschlossen worden war, sie sprach über den Dönerladen unten bei ihnen im Haus, wo sich ein Mann hingesetzt hatte, um Pommes zu essen, und das war bis dahin noch nie passiert, war das nicht komisch, und vielleicht hieß dieser Typ NoLogo oder Kaos, oder vielleicht hatte das auch gar nichts miteinander zu tun, aber sie spürte, dass da etwas vorging. Sie müsse wissen, sagte sie, ohne Elias dabei anzusehen, ob er jemandem im Drinnen von ihr erzählt habe und ob er auch von dem Angriff erzählt habe. Sie müsse wissen, ob er eine Idee habe, wer diese Männer seien, die sie so eindringlich beobachtet hätten, oder woher die Nachrichten kämen. Sie hatte sie auf einem Zettel notiert. Elias musterte ihn einige Sekunden mit ratlosem Blick. Er hatte keine Ahnung, wer sie verschickt haben könnte: NoLogo, Kaos, das sagte ihm nichts. Namen änderten sich zu schnell. Der Verweis beider Avatare auf Naomi Klein war eindeutig, aber das half ihnen nicht weiter: Alle im Drinnen hatten Naomi Klein gelesen oder gaben es zumindest vor. Er reichte ihr den Zettel mit machtloser Grimasse zurück, aber sie legte ihn zwischen sich und ihn, genau in die Mitte, um zu zeigen, dass das Thema noch nicht beendet war. Das Besuchszimmer war winzig, und sie hatten nichts als die Tischfläche, um sich zu bewegen, nichts als die Tischfläche, um ihre Augen darauf zu richten und den Blickkontakt zu meiden, die Trennwände waren zu nah, man konnte sie nicht geistesabwesend anstarren. L fiel das Atmen schwer. Sie bat Elias, sich anzustrengen, das sei wichtig, es mache ihr das Leben zur Hölle, und außer mit ihm könne sie mit niemandem darüber sprechen, niemandem vertrauen.

»Und mir vertraust du?«

»Natürlich.«

»Ich hatte den Eindruck, du beschuldigst mich gerade, dass ich dich an einen Mitwisser verraten habe, oder was weiß ich, aber da liege ich wohl falsch.«

Er hatte wieder diesen verächtlichen Tonfall drauf, den

er anschlug, wenn er im Internet Dickichte aus mannigfaltigen Verschwörungen aufblühen sah. Eigentlich hatte *er* die Regel aufgestellt, wonach sie Ersatztheorien zurückweisen mussten, die einem das Drinnen für jegliche offizielle Version anbot. Dinge auf eine bestimmte Art infrage zu stellen und immer wieder anzuzweifeln ist notwendig, sagte er, aber nicht, wenn es den obskuren Wahnvorstellungen jedes x-beliebigen Verreckers Tür und Tor öffnet. Elias hatte Verschwörungstheoretiker schon immer gehasst, vor allem die, die in Bilder hineinzoomten und verschwommene Details rot oder gelb umkringelten, als würde das irgendetwas beweisen, obwohl sie die Fotos bloß bunt anmalten.

»Ich versuche das ja nur zu verstehen«, murmelte L.

Elias entspannte sich. Mit einem Finger befreite er die in seiner Brille verfangenen Haarsträhnen und las die Nachrichten noch einmal durch. Seine zu langen Haare erinnerten L daran, dass Elias auch hinter Gittern weiterwuchs, wie die Balkonpflanzen, um die sie sich nicht mehr kümmerte. Es gab dieses überbordende Leben, das sich stets erneuerte. Die Festnahme hatte überhaupt nichts angehalten.

»Das könnte auch irgendein Schwachsinn sein, weißt du. Nichts deutet darauf hin, dass es dabei um mich geht. Vielleicht nimmt der Fanclub von Assange Kontakt zu dir auf.«

Sie warf ihm ein schwaches Lächeln zu, war kurz davor, ihn zu fragen, ob er die Gerüchte gehört habe, denen zufolge die ecuadorianische Botschaft den Gründer von WikiLeaks vor die Tür setzen wolle, biss sich auf die Zunge, um nicht genau jetzt die hundertste Diskussion über Assange anzufangen, die Stunden dauern würde oder vielmehr zweiundzwanzig Minuten, alle Zeit, die ihr noch blieb.

»Du glaubst, das ist irgendein Schwachsinn.«

Er kniff die Augen zusammen. »Ich möchte es gern glauben. Denn sonst werde ich mich wirklich gefangen fühlen. Wenn du Schwierigkeiten hast und ich, ich bin hier ...«

Sein ganzer Körper wurde von einem nervösen Krampf geschüttelt. L griff wieder nach seiner Hand und umschloss sie mit ihrer, aber Elias zitterte weiter. Die Bewegung hätte sich im Tisch fortsetzen müssen, der ihm die Beine einengte, und wegen der Unbeweglichkeit der Tischplatte erkannte L, dass das Möbelstück am Boden angeschraubt war. Sie umfasste Elias' Hand fester, und nach einigen, langen Sekunden spürte sie, wie sein Körper sich entspannte, nach und nach wieder flexibel wurde.

»Damit hatte ich nicht gerechnet«, sagte Elias, ohne den Kopf zu heben. »Mir war klar, dass das kein angenehmer Besuch werden würde, ich dachte, wir würden verlegen und kühl sein und dass du vielleicht wütend wärst oder ich wütend wäre, weil man nichts mehr vom Leben des anderen weiß, und das ist immer frustrierend. Ein paar Tage hatte ich sogar die Vorstellung, du kommst, um dich von mir zu trennen, nach so vielen Wochen, klingt doch logisch, oder? Wenn ich mir die Szene ausgemalt habe, konnte ich es jedenfalls verstehen. Aber weißt du was? Ich habe nicht eine Minute daran gedacht, dass du herkommst, um mir zu sagen, für dich sei es schwieriger, draußen zu sein, als für mich im Gefängnis. Ich dachte, wir wären uns einig, dass ich die mieseren Karten habe. Scheiße, was ist das für ein Spiel? Was soll der Mist mit diesen Männern in Schwarz? Was erwartest du von mir? Was soll ich dir jetzt sagen?«

Als er die Stimme hob, erschien ein Aufseher auf der anderen Seite der Plexiglastür. Elias und L versicherten ihm mit ein paar hastigen Worten, dass alles in Ordnung sei.

»Da ist ganz schön viel, was du mir über deinen Angriff verschwiegen hast.«

»Und vielleicht ist das der Grund, warum deine Mutter dir jetzt nicht gerade Unterhosen in einer Reißverschlusstasche bringt.«

»Aber …«

»So oder so sollten wir nicht hier darüber reden. Wir sollten überhaupt nicht darüber reden.« Er deutete auf die Überwachungskamera. »Ich hab keine Ahnung, ob das Teil nur Bilder oder auch Ton aufnimmt. Wahrscheinlich beides, weil sie mir mehrmals gesagt haben, ich darf während des Besuchs nicht auf Deutsch mit dir reden.«

»Wirklich schade.«

Zum ersten Mal, seit sie einander gegenübersaßen, lächelte er. L war im Deutschen derart erbärmlich, dass es kaum zu fassen war. Sie hatte zwei Jahre lang versucht, die Sprache zu lernen, setzte aber allen Wörtern, die sie benutzte, immer noch unentschlossen eine Kette aus der/die/das/dem/den voran. Das war umso frustrierender, als Elias sich das Französische vollkommen mühelos angeeignet hatte. Ihm blieb ein Akzent, und manchmal fiel er auf einen falschen Freund, ein Lehnwort aus dem Deutschen oder Englischen, herein, aber er hatte niemals so herumgestammelt wie sie bisweilen. Er hatte nie daran gezweifelt, schien es, dass er sich schon bald tadellos in dieser neuen Sprache ausdrücken würde.

»Entschuldige«, sagte L. »Ich hätte dir gar nicht davon erzählen sollen. Es ist nur … Ich dreh gerade ein bisschen durch. Ich mache alles verkehrt. Ich hab nicht mal einen Minirock angezogen.«

»Hä?«

Sie schüttelte den Kopf, um ihm zu bedeuten, dass es nicht wichtig war, aber er schien zu verstehen.

»Ach das. Gestern hat mir ein Typ erzählt, dass ein Besuch seiner Freundin ausgefallen ist, weil sie ein Kondom dabeihatte und es bei der Sicherheitsschleuse angeschlagen hat. Offenbar hatte sie die falsche Marke gekauft, es gibt auch welche, die keinen Alarm schlagen. Danach wollten die Aufseher sie nicht noch mal durchlassen.«

»Es gibt Mädchen, die einfach Pariser mitbringen?«

»Wir haben noch einiges zu lernen, was?«

Nach ihrem Besuch würde L oft an diesen Satz zurückdenken und sich sagen, wenn Elias ihn geäußert hatte, musste er noch an eine gemeinsame Zukunft mit ihr glauben, und sie würde sich an die genaue Minute zu erinnern versuchen, in der er ihn ausgesprochen hatte, vielleicht war es die zweiunddreißigste gewesen oder die dreiunddreißigste, sicher war sie sich nicht. Zuerst hatte sie ihn gar nicht weiter beachtet. Sie dachte bloß an die Besucherinnen, die im Laufe der Zeit und durch Mundpropaganda ein ausgemachtes Spezialwissen angesammelt hatten, das sich bis auf unterschiedliche Kondomverpackungen erstreckte. Sie sah wieder die kleine, redselige Brünette aus dem Empfangsraum vor sich, die dreimal die Woche herkam. Vielleicht hätte sie sie doch um Rat fragen sollen.

»Hör zu«, meinte Elias, »ich werde nicht bis zur Verhandlung hierbleiben, sagt mein Anwalt. In ein paar Monaten komme ich sicher frei.«

»In ein paar Monaten?«

»Mhmmm … Vielleicht gehe ich hinterher noch mal rein, falls ich zu mehr gesentenced werde.« Der Anglizismus verlieh seinem Satz eine zusätzliche, unbeholfene Schwere. »Bis dahin musst du noch durchhalten. Und ich auch. Dann wird alles gut, okay?«

L lächelte, und Elias lächelte zurück. Sie küssten sich erneut, länger als beim ersten Mal. L spürte, wie trocken seine Lippen waren, die aufgesprungene Haut schrammte über ihre, ein Gefühl wie von knittrigem Papier, und dahinter, mit etwas Geduld, die Wärme von Elias' Mund, die schließlich zu ihr durchdrang, und sogar sein pulsierendes Blut. L ließ ihre Zungenspitze zwischen Elias' Lippen gleiten, beinahe verstohlen, um sich zu beweisen, dass es möglich war, und er öffnete sie ein bisschen, also machte sie es noch einmal, und er dann auch, nahm die Zähne dazu, biss sanft in Ls Unterlippe, legte die Hand an ihren Hals und ließ sie zu ihren Brüsten wandern, und in diesem Moment wirkte es überhaupt nicht mehr albern, im Minirock zu kommen oder daran zu denken, die richtigen Kondome zu kaufen; sobald der Körper erwachte, schien es sogar das einzig Richtige. Als der Wärter kam, um anzukündigen, dass ihnen nur noch wenige Minuten blieben – was er nicht auf diese Art ausdrückte, die akzeptabel gewesen wäre, sondern mit viel peinlicheren Worten, indem er vergnügt »Zeit, Auf Wiedersehen zu sagen!« zu ihnen hereinrief, als würde er L am Ende eines Geburtstagskaffees bei einer Freundin abholen –, flüsterte L Elias zu, dass sie vor ihrem nächsten Besuch Nachforschungen zu den stillsten Orten der Erde für ihn anstellen würde. Er schien vergessen zu haben, warum sie das sagte, die Augen trüb, der Körper vollkommen regungslos, durch den Satz des Wärters erstarrt. Dann meinte er: »Du musst keine Angst haben.«

L antwortete mit einem Nicken, das besagte, dass dies durchaus denkbar war: die Angst abstellen, klar, wenn sie hier rausginge, würde sie nicht länger überall ringsum Ausschau halten, sie würde weder in dieser Nacht noch in den Folgenächten Albträume haben, in denen sie sich in einem dunklen Park verlief und auf das Knacken der Äste lauschen musste, um abzuschätzen, wie weit ihre Verfolger noch von ihr entfernt waren, klar, dieser Satz war beruhigend, Elias konnte sie beruhigen. Als er aufstand, küsste er sie auf die Wange.

»Du musst auch nicht mehr wiederkommen.«

Sie meinte, sich verhört zu haben. Sie wollte glauben, dass Elias sich in einer französischen Verneinung verheddert hatte. Es war unmöglich, dass er diese Wörter soeben ausgesprochen hatte, und später würde sie ausrechnen: in der vierundvierzigsten Minute, also zwei oder drei Minuten, nachdem sie aufgehört hatten, sich zu küssen, und elf oder zwölf Minuten nach dem Satz, an den sie sich klammerte, um weiter glauben zu können, »wir haben noch einiges zu lernen«, obwohl die zeitliche Abfolge nahelegte, dass er vom nachfolgenden ausgelöscht wurde, den Elias auch gleich noch einmal wiederholte: »Ich will nicht, dass du wiederkommst. Ich komme bald hier raus. Es hilft mir nicht, dich hier zu sehen. Und dir hilft es auch nicht. Ich will, dass du das Gefängnis vergisst. Du musst dir einfach nur vorstellen, dass ich eine Weile im Ausland bin, okay?«

»In Deutschland?«

»Genau. In Deutschland.«

»Aber ich habe keine Ahnung von Deutschland.«

»Vom Gefängnis hast du auch keine Ahnung, L. Und wenn du dir schon was vorstellst, ist es mir lieber, du stellst dir Deutschland vor.«

Der Informationsausschuss zur Cyberabwehr, an dem der Abgeordnete beteiligt gewesen war, stellte seinen Bericht vor. Die Wörter »universell«, »global«, »Simultanität« und »Abstraktion« tauchten immer wieder darin auf, ebenso »ständige Fortentwicklung«, »aufgehobene Distanzen«, »menschliches Handeln«. Wie Antoine erwartet hatte, gab es sechs Bezugnahmen auf »Science-Fiction«, ohne dass die Berichtenden einen bestimmten Autor, ein Werk oder einen Film genannt hätten. Es gab einige apokalyptische Sätze wie »das Digitale hat die Welt verschlungen« (offensichtlich ein Zitat) und dann, in ernstem Tonfall, »wir sehen uns einer polymorphen, totalen Bedrohung gegenüber«.

Antoine hatte L an dem Abend in der Bar nicht angelogen: Der Abgeordnete verstand rein gar nichts von Netzsicherheit, wollte auch nichts verstehen, und er schlief während einer Unterredung mit einem Vertreter der nationalen Agentur für IT-Sicherheit sogar ein, an einem langen Tisch mit einem Hahnenkamm flexibler Mikrofone. Die Anwesenheit der liberalen LREM-Abgeordneten in der Kommission, die vor ihrer Wahl, also bis vor Kurzem, »in der IT« gearbeitet hatten, ärgerte ihn. Er fand, statt ihren Kollegen begreiflich zu machen, worum es ging, würden diese Eintagsparlamentarier ihre Fachkenntnis im Gegenteil dazu nutzen, einen Graben zwischen sich und den »Berufspolitikern« zu ziehen, und in einer absichtlich unverständlichen Sprache mit den verschiedenen Diskussionspartnern plaudern. Er sei aus Protest eingeschlafen, behauptete er. Dennoch hatte er Antoine gebeten, ihm ein paar Sätze vorzubereiten, die er aufgreifen könnte, sollten sich gewisse Kollegen nach Präsentation der Ergebnisse an ihn statt an die zwei Referenten wenden.

Antoine dachte an das Ende von Ls Mail, das dazu aufrief, jeder solle an den Grundbausteinen des Internets mittüfteln, statt sich mit einer oberflächlichen Bedienung zufriedenzugeben, und er empfahl dem Abgeordneten, sich auf das Thema digitale Bildung zu konzentrieren. Zum Beispiel könnte er die Notwendigkeit einer Lehramtsprüfung für Informatikunterricht hervorheben, mit dem Ziel, die Technikkurse an den weiterführenden Schulen schon bald durch Programmierunterricht und Grundlektionen in Onlinesicherheit zu ersetzen – von vielen beharrlich als »Digitalhygiene« bezeichnet, ein Begriff, der Antoine abstieß. Dem Abgeordneten gefiel die Idee von Cyberunterricht nicht. Für ihn beschwor sie Schulklassen im Halbdunkel herauf, wo pickelige Teenager *Star Wars* guckten, ein Titel, der weitere ins Halbdunkel getauchte Räume erstehen ließ, unendlich viel größere Räume, die von völlig grotesken Kino-Ungeheuern durchstreift wurden, mit obszönen Latexauswüchsen anstelle von Nase oder Oberlippe und mit Stirnen wie aufgegangene, krustige Brotlaibe. Diese Vision behielt er für sich, bat Antoine jedoch, einen anderen Ansatz zu wählen. Gerade jetzt sprach er beim Verlassen des Saals darüber, dass man zwingend eine staatlich verwaltete Cloud schaffen müsse, einen Datenspeicher, der sich auf nationalem Boden befinde, denn es verberge sich Konkretes und Stoffliches hinter all diesen Begriffen, die mit »Cyber-« anfingen, insbesondere gigantische Festplatten, die aktuell an x-beliebigen Orten vor sich hin rödelten, und einige enthielten sensible Daten, die man dort nicht unbedingt als sicher verwahrt betrachten könne. Kurz, schloss man allenthalben nach Vorstellung des Berichts, Frankreich bekräftigte seinen Sonderweg, nämlich die staatliche Vormacht bei Entwicklung und Speicherung ebenso wie bei der Wahrung von Recht und Ordnung. Auch im Internet wollte der Staat sein rechtmäßiges Gewaltmonopol nicht aufgeben. Während die Vereinigten Staaten in Betracht zogen, Privatfirmen die virtuelle Ahndung von Vergehen zu übertragen, wiederholte die Kommission ihre Überzeugung, ein »digitaler Wilder Westen« werde keinesfalls für höhere Netzsicherheit sorgen.

Von dem Stuhl, auf dem er darauf wartete, dass der Abgeordnete seine Gespräche beenden würde, sah Antoine die Saaltür nicht, vor der sein Arbeitgeber stand. Der Gang machte eine Biegung, und Antoine saß dahinter. Er nahm bloß Schatten wahr, die auf einen Teil der hellen Wand fielen. Der des Abgeordneten war besonders klar umrissen, denn seine Frisur saß stets perfekt, ebenso wie der Knick seines Hemdkragens. Antoine betrachtete den Schatten und vernahm die Stimme, die von ihm selbst eingeflüsterte Worte sprach. Er hatte das Gefühl, der Marionettenspieler zu sein. Er war nicht das Mädchen für alles, nein, er war der Demiurg, und die Kopie war der andere. Er ließ sich zurücksinken, spürte, wie die biegsame Stuhllehne unter seinem Gewicht nachgab, und legte mit halb geschlossenen Lidern den Kopf an die Wand.

Er dachte an L – aber er nannte sie dabei nicht L. Er war sicher, dass es der Anfangsbuchstabe ihres Namens war, ohne dass er es hätte erklären können, und im Geiste ging er eine Reihe von Vornamen durch, von denen keiner passte: Leïla, Louisa, Laure, Leslie, Lara, Laetitia … Niemand aus der Kommission für Cyberabwehr hatte L befragt. Niemand heute im Saal hatte den blassesten Schimmer, was sie oder Leute wie sie im Drinnen taten. Und dennoch schlugen die Abgeordneten Internetgesetze vor, Erweiterungen, Neufassungen. Wegen ihrer Gesetze war Ls Freund vielleicht im Gefängnis gelandet. Seit Guillaumes vertraulicher Mitteilung hatte Antoine sich mehrmals auszumalen versucht, wer dieser Typ sein könnte. Er stellte ihn sich immer nur im Lichtschein eines Computerbildschirms vor – ein Bildschirm, auf dem eine Folge neongrüner Zeilen abschnurrte, die sich, hätte Antoine den Ursprung des Bildes zurückverfolgt, als eine ferne Erinnerung an *Matrix* erwiesen hätten –, sodass er kaum dessen Gesichtszüge und die Umrisse des großen, schmalen Körpers ausmachen konnte, eckig wie der von L. Der Unbekannte war bloß eine Silhouette und ein Schatten, und dennoch nahmen dieser Schatten und diese Silhouette in Antoines Augen bereits zu viel Raum ein. Er brachte sie zum Verschwinden, indem er sich sagte, dass dieses Bild trotz der vom Halbdunkel geraubten Einzelheiten völlig falsch sein konnte. Nichts deutete darauf hin, dass Hacker sich, wie Unzertrennliche, bloß mit ihresgleichen zusammentaten und entzückende Zwillingspaare bildeten. Er dachte daran, dass er noch immer nicht auf Ls E-Mail geantwortet hatte. Auch nach mehrmaligem Durchlesen hatte er keinen Aufhänger gefunden, um etwas Geistreiches zu erwidern und L vorzuschlagen, zusammen was trinken zu gehen. Und außerdem fand er die vielen lächelnden und zwinkernden Smileys peinlich, die kreuz und quer über ihren Text verteilt waren, obwohl L selbst selten lächelte und er sich schlecht vorstellen konnte, wie sie ihm zuzwinkerte. Er wusste nicht, wie er mit dieser Komplizenschaft umgehen sollte, hatte keine Ahnung, ob sie eine neue Herzlichkeit in ihrem Verhältnis bekundete oder bloßer Automatismus war. Und was die Kuh am Ende der Nachricht betraf: Die hatte ihn beinahe zur Verzweiflung getrieben – niemand konnte einen Wiederkäuer mit einem Verführungsversuch in Verbindung bringen. Er hatte sich nicht einmal die Mühe gemacht, die von L angeregten Recherchen anzustellen, weil die Kuh ihm als eindeutiges Hindernis erschien. Jeder Tag, der verstrich, machte eine lockere, fröhliche Antwort seinerseits schwieriger, er müsste sich erst für die Verzögerung entschuldigen oder sich erklären. Vielleicht könnte er zurückschreiben, um ihr die Ergebnisse des Berichts zur Cyberabwehr mitzuteilen? So verstünde L, dass er wegen seiner Arbeit nicht zum Antworten gekommen war. Aber wollte er denn, dass sie ihn für einen Menschen hielt, der wegen seiner Arbeit nicht antwortete?

Sie gingen zum Palais Bourbon, um das Ende der Kommission zu feiern, die der Abgeordnete als besonders beschwerlich empfunden hatte. Normalerweise waren die braunen Samtbezüge der großen Sessel von einer Weichheit, die Antoine entzückte, in die er sich gern so tief wie möglich hineinsinken ließ, aber an diesem Tag bemerkte er eine Eigelbschliere auf der linken Armlehne. Die glänzenden Härchen des Stoffs waren verklebt und rund um den Fleck verhärtet, sie wirkten feindselig und lächerlich zugleich. Antoine wagte nicht, darum zu bitten, dass sie wegen eines winzigen Stückchens schmutzigen Stoffs den Tisch wechselten, und doch konnte er nicht davon absehen, er rückte auf seinem Platz nach rechts und bemühte sich, den Abgeordneten nicht aus den Augen zu lassen, die Schieflage seines Körpers zu überspielen. Beinahe streifte sein Kopf den riesigen Strauß weißer Lilien und Baumwollblüten, der die Saalmitte zierte.

Der Abgeordnete dankte ihm mehrmals für die geleistete Arbeit. Der Abgeordnete dankte seinen Assistenten immer, und es hätte ein beachtliches Zeichen seiner Wertschätzung sein können, hätte er nicht so äußerst deutlich gemacht, dass er es tat, weil er wusste, dass es sich gehörte. Oft fragte er: »Ich habe Ihnen doch schon gedankt, oder?«, im gleichen Tonfall, in dem er auch gesagt hätte: »Ich habe doch wohl nicht mein Handy drinnen liegen lassen?«

Sie bestellten eine Flasche Wein aus Corbières, und da die Nachbartische ausnahmsweise einmal leer waren, schlug der Abgeordnete vor, zusammen die Änderungsanträge durchzugehen, die er am Folgetag einreichen musste. Antoine zog eine Mappe aus seiner Tasche, und über die Dokumente gebeugt formulierte der Abgeordnete Neuformulierungen neu, regte Raffungen innerhalb von Raffungen an. Änderungsanträge waren editorische Feinarbeit, bei der man nie vergessen durfte, dass jedes Wort eine oder mehrere Bedeutungen hatte und zukünftig auf fatale Weise ausgelegt werden könnte, sofern man seinen Sinn nicht in das Korsett anderer Wörter einschnürte, die es davon abhalten würden, auszuweichen und sich noch in den kleinsten Freiräumen auszutoben. Bloß dass diese anderen Wörter sich ihrerseits als tückisch erwiesen und Schlupflöcher im vorgeschlagenen Gesetzestext eröffnen konnten, also musste man neue Befestigungen errichten und dafür den Mörtel weiterer Wörter benutzen, die sich ihrerseits …

»Sie sind nicht ganz bei der Sache, Antoine. Tut mir leid, eine so abgedroschene Floskel zu benutzen, aber Sie sind nicht ganz da. Quält Sie noch immer das Schreiben? Kommen Sie nicht weiter?«

Antoine zögerte, ihm den Eierfleck zu zeigen und den seltsamen Ekel einzugestehen, den dieser in ihm erregte. Lieber ergriff er die vom Abgeordneten gebotene Gelegenheit, über Schriftstellerei zu sprechen. Sein Arbeitgeber war der Einzige, der sich nach seinen Fortschritten erkundigte (wenn man einmal von der Assistentin von Clisset und Haume absah, die ihm in der Vorwoche eine Mail geschrieben und ihn daran erinnert hatte, dass die beiden Verleger noch immer auf sein erstes Kapitel warteten). Er gab zu, dass er nicht weiterkam, nein, kein bisschen. Es war verrückt, so überhaupt nicht weiterzukommen, wo er doch ein Thema hatte, eine vierteilige Gliederung, Figuren, dramatische, brennende Fragen und sogar einen Bären, der ihm eine komische Szene garantierte.

»Wo stehen Sie denn genau?«

Als Antoine »nirgends« antwortete, wischte der Abgeordnete seine Antwort fort, als könnte das nur bescheidene Koketterie sein. Für ihn schien das von Antoine zu schreibende Buch etwas zu sein, das bereits irgendwo existierte und dessen Antoine sich bloß noch erfolgreich zu bemächtigen brauchte, er wirkte nicht sonderlich beunruhigt, überschüttete Antoine mit praktischen Ratschlägen: früh aufstehen und im Morgengrauen schreiben zum Beispiel. Doch Antoine wusste, dass die Sache komplizierter war. Es würde kein Buch geben, solange er es nicht zu

Ende schrieb, allerhöchstens waren da Versuche oder Träume des Buches, die leicht wieder ins Nichts zurückkehren konnten, aus dem sie eben erst erstanden waren. Das versuchte er dem Abgeordneten zu erklären, war jedoch etwas verwirrt und entdeckte in den Augen seines Vorgesetzten, hinter dem strengen Strich des Brillengestells, so etwas wie Mitleid. Er hielt mitten im Satz inne und schenkte sich mit zorniger Geste Wein nach, sodass ein paar Tropfen auf den Änderungsantrag fielen.

»Vielleicht sind Sie ja … Wie soll ich sagen? Ja, wie sagt man das? Eine Schulpersönlichkeit, Antoine. Vielleicht sind Sie im tiefsten Innern ein Schüler. Und unter diesen Voraussetzungen können Sie nichts erschaffen. Sie können bloß lernen. Das ist auch etwas sehr Schönes, lernen. Sie sollten aufhören, genau das zu ersehnen, was Sie nicht leisten können.«

Antoine wusste nicht, ob er ihm für diese Analyse danken oder ihm vorschlagen sollte, ihn am Arsch zu lecken. Er fand es erstaunlich, dass er tatsächlich zwischen diesen zwei Möglichkeiten schwanken konnte, die sich gänzlich zu widersprechen schienen.

L jagte immer geradeaus, den Schal bis über die Nase gezogen. Die Luft stank nach Tränengas und Rauch. Es drang durch die Maschen des Stoffs und kratzte ihr im Hals, dörrte ihren Mund aus, stach in den Nasenlöchern, brannte in den Augen. Auf den Champs-Élysées musste heftig rumgeballert werden, Gasgranate für Gasgranate, damit man es bis hierher merkte. L war versucht, einen Umweg zu fahren, aber sie war bereits spät dran. Und außerdem fürchtete sie, dass ihre reine Anwesenheit ausreichen könnte, um vorläufig festgenommen zu werden. Zwei Wochen zuvor hatte Emmanuel Macron verkündet: »Wenn man an gewalttätigen Demonstrationen teilnimmt, macht man sich des Schlimmsten mitschuldig.« Dem Geruch nach zu urteilen, war das da hinten keine friedliche Demonstration, und L hatte keinen Bedarf an einer neuen, zusätzlichen Mitschuld.

Sie strampelte, so schnell sie konnte, zur Porte de Vanves, wo sie mit Fatou verabredet war, offenbar wegen eines Notfalls. Fatou war die Einzige, mit der L während ihrer Zeit bei Zara gesprochen hatte. Sie war froh, dass diese Zeit von vornherein *befristet* gewesen war: Der Job war Bullshit, und sie merkte, wie sie mit jedem Tag frauenfeindlicher wurde. Wenn Frausein hieß, wie ihre Kolleginnen zu sein, konnte man ihren Namen gern gleich von der Liste streichen, denn so würde L niemals werden. Was die anderen »weiblich« nannten, nannte L verschwendete Zeit und rausgeschmissenes Geld, und sie hätte sich darüber lustig machen können, wäre nicht andauernd versucht worden, jedefrau zu dieser Weiblichkeit zu bekehren (L dachte »zu kolonisieren«), hätte man sie einfach mit ihrer eigenen Art des Frauseins in Ruhe gelassen. Doch ihre Kolleginnen ließen ständig Bemerkungen zu ihrer Größe fallen, zu ihren spröden Haaren, ihren kurzen, unlackierten Fingernägeln, ihrer Kleidung, ihrer Art, sich zu bewegen und zu sprechen. Für L war schon nach wenigen Tagen klar, dass man die anderen allesamt in die Tonne kloppen konnte. Alle außer Fatou. Einmal nahm der Vorgesetzte L wegen ihres Verhaltens gegenüber den Kundinnen beiseite (sie lächelte nicht genug) und erklärte ihr, honigsüß und erniedrigend, dass man hier eine bestimmte Vorstellung von Schönheit und Eleganz verkaufe und dass sie sich dem anzupassen habe. Die anderen Verkäuferinnen wandten den Blick ab und lachten unauffällig, froh, dass man sie in dem bestätigte, was sie einander längst zuflüsterten: L verkörperte weder Schönheit noch Eleganz. Doch Fatou protestierte mit hinreißender Naivität und meinte: »Mal im Ernst, Schönheit, Eleganz, das ist jetzt ein bisschen dick aufgetragen, hä? Hier gibt's billige, nicht besonders schöne Imitate von irgendwelchen Designerklamotten, die sich keiner leisten kann.« Der Vorgesetzte lief tiefrosa an und schluckte mehrmals. Fatou redete weiter, als wäre sein Schweigen eine Ermutigung: »Die Mädchen, die hier reinkommen, sind entweder so arm, dass sie glauben, das hier wäre Luxus, und wenn wir sie dann von oben herab behandeln, ist das ganz schön arschig von uns, und es gibt sogar welche, die sind so eingeschüchtert, dass sie gleich wieder umdrehen, wenn wir fragen, wonach sie suchen; oder die Frauen sind reich genug, um woanders einzukaufen, und die wollen nur schnell irgendein günstiges Basic und finden's lächerlich, wenn wir einen auf schick machen, weil sie echte Designerläden kennen und so. Also sorry, aber ich glaub nicht, dass es irgendeinen Unterschied macht, ob sie lächelt oder nicht, wir sind doch vor allem hier, um die Klamotten wieder ordentlich zusammenzulegen und abzukassieren.« An jenem Abend waren sie zusammen etwas trinken gegangen und hatten sich ihre Lebensgeschichten erzählt – Geschichten armer junger Frauen, die eine schwarz, die andere arabisch, die ihren Anfang in entlegenen Vororten nahmen, weit draußen an der RER-Strecke, und in diesem Punkt glichen ihre Erzählungen einander, obwohl Fatou und L auf den ersten Blick wenig gemeinsam hatten. Nach mehreren Stunden waren leere Gläser und Teller kreuz und quer über das winzige Tischquadrat verteilt, und darüber zwei gesenkte Köpfe, die Gesichter vom schnellen Sprechen verzerrt, und vier Hände, die gegen das Geschirr stießen, wenn sie rasch zum Aschenbecher hinüberzuckten. Fatou war lustig, und trotzdem war sie auch traurig, zwei Gründe, aus denen man sie gernhaben musste, fand L.

An diesem Morgen hatte sie nur mühsam aus dem Schlaf gefunden, und richtig aufgewacht war sie erst um 14 Uhr. Dass sie noch immer glaubte, es sei Morgen, zeigte deutlich, wie tief sie noch im Nebel steckte. Wenn sie sich beeilte, würde sie es mit zehn Minuten Verspätung zu Fatou schaffen. Das war wichtig, denn Fatou musste anschließend ihren Kleinen bei einem Freund abholen. Die Welt, in der Fatou lebte, erlaubte keine Verspätungen. Ihr

Job zwang sie, pünktlich zu sein, die Schule zwang sie, pünktlich zu sein, ihr Sohn, die Eltern anderer Kinder und ihr Ex zwangen sie ebenfalls, pünktlich zu sein. Leider war Fatou für diese Welt der Pünktlichkeit nicht gemacht. Sie schaffte es, sich zu fügen, aber stets nur unter schrecklichen Anstrengungen, und je pünktlicher sie war, desto nervöser und müder wurde sie.

Fatous beunruhigtes Raunen war das Erste gewesen, das den Weg auf Ls Anrufbeantworter gefunden hatte. Seither kehrte es immer wieder, in regelmäßigen Abständen, schlüpfte zwischen die Anrufe von Unbekannten, *ich bin's wieder,* und die Besorgnis war hinter ihrer Verlegenheit kaum noch auszumachen, weil es schon ihre zweite, fünfte, zehnte Nachricht dieser Art war. L hatte ihr mehrmals geraten, sich an Salma zu wenden. Manchmal unterstützte Grenade(s) Frauen, die gegen ihre gewalttätigen Ehemänner vorgingen, auch wenn es nicht das Hauptbetätigungsfeld des Vereins war.* Fatou erwiderte, dass sie es beim nächsten Mal tun werde, mal abwarten, *er* würde sich vielleicht beruhigen, *er* hatte es versprochen. *Er* beruhigte sich nie. Fatou rief wieder bei L an und beteuerte

---

* L hatte nie ganz begriffen, worin das Hauptbetätigungsfeld von Grenade(s) bestand. Salma nannte eine Vielzahl eindrucksvoller Aktionen, stellte aber jedes Mal klar: »Das ist natürlich nicht unser Hauptbetätigungsfeld.« Was auch immer das Kerngeschäft des Vereins gewesen sein mochte, als Salma es sich ausdachte, L vermutete, dass es in Wirklichkeit in kürzester Zeit durch die vielfältigen Probleme, Hindernisse und Diskriminierungen geschluckt worden war, denen sich die Frauen, die Grenade(s) kontaktierten, gegenübersahen, und diese Anliegen machte sich Salma mit halsstarrigem Mut zu eigen. Jeden Monat, oder fast jeden Monat, verkündete sie, dass »der Feminismus in Wahrheit für …« kämpfe, und stets tauchte ein neues Wort auf, durch das sich neue Fronten auftaten, aber nie schien Salma bereit, sich aus der Schlacht zurückzuziehen.

jedes Mal, wie sehr sie sich schäme schäme schäme. L
sagte ihr, dass es nicht ihre Schuld sei, dass sie gar keine
Chance habe (an den zweiten Teil des Satzes glaubte sie
nicht, aber sie wusste, dass Fatou daran glaubte und dass
sie den ersten Teil nur deshalb anhören konnte). Fatou
hatte ein Kind mit einem Vollpfosten gezeugt, der ein gewisses Talent fürs Programmieren hatte. Solche Typen waren die Pest: Sie saßen zwischen zwei Stühlen, zu schlecht,
um im Drinnen wirklich dazuzugehören, und zu stolz auf
ihre paar erlernten Befehle, um sie nicht einzusetzen und
andere damit fertigzumachen.

»Worum geht's diesmal?«

Technisch war es ein Witz, aber in seiner Schäbigkeit
hatte der Vollpfosten sich selbst übertroffen. Er hatte einen
Pornofilm gephotoshoppt und Fatous Gesicht hineinge-
schnitten. L musste eine Viertelstunde herumdiskutieren,
bis sie das Video ansehen durfte, und außerdem versprechen, den Ton abzustellen. Während der zwei Minuten
und siebenundvierzig Sekunden des Clips wiederholte
Fatou ununterbrochen, dass sie sterben werde, ich schwör's
dir, ich fall gleich tot um, hier und jetzt, und sie näherte
sich immer wieder dem Bildschirm und zuckte dann zurück, fuhr sich mit der Hand über das kurz geschnittene,
beinahe raspelkurze Haar, drehte sich in einer Zimmerecke um sich selbst. Ihre an hochhackige Schuhe gewöhn-
ten Füße berührten den Boden nur mit Zehenspitzen und
trommelten einen leisen Rhythmus aufs Linoleum, fast
wie ein gehetztes kleines Tier. Der Film war gut gefakt,
das musste L zugeben (ohne es Fatou zu sagen), aber er
war immer noch das Werk eines Amateurs, weit von dem
entfernt, was ein *Deepfake* inzwischen konnte. Wollte
man die Schnittränder sehen, fand man sie. In der Mail

zum Video warnte Fatous Ex, dass er die Datei an all ihre Kontakte verschicken würde, sollte sie ihm verbieten, den Jungen an den Wochenenden zu sehen. Er war blöd genug gewesen, die Drohung von seinem eigenen, schlecht gesicherten Postfach zu versenden. Als L auf »Passwort vergessen?« klickte, teilte der Anbieter ihr mit, dass eine Mail mit einem vorläufigen neuen Passwort an eine Zweitadresse geschickt worden sei, deren Mailprovider ihr – als L erneut angab, ihr Passwort vergessen zu haben – zwei persönliche Fragen stellte, um sie als Besitzerin der Adresse zu identifizieren. Fatou nannte ihr problemlos die nötigen Antworten. L holte sich das Passwort, kehrte zum ersten Postfach zurück und richtete sich dort häuslich ein, wobei sie ihre Einbruchsspuren sorgfältig verwischte. Zwei Stunden später schickte sie dem Vollpfosten, von einem eigens dafür eingerichteten Account, ein Video, in dem er einen Hund in den Hintern fickte (L fand, dass sie bei der Bildmontage recht bemerkenswerte Arbeit geleistet und sein Gesicht perfekt eingefügt hatte), und als einzigen Begleittext die Mailadressen seiner Vorgesetzten. L hätte die Sache sehr viel schneller erledigen können, aber sie wollte einen Hund finden, der dem auf dem Facebook-Profil des Vollpfostens glich, und einen Clip, der nicht zu trashig war, sodass Fatou ihn sich mit ihr angucken konnte. Außerdem hatte sie sorgsam eine Palme aus dem Hintergrund des Originalvideos retuschiert, die im Garten des Vollpfostens eventuell unpassend gewirkt hätte (er wohnte in Malakoff). Vor dem Bildschirm, an L geschmiegt, schüttete Fatou sich nun aus vor Lachen, und ihre Ohrringe flogen wild hin und her. Sie bat L mehrmals, das Video erneut abzuspielen, und sie zog absichtlich ein ernstes Gesicht, nur um diese Maske lustvoll vom

Lachen aufbrechen zu lassen, das sodann ihren ganzen Körper ergriff und ihr die Tränen in die Augen trieb, oh, das ist gut, das ist so was von gut. Es schien sie jedes Mal zu überraschen, dass das Lachen wiederkehrte, dass das Video noch immer zum Wegschmeißen war.

Als L von ihrem Stuhl aufstand, eilte Fatou zu einer glänzenden Handtasche hinüber, um ihr Portemonnaie zu holen.

»Nein. Von dir nehme ich kein Geld.«

Fatou protestierte und wollte L einen Schein aufdrängen, aber die wich zurück.

»Jetzt nimm schon«, beharrte Fatou. »Im Moment sieht's gut bei mir aus, ich hab einen neuen Job. Los, steck schon ein.«

Da L noch immer keine Anstalten dazu machte, änderte Fatou die Taktik und erklärte, sie müsse in ein paar Minuten los, ihren Sohn abholen, sie könne L noch nicht einmal was zu trinken anbieten, sie auch nicht zum Dank zum Essen einladen. Sie komme sich undankbar vor.

»Ich bin sowieso noch mit ein paar Kumpels verabredet«, log L.

»Dann leih dir was zum Anziehen von mir. Du siehst aus wie eine Vogelscheuche.«

»Ich sehe immer aus wie eine Vogelscheuche. Ich würde bloß wie eine Vogelscheuche mit deinen Klamotten aussehen, das bringt doch nichts. Aber du kannst mir einen Gefallen tun.«

Fatous Gesicht hellte sich auf. »Alles, was du willst.«

»Erstatte diesmal Anzeige gegen deinen Ex. Der macht dich fertig, und ich kann immer nur das Schlimmste wieder geradebiegen.«

»Er ist der Vater meines Kindes«, flüsterte Fatou, »da werde ich ihn doch nicht ins Gefängnis bringen.«

In Ls Bauch schien sich etwas zusammenzuballen und dann als Blitz in ihren Kopf emporzuschießen. Sie dachte: Doch, natürlich, da gehört er hin, nichts daran wäre ungerecht, *er* sollte im Gefängnis sitzen. Sie dachte: Außerdem wird man auch gut ohne Vater groß. Sie dachte: Bin ich dafür der Beweis oder der Gegenbeweis? Sie dachte: Es ist nicht Fatous Schuld, sie weiß von nichts, sie hat das nur so dahergesagt, sie kann nicht Bescheid wissen, sie hat das Wort »Gefängnis« gesagt, aber sie weiß von nichts. Die cholerische Zusammenballung in ihrem Schädel lockerte sich ein wenig. Sie verhandelte: »Dann wenigstens eine offizielle Beschwerde.«

Fatou versprach, darüber nachzudenken, während sie das Riemchen am T-Steg ihrer Pumps schloss. L hörte diese verlogenen, mit gesenktem Blick geäußerten Versicherungen nicht zum ersten Mal. Manchmal dachte sie, die beunruhigt raunenden Frauen wollten sie unbedingt bezahlen, um sich ihre Ratschläge nicht anhören zu müssen, um L auf die genaue Aufgabe festzulegen, für die sie gekommen war. Sie konnten ihr Leben genauso weiterführen wie zuvor, nun, da sie sich einen Aufschub erkauft hatten, ein empfindliches Gleichgewicht. Sie hatten nicht die Kraft, auf mehr als *eine* ganz bestimmte Aggression zu reagieren, sie wollten nicht an die denken, die noch kommen würden, und waren unfähig, ihrerseits anzugreifen. Für L waren sie wie winzige zu verteidigende Gebiete, diese Frauen. Sie errichtete Barrieren rund um ihr Leben, und immer wieder musste sie das Terrain neu abschreiten, den Zustand der Umzäunungen kontrollieren, denn auch wenn diese Fleckchen Leben winzig waren, oder gerade

weil sie so winzig waren, nahmen irgendwelche Arsch-
löcher sich das Recht heraus, sie noch weiter zu beschnei-
den. Es war eine Sisyphusarbeit, hätte L gedacht, wenn sie
den Sisyphusmythos gekannt hätte. Es war ein Krampf,
sagte sie sich, als sie wieder auf ihr Rad stieg und Fatou da-
voneilen sah, auf ihren hohen Absätzen, die L jeglichen
Schritt unmöglich gemacht hätten.

Zurück zu Hause, waren ihr sowohl Energie als auch
Lust vergangen, noch eine Runde über die Champs-Élysées zu drehen und nachzuschauen, was gebrannt hatte.
In den 18-Uhr-Nachrichten würde sie die Einzelheiten
ohnehin erfahren. Samstagabends gab es nichts anderes
mehr, Zahlen über Zahlen: Anzahl der Demonstranten
gemäß unterschiedlicher Zählungen, Anzahl geplünder-
ter Geschäfte, Anzahl angezündeter Autos, geschätzter
Schaden.

Am frühen Nachmittag war Antoine auf eine Klima-demo gegangen. Die Stimmung war fröhlich, ruhig, und es war proppenvoll. Jemand schnauzte ihn an, weil er seine Kippe auf den Boden warf, und er musste sich einen Sermon dazu anhören, wie lange Zigaretten-filter brauchten, um in der Natur abgebaut zu werden (tatsächlich zwei Jahre, aber der erzürnte Typ schrie »zehn«, und Antoine traute sich nicht, ihn zu korrigieren). Nach etwa zwanzig Minuten kam er sich inmitten der Oberstu-fenschüler alt vor, zwischen ihren unbekannten Gesängen und welligen Pappschildern voll lustiger Sprüche. Er fand es nicht besonders stilvoll. Tanz, Lieder oder Humor in Demonstrationen einzubringen, das hatte Kraft, sofern die Körper der Demonstranten als der Freude, der Schönheit, dem Lachen entfremdet angesehen wurden, und wenn Antoine sich zum Beispiel die Arbeiterproteste der 1930er-Jahre anschaute, bei denen die Teilnehmer im Chor einen damals bekannten Schlager sangen und dazu ein paar Carmagnole-Schritte andeuteten, musste er weinen. Aber heute, in einem mehrheitlich aus Pariser Jugendlichen bestehenden Demonstrationszug, fügte es den Erwartungen rein gar nichts hinzu, im Gegenteil, es bestätigte sie vollkommen. Es hätte einer anderen Form bedurft, um sich zu befreien, zu überraschen, einen bleibenden Eindruck zu hinterlassen. Die Form, die man seinen Forderungen gibt, dachte Antoine, ist bereits oder ist wiederum eine Forderung – und diesen Satz notierte er sich im Geiste für sein Buch und hoffte, dass er nicht schon zwanzigmal geschrieben worden war. Als Guillaume ihm eine Nachricht schickte, dass er mit den Westen auf den Champs-Élysées sei (Guillaume präzisierte schon lange nicht mehr, dass sie gelb waren, er sagte »die Westen«, als würde er den Vornamen eines bekannten Schauspielers nennen, um seine Vertrautheit zu betonen), beschloss Antoine, die Klimademo bereits vor der Place de la République zu verlassen.

Rund um die Champs-Élysées herrschte eine völlig andere Atmosphäre. Da war Rauch, waren rußgeschwärzte Zeitungskioske und Überreste von aufgegebenen Absperrungen und Barrikaden aus Mülleimern. Die Schaufenster waren mit Sperrholzplatten verrammelt, einige Bretter mit bunten Graffiti-Slogans besprüht, deren Schriftzüge die Allee entlangwogten, *MONATSENDE, WELTENDE.* Anderswo schlugen die hübschen Markisen der Cafés mit ihren weiß-blauen Matrosenstreifen in den Böen, doch auf den Terrassen gab es keinerlei zu beschirmendes Mobiliar mehr. Antoine bewegte sich in Zeitlupe vorwärts und versuchte, unter den Entgegenkommenden Guillaume auszumachen. Eine vermummte Gestalt schlug mit einem E-Roller methodisch auf eine überdachte Bushaltestelle ein. Es war mühsam und wirkte vergeblich, doch nach zwei oder drei Minuten bekam das Glas Risse und fiel schließlich in durchsichtigen Mikrosplittern zu Boden. *HOCH DIE WAND, HOCH DIE WAND, HOCH DIE VANDALISTEN.* Weiter hinten standen sich Gruppen von Demonstranten und Polizisten gegenüber, Geschosse zischten kreuz und quer, und ihre bogenförmigen Flugbahnen verloren sich im beißenden Qualm und zwischen den dicht gedrängten Körpern, sodass man nicht wusste, wo sie niedergingen. Man hörte Pfiffe, Schreie und ein paar Stimmen, die voll Zorn WIR WOLLEN KEINE BULLENSCHWEINE sangen, der Rhythmus zerhackt von beim Skandieren hervorgestoßenen »Wichser«- und »Hurensöhne«-Rufen. Auf einem winzigen Stückchen Straße, einem Viereck von nicht mal einem Quadratmeter, war das Pflaster aufgerissen worden, und die dort aufgehäuften Steine standen jedermann zur Verfügung, der sie werfen wollte. Antoine ging langsam um sie herum, versucht, sich einen zu nehmen, und sei es nur, um das Gewicht in der geschlossenen Faust zu spüren. GUCK AUF DEINE ROLEX, ZEIT FÜR DIE REVOLTE. Ein halb verbranntes Auto entblößte unter der geschmolzenen und aufgebogenen Kühlerhaube einen Teil seines Motors, und obwohl es bloß Plastik und Metall war, hatte der Anblick etwas Organisches, wirkte wie abstoßendes Gekröse. Antoine dachte, dass er sich auch in einer Szene aus *Andrej Rubljow* befinden könnte. Es fehlten die Pferde, aber wohin man auch blickte, herrschte das gleiche Chaos, gab es die gleichen gewalttätigen Gesten, den gleichen Eindruck, weder fliehen noch kämpfen zu können, denn dafür hätte man wissen müssen, wo anfangen, und das war zwischen all den Masken und Helmen, dem Vorstürmen und Zurückweichen, den Sirenen und Warnrufen unmöglich. So etwas hatte Antoine noch nie gesehen. Er fragte sich, ob dieses beispiellose Spektakel Xavier recht gab: Tat sich tatsächlich etwas? *Bewegte* sich etwas? Auf einer Seite der Allee brannte ein Luxusgeschäft, schwarz, ohne sichtbare Flammen, nur eine dunkle

Rauchwolke und Ruß. Einer der Buchstaben des bescheiden über dem Schaufenster angebrachten Markenschriftzugs war geschmolzen und baumelte in der Luft, verbog sich immer weiter unter der Hitze. Antoine starrte diese Schlange aus unbestimmbarem Material benommen an, die sich aufbäumte wie etwas Lebendiges, hinuntersank und dann ein paar Sekunden lang lotrecht und reglos verharrte, als wäre dies ihr Endzustand, bevor sie plötzlich noch einmal erwachte, wie neu entfacht. In den Fenstern der oberen Stockwerke, offenbar eines Hotels, spähten einige Gesichter zwischen den Vorhängen hindurch, vom getönten Glas verzerrt – die Wangen bleich und wie zerquetscht, die Nasenspitzen abgeflacht, in grünlichen Farben.

Ein Feuerwehrwagen kam mit Vollgas angeschossen, und Antoine sprang, aus seinen Gedanken gerissen, zur Seite. Er versuchte, Guillaume anzurufen, bekam aber nur dessen Mailbox ran. Der Lärm um ihn her war zu groß, um eine Nachricht zu hinterlassen. Weiter oben auf der Allee wurden die Demonstranten zurückgedrängt und rückten enger zusammen. Mit den Metallabsperrungen, die ihnen als Schutzschilde dienten, klopften sie auf den Boden. Einige machten bereits auf dem Absatz kehrt und rannten davon, weil sie ahnten, dass ihre Reihen bald nachgeben würden. Von den Polizisten geworfene Tränengasgranaten rollten ihnen zwischen die Füße oder sprangen in unvorhersehbaren, stumpfen Winkeln vom Kopfsteinpflaster ab. Ein von Hustenanfällen geschüttelter Mann taumelte aus einer Gaswolke und bedeutete Antoine, in Deckung zu gehen: »Die schießen wie besoffen, diese Irren. Wie sollten die auch zielen? Man kann ja nichts mehr sehen.«

Sie bogen in eine Querstraße ein und setzten sich zusammen etwas abseits in eine Toreinfahrt.

»Bist du gerade erst gekommen? Dann hast du's also nicht gesehen? Die haben gerade Le Fouquet's abgefackelt.«

»Wer ist ›die‹?«

Der Typ meinte, er wisse es nicht, aber als er bis vorne durchgekommen war, stand da SARKO HAT ALLES KAPUTT GEMACHT auf einer der abgerissenen Sperrholzplatten, und das fand er lustig, o ja, das war ein verdammt guter Witz. Er hustete erneut und spuckte ungeschickt aus, knapp neben Antoines Fuß. Ein Speichelfaden hing ihm von der Unterlippe und schaukelte sanft hin und her. Als er sich wieder aufrichtete, verlor sich das feine Gespinst in seinen Barthaaren. Er fragte Antoine, ob er Milch dabeihabe, er hatte mal gehört, dass das gut gegen Tränengas half, er hätte eben im Fouquet's was mitnehmen sollen, in einem hübschen Stielglas, wie dumm, daran hatte er nicht gedacht. Antoine erwiderte, dass man sich, soweit er wusste, das Gesicht damit abspülen musste, gegen Atembeschwerden brachte es nichts.

»Solltest du nicht noch ein Stück weitergehen? Wo die Luft besser ist?«

In der Gasse, in der sie saßen, war es erträglicher als auf der Hauptstraße, aber Antoine hatte trotzdem das Gefühl, seine Schleimhäute würden von einer fiesen Mischung aus Chilipulver und aggressivem Putzmittel angegriffen. Bei jedem Luftholen brannte und scheuerte das gereizte Fleisch, von den Nasenlöchern bis hinab in die Lunge.

Der andere zuckte die Achseln: »Ist mir egal. Echt, ist mir scheißegal. Das sticht halt heute, aber das tut es auch sonst. Heute weiß ich wenigstens, warum.«

»Was sticht auch sonst?«

»Alles. Ich bin übrigens Bruno.«

»Antoine.«

»Okay, Antoine, wenn's dich nicht stört, dann mach ich mich mal obenrum nackig. Ich hab vorhin 'nen Wasserwerfer abgekriegt. Ich werd und werd nicht trocken.«

Mit Mühe wand er sich aus seinem dicken Pullover und dem T-Shirt, dann, nach kurzem Zögern, zog er die gelbe Weste wieder über: »Falls die mich hopsnehmen, seh ich sonst bloß aus wie ein Nudist.«

Sorgsam strich er die beiden Brustteile der Weste an sich glatt und sah dann mit scheuem Lächeln wieder zu Antoine, besorgt, wie das auf ihn wirken mochte. Die kalte Märzluft machte ihm sofort Gänsehaut. Links auf seinem Oberkörper breitete sich ein rotlila Hämatom aus, eine Ansammlung kleiner, farbiger Punkte, die sich zur Mitte hin verdichteten, bis zu einem tiefvioletten, nahezu schwarzen Fleck.

»Ist das von einem Gummigeschoss?«

»Joah, glaub schon. Oder von einem Pflasterstein, keine Ahnung. Ich hab gerade mit Sachen geworfen und war konzentriert, hab nicht richtig aufgepasst. Und plötzlich spür ich einen fetten Schlag gegen die Brust und klapp zusammen. War das erste Mal.«

»Dass du was abgekriegt hast?«

»Dass ich mit Sachen geworfen hab. Vorher fand ich das bescheuert, sich auf die Art mit den Bullen anzulegen. Du haust drauf, ich hau drauf, wem nützt das denn? Aber heute hat es mich total aufgeregt. Man konnte nicht mal ein paar Meter bei der Demo mitlaufen, da hat es schon geknallt. Kaum war ich da, wurden die ersten Personalien aufgenommen, man konnte überhaupt nichts machen, sogar unsere Sprüche mussten wir im Rennen schreien. Ich hab das Gefühl, die haben uns null Chance gelassen, was anderes als Krawall zu machen – das ist doch scheiße, die Politiker haben denen wochenlang eingetrichtert, dass sie uns die Fresse polieren können, weil wir Idioten sind, Faschos, Rowdys, und diesmal hab ich gedacht: Ach so, jetzt habt ihr's geschluckt. Hinter den Helmen ist das total in deren Köpfen drin. Für die sind wir keine Menschen mehr. Die kommen völlig ohne Hemmungen, entsichert, geben keinen Schritt nach. Da ist mir auch plötzlich die Sicherung durchgebrannt, hab nur noch rotgesehen. Diese Wut, die kannst du nicht rausschreien, die kannst du nicht auf ein Spruchband pinseln, die ist viel zu heiß, da braucht's was anderes. Tatsächlich hab ich gedacht: Entweder schlägst du zu, oder du opferst dich. Wie der Junge in Tunesien, weißt du noch? Hab ich im Fernsehen gesehen. Aber heute bringt sich ja alle Welt auf der Arbeit um, oder? Mit Feuer oder mit 'nem Strick oder Medikamenten, interessiert doch keine Sau. Andauernd bringen sich Typen wie ich um, und keiner redet drüber, oder es wird höchstens von Labilität und Depressionen gefaselt, keiner sieht das Muster dahinter, nur unsere Familien sitzen am Ende in der Scheiße. Ich hab selbst zwei Jungs. Was würden die sagen, wenn ich mich abfackle? Stell dir das mal vor. Also hab ich zugeschlagen. Damit die anderen auch ein bisschen was von unserer Scheiße schmecken.«

Die Explosionen kamen näher, und Antoine musste schreien, um etwas zu erwidern, ein paar unbeholfene, gebrüllte Worte, die durch das Brüllen seltsamerweise weniger unbeholfen wirkten. Umständlich fummelte Bruno seine Zigaretten aus der Hosentasche. Das biegsame, platt gedrückte Päckchen war ebenfalls nass geworden. Antoine hielt ihm eine Camel hin. Er dachte wieder an den Zeitraum, bis eine Kippe abgebaut war.

»Wir sind mit dem Reisebus gekommen«, meinte Bruno. »Hoffentlich finde ich die anderen wieder.«

Sie schwiegen ein paar Minuten und starrten zum Ende der Gasse. Mit leicht asthmatischem Pfeifen hob sich Brunos nackter Oberkörper, und der dunkelviolette Fleck, den Antoine nicht aus den Augen ließ, schien sich durch die Bewegungen des Brustkorbs noch weiter auf der weißen Haut auszubreiten. Eine Tränengasgranate rollte den Bürgersteig der Avenue entlang, stieß gegen einen Metallpfosten und fing an, sich wenige Meter vor ihrem Unterschlupf im Kreis zu drehen, wobei sie laut zischend ihr Gas ausspuckte. Bruno stand sofort auf und wollte sie mit dem Fuß wegkicken, aber sein erster Versuch beförderte das Ding nur trudelnd in den Rinnstein. Er versuchte es fluchend noch einmal, einen Arm schützend vor dem Gesicht, und stand plötzlich Auge in Auge zwei Bereitschaftspolizisten gegenüber, die die Avenue herunterkamen. In wenigen Sekunden war er am Boden, dann auf den Knien, dann wieder am Boden. Ein Polizist legte ihm äußerst grob Handschellen an. Antoine duckte sich in den Hauseingang, Brunos Kleider lagen zur Kugel gerollt neben ihm. Nach einigen Minuten schob er sie in seinen Rucksack.

»Sind Sie bescheuert? Und wenn man Sie verhaftet hätte?«

Antoine hatte sich erlaubt, beim Abgeordneten zu klingeln, da er wusste, dass dessen Kinder an diesem Wochenende nicht zu Besuch waren. Natürlich hätten andere Gäste da sein können, Freunde, vielleicht eine Geliebte, ein Bruder oder eine Schwester, aber im geteilten Terminkalender waren weder der Samstag noch der Sonntag mit einem roten Rechteck versehen. Das hatte Antoine als stillschweigende Erlaubnis gewertet. Nun, da er in der Wohnung des Abgeordneten stand, fragte er sich, ob er damit nicht falschlag. Er sah die Räume zum ersten Mal bei Tageslicht – zuvor war er immer nur hergebeten worden, wenn sich arbeitsreiche Abende in die Länge zogen und der Abgeordnete das stickige Büro an der Rue de l'Université verlassen wollte. Spätabends wirkte die Wohnung, die von zahlreichen, geschickt in den Zimmern verteilten Lampen erhellt wurde, großzügig, aber keineswegs riesig, man bemerkte kaum, dass die große Glasfront im Wohnzimmer auf die Dächer von Paris ging und den Blick auf Reihen von Schornsteinen neben Eisengittern freigab, auf in Zinkdächer eingelassene Oberlichter, krumme Dachschrägen mit ihren unvereinbar scheinenden Winkeln und winzige Balkons, wo man einen Klappstuhl gerade so zwischen zwei Töpfe mit Grünpflanzen schieben konnte. Jetzt verdoppelte, verdreifachte, verzehnfachte die vor den Scheiben ausgebreitete Stadt den Luxus, den die Wohnung verströmte. Das dunkle Eichenparkett war von einem Teppich mit komplexem, ornamentalem Muster in kräftigen Farben bedeckt, beschwert von den Füßen zweier Sessel und einer Art sehr flachem Bett, dessen hölzernes Kopf- und Fußende sich einrollte wie Pergament. Dort ließ Antoine sich nieder, wenige Schritte von einer glänzenden Kommode entfernt, auf der Elfenbeinfigurinen und die Bronzebüste einer Frau standen. Das Wohnzimmer des Abgeordneten entsprach haargenau Antoines Vorstellung davon, wie ein reicher, kultivierter, nicht mehr ganz junger Pariser sich einrichtete. Es zeugte von Reisen, von einem Sinn für das Schöne, woher es auch kam, von der Fähigkeit, es in unterschiedlichen Kunstformen zu erkennen, von den finanziellen Mitteln, diese Schönheit zu erwerben, sie sich aus dem fernen Land, in dem man auf sie gestoßen war und als begehrenswert erkannt hatte, anliefern zu lassen. Antoine wusste noch, dass die einzige Überraschung, als er die Wohnung zum ersten Mal betreten hatte, die fehlenden Bücher gewesen waren. Wegen der großen Zitierlust des Abgeordneten hatte er angenommen, wenigstens eine Zimmerwand sei einer Hausbibliothek gewidmet. Als er dies anmerkte, erwiderte sein Arbeitgeber, dass er natürlich eine besitze, aber nicht hier. Man stelle seine Bücher nicht im Wohnzimmer aus, dazu seien sie zu intim, die Bibliothek befinde sich im Arbeitszimmer. Antoine begriff, dass der Abgeordnete es nicht nötig hatte, sich als Leser zu präsentieren, es stand außer Frage, dass ein Mann wie er *gar nicht nicht lesen konnte*. Unter diesen Umständen wären Bücher überflüssig gewesen, von unangenehmer Penetranz, und es war nur folgerichtig, sie durch bunte Kissen und kupfrig schimmernde Lampen zu ersetzen, die ihre Glühbirnen so zart umhüllten wie eine leicht geöffnete Auster ihre Perle.

Der zu volle Rucksack zwischen Antoines Füßen dünstete noch immer beißenden Tränengasgeruch aus, der hier fehl am Platz wirkte. Trotz der sichtlichen Gereiztheit des Abgeordneten begann Antoine, ihm die Demonstration zu schildern, und machte sehr deutlich, dass er, für sein Gefühl, einer grundlegenden Szene beigewohnt hatte – nicht die Auseinandersetzungen zwischen Polizei und Demonstranten, nicht der Rauch, die Trümmer, sondern Brunos nackter Oberkörper mit dem riesigen Hämatom und der knittrigen gelben Weste darüber, seine Hustenanfälle und seine erstaunlich besonnene Stimme.

Der Abgeordnete unterbrach ihn: »Haben Sie gehört, dass die heute eine Bankfiliale angezündet und das Leben mehrerer Anwohner riskiert haben? Meinen Sie, ich will mit so was in Verbindung gebracht werden, nur weil Sie die Abenteuerlust packt?«

»Nein, natürlich nicht. Ich weiß, dass ich …«

»Wir sprechen hier nicht mehr von Gelbwesten, Antoine. Das Thema ist durch. Die haben erreicht, dass die Steuererhöhungen gekippt werden, und sie haben diese Farce von Großer Nationaler Debatte ins Rollen gebracht. Von denen ist höchstens noch eine Handvoll auf der Straße. Der öffentlichen Meinung sind die doch völlig schnurz, haben Sie die Umfragewerte gesehen?«

Das hatte er, ja. Der Rückhalt in der Bevölkerung, anfangs beträchtlich, nahm seit Anfang November ab. Ende Februar gaben 55 Prozent der Befragten an, dass sie sich ein Ende der Proteste wünschten. Inzwischen war es der 16. März, und Antoine konnte sich denken, dass die Kurve weiter abgeflacht war, und nach den heutigen Vorfällen würde dieser Trend sich sicher noch verstärken. Wie dem auch sei, wenn der Abgeordnete Spaß an Umfragewerten hatte, führte Antoine ihm gern die Kehrseite vor Augen.

»Bleiben 45 Prozent Befürworter. Wir sprechen hier nicht von einer Wahl: Es gibt überhaupt keinen Grund, sich der Mehrheit zu beugen. 45 Prozent sind für die Zukunft eine beträchtliche Wählerschaft.«

»Die größtenteils La France insoumise und dem Front National zufallen wird.«

Der Abgeordnete benutzte niemals den neuen Namen des rechtsextremen Front National. Seine politische Karriere hatte Mitte der Achtziger begonnen, zur Zeit der antirassistischen Kampagne »Touche pas à mon pote«, als die extreme Rechte in aller Munde war. Er sah nicht ein, warum er seinen Feind bei einem anderen Namen nennen sollte, nur weil der sich jetzt als Otto Normalverein ausgeben und an die vierzig Jahre schmutziger Parteigeschichte vom Tisch wischen wollte. Und außerdem, der neue Name, Rassemblement National, mit seinen sieben Silben ohne jeglichen Rhythmus, das war doch das reinste Wortungetüm.

»Denen wird die Wählerschaft ›zufallen‹, und das war's? Wir gucken uns das einfach an? Wir überlassen sie den Rechtsextremen? Verzeihung, aber was ist bitte aus unserem heroischen Appell geworden, das Ganze einzudämmen?«

Antoine gab sich keine Mühe, seine Verbitterung zu überspielen, denn das Wort »eindämmen«, das der Abgeordnete vor dem zweiten Wahlgang der Präsidentschaftswahl bei jeder Gelegenheit wiederholt hatte, hatte ihnen in den sozialen Netzwerken eine Flut von Biberbildern eingebracht (und tat es noch immer).

»Wir überlassen niemanden irgendwem«, erwiderte der Abgeordnete erregt. »Die entscheiden das ganz allein, die wollen es so. Das sind keine Kinder, die darauf warten, dass man sie bei der Hand nimmt.«

Antoine versuchte zu erklären, dass doch, mit Verlaub, in gewisser Weise schon. Eine Welle der Wut und der Verzweiflung war urplötzlich hervorgebrochen, wie aus dem Nichts, das Maß war übervoll, und das alles kam ohne Vorbilder, ohne überlieferte oder erkennbare Form. Es ähnelte nichts, die selbst gewählten Symbole, die gelben Westen, die Kreisverkehre, es war völlig zusammenhanglos, es war hässlich und wollte nichts ausdrücken als dies, ganz genau dies: das Fehlen jeglicher Form. Wollte Antoine es auf den Punkt bringen, hatte auch Bruno vor seiner Festnahme nichts anderes zu ihm gesagt: Er wusste nicht, wie er leben, und auch nicht, wie er sterben sollte, nichts hatte eine zufriedenstellende Form, alles, was in der Hoffnung aufgebaut worden war, eines Tages nach etwas auszusehen, war mittendrin stecken geblieben, ohne Gesicht, ohne Stil, ohne alles. Eine solche Bewegung würde in den Diskursen niemals etwas anderes sein als das, was die Politiker daraus machten. Man konnte den Kampf begleiten und ihn währenddessen zugleich gestalten.

»Sie sind zynisch«, meinte der Abgeordnete. »Sie wollen sie für sich einspannen.«

Antoine erwiderte, genau das Gegenteil sei der Fall: Der Abgeordnete verhalte sich zynisch, wenn er vorgebe, diese Menschen würden über die gleichen Ressourcen verfügen wie er, um sich eine Meinung zu bilden, ihren Kampf zu reflektieren, und dass man ihre Standpunkte genauso beurteilen sollte, wie man die eigenen beurteile. Antoine stammelte vor Wut. Was kann man im täglichen Durcheinander denn schon durchdenken, wenn man jede freie Minute dazu braucht, dem Körper Ruhe zu gönnen, seinen Geist zu leeren? Vielleicht bevormundete er die Armen, aber der Abgeordnete wollte nicht einmal anerkennen, dass sie überhaupt arm waren, oder vielmehr gestand er es ein, wollte aber nicht zugeben, dass es irgendetwas änderte. Er tat, als hätten diese fragilen Existenzen, für die es mehr ums Überleben als um Selbstverwirklichung ging, die erschöpft waren von der beklemmenden, allmonatlichen Rechnerei, trotz allem Zeit zum

Nachdenken übrig. Vielleicht glaubte er das ja wirklich, lenkte Antoine ein, als er das kreuzförmige Gesicht seines Arbeitgebers Zornesfalten werfen sah, vielleicht war es ganz und gar ehrlich gemeint, aber dadurch nicht weniger schrecklich für die Leute, die in den Straßen skandierten. Es erlaubte ihm, sie in Verruf zu bringen, sie ohne jede Reue im Stich zu lassen, und da war er, der zerstörerische Zynismus. Als er diesen letzten Satz in einem einzigen Atemzug vollendet hatte, glaubte Antoine, der Abgeordnete werde ihm schroff signalisieren, dass er den Bogen überspannte, und ihn bitten zu gehen. Er fühlte sich sehr verletzlich auf dem allzu niedrigen Bett aus einer anderen Epoche, das ihn zu einer gebeugten Haltung zwang. Sein Arbeitgeber wandte sich der Glasfront zu und ließ ein paar Sekunden schwer erträglicher Stille verstreichen. Heiße, dumpfe Schauer durchzuckten Antoines Magen.

»Die Schäden sind zu groß«, meinte der Abgeordnete schließlich. »Ich spreche hier nicht einmal vom materiellen Schaden. Ich spreche von dem Bild, das sie sich erschaffen haben oder das wir ihnen erschaffen haben, da will ich gern Zweifel zu ihren Gunsten einräumen. Aber das ist mit der Sozialdemokratie überhaupt nicht mehr vereinbar, und in der Zeit, die wir haben, in der Zeit der Politik, können wir keine solche 180-Grad-Wende hinlegen. Ich kann nicht mehr zurück. Wir müssen vorangehen. Wir müssen an die Zukunft denken, an Mai, an die Europawahlen. *Da* findet jetzt der Kampf statt.«

Antoine nickte langsam. Doch was bedeutete das, Kampf? Wenn man dieses Wort zuließ, um damit ihren parlamentarischen Alltag zu beschreiben, was blieb dann noch an Vokabular für das, was er zwei Stunden zuvor auf den Champs-Élysées gesehen hatte? In den Nachrichten sprachen sie manchmal von »Zusammenstößen«, aber vor allem wiederholte man in Dauerschleife die Wörter »Zerstörung« und »Schäden«. Man begnügte sich damit, die Sachlage *nach* dem Ereignis zu benennen, man sagte, was den *Dingen* zugestoßen war, nicht den Menschen. Bruno ließ man aus. Die Schläge und Hämatome, die lungenzerfetzenden Hustenanfälle, den Drang nach Gewalt und die Todessehnsucht ließ man aus. Letztlich sagte man nichts.

Hallo?«

L hatte auf gut Glück auf das Handy gedrückt, das am Fußende ihres Bettes am Boden lag. Sie war fast enttäuscht, dass es auf ihre fahrigen Finger tatsächlich reagierte. Sie hätte den Anruf lieber verpasst und weitergeschlafen. Das Display zeigte 9.12 Uhr an, sie war also vor weniger als drei Stunden eingeschlafen.

»Hallo?«, wiederholte sie mit vom Schlaf belegter Stimme, in der noch Traumreste festhingen, die üblichen Albträume, ein nächtlicher Park, das Geräusch von Schritten.

Am anderen Ende der Leitung redete eine männliche Stimme sie mit Namen und Vornamen an, sehr förmlich. L setzte sich abrupt auf. Sie war sicher, dass es endlich um die Vorladung aufs Kommissariat ging, von der Elias' Anwalt gesprochen hatte. Doch die Männerstimme gehörte nicht zu einem Bullen, sie sprach von einem Computerproblem, das sofortiger Hilfe bedurfte. L war noch zu sehr in ihrem Traumnebel gefangen, der sich einfach nicht lichten wollte, und sie nahm den Auftrag an, ohne nach mehr als der Adresse zu fragen.

Auf ihrem Fahrrad wunderte sie sich dann allerdings, wer dem Mann ihre Nummer gegeben haben mochte, oder besser: ihre Nummer sowie ihren Vor- und Nachnamen. Die meisten ihrer Kunden kannten ihn nicht. Die meisten ihrer Freunde kannten ihn nicht. Auf die laminierten Namensschildchen in den Läden, in denen sie gearbeitet hatte, schrieb man bereitwillig etwas völlig Beliebiges, solange die Kunden es nur problemlos aussprechen konnten – außer Georges; als sie einmal Georges vorschlug, fiel sie damit durch.

Die Wohnzimmerwände waren dunkelblau, und das durch die Jalousien dringende Licht verlieh dem Zimmer die flirrende Atmosphäre eines Schwimmbads. L schnupperte unwillkürlich nach Chlorgeruch. Doch sie nahm etwas anderes wahr, schwerere, süßere Düfte, die sich träge in ihren Nasenhöhlen brachen. Vielleicht Räucherstäbchen oder faulende Blumen. Der Mann, der ihr die Tür öffnete, stellte sich nicht vor, doch am Telefon hatte er gesagt, sie solle bei Barbet/Mussard klingeln. Als er aufmachte, beschloss L, dass er Barbet sein musste. Er sah nicht aus wie ein Mussard, aber manchmal haute das Leben ganz schön daneben, und L konnte sich nicht sicher sein. Er war groß und blond, mit blassrosa, nahezu perfekt gleichförmiger Haut, wie die Wachsfiguren im Musée Grévin, nur dass sein Gesicht schlaff wirkte, das Oval ein wenig abgesackt. Er entschuldigte sich, sie an einem Sonntag zu stören, er brauche seinen Computer wirklich dringend, und gleich nach diesem Satz verzog er das Gesicht und wiegte leicht den Kopf, denn wer brauchte seinen Computer heutzutage *nicht* »wirklich dringend«, wir sind doch alle abhängig, das hören Sie sicher ständig, diese Dringlichkeit, bei manchen grenzt sie wohl schon an Panik. L nickte, und der Mann, der sicherlich Barbet hieß (sofern nicht etwas grundlegend falsch lief auf der Welt), wiederholte *ab-häng-ig*, indem er jede Silbe deutlich von der anderen absetzte. Allerdings zeigte er keinerlei Anzeichen der genannten Dringlichkeit oder Panik. Selbst wenn ihre Kunden sich äußerlich sehr um Gelassenheit bemühten, betrat L gewöhnlich Wohnungen im Krisenmodus. Der Computer stand aufgeklappt mitten auf dem Tisch, auf der Arbeitsfläche, auf dem Regal. Es gab Kampfspuren. Man sah, dass der Besitzer alles versucht hatte, um das Teil wieder ans Laufen zu kriegen, dass er jede Taste gedrückt und irgendwelche Anweisungen befolgt hatte, die auf zerknitterte Post-its gekritzelt waren. Doch hier stand der Laptop sorgfältig geschlossen auf einem flachen, sonst völlig leeren Glastisch.

L fragte: »Woher haben Sie meine Nummer?«

Der Mann erwiderte, er kenne Jérémie. Das war möglich. Jérémie kannte halb Paris und umgekehrt, auch wenn die meisten seiner Kontakte ihn noch nie gesehen hatten. Er verbrachte den Großteil seines Lebens in sozialen Netzwerken.

»Und meinen Namen?«

Der Mann sah aus, als hätte er einen Witz nicht verstanden, und lächelte sie höflich, aber ratlos an. Er bot ihr etwas zu trinken an, und L lehnte voreilig ab.

»Darf ich mich setzen?«

Er deutete auf das Sofa, wo Plastikmappen und eine honigfarbene Lederjacke herumlagen. Sie war zusammengerollt und sah aus wie eine fette Katze. Als L sich setzte, begriff sie, dass sie beim Betreten des Zimmers diese Jacke gerochen hatte, das Leder, die Mittel, mit denen es gegerbt oder gepflegt worden war, das wusste L nicht zu sagen, aber es roch beißend und süßlich.

Sie öffnete den Laptop, der Bildschirm war eingefroren, Touchpad und Tastatur reagierten nicht, da war nur

ein Bild, das sich jeder Aktion widersetzte, außer ange-
schaut zu werden. L hetzte sich in solchen Momenten
nie, sie mochte es, die Oberfläche des Geräts zu studieren.
Sie war wie ein Wohnzimmer, der Raum in der Wohnung,
der in privaten Stunden gemütlich, aber zugleich für
Spontanbesuche vorzeigbar sein sollte. Doch der Desk-
top vor ihr machte sie stutzig. Da waren die diversen Ver-
knüpfungen zu den üblichen Programmen und eindeutig
berufsbezogene Ordner (»Jahresbilanz 2017«, »MV-Pro-
tokoll« etc.). Der Bildschirmhintergrund war recht un-
spektakulär, vielleicht ein Urlaubsfoto, ein Hafen voller
kleiner, bunter Fischerboote, in mittlerer Auflösung. L
ließ den Blick mehrmals über den Bildschirm wandern,
bis sie den Grund für ihr Unbehagen erkannte. Einige
Dateien, in unterschiedlichen Formaten (Text, Video),
schienen extra für L benannt worden zu sein – um von ihr
gelesen zu werden. Eine hieß »Deutschland«. Eine andere »PayPal«. Ein Word-Dokument war durch eine vertraute Ziffernfolge bezeichnet, die L erst nach einer Weile
wiedererkannte: »041218« – das Datum von Elias' Verhaftung. Das konnte natürlich Zufall sein. Im Leben anderer
Leute waren unendlich viele Dinge am 4. Dezember passiert, Dinge, die rein gar nichts mit Elias zu tun hatten;
jede Minute starben beispielsweise über hundert Personen, sodass es an besagtem Tag mindestens hundertfünf-
zigtausend Trauerfälle gegeben hatte, und L kannte keinen einzigen der Verstorbenen und wusste nichts über den
4. Dezember der Angehörigen. Ein paar Wochen zuvor
hatte sie einen Teil ihrer Schlaflosigkeit zudem damit verbracht, diesen Tag anhand des Internetgedächtnisses zu
rekonstruieren, und vielleicht enthielt die Datei vor ihren
Augen die Rede des Premierministers, in der er den Ver-

zicht auf eine Erhöhung der Kraftstoffsteuer verkündete, oder einen Bericht des Rechnungshofes oder die Fußballergebnisse oder ein zu kleines, zu persönliches Ereignis, als dass L eine Spur davon im Internet gefunden hätte, und sie sollte sich beruhigen, ihre Arbeit machen, die fünfzig Euro einsacken und verschwinden, sich zu Hause noch einmal hinlegen.

»Na, interessant?«

L zuckte zusammen. Der Mann beobachtete mit feinem Lächeln, wie sie seinen Bildschirm beobachtete.

»Machen Sie auch noch irgendwas, oder wollen Sie ihn durch Gedankenübertragung reparieren?«

»Entschuldigung, ich bin müde.«

Sogar mitten in der Nacht machte sie nur noch kurze Nickerchen, die sie dann über den gesamten Tag wiederholte. Das Aufwachen war jedes Mal schmerzhaft und brutal. Das dürfte ihr nicht beim Denken helfen, ein solcher Schlafmodus. Und außerdem hatte sie vergessen, vor dem Losgehen etwas zu essen.

»Ach, ich glaube, ich möchte doch etwas trinken. Irgendwas mit Zucker.«

Er verschwand wortlos hinter einer Schiebetür. Im schwimmbadblauen Wohnzimmer setzte L sich bequemer auf dem Sofa zurecht und gab sich Mühe, nicht die Lederjacke zu ihrer Linken zu berühren und auch nicht den Dokumentenstapel zur Rechten. Das auf dem Computer installierte Antivirenprogramm und das VPN waren Profisoftware, wie sie das Volk des Drinnen einsetzte, und das machte es noch unwahrscheinlicher, dass der Typ ihre Dienste nötig hatte. Als er zurück ins Zimmer kam und ihr eine Dose Ice Tea reichte, zögerte sie, ob sie ihm ihre Beobachtung mitteilen sollte. Er machte sich auch eine

Dose auf und leerte sie in wenigen Zügen. L verfolgte die ruckartigen Bewegungen seines Adamsapfels entlang der Kehle.

»Zucker auch«, hauchte er und stellte die leere Dose ab.

»Was?«

»Macht auch ab-häng-ig.«

Er sprach das Wort wieder als drei voneinander abgesetzte Silben aus. Vielleicht war das irgendein Akzent. L holte einen USB-Stick hervor, auf dem sie ihre Säuberungstools gespeichert hatte, und steckte ihn in die Buchse, während sie kleine Schlucke vom Ice Tea nahm. Der Geruch in der Wohnung war so überwältigend, dass es ihr schien, als würde sie gerade ihn trinken, nicht etwa den Eistee, sondern diesen zähflüssigen Duft. Das Handy des Mannes klingelte, und er verschwand zum Telefonieren in ein anderes Zimmer, aber L konnte die Unterhaltung trotzdem verstehen. Es ging um nette Belanglosigkeiten, die Organisation eines Geburtstagsessens, der Mann nannte einige Vornamen und die Adresse eines Restaurants. L entspannte sich ein wenig.

Als er zurückkam, meinte sie: »Komisch, dass Sie sich überhaupt was eingefangen haben, bei allem, was Sie so auf dem Rechner haben.«

»Zu viele Pornoseiten«, erwiderte er.

L hob rasch den Kopf. Er lächelte, und zwei Grübchen bildeten sich im ebenmäßigen Rosa seiner feisten Wangen. L konnte nicht sagen, ob ihn sein Witz oder sein Pornokonsum so amüsierte.

Sie ließ nicht locker. »Trotzdem, das hier sieht aus, als hätten Sie Ahnung.«

»Das hat mir alles der IT-Verantwortliche von meiner Firma installiert. Den hätte ich auch bitten können, mir den PC zu entsperren, aber wenn ich jetzt auch noch anfange, ihn am Wochenende anzurufen, wird er bestimmt richtig sauer. Der hat mich eh gefressen.«

»Ach ja?«

»Ja, im Büro gibt es gewisse Vorgaben, und er meint, ich halte mich nicht daran. Ich habe externe Geräte an meinen Laptop angeschlossen. Das ist wohl so, als würde man den Hackern Tür und Tor öffnen.«

L nickte und riss sich mit großer Willenskraft vom lässigen Geplapper des blonden Mannes los, das eine gewisse Faszination auf sie ausübte. Auf dem Rechner hatte der Virenscan begonnen, und das Programm gab eine Wartezeit von sechs Minuten an.

»Wissen Sie, wie er das genannt hat?«

»Was?«

»Dass ich *mein* Smartphone an *mein* Gerät angeschlossen habe?«

»…«

»Unbefugtes Einführen.«

Er sah sie weiterhin lächelnd an, ohne zu blinzeln. Er wiederholte *unbefugtes Einführen* ganz sanft, fast als Singsang, dann setzte er sich in den Sessel auf der anderen Seite des Sofatisches und beugte sich zu ihr vor. Aus dem Augenwinkel sah L sein Spiegelbild auf der gläsernen Tischplatte, und seine Bewegungen, seine Arme, seine Schultern, seinen Kopf, die sich ihr näherten, während sie selbst, in der Gegenspiegelung, immer weniger Platz einnahm, die Ellenbogen dicht an den Körper presste, um mögliche Kontaktflächen zu minimieren. Noch drei Minuten, sagte die Software.

»Würden Sie mir meine Jacke reichen?«

L griff nach dem Leder und spürte überrascht, dass es

warm war. Sicher wegen der darauf scheinenden Sonne, doch ihr kam es vor, als steckte die Körperwärme des Mannes noch darin. Es war, als würde sie *seine* Haut berühren. Sie versuchte, ihren Ekel zu verbergen, während sie sie ihm hinstreckte. Darunter lagen ein Paar Handschuhe und ein Schal, in den gleichen goldbraunen Schattierungen, als hätte die Jacke Junge geworfen. Diese Wohnung hatte etwas widerwärtig Tierisches an sich, vom huschenden Licht bis zu dem Leder, den allzu vollen Wangen des Mannes mit ungewissem Namen, dem Moschus, der Schnelligkeit, mit der sich der Inhalt der Getränkedose in Ls Hand erwärmte, all die laue Wärme des Fleisches, all das Beben, ein Übermaß an Lebendigem, das ihr Übelkeit bereitete; vielleicht sollte sie ihn bitten, das Fenster aufzumachen.

»Ich bin fertig.«

Sie meinte den Computer, aber er beugte sich noch näher zu ihr und nahm ihr die Dose ab.

»Leben Sie allein?«

»Nein.«

Er stieß ein kurzes Lachen aus und redete weiter, als hätte er ihre Antwort nicht gehört. »Allein zu leben ist anstrengend. *Ich* finde das anstrengend, ich verausgabe mich dabei. Ich sollte mir ein Haustier zulegen. Denken Sie doch auch mal darüber nach. Sie sehen müde aus.«

»Ich hätte nicht gedacht, dass Sie allein leben.«

»Warum nicht?«

»Das ist eine große Wohnung. Und außerdem stehen zwei Namen auf Ihrem Briefkasten.«

»Das sind die der Eigentümer, ist eine Dienstwohnung. Bei Ihnen ist es beengter?«

Das Fragezeichen war kaum wahrnehmbar.

»Ich dachte, Sie heißen Barbet.«

»Und ich dachte, dass Namen nicht so Ihr Ding sind.«

Er ließ sie nicht aus den Augen. Sein Handy klingelte erneut, aber diesmal ging er nicht ran. L schob ihm den entsperrten Computer zu und wiederholte: »Ich bin fertig.«

Das Lied, das er als Klingelton eingestellt hatte, drang weiter aus seiner Tasche, sehr gedämpft, aber er benahm sich, als würde er es nicht hören.

»Wollen Sie sie nicht öffnen?«

»Was?«

»Die Ordner, die Sie eben so interessant fanden.«

L zwang sich, nicht auf die Reihe von Dateinamen auf dem Computerbildschirm zu schielen. Deutschland, PayPal, 041218.

»Natürlich nicht.«

Die zwei folgenden Äußerungen prallten aufeinander:

»Geben Sie mir bitte meine Handschuhe?«

»Was arbeiten Sie?«

Kurz herrschte Stille. L gab unter dem eindringlichen Blick des blonden Mannes nach und reichte ihm die Handschuhe.

»Was arbeiten …?«

»Onlinereputation. Das macht meine Firma. Recherche, Überwachung, Löschung.«

Er war ihr so nahe, dass man meinen konnte, er wolle eine Einzelheit ihres Gesichts näher studieren. Seine schlaffen rosa Wangen versperrten einen Teil von Ls Blickfeld, sie nahm den gleichmäßigen Flaum auf ihnen wahr, und sein Geruch hinderte sie am Atmen. Warum kam er ihr so nahe?

»Sie sind Informatiker.«

Das erklärte die Programme auf seinem PC. L hätte gern noch einmal auf den Bildschirm geschaut, um nach einem Logo oder einem Dateinamen zu suchen, einem Hinweis auf das Unternehmen, das den blonden Mann beschäftigte, aber sie wagte nicht, die Augen von ihm abzuwenden, weil sie fürchtete, er würde ihr noch näher kommen. Konnte er für Harm-Ony arbeiten?

»Ich bin Vertriebler. Ich würde tagsüber auch gut ohne PC auskommen. Für mich zählen eher das Handy und Geschäftsessen. Ich mach Kundenwerbung.«

Endlich lehnte er sich in seinem Sessel zurück. Er zog die Jacke über, dann einen der Handschuhe. Die andere Hand blieb nackt. Die andere Hand streckte sich nach L aus und wirbelte zu nah vor ihrem Gesicht, ihrer Kehle umher.

»Privatkunden, Firmen, sogar der öffentliche Dienst. Niemand ist zufrieden mit den ersten Ergebnissen, die angezeigt werden, wenn man seinen Namen in eine Suchmaschine eingibt. Zuerst tun die Leute, als wäre das Internet an allem schuld, als wäre das Onlinegedächtnis an sich boshaft; mein Job ist es, sie zu erinnern, dass dem nicht so ist. Sie selbst haben Spuren hinterlassen, die das Internet nicht mehr löschen will. Ich schlage ihnen dann vor, dass mein Unternehmen für sie aufräumt. Das nennt man das Recht auf Vergessenwerden. Macht immer Eindruck auf die Kunden, das Recht auf Vergessenwerden. Auch wenn sie gar nicht wussten, dass sie es wollen, zahlen sie bereitwillig einen hohen Preis, sobald ich den Begriff fallen lasse. Meistens ist es leicht, es ihnen zu gewähren. Man spricht vom ewigen Gedächtnis des Internets, aber nicht das Gedächtnis selbst weigert sich zu vergessen, sondern die Menschen. Ohne Feinde können Sie vieles löschen. Aber sobald jemand zu verhindern versucht, dass Sie Ihre Spuren verwischen, wird es sehr viel komplizierter. Auch sehr viel teurer. Das ist wie ein Katz-und-Maus-Spiel, man jagt sich von Website zu Website. Den Informatikern in meiner Firma scheint das Spaß zu machen. Aber das kennen Sie ja sicher alles, nicht?«

Jetzt bemerkte L, dass die vor ihr herumwedelnde Hand einen Fünfzigeuroschein hielt. Sie versuchte, ihn sich zu schnappen, doch der blonde Mann ließ nicht los. Sie warf ihm einen panischen Blick zu.

»Ich nehme an, Sie gehören eher zur anderen Seite. Wie heißt das noch mal? Doxing.«

Er ließ den Schein los, und L steckte ihn schnell in die Tasche. Dann zog der Typ seinen zweiten Handschuh über. Er bewegte einige Male die Finger, um das leicht glänzende Leder zu dehnen, das an den Chitinpanzer eines Insekts erinnerte.

»Doxing kann zu Swatting führen«, fuhr er fort, als würde er das kleine Einmaleins aufsagen. »Und Swatting zu allen möglichen ... bedauerlichen Zwischenfällen. Vielleicht haben Sie ja schon einmal einen meiner Kunden gedoxt? Das wäre doch zu komisch.«

»Komisch« war ganz und gar nicht das Wort, das L gewählt hätte. Sie sagte sich, dass dieser Mann, dessen Namen sie nicht kannte, möglicherweise gefährlich war oder dass er zumindest so tat, um ihr Angst zu machen – was sie nicht gerade beruhigender fand –, und sie war allein mit ihm in seiner Wohnung. Niemand wusste, dass sie hier war.

»Das war eine Zeit lang Ihr Ding, oder? Die Faschosphäre. Das ist nicht sehr nett, Menschen so zu nennen. Faschos. Das verletzt sie. Kein Wunder, dass sie ein paar

Jahre später das Recht auf Vergessenwerden einfordern, zum Beispiel, wenn sie Karriere machen wollen.«

L versuchte, überrascht den Kopf zu schütteln, als hätte sie überhaupt keine Ahnung, wovon er redete. Sie erinnerte sich nicht mehr, ob er hinter ihr abgeschlossen hatte, als sie hereingekommen war. Könnte sie notfalls zur Tür rennen? Zuerst müsste sie zwischen seinem Sessel und der Wand vorbei oder über den Tisch steigen, ohne dass er sie aufhielte. Würde sie das schaffen? Sie fühlte sich sehr schwach, ihr drehte sich der Kopf, streifiges Licht tanzte über die schwimmbadähnlichen Wände. Sie hätte sich lieber aufs Sofa gelegt und geschlafen, statt sich bewegen zu müssen. Konnte man in eine geschlossene Getränkedose irgendetwas hineinmischen? Mit einer Spritze vielleicht.

Der Mann stand auf und schob den Sessel zurück, und L schrumpfte instinktiv in sich zusammen. Er könnte den Arm ausstrecken und meine Kehle zudrücken, dachte sie. Es würde nicht lange dauern, kein Geräusch machen, ich würde nicht einmal schreien, ich kann nicht mehr schreien, ich glaube, wenn er seine Handschuhhand um meinen Hals legen würde, bekäme ich sofort einen Herzinfarkt.

»Man könnte meinen, Sie müssen gleich weinen«, sagte der blonde Mann und bückte sich, stützte sich auf ein Bein, um seinen Schal zu nehmen, der noch neben L lag.

Während er sich wieder aufrichtete, spürte sie seinen Atem auf der Wange, in ihren Haaren. Wortlos erhob sie sich, mit zitternden Lippen, und umrundete unbeholfen den Tisch. Sie stand jetzt genau vor ihm, ganz nah, konnte ihm nicht in die Augen sehen.

»Ich begleite Sie nach unten«, sagte er mit seiner ab-gehackten Satzmelodie, die mögliche Fragezeichen un-kenntlich machte.

Er trat einen Schritt zurück. L überhörte seinen letzten Satz und stürzte zur Tür. Sie war unverschlossen. L eilte die zwei Stockwerke im Halbdunkel hinunter. Draußen behinderte ein Lieferwagen den Verkehr und sorgte für eine Kakofonie aus plärrendem, schrillem Gehupe. Es gab ein paar Schreie und Beschimpfungen. L entfernte sich mit großen Schritten. Nachdem sie in die erstbeste Straße eingebogen war, fiel ihr ein, dass sie ihr Fahrrad vor dem Hauseingang hatte stehen lassen. Sie konnte sich nicht dazu durchringen, noch einmal umzukehren. Sie ging langsamer, ohne zu wissen, in welche Richtung. Auf den dunkelblauen Straßenschildern standen Namen, die ihr vor den Augen verschwammen, sobald sie sie zu lesen versuchte. Die weißen Buchstaben tanzten und verform-ten sich, und L konnte die Augen noch so fest zusammen-kneifen, um sie in den engen Rahmen ihrer Lider einzu-schließen, die Buchstaben entwischten oder lösten sich auf. Schließlich stieß sie wenigstens auf eine Metrosta-tion. Es war gar nicht so schlimm, kein Fahrrad zu haben, denn es regnete, und es war gefährlich, bei Regen in Paris Fahrrad zu fahren, redete L sich innerlich und mecha-nisch gut zu, die Autofahrer gaben weniger acht, die Um-risse der Radfahrer verschwanden hinter den Tropfen auf Windschutzscheiben und Seitenspiegeln. Der Himmel war blau, und niemand trug einen Schirm, aber es regnete in Strömen, und Ls Gesicht war pitschnass.

In der Nacht vernahm sie das Geräusch eines Schlüssels im Türschloss. Verstärkt durch die lautlose Finsternis und die Winzigkeit ihrer Wohnung klang es, als wollte jemand eine Tür unmittelbar neben ihrem Kopf öffnen, eine Tür, die direkt auf ihr Bett geführt hätte. Sie wagte nicht aufzustehen. Ihr Schlüssel steckte von innen, sagte sie sich mehrmals. Niemand konnte herein. Außer man trat die Tür ein. Oder sägte das Schloss aus. Das Fenster, unmöglich, sechster Stock. Aber vielleicht die Regenrinne ... Oder vom Balkon darunter? Sollte sie die Jalousie anheben, um sich zu vergewissern, dass niemand sich von dort hochzog? Die Vorstellung eines an die Scheibe gedrückten Gesichts stieg in ihr auf, rechts und links zwei behandschuhte Hände. Sie konnte sich nicht rühren. Sie wartete ein wenig, hörte nichts mehr, nicht einmal Schritte, die sich entfernten.

Nach einigen Minuten griff sie sich ihren Laptop und öffnete mehrere Seiten, auf der Suche nach grünen Punkten, die ihr anzeigten, welche ihrer Kontakte online waren. Sie konnte sich nicht vorstellen, jemanden zu wecken, um ihm oder ihr ihre Angst mitzuteilen, aber wenn sie einen Freund fände, auch nur einen Bekannten, und sei er halb vergessen, der seine Nacht damit totschlug, durch Kommentare und Fotos zu scrollen, könnte sie sich ein bisschen unterhalten. Sie hatte dabei nicht an die vollständig vergessenen Freunde gedacht (von denen nur Facebook behauptete, sie seien noch Freunde), die in dieser Nacht die einzigen Vermesser der sozialen Netzwerke zu sein schienen. An einen wiedererstandenen Namen aus der Schulzeit würde sie dann doch keinen Hilferuf richten. Sie sah, wie die Minuten in der rechten unteren Ecke des Bildschirms langsam weiterliefen. Im Haus war es wieder still, aber das Summen der Périphérique drang durch die Fenster und die geschlossenen Jalousien bis zu ihr, ebenso wie der zornige Schrei einer nach dem Meer suchenden Möwe und kaum vernehmbare Musik, die aus den Lagerhallen der koscheren Metzgerei aufstieg und ab und an von Männerstimmen mitgesungen wurde.

Es tagte, als L eine E-Mail von Antoine bekam. Sie hatte endlich den Mut gefunden, eine der Jalousien zu öffnen. Über den Dächern herrschte metallisches Grau, und das eintönige Licht kroch bis an ihr Bett. Antoine entschuldigte sich, dass er ihr so lange nicht geantwortet hatte. Er schrieb, dass er gern mit ihr übers Hacken sprechen und von den Ergebnissen des Informationsausschusses berichten würde. Am Ende der Mail gab er seine Handynummer an. Sie schickte ihm sofort eine Nachricht:

Kann ich dich anrufen?

RETARDIERENDES MOMENT

Geschlossene Gesellschaft

*All dieser Quatsch über Spionage verlieh dem Buch ein
ungeheures Verkaufspotenzial, aber ich sah es eher als
eine Art Parabel, ohne Lektion oder Moral, eine Parabel,
aus der man unmöglich irgendetwas ableiten konnte.*

Geoff Dyer, *Reisen, um nicht anzukommen*

Ich weiß nicht, wer diese Männer sind und was sie von mir wollen. Eigentlich weiß ich nicht einmal, ob sie irgendwas miteinander zu tun haben. Der Kerl von gestern hat vielleicht überhaupt keine Verbindung zu dem Typen vom Dönerladen oder zu dem vor Delambres Haus. Nur dass sie den gleichen Blick draufhaben, verstehst du? So einen lastenden Blick, aber nicht wie die schmierigen Notgeilen in der Metro, sondern eher wie eine Membran, etwas Schmutziges, Erdrückendes, das sich auf dich legt ... Und dann habe ich noch solche Nachrichten gekriegt. Man kann sie nicht bedrohlich nennen, aber dass ich sie bekomme, heißt an sich schon nichts Gutes. Und nachts, als ich im Bett lag, dachte ich, ich höre einen Schlüssel im Schloss. Vielleicht war das nur ein besoffener Nachbar, der sich in der Tür geirrt hat. Vielleicht war es aber auch jemand, der sie mit dem Dietrich öffnen wollte. Keine Ahnung. Siehst du meine Hände? Seit gestern kann ich nicht mehr aufhören zu zittern ... Tut mir leid, es ist früh, und ich kreuze einfach hier auf, obwohl du bestimmt hundert Sachen zu erledigen hast. Ich hab dich noch nie mit Krawatte gesehen. Du siehst total seriös aus, da komme ich mir noch mehr wie eine Irre vor. Ich versuche, vernünftig zu bleiben, ich mache mir die verschiedenen Möglichkeiten klar. Gehe sie immer wieder durch. Diese Typen könnten von der Polizei sein. Sie könnten Angestellte von Harm-Ony sein, der Firma, die von Elias angegriffen wurde. Sie könnten auch was vollkommen anderes sein. Wusstest du, dass man immer einen blinden Fleck hat, wenn man über etwas nachdenkt? Das hab ich irgendwo gelesen. Sie könnten auch ganz normale Typen sein – das ist wichtig, hörst du? Dass ich zweifle. Das rettet mich ein bisschen vor der totalen Paranoia.«

»Du kannst hierbleiben, wenn du willst. Ich bin gegen 19 Uhr zurück.«

»Musst du in die Assemblée?«

»Ja. Es gibt Kaffee. Und es müssten auch noch irgendwelche Kekse da sein. Aber der Kühlschrank ist leer.«

»Ich muss aufhören zu zittern.«

»Du kannst mein Bett nehmen, wenn du schlafen willst. Oder das Sofa. Ich lass dir den Schlüssel da. Ich klingel dann, wenn ich zurückkomme.«

»Um 19 Uhr.«

»Genau. Tut mir leid, dass ich nicht bleiben kann.«

»Tut mir leid, dass ich hier so reinplatze.«

L war schon lange nicht mehr allein in einer fremden Umgebung gewesen. Sie ging nie ins Hotel, auch nicht in Airbnbs. Sie hatte keine Freunde, deren Pflanzen sie gießen oder deren Katze sie während der Ferien füttern musste – oder falls sie sie hatte, bat man sie nie um diese Art von Gefallen, und das war auch gut so, denn Ls einziges Haustier war ein Goldfisch gewesen, als sie zehn Jahre alt war, und der hatte nicht lange gelebt.

Sie duschte hastig. Sogar in Antoines Abwesenheit war es ihr peinlich, in seiner Wohnung nackt zu sein, nackt an einem Ort, an dem auch er regelmäßig nackt war. Sie traute sich nicht, eines seiner Handtücher zu benutzen, und erst recht nicht, sich ein T-Shirt von ihm zu leihen, also trocknete sie sich mit ihren zerknitterten, nach Kippe stinkenden Klamotten ab, bevor sie sie wieder anzog. Jetzt waren sie zerknittert, stinkend und durchnässt.

Im Wohnzimmer überflog L anschließend die Buchtitel im Regal und auf dem Boden. Sie hob ein Buch auf, dessen Umschlag ein Graffito zierte, »Eat the Rich«; sie schlug es auf und versuchte, sich einzureden, sie könnte darin lesen. Sie verstand nicht einmal die Hälfte. Es war demütigend. Sie konzentrierte sich noch stärker, aber die Schritte im Treppenhaus machten ihr Angst. Die Stimmen draußen, auf dem Bürgersteig. Wenn sie zusammenzuckte, verlor sie die Zeile, und dann wusste sie nicht mehr, ob sie einen Satz bereits gelesen hatte oder nicht.

Sie beschloss, Elias zu schreiben, und suchte im Zimmer nach Stift und Papier. Sie bemühte sich um Sätze, die schildern würden, was ihr am Vorabend passiert war, aber dazu hätte sie Geräusche und Gerüche einfügen müssen, denn ohne die war die Szene nicht sehr eindrucksvoll. Und dann fiel ihr wieder ein, dass Elias nicht mehr wollte, dass sie ihm schrieb. Die fünfundvierzig Minuten ihres Gefängnisbesuchs zogen langsam vor ihrem inneren Auge vorbei, über das weiße Blatt hinweg. An welchem Punkt war der Karren in den Dreck gefahren?

L streckte sich auf dem Sofa aus und schloss die Augen. Zunächst hielt sie winzige Nickerchen, wenige Sekunden lang, als entglitte ihr kurz das Bewusstsein, dann wurden die Augenblicke länger, gedehnter, jedes Mal zehn oder zwanzig verschwundene Minuten, wenn sie auf die Uhr sah. Der Schlaf kam nicht friedlich, er wurde vom plötzlichen Gefühl eines Sturzes begleitet, und dieser Sturz, den L im Moment des Einschlafens verspürte, war kein Sturz vom Sofa aufs Parkett, sondern ein Sturz ins Leere, in ein nicht zu verortendes Nichts, ein Nichts, das verschwunden war, sobald sie die Augen öffnete, aber sofort zurückkehrte, wenn sie sie wieder schloss. Ihr ganzer Körper verkrampfte, zuckte beinahe schmerzhaft. Trotzdem wollte L unbedingt schlafen. Entgleiten und Aufschrecken wechselten sich ab. Endlich sank sie ohne Sturz in den Schlaf. Als sie wieder erwachte, ging gerade die Sonne unter, und die Wohnung leuchtete orange und golden.

Kurz darauf kam Antoine zurück, beladen mit Einkaufstüten. Er hatte Bier, Wein, Hummus, Brot und ein Schälchen Erdbeeren besorgt – »die ersten des Jahres«, verkündete er, und in ihrem kleinen, grün-weißen Karton bekamen die Erdbeeren etwas Heroisches.

»Hast du was vor heute Abend?«

»Nein.«

L sah, dass er log, man erkannte es an seinem sich hebenden Mundwinkel. Mit einem Feuerzeug öffnete Antoine zwei Bier, ein selbstsicherer Handgriff, der sie überraschte, und dann gab er zu: »Ich wollte die große Fernsehdebatte mit Macron gucken … Es ist bescheuert. Ich weiß schon jetzt, dass ich mich aufregen werde. Aber wenn ich sie nicht anschaue, werde ich sowieso den ganzen Abend die Kommentare auf Twitter lesen.«

»Kann ich mitgucken?«

»Interessiert dich das?«

»Nein.«

Sie richteten ihr Picknick her, und Antoine rief die Seite von France Culture auf. Es war noch ein wenig früh. Während der Präsident Hände schüttelte, plapperten die Kommentatoren nervtötend einher, und Antoine plapperte über ihr unbeholfenes Geplapper hinweg, um sich nicht allzu blöd vorzukommen, weil er etwas sehen wollte, das absolut nichts Fesselndes hatte. L kannte keinen der anwesenden Intellektuellen. Antoine meinte, das sei normal, sie seien mehrheitlich rechts. L war sich nicht sicher, ob er das aus Höflichkeit sagte, damit sie sich nicht schämen musste, weil sie keine Wissenschaftler kannte, oder ob es ihm unmöglich war, sich eine Geisteslandschaft wie die von L vorzustellen, in der Intellektuelle im Grunde nicht vorkamen, zumindest wenn keine Videointerviews auf YouTube von ihnen abrufbar waren. War es Antoine begreiflich, dass L keine Bücher kaufte? All ihre Bildung hatte sie aus Posts und PDFs zusammengefügt. Sie hatte sehr viel gelesen, aber immer nur im Drinnen, und das war unter anderem deshalb problematisch, weil sie sich nie an die Autoren der gelesenen Zeilen erinnerte. Alles ging durcheinander, als wäre es am Ende ein einziger großer Text, der sich selbst generierte und endlos verzweigte.

Auf dem Bildschirm wetterte Pascal Bruckner gegen einen Staatsstreich in Zeitlupe, den er als anarcho-faschistisch bezeichnete. Er sprach über die Gelbwesten. Das fängt ja gut an, sagte Antoine und meinte es nicht völlig ironisch. Rasch erfanden sie ein Spiel, ohne es einander erklären zu müssen: Nach dem ersten Blick auf Redner oder Rednerin versuchte man, den Inhalt der Wortmeldung vorauszusagen – »Das wird gleich wehtun«, meinte Antoine; »Der da ist ein Vollpfosten«, warf L jemandem ihr Lieblingswort an den Kopf. Ab und zu entdeckten sie ein Gesicht, das ihnen gefiel, und sie schwiegen unvermittelt, hofften, dass ihnen auch die zugehörige Aussage gefallen würde. Bei einer Frage zur Rückkehr von Dschihadistenkindern nach Frankreich leerten sie ihr Bier und den Hummus, als der Stand der Forschung angesprochen wurde.

»Gehst du wählen?«, fragte Antoine.

»Nie.«

Die Erdbeeren waren hart und sauer. Sie drehten sie um, um ihre weißen Bäuche zu betrachten, und ließen sie dann liegen. Eine junge Frau mit Sonnenbrille sprach über Diskriminierung zwischen den Geschlechtern. Antoine verschickte und erhielt ununterbrochen Nachrichten, unter anhaltendem Gebimmel. Er erklärte L, dass er auf Telegram mit Bertrand und Camille über die Debatte diskutiere. Das Emoticon-Gewimmel verschleierte nur schlecht, dass es sich, trotz der späten Stunde, um Arbeit handelte. L wollte wissen, ob der Abgeordnete in den sozialen Netzwerken aktiv war, ob er seine Posts selbst verfasste und, falls nicht, wer der Community Manager des Teams war. Antoine antwortete, der Abgeordnete habe einen Twitter-Account, den er aber fast nie nutze. Ab und an setzte einer seiner Assistenten einen Post ab, zum Beispiel Glückwünsche an einen Mitstreiter nach Wahlen oder Dankesworte an die Teilnehmenden einer Veranstaltung mit ihrem Arbeitgeber. Manchmal wollte der Abgeordnete eine verstorbene Persönlichkeit würdigen, dann verfasste er seinen Tweet selbst. Doch Antoine musste zugeben, dass sein Chef auf Twitter eine Katastrophe war, dass er schon mehrmals Halb- oder Viertelnachrichten abgeschickt hatte, manchmal sogar einen einzigen Buchstaben, bis sein Team ihm geraten hatte, seine Äußerungen besser nicht mehr selbst zu tippen. Dem Abgeordneten war das nur recht, zumal er nicht mehr als einen weiteren Kommunikationskanal darin sah. Im Großen und Ganzen, fasste Antoine zusammen, klangen ihre Posts eher nach »Möge sein Andenken für immer in uns weiterleben« als nach »Hey, Twitter, work your magic!«.

»Ist das für dich typisch alter Sack?«

»Nein«, meinte L. »Überhaupt nicht. Nur weil ich mein Leben im Internet verbringe, bin ich nicht für eine Gesellschaft, die überall ihre Spuren hinterlässt. Ich kämpfe sogar eher für das Gegenteil. Wenn du sie nicht verwischen kannst, solltest du lieber so wenig wie möglich hinterlassen.«

Dieser Satz erinnerte sie an die Ansprache von Barbet-ohne-richtigen-Namen, und sofort stieg ihr wieder sein Geruch in die Nase, als wäre der blonde Mann soeben durchs Zimmer gegangen. Antoine merkte nicht, wie sie erstarrte, und redete weiter über die virtuelle Unauffällig-keit des Abgeordneten: Wenn er ganz ehrlich, oder egois-tisch, sein wollte, war sie für ihn von Vorteil; er kannte As-sistenten, deren Arbeitgeber lechzten nach Sichtbarkeit im Netz, und das steigerte den Arbeitsaufwand gewaltig. Er wusste sogar von einem, erzählte er, dessen Arbeitgeber von den MacronLeaks derart verängstigt war, dass er sich mehrere Mail-Accounts hatte anlegen lassen, mit leicht von seiner echten abweichenden Adressen, damit Hacker nicht wüssten, welche sie angreifen sollten. Doch damit die falschen Postfächer wie vielversprechende Köder wirkten, verlangte er von seinen Mitarbeitern, Nachrich-ten von diesen Accounts oder an sie zu versenden, sodass all die Adressen gespeichert wurden und als Durcheinan-der im Fenster des Empfängers erschienen, was natürlich Verwirrung stiftete. Der Assistent jenes Abgeordneten hatte Antoine in einer Zigarettenpause anvertraut, dass inzwischen sicher alle, sowohl die Phantom-Accounts als auch der echte, Informationen enthielten, die seinem Chef schaden konnten.

Um ein Uhr morgens wurde deutlich, dass L nicht nur

bei Antoine blieb, weil sie unbedingt die große Fernsehdebatte zu Ende gucken wollte. Kein Mensch würde sich
ohne berufliche Gründe acht Stunden lang das Präsiden-
tengerede anhören (abgesehen vielleicht von den Intellektuellen, die Sitzplätze zu nah beim Präsidenten erwischt
hatten, weshalb Antoine und L annahmen, dass sie sich
nicht zu gehen trauten; man hätte es im Fernsehen zu
deutlich gesehen).

»Willst du nicht nach Hause?«

»Nein.«

»Das Sofa ist ausziehbar.«

Es folgte ein Austausch von Höflichkeiten, um zu
entscheiden, wer das Bett bekäme. L meinte, sie schlafe
lieber im Wohnzimmer, denn Schlafstörungen seien in
einem Schlafzimmer schlimmer, weil der ganze Raum danach verlange, dass man dort schlafe. Antoine ging zu Bett
und versuchte, sich einzureden, dass es völlig normal war,
eine junge Frau auf seinem Sofa zu haben. Von der Schlaf-
zimmertür aus rief er ihr ein »Gute Nacht« zu, ohne sich
zu ihr umzudrehen, damit sie nicht glaubte, in seinem
Blick gebe es irgendeine Botschaft zu lesen. Als er im Bett
lag, wälzte er sich hin und her und fand keine geeignete
Schlafposition, bis er begriff, dass er keine Schlafposition
suchte, sondern eine Position, in der er sich von L überraschen lassen wollte, falls sie die Tür öffnete. Verärgert über
diese Hoffnung, die er für völlig unpassend hielt, vergrub
er den Kopf unter dem Kissen und gab sich Mühe, an
nichts zu denken – was eine ausreichend große Konzentra-
tionsleistung erforderte, um nicht einschlafen zu können.

Morgens, über ihrem Kaffee, fragte L: »Hast du nicht
zumindest kurz gedacht, ich wäre deinetwegen gekommen?«

»Nicht eine Sekunde.«

»Du bist erstaunlich.«

»Weil du meinetwegen gekommen bist?«

»Nicht eine Sekunde.«

»Das war offensichtlich.«

L lächelte. Und Antoine war froh, dass sie lächelte, denn das hieß, dass ihr seine Lüge nicht aufgefallen war.

Am folgenden Abend war sie immer noch da. Wieder schleppte er Bier und etwas Essen an, als er von der Assemblée nach Hause kam. Sie entschuldigte sich, dass sie sich ein T-Shirt von ihm geliehen hatte, und fügte hinzu, sie habe ein altes, hässliches genommen. Antoine stellte sich L mit beiden Armen in seinen Kleiderstapeln vor und spürte, wie er rot wurde. Er erkannte das große, blaue, verwaschene T-Shirt nicht wieder. Es dauerte einen Moment, bis ihm aufging, dass es Bruno gehörte. Antoine hatte nach der Demonstration keine Spur von ihm finden können – vergeblich hatte er die auf den Seiten der Gelbwesten veröffentlichten Verhaftungsprotokolle vom 16. März nach einem Bruno durchsucht –, und er behielt Pullover und T-Shirt, weil er nicht wusste, was er mit ihnen anfangen sollte.

Diesmal setzten sie sich einander gegenüber. Es gab kein Video mehr zu kommentieren, um ihren Worten den Anschein einer Diskussion zu geben, sie mussten das Rohmaterial selbst liefern. L, noch immer beeindruckt von dem Buch, das sie am Vortag aufgeschlagen hatte, wagte keine Unterhaltung anzufangen. Antoine kam nicht auf die Idee, dass er mit seinem Hemd, seinen Schuhen und seinen Büchern eines Bourgeois in Ls Augen selbst wie ein Bourgeois aussah, wie all jene, die er in der Kantine im siebten Stock traf und von denen er fand, dass ihnen soziale Schicht und ererbte Kultiviertheit aus jeder Pore dünsteten. Er hielt L für distanziert. Er stellte ihr zaghafte Fragen zu ihren Aktivitäten im Drinnen. L dachte, er tue das aus Mitleid, weil er annehme, sie könne sich über nichts anderes unterhalten, und wahrscheinlich hatte er recht, sie hatte wenig andere Gesprächsthemen, aber interessiert dich das denn überhaupt? Er beteuerte es. Sie antwortete zunächst schleppend, beschwor bruchstückhaft die große Zeit von Anonymous herauf – sie hatte festgestellt, dass sich die aus dem Draußen grundsätzlich für die ehemalige Armee interessierten, vielleicht, weil sie nur damals je etwas Wohlwollendes über Hacker gehört hatten. Sie wiederholte den Katechismus ihrer persönlichen Mythologie: Operation Chanology, Operation Payback, Operation Tunesien … Ohne es zu merken, redete sie sich allmählich warm, stürzte sich in längere Sätze und kümmerte sich nicht mehr um die Syntax; sollte Antoine doch von ihr denken, was er wollte. Anfangs erwähnte sie nur Angriffe, die sie gut kannte, an denen Elias oder sie teilgenommen hatten, und möglicherweise verwendete sie allzu flammende Worte, in Erinnerungen schwelgend oder sie umdeutend,* denn Antoine wies sie freundlich darauf hin, dass es sich, letztlich, doch um winzig kleine Schlachten handele: Hier und da eine Website, die für ein paar Tage vom Netz ging, oder finanzielle Verluste von Firmen, die es sich leisten konnten, hätte man das nicht größer aufziehen können? L erwiderte beleidigt, dass

---

* Hörte man L zu, wurde klar, dass sie 2006 bei der Operation gegen die Scientologen mitgemacht hatte, auch wenn sie das selbst nicht sagte, lediglich auf die Klarstellung verzichtete, nicht dabei gewesen zu sein.

sie gemeinsam getan hätten, was ihnen möglich gewesen sei, im Bewusstsein ihrer Grenzen angesichts der Größe des Gegners. Es ging weniger darum, den Feind zu bezwingen, als ihm ausreichend Angst einzujagen, damit er seine Schläge umlenkte, ein bisschen wie die Fischotter in dieser Folge von *Planet Earth*, die von einem vier Meter langen Krokodil angegriffen werden, und statt zu fliehen, richten sie sich auf die Hinterpfoten auf und stoßen ein schrilles Gequieke aus, bis die Echse zurückweicht. Natürlich ist sie nicht besiegt, aber sie macht sich vom Acker, verstehst du? Antoine gestand entschuldigend ein, dass er niemals Tierdokus guckte. Seine Kritik an der Bedeutungslosigkeit ihrer Schlachten regte L weiterhin auf. Bei jedem Blick in seine Richtung schien es ihr, als wiederholte seine Miene ihr die Bemerkung. Also erzählte sie ihm von einer ganzen Reihe anonymer Aktionen, die weniger bekannt, weniger durch die Presse gegangen waren als die anfänglichen Glanzleistungen: der Kampf an der Seite der Dissidenten während des Arabischen Frühlings, der Versand alter 56k-Modems, um ein Parallelnetz aufzusetzen, als die ägyptische Regierung das Land vom Internet abschneiden wollte. Sie übersprang einige Jahre und berichtete ihm von einer neueren Front: der Zerschlagung von Internetseiten, die für den Dschihad rekrutierten. Sie beschrieb die Arbeit des Wachehaltens, die einem die Augen versaute, den Kopf verbog, beschrieb die Wut von ihresgleichen, weil sie für diverse Staaten einspringen mussten, da die Regierungen nichts vom Terrorismus 2.0 kapierten, und mal ehrlich, welches westliche Land verfügte schon über ausreichend einsatzfähige Kräfte mit gleichermaßen guten Arabisch- und Informatikkenntnissen? Jeder, wie er kann, sagte sie, diese »winzig kleinen

Schlachten« hatten verhindert, dass eine beängstigende Macht ihr Territorium schluckte. Hätte Antoine sie nicht gekränkt, hätte L vielleicht von ihren eigenen Aktionen zu erzählen gewagt, vom klitzekleinen, aber beständig fortgesetzten Kampf, gewisse Foren nicht zum sicheren Hort rechtsextremer Splittergruppen verkommen zu lassen, von der Geduld, mit der sie deren bedeutendste Mitglieder verfolgt und dann gedoxt hatte; und natürlich waren sie irgendwann zurückgekehrt, das Krokodil kehrt immer zurück, aber nur, weil man weiß, dass man am Ende verlieren wird, sollte man nicht zu kämpfen aufhören, denn was bliebe dann noch?

Antoine hätte sie gern gebeten, ihm einen Hack zu zeigen, so wie man einen Zauberer bittet, ein paar Tricks vorzuführen, aber er traute sich nicht. Stattdessen befragte er sie zum Dark Web, das in der Kommission häufig erwähnt worden war, von dem er aber kaum etwas verstand. L klappte ihren Laptop auf und startete Tor, während sie ihm erklärte, wie Onion-Routing funktionierte: Jeder noch so kleine Inhalt lief über mehrere Netzknoten, geschützt durch vielfache Verschlüsselungsschichten, daher die etwas seltsame Namenspatenschaft der Zwiebel. Wenn Knoten A weiß, dass du ihm eine Nachricht geschickt hast, kennt er den Inhalt der Nachricht nicht, leitet sie aber an Knoten B weiter, der sie an Knoten C übermittelt, der die Nachricht seinerseits lesen kann, aber sozusagen annimmt, sie stamme von B. Antoine nickte und vergaß jeden Satz von L sofort wieder. Sie wollte ihm die erstaunlichen, wundersamen Dinge enthüllen, die das Netz teilweise verbarg, etwa die größte Bibliothek der Welt mit ihren Millionen digitaler Werke – L nutzte sie nie, aber sie nahm an, dass Antoine beeindruckt wäre. Er zeigte bloß höfliches Interesse. Eigentlich wollte er vor allem etwas über den Schwarzhandel wissen, er sah das Dark Web als Gespinst düsterer Gassen, in denen sich alle nur erdenklichen Arten von Dealern herumtrieben, mit offenem Mantel, um beunruhigende Waren feilzubieten. Ganz unrecht hatte er da nicht, und mit wenigen Klicks präsentierte L ihm die Marktplätze, die ihm vorschwebten: geklaute Kreditkartennummern, Maschinenpistolen, Cracksteine, Computer infizierende Schadprogramme.

»Das hier«, sagte sie und startete eine neue Suche, »sind gehackte E-Mail-Adressen, die kannst du zu Hunderten oder Tausenden aufkaufen, Unmengen sind das, und die Besitzer wissen nicht einmal, dass sie geknackt wurden.«

Natürlich wollte Antoine wissen, ob seine darunter war, und L öffnete ein Programm, das die Liste für sie durchforstete, um dann festzustellen, dass Antoines Adresse nicht auftauchte. L konnte sehen, dass er ein Spiel mit der Angst trieb, indem er sich unter ihrem Schutz an diesen Ort vorwagte, es war, als würde man einen Horrorfilm sicher eingekuschelt unter der Bettdecke angucken. Sie verstand das Vergnügen, das es ihm bereitete, aber das Dark Web war nicht bloß ein Sammelbecken billiger Schauder – das musste er begreifen, sonst würde er sich, ohne sich dessen überhaupt bewusst zu sein, dem Lager ihrer Feinde anschließen, die bloß davon träumten, diesen Ort zu vernichten. Schnell suchte sie nach einer Grafik, die sie im Vorjahr entdeckt hatte. Darin wurde der Inhalt des Dark Web in verschiedene Kategorien eingeteilt, und siehst du, hier, Pornos nehmen kaum mehr Platz ein als Bücher (2,2 gegenüber 2,1 Prozent). Selbstverständlich gab es Drogen (15 Prozent), Waffen (1,7 Prozent) und unzählige Betrugsseiten (9 Prozent), aber auch enzyklopädisches Wissen (5 Prozent) und tagesaktuelle Nachrichten (2 Prozent). Antoine deutete mit dem Finger auf einen schmalen Anteil der Grafik, der einfach nur »Missbrauch« hieß, und fragte, was er umfasse. L erwiderte trocken, dass er die Seiten bezeichne, die mit sexuellem Missbrauch jeglicher Art zu tun hatten, meist an Minderjährigen. Antoine fand, dass der Teil schlicht »Pädophilie« heißen sollte, und hielt L für unredlich, weil sie sich mit diesem Euphemismus zufriedengab. Der Prozentsatz war der gleiche wie bei Pornos oder Büchern, was eindeutig problematisch war, gib's zu, aber ich geb's ja zu, ich hätte nur gern, dass du auch den Rest siehst. Ein beträchtlicher Teil des Dark Web beschäftigte sich mit Whistleblowern (6 Prozent), der Anonymität im Netz (4,2 Prozent) und Hacking (4,1 Prozent), es gab Foren und Chats, deren Themen durch die genannten Kategorien nicht abgedeckt wurden und in denen man sich vielleicht über Origami oder Hundewelpen austauschte – woraus folgte, erklärte L, dass ein Viertel des Dark Web aus einem Wust unschädlicher Gedankengänge bestand; ein Viertel des Dark Web, sagte sie mit ernster Stimme, war in Wahrheit *das Zuhause*. Antoine fragte, warum sich das Zuhause in so geheime Winkel verkriechen müsse, und L antwortete:

»Du musst dir das Internet wie eine Stadt vorstellen, die sich gentrifiziert. Wir waren die ersten Bewohner; wir wussten, wie man sich in ihr bewegt. Dann kamen die Reichen und wollten, dass die Stadtviertel sicher werden. Also kamen auch die Bullen. Um weiterleben zu können, haben wir die Kanalisation besetzt, die Brachflächen, die Ruinen. Das ist keine freie Entscheidung, wir werden verfolgt. In der Sekunde, in der Cyberagenten auf den Plan traten, wurde das, was wir taten, zu Cyberkriminalität, während es vorher einfach eine Art war, das Internet zu bewohnen, und niemanden hat es gejuckt. Mit Gerichtsprozessen und Bußgeldern haben die hier aufgeräumt, aber warum sollte das Internet den Gesetzen dieses oder jenes Landes folgen? Das Internet ist kein Land, es ist nichts Irdisches. Es ist eine völlig andere Welt.«

Das T-Shirt, das L sich von ihm geliehen hatte (oder von Bruno), war ihr zu groß, und durch die Ärmelöffnungen, die von ihren dünnen Armen bei Weitem nicht ausgefüllt wurden, erspähte Antoine bei gewissen Bewegungen die blassere Haut ihres Oberkörpers, den Ansatz ihrer Brust – mit anderen Worten: den fehlenden BH, das war sein Gedanke, als sein Blick sich dorthin verirrte: »Sie trägt keinen BH«, mit an Dankbarkeit oder Dämlichkeit grenzender, pubertärer Freude.

Um Mitternacht erklärte Antoine, er gehe ins Bett. Morgen war Mittwoch, der Tag der Fragestunde an die Regierung. Der Abgeordnete wollte sich wegen der neuesten Kabinettsumbildung über den Premierminister hermachen, aber er war sich noch unschlüssig über die Härte der Anschuldigungen, die er gegen die Neuankömmlinge vorbringen wollte – genauer gesagt fragte er sich, wie sehr er die neue Regierungssprecherin, Sibeth Ndiaye, lächerlich machen durfte, ohne dass man ihm Sexismus, Rassismus oder die heimtückische Kreuzung aus beiden vorwerfen würde, deren Namen er erst kürzlich gelernt hatte: Misogynoir. Antoine hatte sich angeboten, so früh wie möglich ins Büro zu kommen, um den Redebeitrag noch einmal mit ihm durchzugehen. Statt mit L zu diskutieren, hätte er den Abend mit der Vorarbeit verbringen sollen, aber er war sich sicher, dass er seine mangelnde Vorbereitung ohne größere Probleme zu kaschieren wüsste. Ein wenig freute er sich sogar daran, denn seit seinem Überraschungsbesuch beim Abgeordneten erkannte er kaum noch einen Sinn in seinen täglichen Pflichten – und vorzugeben, er hätte sie erledigt, zeigte seine Missbilligung ebenso gut wie jeder andere Protest, sinnierte er. Er fragte L nicht, ob sie bleiben wolle, sie besprachen keine neue Raumaufteilung. In weniger als achtundvierzig Stunden war das Sofa zu Ls Rettungsfloß geworden. Wenn Antoine zu Hause war, verließ sie es kaum, und er war unsicher, ob sie sich tagsüber häufiger davon löste.

Während er sich die Zähne putzte, dachte er, dass alles zu schnell ging. Und dann verbesserte er sich und befand, dass es keine Frage der Geschwindigkeit war. Das Problem lag darin, dass nichts, was er darüber verstanden oder gelernt hatte, wie man anderen gefiel, für jemanden galt, der schon bei einem *wohnte*. Alles sollte auf dieses Ziel hinführen, es war eine Bewegung, eine Spannung hin *zu*, aber was, wenn die andere mit ihren eckigen, dunklen Gliedern und ihren Haaren bereits in einem alten T-Shirt auf deinem Sofa sitzt und nicht wegkann und wenn das Interesse nicht beiderseitig ist? Er hatte nicht die geringste Ahnung.

Im Wohnzimmer ertönte zwischen Tastaturgeklapper ein leises Bimmeln, und eine Nachricht erschien auf dem Bildschirm. Sie stammte von der Software, die für L jede Nennung ihres Online-Nicks aufspüren sollte. Nervös öffnete sie den Link, fand sich mitten in einer Unterhaltung auf Reddit wieder und scrollte durch die Kommentare. In verworrener Vielstimmigkeit diskutierte man die neuerliche Inhaftierung Chelsea Mannings, sprach vom Ende der Pressefreiheit, und dann stieß sie unvermittelt auf den Post, der sie betraf:

Rezept_befolgt
L, alias No, alias la French, mit ihren moralinsauren Artikeln über Männer, die ihre Frauen überwachen, jetzt gibts keinen mehr, der Manning verteidigt. Haben etwa nur »echte« Frauen ein Recht darauf, verteidigt zu werden?

L hatte sich nie la French genannt. Dieser Kommentar hatte eindeutig und einzig und allein zum Ziel, ihre Nationalität zu enthüllen und die Verbindung zwischen zwei Pseudonymen herzustellen, die sie bislang sorgfältig getrennt gehalten hatte. Erneut begannen ihre Hände zu zittern. Sie rief Antoine und deutete auf die paar Zeilen. Er zeigte keine Reaktion. L versuchte zu erklären, was sich in diesen paar Wörtern Gewaltiges abspielte.

»Wer hat das denn gepostet?«, fragte er.

L wusste es nicht. Den Namen *Rezept_befolgt* sah sie zum ersten Mal. Sie scrollte in der Unterhaltung ein wenig nach oben, auf der Suche nach einem Hinweis auf Urheber oder Urheberin, fand aber keinen. *Rezept_befolgt* hatte sich nur einmal an diesem Abend zu Wort gemeldet, um sie anzugehen. Noch dazu hatte er oder sie ein Pseudonym aus derart gewöhnlichen Begriffen gewählt, dass eine Onlinerecherche keinerlei belastbare Informationen hervorbringen würde, selbst wenn der Nickname schon einmal gebraucht worden war. Dennoch konnte L aus dem Kommentar schließen, dass die fragliche Person ihre Artikel auf Mothervoice gelesen hatte. Sie gab gern zu, dass ihre Beiträge einen moralisierenden Tonfall hatten, der andere möglicherweise nervte, aber das alles war drei

Jahre her. Warum jetzt davon anfangen? Das konnte nicht bloß ein ungeschickter Versuch sein, mit anderen seine Erinnerungen zu teilen. Dicht vorm Bildschirm sahen L und Antoine zu, wie die nächsten Kommentare erschienen:

Starlightz
L = No?
Pierre Kiroule
LOL, wersn das?
LeKingCrabe
lösch das, mann.

Dann folgte ein kleiner Shitstorm, weil die Verknüpfung von zwei Pseudonymen gegen die Regeln verstieß. *Rezept_befolgt* antwortete nicht, schrieb nichts mehr zurück.

»Da, du hast es auch mitgekriegt«, flüsterte L. »Irgendjemand hat es auf mich abgesehen. Das ist eine Drohung.«

»Eigentlich war da keine richtige Drohung dabei«, bemerkte Antoine und gab sich Mühe, seine Zahnpasta nicht zu versabbern.

»Doch, klar. Zwischen den Zeilen. Das heißt, dass man mich fertigmachen kann …«

»Wer denn? Einer von den Typen, die dir gefolgt sind, aber eigentlich doch nicht gefolgt sind?«

»Verarsch mich jetzt bitte nicht.«

Furcht stand in Ls Augen, echte Furcht, eine dichte Masse, die ihr die Lider offen hielt. Antoine beschloss, doch nicht ins Bett zu gehen. Salma hatte ihm bei ihrem letzten Besuch etwas Gras dagelassen. Er schlug L vor, einen Joint zu rauchen.

»Ich rauch nichts mehr.«

»Kräutertee?«

In dieser Nacht schlief Antoine auf dem Teppich ein und L auf dem Sofa, ihre Körper im rechten Winkel zueinander, ihr Atem ungleich.

Wenig später wurde L wieder wach, draußen herrschte graublaue Dämmerung. Die Angst kehrte augenblicklich zurück. Sie beobachtete, wie das Licht nach und nach über Antoines Körper wanderte, im Schlaf vollkommen reglos. Als er die Augen aufschlug, ließ sie ihm ein paar Sekunden Zeit, dann fragte sie: »Willst du, dass ich gehe?«

»Auf keinen Fall.«

Er versuchte aufzustehen und verzog das Gesicht, weil ihm die Muskeln und Knochen am ganzen Körper schmerzten.

»Aber Kaffee könntest du machen.«

Am nächsten Abend war L immer noch da. Auch am übernächsten. Und auch an dem danach. Samstag Morgen gab sie Antoine ihren Schlüssel, und er ging zu ihr nach Hause, um eine Tasche mit Klamotten zu holen. Als er den Kleiderschrank öffnete, war er überrascht, Männerkleidung darin vorzufinden. Er hatte nicht gedacht, in der Avenue de Flandre auch Elias' Wohnung zu betreten und nicht nur die von L. Wollte es wahrscheinlich nicht denken. Er verbot sich, in den Zimmern nach Spuren des Abwesenden zu suchen, ihn durch das heimliche Studium seiner Besitztümer kennenlernen zu wollen, und er verließ den Ort so schnell wie möglich wieder. Niemand wartete am Hauseingang, kein Mann in Schwarz oder mit teigigem, rosa Gesicht. Draußen traf er bloß auf den Angestellten des Dönerladens, der mit Zigarette zwischen den Zähnen den Bürgersteig fegte. Bei seiner Rückkehr erwähnte er dies L gegenüber vorsichtig und gab acht, dass man ihm seine Zweifel an der Begründetheit ihrer Ängste nicht anhörte.

Sie taten so, als könnten sie eine normale WG sein. Beharrlich hielten sie an Ritualen, alltäglichen, nützlichen oder vernünftigen Gewohnheiten fest. Sie gingen gegen Mitternacht schlafen und sagten »Bis morgen«. Doch jeden Abend stand L wieder auf, weil sie nicht einschlafen konnte, und Antoine, trotz aller Müdigkeit erfreut, stieg aus dem Bett und setzte sich in einen Sessel.

Dann blieben sie lange im Wohnzimmer, so reglos, dass die Möbel sich schließlich zu rühren schienen, das Sofa, die durch die eindrucksvolle Starre ihrer Körper in Bewegung versetzte Kommode. Ls Haltung war reptilienhaft. Antoines war schlaffer, und ab und an äußerte er ein paar Sätze, die zu Wortflächen wurden, Anfang, Ende und Zusammenhang im Nachhinein nicht mehr bestimmbar. Eines Abends erzählte Antoine zum Beispiel, dass sein Tag in der Assemblée einem Gesetzentwurf zur Reform des Gesundheitswesens gewidmet gewesen war, eine Vorlage, die der beruflichen Laufbahn von Pflegekräften mehr Flexibilität geben sollte, und obwohl er dachte, L habe ihm nicht zugehört, erwiderte sie einige Minuten später, ihre eigene Laufbahn sei ein Paradebeispiel an Flexibilität. L hatte Dutzende Zeitarbeitsverträge unterschrieben: in Gastronomie, Einzelhandel, Logistik, sie hatte alles gemacht, außer Kassiererin – etwas in ihr sträubte sich gegen die Vorstellung, Kassiererin zu sein. Sie fügte noch hinzu, dass sie immer gearbeitet habe, dass ihre Mutter ihr stets eingetrichtert habe, sie müsse arbeiten. Um für dich zu sorgen, fragte Antoine. Nein, erwiderte L, das war es nicht einmal, es war eher eine Art Automatismus bei ihrer Mutter, die fand, L müsse unbedingt eine Beschäftigung haben. Müßiggang … wie war das noch gleich? Ist aller Laster Anfang. Ach ja.

Als sie lautes Gepolter im Treppenhaus hörte, knarrende Stufen unter schweren, raschen Schritten, verstummte L. Sie wandte sich mit ihren dunklen, aufgerissenen Augen Antoine zu und starrte ihn an, bis die Haustür zuknallte und sie sich sagen konnte, dass der oder die Hinauseilende ein nicht schwarz gekleideter Typ, ein nicht blonder Mann, also eine Nichtgefahr gewesen war oder, anders gesagt, absolut niemand. Als sie weitersprach, kamen die Wörter noch abgehackter heraus als sonst. Zuerst: arbeiten für die Schule, sagte sie – und es war keine große Überraschung, dass sie die Schule nicht gemocht hatte, weil man sie ihr gegenüber immer als Arbeit dargestellt hatte, während andere Kinder sie als Spiel betrachten durften.

»Und dann einen Nebenjob haben. Und dann einen echten Job finden. Die Stunden des Tages in jedem Alter mit Arbeit füllen. Als ich meiner Mutter erzählt habe, dass ich Computer repariere und dafür nur zehn Stunden pro Woche brauche, hat sie gemeint, das sei nicht gut. Denn man muss arbeiten.«

»Hast du dir nie überlegt, ob du dich vielleicht für Computer interessierst, weil du im Internet keinen Körper haben musst?«, fragte Antoine.

»Weil?«

»Weil du nicht gerade den einfachsten Körper hast.«

»Bitte?«

Er spürte den Schweiß auf seiner Oberlippe und auf den Schläfen. Sein Herz schlug schneller, er vernahm das aus dem Takt geratene Metronom in seiner Brust und dachte, dass L es vielleicht auch hörte. Er hatte soeben zum ersten Mal über ihren Körper gesprochen, ihren Körper benannt, und dann diesen Satz gesagt. Er war so ein Idiot. »Nein, Moment, das war blöd ausgedrückt. Was ich sagen wollte: Du bist eine Frau und arabisch. Aber drinnen sieht das niemand.«

»Wo bin ich denn bitte arabisch?«

»Oh, also ich dachte …« Das Herz beruhigte sich nicht, im Gegenteil, es schlug immer schneller.

»War nur Spaß, mach weiter.«

»Als ich nach Paris gekommen bin, zur Vorbereitung aufs Studium, hatte ich das Gefühl, ich müsste jeden Tag Bemerkungen oder Blicke zu meiner sozialen Herkunft einstecken. Ich war ein Dorftrottel, ich war halbgebildet, ich sprach keine einzige Fremdsprache fließend, meine Eltern hatten nie im Ausland gelebt, ich war als Kind nicht ins Museum gegangen, ich war ein Bretone, der nicht mal segeln konnte … Totalblamage. Aber manchmal, bevor ich aus der Wohnung gegangen bin, habe ich mich vor den Spiegel gestellt, und wenn ich das richtige Hemd oder das richtige T-Shirt anhatte, habe ich mir gesagt: Wenn ich den Mund halte, komme ich damit durch. Und dann dachte ich, dass ich ein Scheißglück habe, ein Kerl und weiß zu sein.«

»Also reden wir eigentlich über dich.«

»Entschuldige.«

»Jetzt nimm doch nicht immer alles so ernst.«

»Ich glaube nicht, dass ich durchgehalten hätte, wenn man mich noch aus einem anderen Grund hätte ausgrenzen können.«

»Hmm … du meinst also, ich glaube, dass ich mich für die Informatik entschieden habe, aber tatsächlich bin ich aus einem Abwehrmechanismus da reingerutscht? Um Rassismus und Sexismus zu entgehen?«

»Um entscheiden zu können, wann du ihnen entgehen willst. Im Internet kannst du sein, wer du möchtest.«

»Ich war tatsächlich oft ein weißer Kerl.«

»Du hast bei dir selbst den Großen Austausch verkehrt herum vorgenommen? Ist ja stark.«

»Nennt man das nicht Integration?«

Manchmal verging die Zeit sehr langsam, und dann war es plötzlich extrem spät oder schon sehr früh, und Antoine musste sich fürs Büro fertig machen. Salmas Gras rührten sie nicht an, aber Ls Gegenwart gab ihm trotzdem das Gefühl, breit zu sein. Er redete mit ihr, als hätte er zu viel gekifft. Und als wenn er zu viel gekifft hätte, versuchte er, mit dem Reden aufzuhören, schaffte es aber nicht. Und als wenn er zu viel gekifft hätte, war er unfähig, Außenstehenden das Wunderbare ihrer Unterhaltung zu vermitteln. Sagte er zum Beispiel zu Bertrand: »Gestern ist eine Freundin vorbeigekommen, und wir haben über dies und das geredet«, verschwand der Zauber, der innere Zusammenhang ihrer Worte, alles wirkte albern. Bei Antoine blieb nur noch der Eindruck zurück, ihre scheinbar zufälligen Wortflächen würden gewissen Themen in Wahrheit sorgfältig ausweichen. Er zählte auf: ihr Freund, die Verhaftung ihres Freundes, die genauen Gründe für ihre Panik. Er nahm an, dass er nichts fragte, weil es bloß zwei Möglichkeiten gab:

1) Er fände heraus, dass es ein schwerer Fehler war, L auf seinem Sofa zu dulden, der ihn der Strafverfolgung aussetzen, zum Verlust seines Arbeitsplatzes führen oder ihn auf andere Weise in Gefahr bringen würde, körperlicher, unmittelbarer.

2) Er fände heraus, dass Ls Anwesenheit auf seinem Sofa nur ihrer Paranoia geschuldet war, was hieße, dass ihre gemeinsam verlebte Zeit im Grunde nicht existierte, weil sie voll und ganz einer Fiktion von Ls gestörter Psyche entsprang.

Er wollte nicht, dass L verrückt war, denn das hätte bedeutet, dass sie eigentlich gar nicht bei ihm sein wollte, in seiner Gesellschaft. Sofern sie psychisch gesund war, konnte Antoine glauben, sie habe ihn sich ausgesucht, ihn – auch wenn sie ihm erklärt hatte, sie habe nur bei ihm angerufen, weil gerade im rechten Moment seine Mail bei ihr eingetroffen sei. L war nicht zu Guillaume und Salma gegangen. L war nicht zu Jérémie gegangen. L war zu ihm gekommen. Er hatte damit begonnen, vor dem Einschlafen an sie zu denken, und ein paar Wochen später war sie zu ihm gekommen. Wenn das nicht so was wie ein Zeichen war, dann gab es solche Zeichen überhaupt nicht. Allerdings galt das nur, sofern es L einigermaßen gut ging. Von Zeit zu Zeit sprach Antoine eines der verbotenen Themen an, aber nur am Rande, und wenn die Unterhaltung in eine andere Richtung abdriftete, versuchte er nicht, sie auf sein Ursprungsinteresse zurückzulenken.

»Der Kommentar, der dir gestern Abend so eine Angst gemacht hat, wovon handelte der eigentlich genau? Was hat es mit diesen Artikeln auf Mothervoice auf sich?«

L beschrieb ihm die Welt der Überwachungssoftwares, deren Ausmaß sie durch die beunruhigt raunenden Frauen inzwischen abschätzen konnte. Zum ersten Mal sprach sie mit jemandem über Isabelle, Fatou und all die anderen. Sie beschrieb auch ihre Vorgehensweise, obwohl sie sah, dass Antoine bei der Vorstellung der Mails, die sie ver-

schickt hatte, der retuschierten Fotos und knallhart formu-
lierten Drohungen erblasste.

»Ich hab versucht, dass möglichst viele Frauen davon
erfahren: Wenn sie einen Verdacht haben, kann ich ihnen
helfen, ihr Handy oder ihren Computer zu säubern. Aber
Mund-zu-Mund-Propaganda erreicht nur lächerlich wenig Leute, und ich wollte Rettungsaktionen im großen Stil
fahren, wahrscheinlich eine leicht größenwahnsinnige
Idee, aber das Problem ist ja auch gewaltig: Wir sprechen
von Hunderttausenden Personen, die Opfer von Mikro-
Überwachung werden. Was sollte *ich* denn da machen,
hm? Das Zeug musste verboten werden, das war der einzige Weg, wirklich etwas zu verändern. Für die Firmen,
die diese Programme verkaufen, ist es viel zu leicht zu
sagen: Wir wussten doch nicht, wofür man das einsetzen
würde, das steht unseren Absichten diametral entgegen,
die ursprünglich schön und edel waren und so weiter.
Diese Typen, die so tun, als wüssten sie nicht, dass jeder
mal den dreckigen Wunsch hat, andere auszuspionieren,
die kotzen mich an. Wenn du Überwachungssoftware ver-
kaufst, schaffst du Unterdrückung, und damit machst du
dein Geld. Deshalb sollte deine Geschäftsidee verboten
werden und nicht dieses oder jenes Individuum, das angeblich diametral gegen die Absichten deiner Erfindung
handelt. Das habe ich anfangs nicht vorhergesehen, ich
wollte nur ein paar Frauen aus der Patsche helfen, die von
irgendwelchen Arschlöchern bedrängt werden, und am
Ende wollte ich dann ganze Unternehmen plattmachen.
Ich wollte, dass das öffentlich wird, dass alle verstehen,
was da vorgeht. Also habe ich Artikel geschrieben und sie
online gestellt. Mothervoice ist eine Website, die Elias mit
ein paar Kumpels aufgezogen hat. Er hat davon geträumt,

dass sie – wie war das noch? – ›ein Forum für Reflexionen zur virtuellen Ethik‹ wird oder so ähnlich, aber eigentlich ist es immer nur innerhalb einer kleinen Gruppe geblieben. Und ich … ich hab mir so was von einen abgebrochen, um diese Artikel zu schreiben. Ich hab Stunden gebraucht, um Sachen zu ordnen, die ich eigentlich wusste, Sachen, die in meinem Kopf völlig klar wirkten. Ich hab dann lieber wieder Taten sprechen lassen, auch wenn die nur klein waren. Dabei komm ich mir wenigstens … ich weiß auch nicht, fähig vor.«

»Bist du Feministin, L?«

»Ja. Praktisch schon. Was die Theorie angeht, da kenne ich mich nicht so aus.«

»Warum nicht?«

»Es gibt so viele Strömungen. Und ich hab gar nicht so viele Meinungen.«

Bei diesen Sätzen dachte L: Wenn sie studiert hätte, wie Antoine, wie Salma, dann hätte sie die verschiedenen Bewegungen innerhalb des Feminismus sicherlich besser verstanden. Sie hätte keine Angst vor theoretischen Texten gehabt, die Dinge infrage stellten, die sie als mehr oder minder naturgegeben ansah und deren Herkunft sie nicht hinterfragen wollte, um sie nicht angreifbar zu machen, denn nur dank jener Werte konnte sie sich instinktiv zwischen den angebotenen Diskursen bewegen und in wenigen Sekunden entscheiden, in welchen sie sich wiederfand und welche dem Gegner angehörten. Wenn sie studiert hätte, hätte sie sich nicht so sehr als Außenseiterin gefühlt, immer wieder, bei Wörtern wie »axiologisch«, »heteronormativ«, »Antagonismus« oder sogar »strukturell«. Und dann sagte sich L, dass das nicht stimmte. Sie hatte nichts zu bereuen: Wenn sie studiert hätte, hätte sie niemals das Wissen erworben, dank dem sie die Theorie nicht länger zu fürchten brauchte. Mädchen wie sie wurden Richtung Fließband oder Care-Arbeit getrieben, wo man ihnen bloß Gesten oder Zuwendung für andere vermittelte. Sie hatte gut daran getan, sich für ein Leben im Drinnen zu entscheiden.

L mochte es, sich stundenlang mit Antoine zu unterhalten, aber sie vergaß nie, wodurch diese Gespräche möglich wurden. Sie befand sich nur in seiner Wohnung, weil sie glaubte, dass unbekannte Männer hinter ihr her waren, ihr folgten und sie bedrohten. Je mehr sie darüber nachdachte, desto stärker verdichtete sie die Ereignisse zu einer Abfolge, in der sie verzweifelt nach einer Logik suchte: die Nachrichten, die Handbewegung vor Delambres Haus, der Mann im Mantel im Dönerladen, der Auftrag des Blonden. Ihre Gedanken schnellten von einer Seite ihres Schädels zur anderen, und die Wörter wurden zermalmt, die Bilder verschwammen, sie durchschaute nichts mehr. Ihre Tage bei Antoine bestanden aus dem Schwanken zwischen zwei Ängsten: der, dass die Bedrohung existierte, und der, dass sie nicht existierte – denn dann bin ich irre, dachte sie, komplett irre. Wenn Antoine nach Hause kam und fragte, wie sie ihren Tag verbracht habe, konnte sie nichts antworten, weil sie lediglich ihre Erinnerungen um und um gewendet hatte. Rasch stieß sie hervor: »Erzähl du, wie war dein Tag?« Er sagte *gut*, er sagte *wie immer*, er sagte *normal*, so lange, bis er das nicht mehr sagen konnte.

Als Antoine am Donnerstag, dem 10. April, die Wohnung betrat, brach der gereizte, konfuse Bericht seines Tages aus ihm hervor: Begonnen hatte es damit, dass Bertrand und er auf dem Bürofernseher lustlos die Lesung des PACTE-Gesetzes in der Assemblée verfolgt hatten – so weit ganz normal, langweilig, aber normal. Irgendwann wies Bertrand Antoine darauf hin, dass er, als die Kameras ihren Parteiflügel im Plenarsaal filmten, zu bemerken glaubte, wie der Abgeordnete auf seinem Platz unruhig wurde. Antoine sah genauer hin, aber als ihr Vorgesetzter erneut ins Bild kam, fiel ihm nichts Ungewöhnliches auf. Also schickte er ihm eine Nachricht, die unbeantwortet blieb, und nun wedelte er mit dem Handy vor Ls Nase herum, als hätte sie daran gezweifelt; er wies das Nichts vor, das Schweigen des Abgeordneten, wie er es nannte.

»Und dann?«, fragte L nach einem kurzen Blick auf das Smartphone.

Und dann war es nicht gut gelaufen, nein, gar nicht gut. Sowie der Abgeordnete die Schwelle des Büros überschritten hatte, spürten Antoine und Bertrand seine Unruhe, und sofort verkündete ihnen ihr Arbeitgeber, dass heute ein Scheißtag sei – womit er recht hatte, meinte Antoine zu L, es war wirklich ein Scheißtag. Von da an vermischte Antoine seinen eigenen Bericht mit jenem des Abgeordneten, und sein Gebrauch der ersten Person Singular begann L zu verwirren, die nicht mehr wusste, wer mit »ich« eigentlich gemeint war. Früher am Vormittag hatte der Abgeordnete offenbar eine sehr heftige Unterredung mit drei anderen sozialistischen Parlamentsabgeordneten gehabt, die sich der Partei des Präsidenten anschließen wollten, sofern sie für das kommende Regierungsjahr die Zusage für eine klar sozialere Orientierung erhalten sollten. Mit anderen Worten sahen sie bereits eine schmachvolle Niederlage bei den Europawahlen voraus und suchten nach einem Weg, sich schnellstmöglich abzusetzen – erklärte der Abgeordnete voller Verachtung, erzählte Antoine voller Wut. Und während der kurz vorher zu Ende gegangenen Sitzung hatte der Abgeordnete sich in den Bänken der Assemblée direkt neben ebendiesen Personen wiedergefunden, und der Streit war im Flüsterton fortgeführt worden, berichtete Antoine, der jetzt seinen Arbeitgeber nachahmte und ebenfalls flüsterte, ein diskreter Streit, der sich durch die nötige Diskretion umso mehr auflud. Das Gesicht des Abgeordneten war fahl, die Haare klebten ihm an der Stirn. Er hatte sich im Büro seiner Mitarbeiter auf einem Plastikstuhl niedergelassen, der die Tür versperrte, und bemerkte:

»Allem Anschein nach läuft diese kleine Initiative meiner Kollegen schon seit Wochen. Sie haben bereits weitere Fraktionsmitglieder angesprochen. Deshalb würde mich interessieren, warum Sie so gar keine Ahnung davon haben. Und mich würde auch interessieren, wann ich ganz offenbar so tief gefallen bin, dass ich inzwischen *als Letzter* von einer solchen Angelegenheit erfahre.«

Antoine hätte gern etwas zu der von einigen Parlamentariern an den Tag gelegten Geheimniskrämerei erwidert, doch der Abgeordnete schnitt ihm mit einer Geste das Wort ab. Er blieb ein paar Sekunden schweigend auf seinem Stuhl sitzen – und schuf so eine Atmosphäre wie im Western, meinte Antoine zu L –, dann versetzte er: »Sie sind mir im Moment kein bisschen nützlich.«

Natürlich hatten Bertrand und Antoine einander ratlos angesehen und herauszufinden versucht, ob dieses »Sie« als Plural gedacht war, und es war unglaublich fies, dieser zweideutige Gebrauch des »Sie«, diese quälende grammatische Ungewissheit – zischte Antoine, ohne zu merken, dass die Pronomen seiner eigenen Erzählung vor Ls

Augen eine barbarische Gigue aufführten. Und dann hatte der Abgeordnete verkündet: »Sie werden an sich arbeiten müssen, Antoine«, und Bertrands Schultern waren augenblicklich erschlafft, Antoine konnte am ganzen Körper seines Kollegen die Erleichterung ablesen, nicht das Ziel der Vorwürfe zu sein. Er wollte sich verteidigen und brummte, dass er nicht einsah, wie er sich einem Projekt hätte widersetzen sollen, von dem er gar nichts gewusst hatte. Der Abgeordnete erwiderte, man könne das soeben Vorgefallene getrost vergessen, kleine interne Intrigen und Selbsttäuschungen seiner Kollegen; es sei, in jedem Fall, ein äußerst mittelmäßiger Tag – und wieder hatte er recht, schrie Antoine beinahe. Das Problem sei, sagte der Abgeordnete auf dem bei jeder Bewegung knirschenden Plastikstuhl, dass auch schon die vorigen Tage nicht gerade herausragend gewesen seien. Er erwähnte ein Mittagessen mit Parlamentariern anderer Fraktionen, in dessen Verlauf Antoine nicht gerade *geglänzt* habe, mit anderen Worten: Ihr Gesicht hing im Salat. An dieser Stelle lachte Bertrand auf, ein feiges Lachen, ein kleiner, schriller und anbiedernder Ausbruch. Und dann war da dieses Interview im Frühstücksfernsehen, das in letzter Minute abgesagt wurde, was selbstverständlich nicht Antoines Entscheidung gewesen war – also warum erzählt er mir das? –, aber wie sich herausstellte, hätte der Abgeordnete es wirklich gern gemacht, dieses Interview, und er war der Ansicht, dass Antoine und Bertrand sich nicht genügend dafür eingesetzt hatten, ganz zu schweigen von Antoines Faible für die Gelbwesten, obwohl alle Welt sie bereits abgeschrieben hatte – aber wer soll das bitte sein, alle Welt? – und obwohl ihre abweichlerischen Listen bei den Europawahlen sie zu Gegnern machten, und man hätte von Antoine etwas mehr Treue gegenüber den Prinzipien und Werten erwarten dürfen, die der Abgeordnete verkörperte, und so wachse der Unmut, und in einem derart kleinen Büro sei das nicht lange tragbar. In diesem Augenblick nahm der 10. April eine tragische Wendung, befand Antoine, oder vielmehr eine geradezu skandalöse, denn nun verkündete der Abgeordnete:

»Ich bin Arbeitgeber. Ich kann über so etwas nicht hinwegsehen. Ich bin Ihr Chef, und Sie arbeiten für mich, Sie arbeiten, um mich zu unterstützen. Was Sie tun oder nicht tun, liegt nicht bei Ihnen. Ich bezahle Sie, damit ich mich auf Sie verlassen kann, und im Moment stolpere ich von einer Überraschung in die andere. Also machen Sie sich wieder an die Arbeit, oder Sie …«

Eine erstaunlich anmutige Geste beschloss seinen Satz, und auch wenn Antoine sie nicht nachahmen konnte, beteuerte er L, sie sei von grausamer Anmut gewesen. Der Abgeordnete hatte eine Grenze erreicht, die er aufgrund seines sozialen Engagements nicht übertreten durfte: Er konnte einem Angestellten nicht mit Entlassung drohen. Oder vielmehr doch, aber nur, ohne es offen auszusprechen. Er erschuf die Drohung, aber er ging nicht so weit, sie in deutliche Worte zu fassen, das wäre ihm wohl allzu brutal vorgekommen. Doch dieses Feingefühl änderte nichts, entfuhr es dem wutschnaubenden Antoine: Die Drohung war in der Welt, und nachdem der Abgeordnete endlich gegangen war, wagte Bertrand Antoine nicht mehr anzusehen. Antoine hingegen starrte unverwandt zu seinem Kollegen hinüber und wartete auf ein Zeichen der Solidarität, sprich die Spur eines geteilten Unverständnisses angesichts des soeben Erlebten, doch Bertrand rührte sich nicht, sagte nichts, und den Rest des Tages trug Antoine die von einer Geste beschriebene Kündigungsdrohung allein.

»Das ist doch beschissen«, schloss er. »So kann das nicht weitergehen.«

Die Art, wie er sich abrupt zu ihr umwandte und seinen Blick in ihren bohrte, überrumpelte L. Sie konnte nichts erwidern, ihr Gesicht blieb völlig starr. Sie neigte den Kopf, ihr schwarzes Haar wischte als wirre Masse über ihre Schulter. Zum ersten Mal fand Antoine sie hässlich, und er hasste sich für diesen Gedanken.

»Was hab ich getan?«

»Nichts, das ist es ja gerade. Du tust absolut nichts. Und von diesem Nichts lasse ich mich nach und nach anstecken. Ich muss ein Buch schreiben, hab einen Job in der Assemblée, und ich tue nichts.«

»Ich gehe«, sagte L nach ein paar Sekunden. »Tut mir leid, dass ich so lange hiergeblieben bin. Ich hab das Gefühl, in deinem Leben zum Schmarotzer geworden zu sein.«

Die Stille kehrte in die Wohnung zurück. Durch das Fenster blickte Antoine auf einen Strauß aus Straßenlaternen, die in allzu klarem Weiß erstrahlten.

»Wir müssen nur … wir müssen aus dieser Starre herausfinden. Aber du gehst auf keinen Fall.«

L erwiderte nichts. Sie hatte keine Ahnung, welcher inneren Argumentation Antoine gefolgt war, doch die kaum zu zügelnde Dringlichkeit seines letzten Satzes war ihr nicht entgangen. Sie überlegte, ob er ihr vielleicht weder aus einer moralischen Pflicht noch aus Trägheit half (sie hatte ihn mehr oder weniger überfallen), sondern aus anderen Motiven, die sie sich noch nicht eingestehen wollte, weil sie nicht gewusst hätte, wie sie auf die möglicherweise

mitspielenden Wünsche oder Träume reagieren sollte.
Sie machte sich auf dem Sofa so klein wie möglich.

Antoine ging an die Arbeit und versuchte, sich zu überzeugen, dass er es nicht bloß aus Angst vor der Entlassung
tat. Nicht die Drohung versetzte seine Finger auf der
Tastatur in Bewegung und auch nicht seine Arbeitsmoral
(was dieser Begriff auch immer bedeuten mochte): Es
geschah aus der Überzeugung, dass seine Arbeit es wert
war, erledigt zu werden. Doch je mehr E-Mails er schrieb,
desto mehr musste er einsehen, dass die Freude an ihrer
Erledigung rein quantitativ war. In Wahrheit war es ihm
vollkommen schnuppe, ob er ein Treffen organisierte, das
vor den Wahlen am 26. Mai die Reihen der Partei enger
schließen sollte, oder ob er eine höfliche Antwort auf ein
Hilfsgesuch formulierte. Es zählte nur, dass er auf »Senden« klickte, und der Abgeordnete, Bertrand, Camille
oder Léna, also alle, die Zugriff auf das Mailkonto hatten,
die Nachrichten sahen, die von ungelesen auf gelesen um-
sprangen, und somit wüssten, was er geleistet hatte.

Ihm wurde bewusst, dass er in die Dreiecksspitze der
Ehrerbietung abgerutscht war, die ihn mit der Angst vor
sozialem Abstieg konfrontierte, die ihm die Zuversicht
verwehrte, zumindest einen ordentlichen Lebenslauf zu
haben und sicher anderswo eine Stelle zu finden, sollte er
entlassen werden. Es hieße nicht zwangsläufig, dass er aus
seiner Wohnung aus- und zurück zu seinen Eltern ziehen,
seinen Traum vom Schreiben aufgeben oder sich arbeits-
los melden müsste. Nichts an seiner heutigen Lage deutete darauf hin, dass er bald wie Bruno dastände, mit nack-
tem Oberkörper unter gelber Weste und der Beteuerung,
dass alles immerzu steche. Bloß dass es eben doch so
kommen konnte, wisperte die besorgte Ehrerbietung, das

weißt du genau. Muss ich dir wirklich den Prozentsatz arbeitsloser Hochschulabsolventen in Erinnerung rufen? Glaubst du etwa, der setzt sich aus Vorstands- und Diplomatenkindern zusammen? Das sind Leute wie du, Antoine, die sich diesem Heer anschließen, denn auf euch wartet niemand, nirgends. Und in einem Anflug von Sadismus nahm die Ehrerbietung sogar die Stimme und die Worte des Abgeordneten an, genauer gesagt die von Melville, durch den Abgeordneten zitiert, um zu raunen: *diese Gestalt – mitleiderregend anständig ...*

Antoine klickte weiter mit unbarmherziger Regelmäßigkeit auf »Senden« – einer Regelmäßigkeit, die an Unbarmherzigkeit noch gewann, weil er wusste, dass L ihn hörte, und er sich mies fühlte, dass er sie für seine Situation verantwortlich gemacht hatte. Wenn sie mitbekam, dass er arbeitete, würde sie vielleicht wirklich glauben, sie sei schuld an seiner Untätigkeit der letzten Tage, und nicht denken, dass Antoine sich wie der letzte Idiot verhalten hatte.

In dieser Nacht stand L nicht auf, um ihm zu sagen, dass sie nicht einschlafen konnte. Sie versuchte, ihre Ängste nah bei sich zu behalten, in Reichweite, damit sie Antoine im Nebenzimmer nicht störten. Der fand allerdings auch keinen Schlaf. Er hatte L das Gefühl gegeben, sie solle gehen – warum hatte er das getan? Das wollte er doch gar nicht. Er wollte, dass sie blieb *und* dass alles normal wäre. Er wiederholte sich den von ihr geäußerten Satz, fast schon gewaltsam: *Ich bin in deinem Leben zum Schmarotzer geworden.* Er glaubte nicht, dass eine Liebesgeschichte so anfangen konnte, mit diesen schon zu Beginn fallen gelassenen Worten.

Ein paar Tage später brannte, auf ihrer Schmuckkästchen-Insel, Notre-Dame. Obwohl Antoine gerade erst nach Hause gekommen war, trafen immer neue Nachrichten des Abgeordneten auf seinem Handy ein:

> Suchen Sie mir bitte den Text von Hans Jonas über das brennende Haus raus, in dem ein Kind und die Mona Lisa eingeschlossen sind?
> Zumindest den Buchtitel.
> Antoine?
> Alle Welt zitiert gerade Hugo. Ich muss was anderes finden.

Mit taubem Daumen wischte Antoine:

> Das Prinzip Verantwortung

Dann rief der Abgeordnete ihn an, Textnachrichten reichten nicht mehr: Er wollte sich die in Flammen stehende Kathedrale selbst ansehen, er würde Antoine in zehn Minuten mit dem Taxi abholen. Bertrand hatte sich, natürlich, geweigert und auf seine Tochter verwiesen. Also hing Antoine hinten auf der Chorseite des Gebäudes herum, ohne recht zu wissen, wovon er hier gerade Zeuge wurde.

Er kam spät zurück, völlig erschöpft, die Nasenlöcher voll schwarzer Asche, sein Körper schmerzte von all dem Gedränge in der vor der Kathedrale versammelten Menge, die Augen waren vom Blaulicht und den auf das Bauwerk gerichteten Scheinwerfern überreizt. Er ließ sich aufs Bett fallen und bekam das Klingeln von Ls Handy mitten in der Nacht nicht mit.

Die Stimme, die aus dem Hörer drang, war kein beunruhigtes Raunen mehr, sie war ein Schrei. L schloss sich im Badezimmer ein, um Antoine nicht zu wecken. Ich verstehe nichts, wiederholte sie zwischen den gekachelten Wänden. Beruhige dich, sprich in ganzen Sätzen, Fatou, meine Schöne, atme, beruhige dich. Fatou sagte: Er hat ihn verprügelt, er hat ihm die Zähne ausgeschlagen, und L fragte: Aber wer denn? Wem? Fatou antwortete nicht. Man musste ihr die Informationen im Durcheinander der Erzählung aus der Nase ziehen. Fatou hatte für einen Abend einen Job als Hostess angenommen. Was mit Stil. Was mit Stil. Sie sagte alles zweimal. Du hättest mal die Schuhe von der Uniform sehen sollen. Schon an den Schuhen konnte man erkennen, dass das was mit Stil war. Echt stilvoll. Valentin, der Typ, der die Veranstaltung organisierte, war um Fatou herumscharwenzelt. Er hatte Probleme mit einer Sicherheitsfirma. Das hatte er ihr erzählt. Also berichtete Fatou ihm ihrerseits von den Problemen mit ihrem Ex. Sie waren mehrmals miteinander ausgegangen, nichts Ernstes, oh, aber verstanden hatten sie sich gut. Moment, Moment, unterbrach L. Probleme mit einer Sicherheitsfirma? Ja, sagte Fatou. Wie heißt der Typ mit Nachnamen? Zufällig Delambre? Genau, meinte Fatou, und dann: Kennst du ihn? Das ist doch nicht dein Macker, oder? Sag mir, dass das nicht dein Macker ist. Er ist ein Kunde, antwortete L, und es kam ihr seltsam vor, dass Fatou und Delambre sich getroffen hatten, dass Fatou und Delambre sich kannten, dass sie miteinander schliefen, vielleicht in Delambres riesiger Bude oder in Fatous Einzimmerwohnung, dass Fatou ihn Valentin nannte, ihm einen Vornamen hinzufügte, und das hätte nicht passieren dürfen, es war ein weiterer Bug in dieser Scheißmatrix. Wie bist du an den Job gekommen,

348

Fatou? Ich hab eine Annonce gekriegt. Von wem hast du eine Annonce gekriegt? Woher soll ich das wissen, ich krieg dauernd irgendwelche Annoncen. Die Leute wissen halt, dass ich nicht gut über die Runden komme, darum schicken sie mir so Zeug. Vielleicht kam das auch über Facebook. Fatou erzählte weiter: An dem Abend waren wir im Restaurant, ein schickes Restaurant, kannst du mir glauben, und irgendwann ist er mal kurz raus, um zu telefonieren, und ich bin auf die Toilette gegangen, aber als ich zurückkam, waren draußen jede Menge Leute, und die im Restaurant haben sich die Nasen an der Fensterscheibe platt gedrückt, und alle waren ganz aus dem Häuschen, also hab ich gefragt, was da los ist. Sie haben gesagt, ein Typ wurde angegriffen, direkt vor der Tür, übel zugerichtet, haben sie gesagt, und dabei hat es nur eine Minute gedauert. Also bin ich rausgerannt, aber ich kam kaum durch, weil alle helfen wollten, ich hab aber gesehen, dass es Valentin war, da war ich mir sicher. Irgendjemand hat gesagt: Ich hab ihn gesehen, so ein Kerl mit Kapuze, der hat sofort losgeprügelt, wie in diesem Video mit dem Boxer auf der kleinen Brücke, gegen die Polizisten, voll die Maschine, und als ich endlich bei ihm war, saß Valentin auf dem Boden und hat Blut gespuckt und Stückchen von seinen Zähnen, ich bin sicher, das war mein Ex, dieser Bastard, auch wenn ich ihn nicht gesehen habe, aber Valentin glaubt, dass es die Sicherheitsleute waren, die er gefeuert hat. Und niemand hat sein Gesicht gesehen, fragte L. Keiner hat irgendwas gesehen, meinte Fatou, aber er hat Valentin verprügelt wie einen Hund, mitten auf dem Bürgersteig. Ich bin auf die Wache gegangen, Valentin und ich haben denen alles haarklein erzählt. Er seine Geschichte und ich meine. Jetzt werden wir ja sehen, sagte die nun ruhigere Stimme am anderen Ende der Leitung, du hattest recht, ich hätte schon vor Ewigkeiten Anzeige erstatten sollen. Hast du was über mich gesagt, Fatou, hast du den Bullen von mir, von dem Video oder den Malen davor erzählt? Ich glaub nicht. Du hast nichts darüber gesagt, was ich getan hab? Stille, die der Versuch sein mochte, sich zu erinnern, oder ein Unbehagen. Nein, nein, ich hab denen nichts über dich erzählt.

Antoine wachte auf und fand L eingerollt in einer Zimmerecke. Erstmals hatte ihr magerer Körper keine Kanten mehr. Sie war eine Pfütze, Kleider und Haare, und in der Mitte der Pfütze schwammen die zwei Löcher ihrer Augen, das Öl ihrer Augen, schwarz, stumpf, erloschen, und für einen Moment dachte Antoine, sie sei vielleicht tot, aber die Pfütze zitterte leicht. Dann fing die Pfütze an zu sprechen. Die Pfütze sagte, sie würden sie kriegen, das sei jetzt sicher, als Vorwarnung hätten sie schon Delambre und Fatou gekriegt, und sie würden auch zu ihr kommen, maskiert, mit ihren Handschuhen, und überall wäre Blut.

Antoine ließ sich neben ihr zu Boden gleiten. Er war entsetzt. Nicht von ihren Worten, sondern von dem Zustand, in dem er sie vorfand. Wenn er sich auszumalen versuchte, was ihn im Herzen des Dreiecks erwartete, sollte er sich gehen lassen, dann kam ihm das hier in den Sinn, dieser Zerfall, dieses absolute Elend. Er hatte geglaubt, ihm selbst würde das drohen: eines Tages aufzuwachen, wie am Anfang einer Kafka-Erzählung, und sich in das hier verwandelt zu finden. Bloß hatte es ihn verschont, es hatte L getroffen, und trotz seines schlechten Gewissens konnte er sich den erleichterten Gedanken nicht verkneifen, dass *das* (dieser Zustand, dieses Grauen) sein Ziel verfehlt hatte. Er legte L einen Arm um die Hüfte und half ihr aufzustehen, ein bisschen weniger Pfütze, noch immer nicht menschlich.

»Komm«, murmelte er. »Wir hauen ab.«

»Und deine Arbeit?«, fragte die winzige Stimme des Dings, das vage an L erinnerte.

»Das geht schon klar, mach dir keine Sorgen.«

Nun ging ihm auf, dass er die Geschichte von den L verfolgenden Männern nie geglaubt hatte. Nicht von denen brachte er sie fort, sondern vom gähnenden Zentrum des Dreiecks, mit seinem klaffenden Maul. Es war ohnehin völlig egal, ob es die Männer gab oder nicht: Die pure Möglichkeit ihrer Existenz reichte aus, um L in eine Pfütze zu verwandeln. Ihre Angst mochte keine reale Ursache haben, aber sie hatte Konsequenzen.

Letzter Eindruck von der Stadt, vor Abfahrt des Zuges, das Eckchen Asphalt vom Bahnsteig, das L durch die halb geöffnete Tür sah. Sie nahm den rissigen, aufgesprungenen Bodenbelag wahr, als wäre er ein winziges Riff, als hätte hier, am Gare Montparnasse, Plattentektonik stattgefunden, bis zu diesem Tag ohne ihr Wissen. Aus den spröden Lippen des Asphalts krochen langsam, aber unaufhörlich neue Ameisen hervor, und es ekelte sie, dieses Leben, dem ihre Abreise am Arsch vorbeiging, dieses Leben, dem es am Arsch vorbeiging, dass sie sich auf einem Bahnsteig befanden, in einer Großstadt, in Paris, dieses Leben im Ameisenhaufen, das alles überlebte und sich ohne jede Rührung ständig wiederholte.

»Ich glaube, ich werde das Landleben hassen«, murmelte L.

AUFLÖSUNG

It's too early for the circus.
It's too late for the bars.

Tom Waits, *Saving All My Love for You*

Der Wohnwagen ist winzig, es ist unbegreiflich, warum er diesen Ort als Zuflucht für seinen großen Körper gewählt hat. Er ist weniger ein Haus als ein Mantel, er legt sich um ihn. L stößt sich überall. Er jedoch findet seinen Platz unter den Regalbrettern, rotiert um den Klapptisch, gleitet über die Sitzflächen, faltet Klappbares auf und wieder zu, die Schultern wogen, die Knie senken ihn ab und heben ihn wieder empor, elastisch, und *Vorsicht, Kopf,* warnt er lächelnd, als L sich den Schädel an einer an der Wand befestigten Lampe anhaut.

Ein rechteckiges Fenster mit abgerundeten Ecken, das Plexiglas der Scheibe von Feuchtigkeit gefleckt, eröffnet ein unscharfes Bild der Landschaft auf der anderen Seite. Gewaltsam schiebt er es ein Stück auf, lässt die Scheibe über die vermoosten Dichtungen gleiten, und ein feuchter Windstoß bläst herein. L beobachtet seinen Körper, schwer durch die für seine Knochen maßgeschneiderte Muskelhülle. Sie reibt sich den Kopf, und unter ihren Fingern fühlt es sich geschwollen und warm an, dort, wo sich die runde Kante der Lampe in die Kopfhaut gebohrt hat.

»Willkommen«, sagt Kedriss.

»Warum lässt du mich bei dir wohnen?«

»Weil du Probleme hast.«

Damit ist L nicht einverstanden. Eigentlich hat L keine

Probleme, sie *ist* ein Problem. Zuerst war sie ihr eigenes Problem, dann das von Antoine, und dann, nach der Nacht, in der etwas zerbrochen ist und der Wahnsinn sie geschluckt hat, ist sie zum Problem der Bewohner des Alten Hofs geworden. In Rekordzeit wird L von Hand zu Hand gereicht. Im Zug hat Antoine sie gefragt, wie lange sie schon auf dem Boden lag, als er aufgewacht ist und sie gefunden hat, aber L weiß es nicht. Nach Fatous Anruf hat ihr Körper versagt, nicht auf einen Schlag, sondern Glied für Glied, nichts hat mehr reagiert. Sie sprach zu ihrem großen, schlaffen Gehäuse, aber es schien sie nicht zu hören, die Bewegungen, die sie ihm aufzwingen wollte, wurden zu einem schwachen Zittern. Sie war sich sicher, dass ein schwarz gekleideter Mann auftauchen würde, es war bloß eine Frage der Zeit, und vielleicht hatte ihr Körper für sie entschieden, dass Bewegung sinnlos geworden war, er war den Schlägen, dem Schmerz zuvorgekommen, er war in den *Shutdown* gegangen.

Als sie auf dem Hof eintrafen, hat Antoine ihr Xavier vorgestellt, und Xavier sprach von einer Hütte zwischen den Bäumen, in der sie schlafen könne, doch L erwiderte, dass sie schon in der ersten Nacht sterben würde vor Angst, denn in all ihren Albträumen kämen Bäume und knackende Äste vor, also fragte Antoine, ob es nicht ein freies Zimmer oder einen Wohnwagen gebe. Das gab es nicht, ein besetztes Haus in Douarnenez war erst kürzlich geräumt worden, und ein Teil der Bewohner war hier gestrandet und wartete auf die nächste Gelegenheit, etwas für sich einzunehmen, sie wüssten noch nicht, wo, aber es würde sich etwas finden, die Welt ist voll von leeren Häusern. Antoine und Xavier sprachen leise, rasch, ihre Sätze flohen weit von L fort, ehe sie sie zu fassen kriegte. Ein

Typ gesellte sich zu ihnen, warf ebenfalls ein paar Sätze ein, die sich dröhnend verloren, dann wandte er sich an L und sagte, er habe einen Schlafplatz. Xavier stellte ihn L als Kedriss vor. Wegen des Klangs seines Namens bildete L sich ein, in seinen dunklen Wimpern, seiner gebräunten Haut, seinen vollen Lippen liege etwas Orientalisches. Später fand sie heraus, dass er eigentlich Cédric hieß und die anderen schlicht die Konsonanten vertauscht hatten, aber ihren Blick auf ihn konnte das nicht ändern. Sie sieht jemanden aus einem fernen Arabien in ihm.

Antoine hat sich wenige Stunden später wieder aufgemacht und sich mit seiner Arbeit entschuldigt, die er nicht vernachlässigen dürfe, und er hat L ganz allein an diesem Ort gelassen, sofern sie allein sein kann, während sie einen so beschränkten Raum mit einem Unbekannten teilt. Er hat versprochen, am kommenden Wochenende wiederzukommen, hat lange Ls Hand in seinen Händen gehalten, und sie hätte ihm gern gesagt, dass er ihr wehtut, aber stattdessen murmelte sie »danke«. Er hat mehrmals wiederholt, dass es ihm leidtue, aber L denkt, dass er da vielleicht ein wenig übertreibt. Sie schätzt das Chaos ab, das sie in seinem Leben hinterlassen hat. Ihr sollte es leidtun.

»Du kannst bleiben, so lange du willst«, sagt Kedriss.

L würde am liebsten gar nicht bleiben. Sie gehört nicht hierher. Aber es ist leichter, hier zu sein als bei sich zu Hause oder bei Antoine – denn hier scheint alles unwirklich; sie wartet ein paar Sekunden, rechnet fest damit, dass sie gleich aufwachen und man ihr sagen wird, dass alles ein Witz war, aber nichts passiert, also übt sie sich in Geduld. Kedriss legt Bettwäsche und ein kleines Handtuch auf das Bett, dann spannt er einen Vorhang durch die

Wohnwagenmitte und verspricht, nicht hindurchzuge-
hen, ohne vorher zu fragen.

Am nächsten Tag macht sie einen Rundgang über das
Grundstück, um sich zurechtzufinden und fliehen oder
sich verstecken zu können, falls es nötig wird. Sie läuft bis
zur Straße, wo sie gestern mit dem Auto gehalten haben,
und geht alles noch einmal ab. Der Weg, der von der
Landstraße abzweigt, führt bis zu den zwei Steingebäuden, dem Hof selbst und dem ehemaligen Schweinestall,
die beiderseits eines gekiesten Innenhofs stehen, wo Wild-
kräuter und tiefgrünes Moos wachsen, das sogar die draußen gelassenen Liegestühle überzieht. Die Türen beider
Häuser stehen weit offen, und in den dunklen Räumen
macht L Sofas, Bücherregale und die schwachen Schreie
eines Babys aus, unter die sich eine Frauenstimme mischt,
die ein Wiegenlied summt. Hinter dem Hof steht eine gewaltige Scheune, L erkennt lange Tische und eine selbst
gezimmerte Küche rund um einen großen Holzofen. Die
Spüle ist voll mit riesigen Töpfen, die schon wer weiß wie
lange dort einweichen, und als L näher kommt, sieht sie
das trübe Wasser und nimmt den Eisengeruch wahr. Sie
mustert all die Kochutensilien für Riesen und denkt an die
Größe ihrer eigenen Küche, in der schwebenden Höhle
an der Avenue de Flandre, mit den zwei kleinen, so eng
beieinanderliegenden Kochplatten, dass man keine zwei
Gefäße auf einmal darauf erhitzen kann. Noch ein Stück
weiter, nach einem Dutzend Metern, auf denen sich
Matsch und Büschel rot geäderter Blätter abwechseln,
stehen zwei Geräteschuppen aus Blech. Die Metallsockel
überragen ein Wirrwarr unterschiedlichster Dinge, ge-
stapelte Kisten und mit Planen bedeckte, unebene Hügel.
Soweit L verstanden hat, sind diese fünf Gebäude das ein-

zig Unverrückbare auf dem Grundstück, alles andere bewegt sich, kommt hinzu oder wird entfernt. Auf der Wiese stehen zum Beispiel sechs Wohnwagen. Einige sind leuchtend bunt angemalt und mit Blumenkästen geschmückt, andere sind beige und rosten vor sich hin, ein einziger wirkt nagelneu, und im schlammigen Grund erkennt man noch die Radspuren seiner Ankunft. Kedriss' Wagen steht abseits, von den anderen durch hohes Gras und einen lang gezogenen Gemüsegarten getrennt, in dem zarte, grüne Blätter sprießen. Rund um seinen Wohnwagen verläuft eine kleine, rot gestrichene Holzumzäunung, mit einem winzigen Törchen. Sie soll das schwarze Schwein abhalten, das überall herumstreunt, hat Kedriss gesagt. Wenn man das Tor offen lässt, schläft es unter dem Wohnwagen, und sobald jemand heraustritt, erschrickt es beim Anblick der Waden und greift an, mit gesenktem Kopf, fast schon selbstmörderisch in seiner morgendlichen Aggressivität. Als L am Wohnwagen vorbeikommt, vergewissert sie sich, dass sie das Tor gut zugemacht hat, Kedriss soll seine Gastfreundschaft nicht bereuen.

Weiter hinten ist ein Obstgarten, in dem sich ein paar Leute betätigen, die Gesichter ganz nah an den Blüten, die sie nach Unbekanntem absuchen. L hört Stimmen, lautes Lachen und das stete Summen der Insekten, die sich manchmal von ihrer Pflicht des Nektarsammelns losreißen und in einem Affenzahn über das Grundstück schwirren, ohne sich um die Menschen zu scheren, und sie rammen L, verfangen sich in ihren Haaren. L läuft mit geschlossenem Mund, zusammengekniffenen Augen, unkontrollierten Schlägen um ihr Gesicht, um die Viecher zu verscheuchen. Schließlich, am östlichen Rand des Grundstücks, beginnt der Wald. Weit oben in den Ästen

der ersten Bäume entdeckt L drei Baumhäuser und die
Überreste eines vierten, halb verfallen. Sie traut sich nicht
tiefer unters Geäst, wo es dunkel ist und der Geruch nach
Fäulnis alles durchdringt.

Xavier hat gesagt, dass im Durchschnitt um die zwanzig Personen auf dem Alten Hof leben. Manchmal sind
es nur zehn. Manchmal, wie jetzt, mit den neu Hinzuge-
kommenen aus Douarnenez, kratzen sie an der Dreißiger-
marke. Und wenn es etwas zu feiern gibt, zählt niemand
mehr nach, auf der Wiese schießen die Zelte aus dem Boden, und der Obstgarten erstrahlt in den bunten Farben
der Hängematten.

Am nächsten Morgen geht L das Gelände erneut ab,
auch am übernächsten und an dem danach. Jedes Mal
entdeckt sie etwas Neues: einen Trockenständer für Pflanzen, Bienenstöcke, eine an einem Apfelbaum vergessene
Dartscheibe. Jedes Mal bleibt sie am Waldrand stehen,
kann nicht unter das vom Licht durchrieselte Blattwerk
treten. Sie versucht, ihre Angst zu überlisten, und tut, als
ginge sie gar nicht zum Wald, ändert im letzten Moment
die Richtung, damit ihr Herz bis zum Erreichen der
Bäume keine Zeit hat, schneller zu schlagen, aber es funktioniert nicht, und sie muss wohl oder übel umkehren,
weil ihr plötzlich das Blut in den Schläfen pocht und der
Magen sich grollend zusammenzieht. Sie läuft zurück ins
sonnenüberflutete oder regengepeitschte Offene. Alle, die
ihr begegnen, winken oder nicken ihr kurz zu, aber niemand fragt sie, was sie hier macht. Vielleicht haben Antoine oder Xavier ihnen geraten, sie in Ruhe zu lassen, vielleicht haben sie gesagt, sie sei verrückt. So ist es ihr auf alle
Fälle lieber, Stille, ausreichend Abstand. Sie wüsste nicht,
was sie antworten sollte, würde man ihr Fragen stellen.

Die Nacht, fernab der Lichter der Stadt, scheint sich hier tiefer herabzusenken, bis zum Boden. Die Temperaturen sinken ebenfalls, sehr plötzlich, ebenso rasch, wie die Sonne hinter den Bäumen verschwindet. Die Bewohner des Alten Hofs verschanzen sich in den Häusern, den Hütten, den Wohnwagen, der Scheune. Kleine Inselchen aus Leben scharen sich um kleine Lichtquellen, und lautes Gelächter erklingt unterm Scheunendach, wohin Kedriss L immer wieder einlädt, aber sie kennt niemanden, und sie fürchtet sich ein wenig vor diesen Menschenträubchen. Sie kann sich nicht daruntermischen, Schulter an Schulter, Bein an Bein mit ihnen um die großen Tische sitzen, also geht sie früh schlafen, weil es sonst nichts zu tun gibt. Sie versteht nicht, warum sie hier schlafen kann. Der Schlaf, der sie in Paris meidet, betäubt sie, sobald sie unter die schweren, nach Feuchtigkeit und Lavendel duftenden Decken schlüpft. Am ersten Abend hört sie, wie Kedriss zurückkommt und flüstert: »Ich bin's«, kaum dass er eingetreten ist, um sie nicht zu erschrecken. Doch in den Folgenächten ist ihr Schlaf ein dichter, schwerer Block, den kein Traum in verstreichende Zeit umwandelt. Beim Aufwachen fürchtet sie jedes Mal, bloß aus einem ihrer Nickerchen aufzutauchen, die in Paris an ihren Nerven und ihrer Widerstandskraft zerrten. Doch die Uhr an der Zwischenwand der Küche beruhigt und erstaunt sie.

Die ersten durchgeschlafenen Nächte fühlen sich ebenso verstörend an wie die schlaflosen. Wenn L aufsteht, ist alles verworren und wie in Watte gepackt, und sie wartet, dass der Schleier zerreißt, doch nichts ist stark genug, weder der Kaffee noch die Sonnenstrahlen noch ihre langen Schritte durchs feuchte Gras, was bringt es also zu schlafen, fragt sich L, was soll all die vertane Zeit?

Nach mehreren Nächten allerdings geht es ihr besser: Ihre Gedanken sind schärfer umrissen, nicht länger Teig, Pfütze oder Öl. Sie zieht nicht mehr automatisch, fieberhaft Verbindungen zwischen unterschiedlichen Ereignissen, sodass sie anschließend keinen klaren Gedanken mehr fassen kann. Sie ist zum Beispiel nicht länger der Ansicht, dass das Zusammentreffen von Fatou und Delambre zwangsläufig *arrangiert* worden ist, um an sie, L, heranzukommen. Die beiden sind zwei völlig verschiedene Wesen in einer riesigen Stadt, aber der eine suchte Angestellte und die andere Arbeit. Sie möchte gern glauben, dass es ein logischer Vorgang war, vom Zufall begünstigt. Andere Fragen bleiben und nagender Zweifel, der vage Geruch des blonden Mannes, aber L fühlt sich nicht mehr unmittelbar bedroht. Die Visionen von Würgegriffen, behandschuhten Händen und einem Gesicht am Fenster schwinden. Am fünften Tag bringt sie die Vorstellung von Männern in Schwarz, die mit dem Auto über den schlammigen Pfad zum Hof kommen und sich an den Erdklumpen die Knöchel verrenken, sogar (ein bisschen) zum Lächeln.

Jeden Morgen trinkt Kedriss auf den Stufen des Wohnwagens seinen Kaffee aus einem Zinnbecher. Vom Kaffee steigt dichter, weißer Dampf in die kalte Luft. An den langen Halmen, die vor ihm wachsen, hängt noch der Tau, und die Spinnennetze sind komplexe, glitzernde, pointillistische Kunstwerke. Seine nackten Füße ruhen flach auf dem Pressspan. Aus den Gräsern lugt manchmal der Kopf des schwarzen Schweins hervor, das sich grämt, die rote Umzäunung vor seinem Rüssel verschlossen zu finden. Kedriss hat ihm keinen Namen gegeben, er spricht nicht mit ihm, aber er nickt dem Tier leicht zu, wenn es vorbeikommt, und bei der kaum merklichen Bewegung streift sein schwerer Silberohrring seine Schulter. Er raucht die erste Zigarette des Tages, er hat sie schon drinnen gedreht, weil einem draußen die Finger zittern, oder es ist windig, oder aber er müsste seinen warmen Becher loslassen, den er in beiden Händen hält, und das will er nicht. Die erste Zigarette des Tages hinterlässt ein wenig braune, säuerliche Flüssigkeit in der kleinen Furche auf seiner Unterlippe. Das lenkt Ls Blick auf seinen Mund, diese dunkle, feuchte Zeichnung, sie würde sie gern mit dem Daumen wegwischen. Kedriss' Lippen sind voll, sie haben eine etwas unverschämte Verführungskraft, so wie seine Wimpern, die erstaunlich lang und dicht sind, fast übertrieben für einen Mann. Er hat Theaterwimpern – die im Widerspruch zu seiner großen, flachen Nase stehen.

Nachdem er den Kaffee ausgetrunken hat, zieht Kedriss los in die umliegenden Dörfer, um den Kindern Akrobatikkurse zu geben, oder er hilft Xavier und den anderen bei der Hofarbeit. L nimmt seinen Platz auf den Stufen des Wohnwagens ein. Manchmal setzt sie ihre Erkundung des Grundstücks fort. Wenn der Regen kommt, kehrt sie in den Wohnwagen zurück, macht sich in ihrem Eckchen etwas zu essen. Ab und an fällt ein Ast aufs Dach, und bei dem metallischen Schlag zuckt L zusammen, senkt den Kopf, hebt schützend einen Arm. Ihre Muskeln spannen sich so stark an, dass sie Muskelkater davon bekommt, Schmerzen in allen Fasern des Oberkörpers. Fast den ganzen Tag wartet L auf den Abend, denn dann ruft Antoine auf dem Festnetztelefon des Alten Hofs an. Manchmal ist er noch im Büro, manchmal zu Hause, in einem Restaurant oder auf einer Party, aber zu einer festen Uhrzeit ruft er an, und L hebt ab, immer am selben Platz, sitzt kerzengerade auf einem Stuhl, dessen Strohsitz ausfranst. Wenn sie mit ihm spricht, hat sie das Gefühl zu verstehen, was sie hier zu suchen hat, und sie dankt ihm, dass er sie von ihren Ängsten fortgebracht, den ersten Zug mit ihr bestiegen hat. Dann legt sie auf und ist wieder im Schwebezustand. Am sechsten Tag sagt Antoine, dass er doch nicht sofort wiederkommen kann, die Arbeit. Sie sagt, dass das nicht schlimm ist. Um ihm Entschuldigungen zu ersparen, beendet sie das Gespräch schnell und behauptet, Xavier brauche das Telefon, aber nachdem sie aufgelegt hat, bleibt sie im großen Wohnzimmer des Hofhauses sitzen und lauscht dem knackenden Gebälk.

Bei ihrem Aufbruch hat L ihr Handy und ihren Laptop bei Antoine zurückgelassen. Sie hat ihn gebeten, beides zu zerstören. Du kopierst die Nummern aus meinem Telefonbuch, hat sie gesagt, vor allem die von Fatou, und dann wirfst du alles in den Backofen und drehst voll auf. Er ist ein bisschen sauer, weil sie vergessen hat, ihn vor dem schmelzenden Plastik zu warnen. Jetzt hat L kein Gerät mehr, mit dem sie ins Drinnen abtauchen könnte. Sie ist Gefangene ihres Körpers. Ohnehin gibt es hier kein Netz, absolutes Funkloch, oder fast. An der Straße kann man telefonieren, und manchmal – so erzählen einige – gibt es plötzlich 4G, für ein oder zwei Minuten, total zufällig. Ansonsten muss man das Festnetz oder die Ethernetkabel im Wohnzimmer des Hofhauses benutzen. Die Verbindung ist so lahm, dass L gar nicht erst in Versuchung gerät, sich auf eines der Sofas zu setzen und ins Drinnen zurückzukehren. Bei der Geschwindigkeit ist das witzlos, es wäre, als würde man mit einem Rasentraktor auf der Autobahn fahren.

Das Wochenende kommt, Antoine nicht. Unbekannte

Gestalten tauchen auf dem Gelände auf, kleine Kinder-
körper, die ihre Tage bisher in der Schule verbracht haben, und kurz darauf auch größere Körper, von denen L
nicht weiß, woher sie plötzlich kommen, allesamt in glänzende K-Way-Jacken gehüllt, um sich vor dem Regen zu
schützen. Am Freitagabend gibt es in der Scheune Musik
und lautere Diskussionen als an den Tagen zuvor. L traut
sich dazu. Sie bleibt in einer Ecke und lächelt nervös.
Wenn sie angesprochen wird, sagt sie ein paar Worte. Sie
sagt, sie sei L, und niemandem scheint aufzufallen, dass
sie keinen richtigen Vornamen hat. Wie auf ihren Spazier-
gängen lassen die anderen sie in Frieden – ob aus Freund-
lichkeit oder Desinteresse, kann sie unmöglich sagen. Sie
haben alle, immer, etwas zu tun; um die langen Tische
herrscht ein beständiges Kommen und Gehen, und auf
L wirken sie wie Bienen, deren drängende Geschäftigkeit
und Ordnung man erahnt, aber nicht richtig durchschaut.

Auf einer Bank sprechen Kedriss und Xavier über den
Frühling, der nicht kommt, der im Februar gekommen,
aber urplötzlich wieder verschwunden ist. Es ist Ende
April, aber seit ein paar Tagen fühlt es sich an wie trister
Winter. Nicht einmal die Sonne zeigt sich mehr. Oft sind
Felder und Wald kaum zu sehen, wenn L erwacht, weil
alles im Nebel liegt. Es gibt Momente mit leichtem, hell-
grauem Nebel, dann wieder dichte Nebelzungen, milchig
weiß. Der Wind weht eine nach der anderen am Fenster
des Wohnwagens vorbei, und L will nicht raus, weil die
dicken Schwaden wie eine feste, greifbare Masse wirken
und sie nicht möchte, dass dieses verdammte Zeug sie be-
rührt, als feuchte Liebkosung, über ihre Haut gleitet und
weiterschwebt, am Ende des Feldes verschwindet und ein
bisschen was von ihr mitnimmt oder ein bisschen von sich

in den Härchen ihres Unterarms zurücklässt, in ihren Haaren oder in der Halsbeuge. Wenn sie morgens aus dem Wohnwagen tritt, lautet ihr erster Satz: Es hat geregnet. Es regnet jeden Tag. Eigentlich müsste man hervorheben, wenn es mal nicht regnet, und, sofern nichts dazu gesagt wird, davon ausgehen, dass der Regen ununterbrochen anhält. Unter Schauern und Niesel weicht die Welt auf, und L trägt sie immerfort als Trauerrand unter den Nägeln. Erde, Rinde, tote Hautzellen. Eigentlich macht das keinen Unterschied mehr.

Der Abend in der Scheune gaukelt einem vor, er würde den Regen zurückdrängen, sie sitzen im Trockenen, und über der Musik vernimmt man kein Tropfen mehr. Doch als L und Kedriss im Dunkeln zum Wohnwagen zurückgehen, spürt sie die Rinnsale unter ihren Füßen, hört die Erde schmatzend nachgeben, und das Gras trieft so sehr, dass es klebt. All die kriechende Kälte und Feuchtigkeit steigt durch ihre durchnässten Schuhe aufwärts und legt sich nachts auf ihre Lunge. Beim Aufwachen läuft ihr die rotzverklebte Nase, jeder Atemzug lässt Wellen von Sekret und geronnene Schneeverwehungen wallen, aufgewirbelt von dem Wunsch, endlich zu atmen, wie man einen Gang vor einem eingeschneiten Haus freiräumt, und endlich bricht man hindurch, die Verstopfungen wandern die Nase hoch und plumpsen schließlich hinter das Zäpfchen. In der Brust ist es noch schlimmer: Bei jedem Luftholen gurgelt der aufgestaute, aufgewühlte Schleim.

Die folgenden Tage bleibt sie im Wohnwagen. Wenn sie die Tür öffnet oder sich ans Fenster lehnt, stellt sie fest, dass nicht nur sie Winterschlaf hält. Auf dem von Schauern leer gefegten Gelände ist fast nie jemand zu sehen, manchmal eilt eine Gestalt vorbei und verschwindet in den Regenschleiern. Allein Xavier nutzt die Regenpausen, um sie zu besuchen. Diese ihr entgegengebrachte Aufmerksamkeit ist L etwas unangenehm. Immer, wenn er sie fragt, ob es ihr gut gehe, fühlt sie sich gezwungen, ihm für ihre Aufnahme auf dem Hof zu danken. Als sie ihm einmal Geld dafür anbietet, dass sie am Gemeinschaftsleben teilnimmt, schnaubt er enttäuscht, als hätte sie etwas Grundlegendes nicht verstanden, sagt aber nicht, was. Sie macht sich Vorwürfe, dass sie Xavier und seine Hilfe nicht wertschätzt, aber sie kann nicht anders; würde er doch nur aufhören, sich so scheißernst und wohlwollend zu verhalten, als wäre er ihr Vater. Ls Vater ist mit dem Motorrad abgehauen, als sie klein war. Das hat ihre Mutter ihr erzählt. Vielleicht waren die zwei Informationen ursprünglich getrennt (ihr Vater hatte ein Motorrad/er ist abgehauen, als sie klein war), aber in Ls Vorstellung sind sie zu einer einzigen verschmolzen, ihr Vater ist stets in Bewegung, stets von Motorenlärm umgeben, und dass sie nicht weiß, wie er aussieht, liegt an seinem Helm. Für die Fürsorglichkeit von Vaterfiguren ist sie daher logischerweise nicht sehr empfänglich. Wenn Xavier klopft, lässt L ihn in den Wohnwagen, bietet ihm Tee an, er verteilt Schlamm auf dem Boden, sie niest. Nachdem er gefragt hat: »Geht's dir gut?«, nachdem sie »Ja, danke« geantwortet hat, sieht er ihr tief in die Augen. Er wartet auf Worte, die nicht kommen. Sie wendet den Kopf ab und sehnt das Pfeifen des Wasserkessels herbei.

Der dritte Schnupfentag ist der schlimmste. L wird von widerlichen Hustenanfällen geschüttelt, ihre Nase ist wund und verkrustet, und das Drinnen fehlt ihr. Sie würde sich gern in seinen Tiefen verkriechen und ihr geschwächtes Fleisch, ihren schmerzenden Körper vergessen. Abends macht ihr Kedriss einen Tee aus Thymian, Malve und Fenchel, und während sie im dunstigen Wohnwagen davon trinkt, setzt er sich zu ihr auf die Bettkante. Sie fragt ihn, ob auch er im Winter krank wird oder ob er sich unversehrt durch Regen, Wind und Schlamm schlägt. Er antwortet, dass er hustet und schnieft, aber dass es ihn nicht total umhaut. Er lauscht dem Husten, der Ls Körper krümmt, und kann sich nicht erinnern, je solche Laute von sich gegeben zu haben.

»Das ist genau euer Problem«, schnauft L mit einer Wut, die ihn überrascht. »Ihr tut, als ob dieser Ort allen offensteht, aber in Wirklichkeit sortiert das Wetter für euch aus. Was für einen Körper man braucht, um so zu leben … Ist dir klar, wie viele das ausschließt?«

Kedriss nickt langsam. Er ist seit vier Jahren hier, und jeden Winter sieht er Menschen gehen, die es nicht packen. Der ständige Wechsel zwischen Kälte und Nebel dauert lange, von Oktober bis März. Sie versuchen, den Schwächsten und denen mit Kindern die besten Plätze zu überlassen, aber manchmal reicht das nicht. Früher hat zum Beispiel ein Akrobat bei ihnen gelebt, er hieß David, und er wohnte in der inzwischen verfallenen Hütte am Waldrand. Durch ihn hat Kedriss den Alten Hof erst entdeckt. Irgendwann hatte David einen Unfall, eine üble Geschichte, plötzlich saß er im Rollstuhl. Er verließ die Hütte und zog ins Haupthaus, ins Erdgeschoss, und sofort machten sich alle daran, Planken auf dem Grundstück zu verlegen, damit er sich mühelos fortbewegen könnte, nicht von Steinen, Gräben oder Böschungen behindert würde, alle versuchten, aufmerksam zu sein, boten bereitwillig ihre Hilfe an, schoben oder zogen, trugen manchmal David und manchmal den Rollstuhl, aber selbst so konnte er nicht weiter bei ihnen leben, es ist eine Welt für Gesunde, und das spürte er jeden Tag. Kedriss verzieht das Gesicht und sagt, als er gegangen sei, habe man Erleichterung unter den Bewohnern des Alten Hofs gespürt, auch wenn das, natürlich, niemand offen aussprach, eine Erleichterung, über deren Gründe Kedriss sich nicht ganz im Klaren ist: Vielleicht war man froh, David nicht länger helfen zu müssen oder auch nicht mehr daran denken zu müssen, dass ihr scheinbar so offener Hof für einen Rollstuhlfahrer eine uneinnehmbare Festung war. Also ja, er weiß, dass eine Auslese stattfindet, um das zu bemerken, braucht er L nicht. David, sagt er, ist der absolute Extremfall. Manchmal reichen der Regen und ein undichtes Dach, damit das Leben unmöglich wird und jemand geht. Wenn man in der Stadt lebt, hat man keine Vorstellung von der Gewalt des Regens, von seiner abschreckenden Wirkung, von all den Bemühungen, die er im Keim ersticken und zunichtemachen kann.

»Überall sonst ist Frühling«, sagt L. »Ich hab die Schnauze voll von diesem Sauwetter, dem ewigen Getropfe. Ich hab keinen Bock mehr, übers Wetter zu reden, ans Wetter zu denken und mich damit abzufinden, dass das Wetter über meinen Tag bestimmt.«

»Du hast zu viel Zeit im Internet verbracht. Du hast dich an eine regenfreie Welt gewöhnt.«

»Und das ist ja wohl eindeutig besser.«

Kedriss lächelt und setzt sich bequemer hin. »Meine kleine, regenscheue Hackerin, weißt du eigentlich, woher die ersten Piraten kamen? Sie kamen von hier.«

Zuerst glaubt L, er rede von der Bretagne und werde ihr gleich Geschichten über Freibeuter, Rotbart den Korsaren, Kaperfahrten und Saint-Malo auftischen und als

musikalischen Abschluss irgendein bescheuertes Lied
über Rum, Frauen und Sauferei schmettern, aber Kedriss
spricht von Erde und Schlamm. Während er ihre Tassen
noch einmal mit duftendem Kräutertee füllt, erzählt er
von englischen Bauern, die auf Gemeinschaftsgrund lebten, bevor das Land durch Adelige privatisiert wurde, er
weiß nicht mehr genau, wann das war, im 16. oder 17. Jahr-
hundert, er hat es mal gelesen, aber zum Teil wieder vergessen. Es war das Ende einer ganzen Lebensweise, die
es den Armen ermöglicht hatte, selbst etwas anzubauen,
Tiere zu halten – kaum der Rede wert und indem man
sich den Buckel krumm schuftete, das Leben war schließlich kein Ponyhof, aber doch ein kleines Stückchen Land,
zwei Schafe mit warmen Körpern, die zuckenden Nasen
der Kaninchen, und vor allem ein Obdach, etwas, das
Schutz bot, zwischen Mäuerchen und Hagedorn. Und
dann war ihnen der Boden wieder genommen worden,
es kam eine Zeit der Einhegung, Kedriss wiederholt das
Wort, wie um sich zu versichern: Einhegung. Die landlo-
sen Bauern endeten auf den stinkenden Straßen der großen Städte, sie wurden wegen Bettelei, Trunkenheit, Raub
verhaftet, wurden wegen Tratscherei an den Pranger gestellt, sie wurden gehängt, verbrachten Monate in Ker-
kern, die noch schlimmer stanken als die Straßen Lon-
dons. Die Bauern, die kein Land mehr hatten, fanden sich
auf Galeeren wieder, wo sie alles ausspien, was noch in
ihnen war, mit Salz auf ihren Wunden. Sie flohen, wenn
sie konnten. Sie töteten Offiziere, wenn sie konnten. Und
sie wurden zu Gesetzlosen auf See. Die Piraten kommen
zum Teil von dort, aus dem Schlamm, den du verab-
scheust, und dem kalten Gras und aus Projekten eines
gemeinschaftlichen Lebens, das auf den Feldern entstand

und als junger Halm durch die schweren Schwerter der Grundherren gefällt, dann auf den Wellen neu erschaffen wurde.

In den folgenden Tagen versucht L, sich mehr unter die anderen zu mischen, stellt schniefend Fragen. Sie begreift, dass es trotz der Nähe zwischen den Körpern voneinander unterschiedene Gruppen gibt: die Einheimischen, die Artisten und eine Handvoll Kulturfolger. Ihr Verhältnis zum Ort, zur Zeit, zum Geld ist nicht das gleiche, aber L findet, dass sie etwas gemeinsam haben, eine Art, sich fortzubewegen. Selbst in den einfachsten Gesten liegen eine Anmut, eine Leichtigkeit, die ihr fremd sind. Etwa wenn sie sich vor die jungen Pflänzchen im Gemüsegarten hocken oder sich an den großen Tisch in der Scheune setzen. Die Bänke erfordern eine Geschmeidigkeit, die L von Stühlen und Sofas abgewöhnt wurde. Zu den Künstlern zählen Kedriss, vier weitere Zirkusleute, die in den bunt gestrichenen Wohnwagen leben, eine Bühnenbildnerin, die sich ein Baumhaus gebaut hat, und eine Geigerin im Hofhaus. Sie kommen und gehen im Rhythmus ihrer Tourneen. Manchmal überlassen sie ihre Unterkünfte zeitweilig anderen. L kommt nicht ganz mit, weil sie tagein, tagaus immer wieder neuen Gesichtern begegnet, und wenn sie schließlich glaubt, sie richtig einordnen zu können, verschwinden sie. Für diese Menschen ist der Alte Hof eine Art Quartier, Lagerstätte oder Ort der Erholung, aber er ist kein *Zuhause*, und übrigens bewohnen sie auch keines der Häuser, mit Ausnahme der Geigerin, die scheinen den Einheimischen vorbehalten zu sein.

Im ehemaligen Schweinestall leben zwei Familien, deren Kinder immer zusammen spielen, sie haben die gleichen zerzausten Haare, die gleichen vor Kälte geröteten

Wangen. Die vier Erwachsenen heißen Gaëlle und Matthieu, Fanny und – L erinnert sich nicht mehr an den Namen des vierten, des Lebensgefährten von Fanny. Sie sind von hier, aus den umliegenden Dörfern oder Städten, von denen sie sprechen, als lägen sie weit entfernt, die sich jedoch, wie L anschließend auf einer Karte entdeckt, ganz in der Nähe befinden. Sie sind es, die sich, zusammen mit Xavier, hauptsächlich um das Land kümmern, und an der Art, wie sie sich darauf bewegen, wie sie abends leise und sorgenvoll miteinander beratschlagen, erkennt L, dass sie sich für die Säulen der Gemeinschaft halten und es auch sind, die Bedingung ihrer Existenz. Sie durchpflügen die Wiesen mit der Schubkarre, die Hände von ledriger Hornhaut überzogen, Erdspuren auf Hose und Gesicht. Beim Essen sprechen sie über Setzlinge, Frostschutz, Ableger und Rückschnitt. Manchmal bitten sie die anderen um Hilfe, um eine Maschine zu reparieren, und am Nachmittag ertönen blechernes Hämmern auf eine Karosserie und das schrille Sirren gewetzter Klingen.

Und dann gibt es die Kulturfolger. Sie haben hier nichts erschaffen, sie haben keine besondere Begabung, aber sie gliedern sich in die Gemeinschaften ein, auf die sie zufällig stoßen oder von denen sie haben reden hören. Sie sind tatkräftig und besitzen meist den Anstand, nicht zu lange um dieselbe Kerngruppe zu kreisen. Sie packen mit an, lernen ein oder zwei Dinge dazu, knüpfen manchmal Liebes- oder Freundschaftsbande, nutzen die Wärme eines freien Platzes in einem besetzten Haus, einem Wohnwagen, einer Scheune, einem Speicher und ziehen dann weiter. Noé und Camille zum Beispiel sind professionelle Kulturfolger. Sie kennen die größte Zahl von Gemeinschaften. Die Artisten kommen gut herum, aber mit dem langen Lebenslauf eines Kulturfolgers könnten sie sich nicht messen. Noé und Camille waren bei den Protesten auf dem Plateau de Millevaches, in Notre-Dame-des-Landes, beim zukünftigen Endlager in Bure, sind sich auf dem Chemin Vert begegnet, haben sich in La Souterraine wiedergetroffen. Noé hat zusammen mit einem Kollektiv bretonischer Künstler zwei Jahre mit der Instandsetzung eines Bootes verbracht und durfte an der Fahrt flussaufwärts auf dem Couesnon teilnehmen. Nie geben sie mit ihren vielfältigen Erfahrungen an. Das Bewusstsein, niemals selbst eine Bewegung angestoßen zu haben, macht sie bescheiden. Sie folgen nach, das ist alles. Es ist keine Schande, aber aufspielen muss man sich damit auch nicht.

Nach ein paar Tagen hält L sich vor allem an sie, um herauszufinden, was sie tun kann. Sie sagt sich, wenn sie hier irgendjemandem ähnelt, dann Noé und Camille, denn die zwei sind, wie sie selbst, Anhängsel einer Gruppe, die auch bestens ohne sie funktioniert. Camille erklärt L, frustrierend für sie sei, dass sie anfangs nur undankbare Aufgaben übernehmen könnten, Küchendienst, Aufräumen, Geschirrspülen oder Einkaufen. Von allem anderen verstehen sie zu wenig. Sie müssen jemanden von seinem Tagwerk abhalten, damit er ihnen hilft, sie anleitet und anlernt, und dafür hat nicht jeder Zeit. Also müssen sie sich damit begnügen, Zuarbeiter zu sein, niemals diejenigen, die am Abend von einer Schwerstarbeit zurückkehren, etwas Bleibendes geschaffen haben oder Neues aus dem Draußen berichten. Die Entscheidungen trifft hier derjenige, der etwas macht. Wenn du allein nichts machen kannst, kannst du auch nicht darüber entscheiden, *was* du machst, du folgst den anderen, du stopfst die Löcher. Heute wird das Wetter beispielsweise schön, und das ist ein guter

Tag, um Wäsche zu waschen, das jedenfalls hat Camille vorgesehen. Als sie Ls enttäuschtes Gesicht sieht, lacht sie auf. Diese Enttäuschung, genau die meint sie. Und doch freut sich jeder, in einem sauberen Bett zu schlafen.

L breitet einen großen roten Bettbezug über die Leine, die sie zwischen zwei Bäumen aufgespannt hat. Ein Stück weiter bürstet Noé sorgfältig einen über vier Stühle geworfenen Teppich aus. Camille ist verschwunden, auf der Suche nach mehr Wäscheklammern. Oberhalb des roten Rechtecks, das sie eben vor den Himmel gehängt hat, beobachtet L einen Vogel, der ebenfalls ein kleines rotes Rechteck auf der Brust trägt. Er hüpft auf den Zweig eines Haselstrauchs, und obwohl das Tier überhaupt nichts zu wiegen scheint, senkt sich das biegsame Gehölz bei jeder seiner winzigen Bewegungen. Eine Sekunde später ist der Vogel fortgeflogen. L hat den Sekundenbruchteil verpasst, in dem er den Zweig verließ, sie hat nur die diagonale Flugbahn wahrgenommen, die ihn aus ihrem Sichtfeld führte. Sie strafft den Bettbezug und nimmt sich unbeholfen ein Laken, dessen eine Ecke schlaff über den Boden streift. Sie hofft, dass das Rotkehlchen zurückkommen und sich in ihre Nähe setzen wird, aber es bleibt unsichtbar. Jetzt sind nur noch Vögel da, deren Namen sie nicht kennt. Noé, der ein paar Meter weiter ihr Trillern und Gurren nachahmt, wird sie wissen, aber für L sind es Fremdwörter. Bisher hat es ihr genügt, die Gesamtheit aller Tiere und Pflanzen mit dem bequemen Wort »Natur« zu bezeichnen, das war völlig ausreichend. Als sie klein war, hat ihre Mutter zwar versucht, Neugier für die Dinge in ihr zu wecken, die nicht aus Beton sind. Doch irgendwann schleppte sie L nicht mehr in den botanischen Garten, weil L sich vor den beschilderten Pflanzen demonstrativ zu Tode langweilte und sogar vor den kleinen Ziegen, von denen die anderen Kinder ganz entzückt waren, wenn sie ihnen aus der hohlen Hand fraßen. Die Stunden, die L später vor Tierdokumentationen verbrachte, machten sie mit Tieren vertraut, denen sie niemals begegnen wird, mit Goldenen Löwenäffchen, Lemuren mit riesigen, runden Augen, Binturongs mit gemächlichem Gang und Schuppentieren mit ihren Tannenzapfenkörpern. L mochte sie, weil sie schön waren, und auch, weil sie ihr fern waren. Als sie auf den Alten Hof kam, fühlte sie sich bedrängt, fast schon bestürmt von den allzu nahen Lebensformen. Das geht ihr immer noch so, aber inzwischen kann sie verschiedene Arten der Invasion unterscheiden, spürt eine vage Bekanntschaft, die dazu führt, dass das Wort »Natur« nicht mehr all die sie umgebenden Lebenswirklichkeiten benennen kann. Der Wald, mit seinen Kastanien und Eichen, ist nicht und tut nicht das Gleiche wie die Wiesen. Die Wiesen voll Wildgras und leuchtenden kleinen Blumen sind nicht der Gemüsegarten. Man müsste die Namen von allem lernen, was sich beidseits der ausgebreiteten Laken erstreckt, denkt L.

Es wird dunkel, der Abend senkt sich in glasklarem, bläulichem Schwarz, durchlöchert von Sternen. Beim Verlassen der Scheune geht L langsam und versucht, Sternbilder zu erkennen, den Orion oder den Großen oder Kleinen Wagen, oder einfach nur den Abendstern auszumachen. Das Auf- und Abhängen der Wäsche ist ihr in die Arme gegangen, und sie lässt sie erschöpft hängen, leicht berauscht vom Waschmittelgeruch, der ihr den ganzen Nachmittag in der Nase hing.

»Willst du was rauchen?«, fragt Kedriss von den Stufen des Wohnwagens aus.

L tritt durch die rote Umzäunung und schließt sorgfältig das Törchen hinter sich. Sie setzt sich neben Kedriss und nimmt den Joint zwischen die Finger. Sie vergisst, dass sie das Zeug seit ein paar Jahren nicht mehr anrührt. Sie zieht sacht, der Rauch mit seinem harzigen Aroma wallt ihr die Kehle hinab. Das tut gut, lässt die Grenzen zwischen den Dingen und ihr, den Bäumen, den Windböen, ein wenig verschwimmen.

Trotz der Kälte trägt Kedriss bloß eine offene Weste mit Kapuze am nackten Oberkörper. Über die Mitte der Brust und auf beiden Oberarmen verläuft eine Linie aus kleinen, runden, weißen Narben. Als L fragt, ob das ein Schmuck ist, fängt er mit einer seltsamen Geschichte über ein Ritual an, bei dem man ihm mit glühenden Kohlen die Haut angesengt und dann auf all den kleinen Wunden das Gift eines Frosches aus dem Amazonasgebiet verteilt hat. Er hat kübelweise schwarze Galle erbrochen, das Gesicht zu dreifacher Größe gedunsen, anschließend hat er kübelweise Grünes erbrochen, dann Durchsichtiges, dann gar nichts mehr. Nein, nein, stellt er klar, als L meint, dass das ein Horrortrip gewesen sein muss, er hatte keine Halluzinationen, stand nicht neben sich, er hat sich bloß achtundvierzig Stunden lang auf den Sisalteppich des Schamanen entleert oder des Priesters oder einfach eines etwas seltsamen Dealers, L kapiert es nicht ganz. Doch als er wieder runterkam, war er geläutert.

»Warum hast du dir das angetan?«, fragt L.

Kedriss antwortet nicht. L ist aufgefallen, dass das hier oft vorkommt. Die Körper berühren sich unaufhörlich, das stört niemanden, aber die Wörter verlieren sich, man lässt sie ziehen, das stört ebenfalls niemanden.

»Ich kann nicht viel«, sagt Kedriss plötzlich und drückt

den Joint aus. »Nicht wirklich gut, meine ich. Eine Weile habe ich geglaubt, ich würde immer etwas dazulernen, weil ich ein Praktikum nach dem anderen gemacht habe, ständig. Aber Tanz oder Kampfkunst, das kam im Grunde aufs Selbe hinaus. Das Einzige, was ich konnte, war, mit meinem Körper zu arbeiten, auch über ihn zu arbeiten. Ich habe mir gesagt: Das ist das Einzige, was ich bis zur Perfektion bringen könnte. Oder so nah heran wie möglich. Wenn ich je bis an die Grenze gehen kann, an irgendeine Grenze, dann an die meines Körpers. Und darum ...«

Er deutet mit leicht theatralischer Geste auf die Narben, aber seine Augen sind traurig.

»An die Grenze deines Körpers gehen ...«

»Ja.«

»Klingt wie aus einem Selbsterfahrungsratgeber.«

Kedriss lacht auf. L mustert die Linie kleiner, blasser Kreise auf seiner Brust genauer, sie findet sie schön, in ihrer für den menschlichen Körper allzu perfekten Ebenmäßigkeit.

»Hat es wehgetan?«

Er zögert, versucht, sich zu erinnern. »Vor allem hatte ich Angst«, sagt er schließlich.

L kann die Augen nicht von den Narben abwenden, sie fragt sich, ob man ihre Oberfläche spürt, die durch die Verbrennungen hinterlassenen Mulden. Zaghaft legt sie die Finger darauf. Die Haut ist ganz glatt. Sie begehrt ihn. Sie begreift, in diesem Augenblick, dass sie ihn begehrt. Es scheint ihr komisch, dass es sie so schnell überkommt, bei ihr ist das normalerweise ein langsamer Prozess. In Paris zum Beispiel, als sie bei Antoine war, nahm sie eine Art von sehr unauffälligem Anwachsen wahr, und es hätte irrsinnig lange gedauert, aber sie wusste, irgendwann hätte sie Lust bekommen, zu ihm ins Schlafzimmer zu gehen. Eines Abends wäre es so weit gewesen. Sie glaubt, dass auch er Lust hatte, aber vielleicht hat sie sich das einge- bildet, sie hätte ihm näherkommen müssen, um sicher zu sein. Vielleicht hat sie sich sowieso alles, was ihr zugesto- ßen ist, nur eingebildet, auf die anderen muss es geistes- krank gewirkt haben, sonst wäre sie jetzt nicht hier. Ohne- hin ist alles in ihr, in ihrem Innern, aus dem Lot, alles, auch das Tempo ihres Begehrens. Sie fragt sich, ob das am Joint liegt. Sie legt die Fingerkuppe, behutsam, auf eine Narbe mit einer vollkommen verrückten Geschichte, und sie denkt: Das machst du nicht wirklich, du kannst das gerade nicht wirklich machen, du, die du andere niemals anfasst. Danach blickt sie zu Kedriss auf und hat das Ge- fühl, soeben etwas komplett Pornomäßiges getan zu ha- ben, aber er lächelt bloß ein wenig und sieht sie nicht an. Vielleicht hat er Ls sanften Finger auf seinem Oberkörper gar nicht bemerkt. Vielleicht ist es mit der Haut wie mit der Kälte, er ist zu sehr daran gewöhnt, er spürt das gar nicht mehr, überlegt L, als sie schlafen geht.

Am nächsten Tag, als L im Hof in der Sonne sitzt, tigert Xavier um sie herum. Ihr ist klar, dass er gern mit ihr reden würde, aber er denkt vermutlich noch an ihre ersten Ge- spräche zurück, die keine waren, also hält er sich in ihrer Nähe auf und tut, als wäre es Zufall. L legt eine Hand schützend vor die Augen und mustert seine breite Sil- houette im Gegenlicht. Sie bedeutet ihm, sich zu ihr zu setzen.

An ihrem Waschtag haben Noé und Camille sich auch um die Liegestühle gekümmert. Mit viel Wasser haben sie das grüne Moos und die grauen Spinnweben abgespült, die alles überzogen. Xavier lässt sich neben L nieder, zwischen den zwei Steingebäuden. Die volle Nachmittagssonne streichelt ihre Haut, windgeschützt fühlt es sich fast wie ein Sommertag an. Er fragt sie nicht, ob es ihr gut geht, sondern wie sie sich fühlt, und an der Variation seiner üblichen Frage erkennt L, wie sehr er sich bemüht, nicht erneut nur ein knappes »Ja, danke« von ihr zu ernten. Sie sagt, dass sie sich ein wenig verloren fühlt, aber dass es einfacher ist, jetzt, wo das Wetter schön wird. Xavier lächelt wie ein Kind, als er sie so viele Wörter aneinanderreihen hört. Er sagt, dass er weiß, wie bedrückend das für manche sein kann, ohne Telefon, ohne Stadt, ohne Fernsehen.

»Ohne Computer«, seufzt L.

»Aber wir haben welche.«

Sie kann sich ein Lachen nicht verkneifen. Was sie hier haben, sind Dinosaurier. Eine Unverschämtheit, so etwas einen Computer zu nennen. Aber sie sagt, dass das nicht das Ausschlaggebende ist, dass ihr nicht der Computer am meisten fehlt.

»Was dann?«

»Antworten.«

Gestern Abend, als sie mit Kedriss rauchte, hat sie mal wieder an das Absurde ihrer Situation gedacht. Sie wartet darauf, dass sie gefahrlos nach Paris zurückkehren kann, aber indem sie hierbleibt, nimmt sie sich jede Chance, mehr über die möglichen Gefahren herauszufinden. Also was jetzt? Sie wird nicht ihr gesamtes Leben in einem Wohnwagen verbringen, Bettwäsche waschen und Vögel beobachten.

»Und das Zusammenwohnen mit Kedriss klappt?«

L antwortet, dass der Wohnwagen kaum kleiner ist als ihre Wohnung im 19. Arrondissement, und Xavier erzählt ihr von seinen zwei Jahren in Lyon, im Wohnheim einer religiösen Gemeinschaft. Das Zimmer so beengt, dass er den gesamten Schreibtisch freiräumen musste, um das Fenster zu öffnen, das gemeinsame Frühstück am Morgen, um 6.30 Uhr, mit den vor Müdigkeit zerknautschten Gesichtern, die täglich neue Augenringe, neue Falten aufwiesen, die Abende in der großen, zutiefst ersehnten Stadt, aber ohne einen Cent in der Tasche, um all das auszukosten, was sie ihm bot, die Umrisse anderer armer Schlucker auf den Uferwegen, die Versuche, auf Partys zu gelangen, wo man schließlich doch herausfand, dass ihn niemand eingeladen hatte. Er sagt, es sei ein Leben in Zwischenräumen gewesen. Als sein Vater starb, kam er hierher zurück und kaufte mit seinem kleinen Erbe den Alten Hof. Er gewann wieder Raum. Am Anfang hatte er nur das im Sinn: an einem Ort zu leben, wo Geldnot einen weder dazu verurteilte, sich einzuengen, noch, allein zu sein. Das war alles, was er jenen anbot, die sich ihm anschließen wollten. Der Rest ergab sich nach und nach ziemlich zufällig, mit den Neuankömmlingen. Der Gemüsegarten zum Beispiel ist das Werk von Gaëlle und Matthieu. Vor ihnen hatte Xavier nie das Verlangen oder die Idee, hier Landwirtschaft zu betreiben, aber er hat dazugelernt, und er sagt, dass er seither beim Aufwachen zuerst an den Boden und die Pflanzen denkt, und auf freudige Art fühlt er sich für sie verantwortlich.

»Waren Gaëlle und Matthieu die Ersten, die hergekommen sind?«, fragt L.

Xavier schüttelt den Kopf. Die Ersten, die sich auf dem Grundstück niederließen, waren Zirkusleute, die er aus Lyon kannte. Sie lebten drei Jahre hier, halfen ihm zwischen ihren Tourneen, die Gebäude zu renovieren, und dann, als sie wieder aufbrachen, nahmen Freunde ihren Platz ein. Seither leben ständig einige Akrobaten auf dem Alten Hof. Vielleicht, weil sie als Einzige genug Vertrauen in ihre Körper haben, um sie permanent zu beanspruchen, denn das verlangt das Leben hier von einem, schließlich weiß Xavier, dass es rein gar nichts *Bequemes* hat. Er sagt, L sollte sich irgendwann einmal eine Vorstellung ansehen, denn sonst wird sie denken, was die Leute hier machen, wäre wie die Shows der Wanderzirkusse, die im Sommer die Küste entlangziehen. Er sagt, bei uns leben ein paar Artisten, die erschaffen wahrhaft Schönes.

»Hat Kedriss dir von David erzählt? Er war unglaublich, wirklich unglaublich.«

»Was ist ihm eigentlich zugestoßen?«

»Er ist gefallen. Sieben Meter. Aus der Kuppel des Espace Chapiteaux in Paris.«

Als sie fragt, warum oder wie, beginnt Xavier eine zusammenhanglose Erzählung. Ihm zufolge ist David gestürzt, weil er traurig war. Es war keine Absicht, er wollte das nicht, aber seine Freundin hatte ihn kurz zuvor verlassen, und während er die Metallstütze der Kuppel emporkletterte, dachte er plötzlich: Sie hat mich fallen lassen, und das verursachte ein komisches, leises Geräusch in seinem Kopf, es war fast schon lustig. Sie hat mich fallen lassen. Ich steige, ich steige weiter, aber sie hat mich fallen lassen. Er fing an zu lachen. Er wollte am liebsten schon wieder unten sein, um es den anderen zu erzählen, diesen albernen Gedanken, der ihm wie ein Witz vorkam: Ihr ratet nie, was ich eben gedacht habe. Er kletterte hinauf und wähnte sich bereits am Boden, in der Bar des Espace Chapiteaux, mit einem Rum in der Hand, wie er davon sprach, dass man ihn hatte fallen lassen. Er fragte die Jungs: Kann man fallen gelassen worden sein, wenn man noch immer hochklettert? Die zwei gegensätzlichen Bewegungen zeitgleich in seinem Körper. Steige ich, während ich falle? Und weil er lachte, glaubte er, nicht traurig zu sein. Er hat nicht aufgepasst auf dieses zusätzliche Gewicht der Trauer, das er trug. Jeder Akrobat weiß, dass Trauer den Schwerpunkt verschiebt, sagt Xavier, und L ist sich nicht sicher, ob er sie verarscht oder ob er das ernst meint. Wenn man traurig ist, muss man sein Gleichgewicht auf andere Weise finden, aber dazu hat sich David nicht die Zeit genommen. Er wähnte sich so leicht wie an fröhlichen Tagen. Er glaubte, es sei ein Witz. Und er ist sieben Meter tief gefallen.

»Und Kedriss?«

»Was ist mit Kedriss?«

»Gibt er auch solche Vorstellungen?«

Xavier zögert. Er sagt, dass es deutlich weniger geworden sind. Er vertritt regelmäßig Freunde auf Tourneen, aber er hat seit Jahren nichts Eigenes mehr gemacht.

»Vorher hat er mit David zusammengearbeitet, sie hatten eine Kompanie. David ist bei einer ihrer gemeinsamen Vorstellungen gestürzt. Ich weiß nicht, ob Kedriss sich die Schuld gibt oder ob er ängstlich geworden ist, aber auf jeden Fall arbeitet er nicht mehr wie früher.« Wegen der Sonne kneift Xavier die Augen zusammen. »Sehr schade. Was sie gemacht haben, war wirklich schön.«

L spürt, wie eine Folge winziger Schluchzer ihr die Kehle zuschnürt. Xavier merkt nichts, oder vielleicht glaubt er, sie habe Schluckauf. Selbst wenn er ahnen könnte, dass sie weint, ohne Tränen und ohne jeden Laut, bloß durch kleine Krämpfe, würde er vermutlich nicht verstehen, warum. Im Innenhof des Gehöfts sieht L David unter der Zeltkuppel nach hinten kippen, sein Körper durchschneidet die Luft, die Arme sind geöffnet, sie sieht ihn, der lautlos fällt, doch er schlägt nicht am Boden auf, er wird von Polizisten aufgefangen, man legt ihm Handschellen an, man zieht ihm die Schnürsenkel aus den Schuhen, den Gürtel aus der Hose. L sieht David, aber er hat nicht Davids Gesicht, er trägt Elias' Züge. Und weiter hinten, in der Manege, ist Kedriss und sieht zu, wie David fällt, da ist Kedriss mit Ls Gesicht, Ls Augen, die sich weiten vor Entsetzen, Ls Mund, der sich öffnet, aber keinen Schrei hervorbringt, da sind Kedriss und L, die nie wieder auf die gleiche Weise arbeiten werden, weil sie ihre Große Angst durchlebt haben, den Sturz, die Verhaftung, und weil es unmöglich ist, danach so zu tun, als wäre es niemals gewesen. Auch wenn es schade ist. Auch wenn es wirklich schön war.

Am folgenden Tag lastet die Sonne schon vom frühen Morgen an auf der Wiese. Nach und nach tragen die Bewohner des Alten Hofs Möbel hinaus, um sie im Innenhof, im Obstgarten oder am Waldrand aufzustellen. Das zieht neue Linien über das riesige Gelände, und die Möbel wirken winzig in diesem Raum, der für sie die falschen Maße hat. L beteiligt sich an dem Umzug nach draußen; wie die anderen spielt sie das Spiel, bei dem man zwischen den Pflanzen Wohn- oder Schlafzimmer nachbildet. Als der Tag zu Ende geht, haben sich überall in den Gartensalons Körper ausgestreckt, und an jeder Ecke finden spontane Aperitifs statt. Hängematten spannen sich zwischen den Bäumen der Streuobstwiese, und manchmal sieht man den Arm eines Schlafenden aus einem der Stoffkokons baumeln. Sogar das schwarze Schwein wirkt ruhig, es rennt nicht mehr mit seinem Hitzkopf gegen die Umzäunungen an.

»Bald kann man baden gehen«, sagt Kedriss.

Er liegt im Gras, direkt neben dem Wohnwagen. Sein Oberkörper ist nackt, und eine Ameise wandert seinen Arm hinauf, wagt sich bis zu der feinen Linie aus Narben vor. Selbst ruhend erahnt man überall seine Muskeln, als sanfte Vertiefungen und Wölbungen, fein säuberlich auf den Regalbrettern seiner Knochen abgelegt, exakt an ihrem Platz. Wenn sie ihn betrachtet, hat L den Eindruck, ihr eigener Körper wäre das zugemüllte Zimmer eines Teenagers; man kann noch so viel suchen, man findet nichts.

»Kannst du schwimmen?«

Sie sagt Ja, als wäre das eine dämliche Frage. Aber das stimmt nicht, und in Wahrheit kann L gar nicht richtig schwimmen. Beim verpflichtenden Schwimmunterricht in der Schule hat sie ein oder zwei Bahnen geschafft, aber sie ist nie im Meer geschwommen, sie hat keine Ahnung, ob ihre unbeholfenen Bewegungen den Wellen trotzen könnten. Seit sie hier ist, sind Noé und Camille schon mehrmals am Strand gewesen. Beim ersten Mal haben sie Gaëlles und Matthieus Kinder mitgenommen und sind am Abend zurückgekommen, mit salzverkrusteten Haaren, blauen Lippen, Sandkörnern auf der Haut. L weiß, dass die Kinder reden, wie Kinder eben reden, und sich ihre Abenteuer ausdenken, aber sie hat sich doch die Geschichten über tückische Strömungen und messerscharfe Felsen angehört, über die zu schnell ansteigende Flut und unüberwindliche Klippen. Beim nächsten Mal hat sie sich nicht getraut, Noé und Camille zu begleiten. Allerdings spürt sie genau, dass da nicht nur Angst ist, sie nicht den gesamten Raum einnimmt, da ist auch eine Lust, fast eine Ungeduld aufs Wasser. Also wartet sie, zählt die Sonnenstunden und fragt sich, wie viele es sein müssen, damit eine solche Wasserfläche sich ein wenig aufwärmt.

Als die Sonne untergeht, bleiben die Menschen vom Alten Hof draußen und wickeln sich in Decken. Sie zünden Kerzen an. Wem zu kalt ist, der rückt näher an den Ofen der Scheune. Kedriss meint, es wäre gut, Kabel zu verlegen, um ein paar Scheinwerfer in den Bäumen anzubringen, in den Schuppen gibt es welche. Man wird allerdings nachsehen müssen, ob sie während des Winters nicht zu Häusern für die Mäuse geworden sind. L sagt, dabei könnte sie sich ausnahmsweise einmal nützlich machen, wirklich nützlich. Elektrik ist ein bisschen mehr ihr Ding als Gemüseanbau. Sie hat viel gelernt, als sie mit Elias an seinen Instrumentenkästen bastelte, und plötzlich wird sie kribbelig, ihre Finger sind unruhig, Kabel kontrollieren, abisolieren, neu verbinden, das Bedürfnis nach einer Feinarbeit, die sie beherrscht. Beide sitzen sie in dem Rechteck aus Licht, das aus der weit offenen Wohnwagentür fällt. Sie bleiben eng beieinander, als zöge der Schatten Mauern um sie. Sie spüren die von der Erde aufsteigende Kühle und den warmen Körper des anderen. Sie sind einander so nahe, dass L Staubkörner in Kedriss' Wimpern erkennt. Fledermäuse flattern am dunkelblauen Himmel im Kreis.

Das Draußen ist hier nicht härter als anderswo, denkt L. Nur gehen sie hier völlig schutzlos voran, sie haben ihre Schutzschirme deaktiviert. Es gibt nicht die Stabilität von Häusern oder Autos, keinen glatten Asphalt, keine beweglichen Hüllen um ihre Körper, keine Panzer. Natürlich verlangt diese Lebensweise Reserven und Kenntnisse vom Körper, aber nun fragt sich L, ob sie recht hatte, die auferlegte Auslese von vornherein abzulehnen. Die Kommandokapseln, die Schutzvorrichtungen, die sie ihr Leben lang genutzt hat, musste man kaufen oder mieten können. Auch sie zogen Grenzen, auch sie nahmen eine Auswahl vor. Der Unterschied zwischen zwei Körpern ist, höchstwahrscheinlich, weniger groß als der zwischen einem Körper mit Haus und Karre und einem nackten Körper. Aber sofort fallen ihr ein paar Gegenbeispiele ein. Sie zählt auf: Jet Li, Usain Bolt, Simone Biles … diese übermenschlichen Körper auf den Fernsehschirmen. Sie betrachtet die Grüppchen, die vor den anderen Wohnwagen im Gespräch sind, die Kinder, die sich weiter hinten über den Bau eines Tieres beugen, Taschenlampe in der einen und Stock in der anderen Hand, unschlüssig, ob sie ihn in den Unterschlupf hineinstecken sollen, der nahezu unsichtbare Umriss von Camille auf dem Balkon einer Hütte, Gaëlle, die trotz der hereinbrechenden Nacht noch etwas im Gemüsegarten wässert. L fragt sich, wie die Menschen von hier diese Anmut erlangt haben. Es ist, als hätten sie von klein auf die Erfahrung ihrer tätigen Körper gemacht. Wären es ausschließlich Typen, hätte L es verstanden: Ihnen hat man schon immer das Recht gegeben, allen Raum zu beanspruchen. Doch auch die Frauen bewegen sich auf dem Alten Hof in ihrer ganzen Länge, sie entknoten Beine und Arme, sie richten sich auf, springen, kauern, klettern. L hat nie gelernt, Raum für sich zu beanspruchen, im Gegenteil. Sie musste ihren zu groß geratenen Körper in Schach halten, ihn durch ungeeignete Posen verschleiern, ein ausschließlich aus Ecken bestehendes Origami. Und zu Hause bei ihrer Mutter war es immer eng. L erinnert sich, dass ihre Tante Faiza bei einem ihrer Besuche meinte, man müsse sich bei ihnen auf seine

Hände setzen, um nur ja nichts kaputt zu machen. Auf der Straße war mehr Platz, aber dort durfte L sich nicht herumtreiben, das gehörte sich nicht, so sagte man ihr. Es hätte vielleicht einen Garten geben müssen. Vielleicht wäre es anders gewesen, wenn L einen Garten gehabt hätte. Vielleicht hätte sie dann die unendlichen Flächen des Drinnen nicht so nötig gebraucht.

»Und was machst du jetzt, wo du einen Garten hast?«, fragt Antoine, als er wenig später anruft.

Sie zögert. Sie lernt Dinge, Namen, Gesten. Sie spitzt Holzstücke an, um sie zu Rankhilfen für den Gemüsegarten zu machen. Ihre Hände sind voller Splitter, und auch dadurch lernt sie: erkennt, welche von selbst rauskommen werden und welche sie mit Nadel oder Cutter rausholen muss. Etwas zu wissen, zu tun hat etwas Befriedigendes, aber das hält nie lange an. Sie ist nicht gut. Sie hinkt hinterher. Angesichts ihrer zerschundenen Hände und schmutzigen Nägel denkt sie erneut an Jeremy Hammond. Einmal wollte er mit dem virtuellen Aktionismus aufhören, wegen der Kosten für die Umwelt. L hat gelesen, dass man sich das Internet als sechsten Kontinent vorstellen kann, mit all seinen Treibhausgasemissionen und dem Verbrauch natürlicher Ressourcen, ein Kontinent, der Millionen Liter Wasser fordert, Milliarden Kilowatt und dann noch Siliziumdioxid, seltene Erden, Barium, Kobalt, Mangan … Wenn das Drinnen sich als Reich des Konsums und der Gier herausstellte, das sich in nichts von den Vereinigten Staaten unterschied, wollte Jeremy nicht länger im Drinnen leben. Doch er war nirgends so effektiv, nur dort konnte er etwas bewegen. Also kehrte er zurück und hoffte, dass vielleicht die anderen gehen würden, dass sie weniger werden könnten. L wird niemals etwas auf dem Alten Hof bewegen, und übrigens bittet sie auch niemand darum. Es reicht, dass sie ihren Teil tut. Sie weiß nicht, ob ihr das passt.

»Willst du zurückkommen, L?«

»Um bei der ersten Angstattacke wieder auf deinem Sofa zu landen?«

Antoine antwortet nicht. Vielleicht will er »ja« sagen, vielleicht will er »kommt gar nicht infrage« sagen, L weiß es nicht. Doch welche Antwort ihm auch zuerst in den Sinn gekommen ist, er behält sie lieber für sich.

»Ich versuche, zum Hof zu kommen, okay? Dieses oder nächstes Wochenende komme ich, diesmal wirklich. Dann kannst du mir sagen, ob du mit mir zurückfährst.«

L geht zum Wohnwagen zurück, überrascht von der Angst, die Antoines letzter Satz in ihr ausgelöst hat. Natürlich hat er recht. Seit ihrer Ankunft sagt sie sich ständig, dass sie diesen Ort wieder verlassen muss. Aber sie ist schon seit – sie zählt nach – gut zwanzig Tagen hier, und ein Aufbruch ist noch nie so real gewesen wie jetzt. Um das Leben hier zu erlernen, musste sie vergessen, dass es nicht auf Dauer angelegt ist. Denn was würde es sonst bringen, daran zu denken, stets das rote Törchen zu schließen, die jungen Pflanzen zu gießen oder sich beim Hinlegen zu ducken, um nicht gegen die Lampe zu stoßen? Sie fragt sich, wie immer, wenn sie einen Ort oder eine Arbeitsstelle verlässt, was aus den Gesten wird, die man nicht länger ausführt. Sie glaubt nicht, dass sie einfach verschwinden, sondern eher, dass sie in einem Erinnerungskatalog versteinern, es sind die toten Sprachen des Körpers. Und dann sind da die Gesten, die noch nicht ausgeführt wurden, die, von denen sie dachte, sie habe noch Zeit dafür, und die nun, nachdem sie mit Antoine gespro-

chen hat, ungewiss erscheinen: Brustschwimmen, Erd-
beerpflücken und Spargel ernten, die ersten Schritte in
den Wald hinein. Diese innere Liste bricht L jäh ab, sie
lässt ihr nicht die Unbestimmtheit eines Fragezeichens.
Sie weiß genau, was als Nächstes kommt, falls sie sie wei-
terführt. Fingerkuppen auf Haut. Die Linien des Körpers,
die sie mit der Hand nachzeichnen könnte.

Als sie sich hingelegt hat, fragt sich L, ob Antoine wohl
dieses oder nächstes Wochenende kommen wird. Wie viel
Zeit ihr noch bleibt, wenn sie sich entscheidet, mit ihm
zurück nach Paris zu fahren. Wie viele Stunden. Wie
würde sie sie füllen. Dieses oder nächstes Wochenende,
das ist nicht dasselbe, sie müsste es genau wissen, drei
Tage oder zehn. Drei ist so gut wie nichts, das ist, als wäre
sie schon fort, in drei Tagen, das ist morgen. Zehn ist fast
schon zu viel, es ist die Möglichkeit, noch nicht an den
Aufbruch zu denken, herumzutrödeln, so zu tun, als ob.
Es müsste irgendetwas dazwischen sein. Fünf Tage zum
Beispiel. L kann sich davon überzeugen, dass sie weniger
durcheinander wäre, wenn sie in fünf Tagen aufbrechen
müsste. Drei Tage oder zehn, schon jetzt sind ein paar
Stunden damit vergangen, sich das zu fragen, drei oder
zehn; Stunden, die sie besser anders genutzt hätte, als sich
im Bett herumzuwälzen.

L steht lautlos auf, bleibt vor dem Vorhang stehen, der
sich durch den Wohnwagen spannt, spricht Kedriss' Namen aus.

Er fragt: »Was ist los? Kannst du nicht schlafen?«

Sie zögert zwei oder drei Sekunden, zieht die Zehen
ihrer nackten Füße ein, und dann bringt sie den Satz heraus, für den sie aufgestanden ist.

»Ich begehre dich.«

Es ist das erste Mal, dass L diesen Satz sagt. Zuvor hat sie andere benutzt. Sie sagte: »Gehen wir zu mir?«, »Das fühlt sich gut an mit dir«, sie sagte: »Ich will nicht, dass das aufhört«, sie sagte: »Ich hab mich schon gewundert, wann du fragst«. Oft hat sie sich damit begnügt, Signale auszusenden und zu hoffen, dass ihr Gegenüber sie verstehen wird. Doch an diesem Abend, getrieben vom Pendel des Drei-Tage, Zehn-Tage, hat sie sich geschworen, kein Wort weniger oder mehr auszusprechen. *Ich begehre dich.* Sie sagt es und versucht, es laut zu tun, damit es kein kleines Gemurmel wird, das kaum aus ihrer Kehle dringt. Und gleich darauf kehrt sie, weil all ihre Kräfte in diese drei Wörter geflossen sind, mit einem Sprung an ihr Bett zurück und knallt erneut mit dem Schädel gegen die Kupferlampe, ehe sie die Matratze erreicht. Sie hört, wie Kedriss aufsteht, er bleibt vor der Abtrennung stehen, nennt ihren Namen, sie antwortet nicht. Es ist völlig bescheuert, jetzt so zu tun, als würde sie schlafen, er kann nicht eine Sekunde daran glauben, aber ihr fällt nichts anderes ein. Und Kedriss bleibt hinter dem Vorhang. Das ist ihre Abmachung. Er kann nicht weiter, wenn L ihn nicht dazu auffordert.

Am nächsten Morgen, gleich nach dem Aufwachen, eilt sie zur Scheune. Camille trinkt ihren Kaffee, ihre blonden Locken ringeln sich aus der Steppdecke, in die sie sich eingemummelt hat.

»Gehst du heute ans Meer?«

Camille weiß es nicht, sie hat nicht darüber nachgedacht, und noch bevor sie diesen Satz beenden kann, sagt L, dass es ein schöner Tag wird, man sollte gehen, es wäre schade, wenn nicht. Camille lacht über Ls plötzliche Begeisterung, sie muss glauben, dass L ihre Angst vor dem

Wasser endlich überwunden hat und ihr nicht die geringste Chance geben will, neu zu erwachen, also willigt Camille ein, wir gehen sofort los, Badeanzug, Handtuch, Thermoskanne Kaffee, Noé, hoch mit dir, nehmen wir ein Auto? L schüttelt den Kopf: Ein Auto nehmen, das heißt, eine Runde über den Alten Hof drehen und einen Autobesitzer finden, der seines verleiht, ein Auto nehmen heißt auch, womöglich Kedriss über den Weg zu laufen, und das geht nicht.

Das Meer liegt etwa zehn Kilometer entfernt – acht, hat Noé zuerst behauptet, aber dann zugegeben, dass das Luftlinie sicher stimmt, über die Straße hat er keine Ahnung. Camille sucht nach Wegen abseits der Landstraße, auf der die Autos sie beinahe streifen. Um diese Zeit fahren die Leute zur Arbeit, noch verschlafen oder in Gedanken schon beim vor ihnen liegenden Tag, auf Fußgänger achten sie nicht, vielleicht nehmen sie es ihnen auch übel, dass sie hier so herumschlendern, mit dem Strandtuch über den Schultern. Anfangs ist die Straße flach, verläuft zwischen Böschungen, hinter denen sich Kohl- und Rapsfelder erstrecken, dann beginnt sie abzufallen, senkt sich steiler, je näher sie dem Strand kommen, lässt sie ihre Schritte beschleunigen, treibt sie fast zum Rennen an. Sie laufen seit anderthalb Stunden, vielleicht zwei, als sie schließlich das Meer erreichen. Es zeigt sich in Kreisbögen. Grau. Blau. Grün. Der Felsküste verpasst es Kopfstöße, wie ein Tier, das eingelassen werden will, es erinnert L an das kleine schwarze Schwein. Nach ein paar Minuten des Zögerns tut L einige Schritte ins eisige Wasser, Kiesel rutschen unter ihren Füßen und machen den Gang unsicher. Zuerst hat sie sich gesagt: bis zum Bauch, aber nachdem sie zwei oder drei Mal gestolpert ist, ist die

Bauchgrenze ziemlich sinnlos geworden. Noé und Camille schwimmen bereits weiter draußen, ihre Köpfe ragen kaum über die dunklen Wellen. L versucht nicht, es ihnen gleichzutun, sie bezwingt das Wasser da, wo sie stehen kann. Nach und nach wird sie mutiger. Immer, wenn eine Welle bricht, stürzt sie vor, damit sie ihren Bauch trifft, und krümmt sich unter dem Schlag zusammen. Als sie aus dem Wasser kommen, setzen sie sich auf einen flachen Felsen, um in der Sonne zu trocknen. Sie lassen die Thermoskanne mit Kaffee reihum gehen und hoffen, dass sie sich so ein wenig aufwärmen können, aber sie zittern alle drei. Camille meint, dass man bald zurückgehen sollte. L rennt erneut zum Meer, wirft sich hinein, schluckt Wasser, lässt sich von der Strömung zu den Felsen tragen, wo sie sich an Austern, Miesmuscheln und Napfschnecken die Haut aufschürft. Sie bleibt drinnen, bis ihre Finger schrumpelig sind, bis die Kälte sie beinahe lähmt.

Als sie auf den Alten Hof zurückkommen, setzt L sich ins Wohnzimmer und ruft Antoine an. Sie erzählt ihm vom Meer, sie fragt: Hast du es jeden Tag gesehen? Wie konntest du ohne es auskommen, als du nach Paris gegangen bist? Ihr ist klar, dass sie es mit der Begeisterung übertreibt, dass dieses Schauspiel nicht Antoine gilt, sondern ihr selbst, ein Schauspiel, dank dem sie sich sagen kann, dass sie ihn gerade jetzt anruft, weil sie ihm das unbedingt erzählen muss, und nicht, um sich vor der Rückkehr in Kedriss' Wohnwagen zu drücken. Er lacht freundlich über ihr überzogenes Entzücken, aber irgendwann merkt sie, dass er in gleichgültigem Tonfall mit ihr spricht, fast schon geistesabwesend. Was ist los? Er sagt, dass er heute Fatou getroffen hat, gerade eben. Er hatte nicht erwartet, dass L so früh anruft, und konnte sich noch nicht überlegen, wie er ihr von dem Treffen erzählen soll, also versucht er, sich zu sortieren, während sie spricht, und das ist etwas ungünstig, er sollte besser loslegen. Fatou ist während seiner Mittagspause zu ihm in den Palais Bourbon gekommen, und es war unglaublich, sagt Antoine, wie die Abgeordneten sich den Hals verrenkt haben, als sie an ihnen vorüberging, wie die Köpfe bei ihrem Anblick feuerrot wurden, diese große, schwarze Frau mit rasiertem Schädel und im gelben Kleid, die sich wie eine Tänzerin bewegte, und nach Ls Geschichten von ihr hätte er niemals geglaubt, dass Fatou eine solche Kraft, eine solche Schönheit verströmen würde. L erwidert, es sei typisch, Fälle von Misshandlung nur mit traurigen grauen Mäusen in Verbindung zu bringen, und dann verlangt sie: Komm zum Punkt, wie geht's ihr? Antoine antwortet, Fatou gehe es gut. Er spricht langsam, zögert, zieht die Silben in die Länge, bis er die nächsten gefunden hat. Ja, Fatou geht es gut. Die Sache ist nur ... Also schön, hör zu. Ihr Ex hat sich gestern der Polizei gestellt. Der Angriff auf Delambre, das war er. Er hat Fatou vorher angerufen, um ihr zu sagen, dass es ihm leidtut, dass ihm die Sicherung durchgebrannt ist. Er hat gesagt, er habe versucht, nach diesem Abend normal weiterzuleben, aber er konnte nicht, er bekam das nicht aus dem Kopf, also hat er gestanden. Er wollte, dass man ihn einsperrt, denn es ging einfach nicht, dass er einen Mann derart hatte zusammenschlagen wollen, dass er so nah daran gewesen war, ihn zu töten; wenn er kein Kind gehabt hätte, vielleicht hätte er mit diesem Zorn leben können, aber sie beide haben einen Sohn, und er kann ihm kein Vater sein, der ein halber Mörder ist. Fatou meinte, dass er von dir gesprochen hat, sagt Antoine leise, und von dem Video, das du ihm geschickt hast, ein Video mit einem Hund. Er weiß, dass Fatou so was nicht kann, also hat er versucht, dich aufzuspüren. Und als er sich sicher war, dass er dich gefunden hatte, dass du das sein musstest, L, diese Frau, die sich im Drinnen L nennen lässt und über deren Existenz er ein paar Puzzleteile zusammengesucht hatte, wusste er nicht, was er machen sollte, denn er hatte Angst, dir offen den Krieg zu erklären, er hatte Angst, dass du den kleinen Pornofilm seinem Boss schickst oder dich an weitere Videos setzt, noch schmutzigere, mit noch mehr Hunden oder was weiß ich, also hat er die Nachricht auf Reddit geschrieben. L spürt Antoines Zögern, sein Bedürfnis, die Worte zu wiederholen, um sicherzugehen, dass sie wirklich verstanden hat.

»*Er* hat die Nachricht auf Reddit geschrieben, L. Mit diesem bescheuerten Rezept-Pseudonym. Nicht die Polizei, nicht irgendwelche Auftragsschläger.«

»Okay«, sagt L. »Okay.«

Sie legt auf und läuft über die Wiese. Sie überquert sie mit großen Schritten, und plötzlich steht sie vor den knorrigen Bäumen des Waldes. Zum ersten Mal wagt sie sich in ihren duftenden Schatten. Nichts und niemand verbirgt sich dort, hinter den umgestürzten, modrigen Stämmen. L denkt an Fatous Ex und seine bekloppten Fotos in den sozialen Netzwerken, überdimensionale Sonnenbrille, begeistertes Grinsen, mit Papierschirmchen geschmückte Cocktails, eine Reihe Kerle, die dem Fotografen ihre kalkweißen Hintern präsentieren. Sie glaubt, einen Gegner noch nie im Leben derart unterschätzt zu haben. *Epic fail.* Was Antoine ihr erzählt hat, erklärt natürlich nicht alles. Da sind noch die Nachrichten von No-Logo und Kaos. Da ist das seltsame und beunruhigende

Benehmen des Blonden ohne Namen. Doch wenn sie sich auf Elias' und ihre Maxime zurückbesinnt, wenn sie keinerlei selbst erdachte Theorie anwendet, um die Sinnlöcher in der Wirklichkeit zu stopfen, dann hat sie zwei Nachrichten erhalten, die sie sich nicht erklären kann, sie hat einen Vollpfosten gegen sich aufgebracht, der sich als ebenbürtig erwiesen hat, und sie ist einem Mann begegnet, der für das Recht auf Vergessenwerden arbeitete und sie einschüchtern wollte, weil er wusste, dass sie das Gegenteil tat. Als Erzählung ist das nicht zufriedenstellend, aber es ist alles, was sie sich ohne die Krücken ihrer Paranoia zusammenreimen kann. Das Drinnen ist riesig, es kann brutal sein, und L bewegt sich schon lang genug darin, um an verschiedenen Orten für Unruhe gesorgt zu haben. Es ist die Gleichzeitigkeit der Rückstöße, die sie an eine Verbindung glauben, die Ereignisse als Einheit behandeln ließ. Während sie unter den Kastanien weiterläuft, versucht sie, all die hervorbrechenden »Und was, wenn …« und »Stell dir mal vor, falls …« zu ersticken. Sie zwingt sich, sie mit aller Macht ihrer Logik zu zermalmen.

Als sie aus dem Wald tritt, fühlt sie sich wie auf der Brücke eines Schiffes. Hinter ihr: Bäume wie Masten, und vor ihr: die Wiese wie das Meer, mit vom Wind niedergebeugten Halmen. Ein Stück weiter stehen die Wohnwagen wie Fischerboote, Nussschalen. Sie sieht Kedriss aus seinem hervorkommen und zur Scheune gehen. Sie winkt ihm zu und sagt sich, dass er sie wahrscheinlich gar nicht bemerkt, unschlüssig, ob sie wirklich von ihm entdeckt werden will.

Zuerst hat L Angst. Lust hat sie auch – es ist wie weißes Rauschen gegen ihr Trommelfell –, aber sie hat Angst. Sie überlegt ständig, was er wohl denkt. Sie fragt sich, ob er all die Muskeln benennen kann, die sich unter ihrer Haut bewegen, wenn er die Hände daraufleg. Vorderer Säge-muskel, schräge Bauchmuskeln, Adduktoren, Beinbeu-ger, Wörter, die ihr nichts sagen, und auch die Knochen, wie Linien, die man mit der Hand nachzeichnet, die Auto-bahnen auf dem Körper des anderen. Bisher hat L bei Sex immer nur an Haut und Penetration gedacht. Elias und sie pressten sich überall zusammmen, von oben bis unten, und wenn das nicht mehr reiche, passten sie sich ineinan-der ein. Vom Körper bewegten sie nur das, was sie im Rausch des Augenblicks bewegen konnten. Sie verloren die Kontrolle über ein Gebiet, das sie ohnehin nie kontrol-liert hatten, und vielleicht – denkt L jetzt – versuchten sie gerade das durchs Penetrieren zu vergessen: dass sie im Grunde nicht wussten, was sie mit ihrem Geschlechtsteil anfangen sollten und mit dem des anderen. Sie versteck-ten sie lieber schnell, damit sie nicht länger daran denken mussten.

Zuerst vergleicht L, auch wenn sie weiß, dass das keine gute Idee ist. Sie vergleicht nur, weil alles, was sie über Sex weiß, alles, woran sie sich in diesem Moment erinnern kann, Erlebnisse mit Elias sind, seit acht Jahren hat sie mit niemand anderem geschlafen.

Zuerst ist L enttäuscht. Sie betrachtet die Szene von außen, und von außen gefällt es ihr nicht sonderlich, sich nackt zu sehen oder stöhnen zu hören. Sie hat Lust emp-funden, aber die war nicht stärker als jene, die sie spürt, wenn sie sich selbst anfasst, und wenigstens muss sie sich in dem Fall nicht noch über jemand anderen Gedanken machen.

Sie geht zum Rauchen raus auf die Stufen. Es ist noch

nicht ganz dunkel, aber dichte Wolken schlucken das Licht. Bevor sie ihre Zigarette zu Ende rauchen kann, beginnen dicke Tropfen zu fallen. Trotzdem bleibt sie noch ein wenig, beobachtet die kleinen, ringsum wuselnden Gestalten, die die empfindlichsten Dinge nach drinnen räumen.

Etwas später lieben sie sich noch einmal. Der Druck ist nicht mehr derselbe – diesmal geht es einfach darum, nicht das zu wiederholen, was schon getan wurde. Es ist ein Spiel, ihre Hände und Münder haben bereits Bezugspunkte, die Bewegungen sind zugleich ausholender und präziser, sie lächeln, wenn ihre Blicke sich treffen. L kommt, fast überraschend. Es ist ein Schauer, der sich, als er ihren Mund erreicht, in einen Orgasmus verwandelt hat.

Danach lauscht sie dem Regen auf dem Wohnwagendach und sieht Kedriss, der neben ihr liegt, unverwandt an. Ein Braun, das ins Gelbe spielt, die eigenartige Farbe seiner Augen. Mit leicht schläfriger Stimme sagt sie ihm, dass es jemanden gibt, der Elias heißt. Kedriss wendet den Blick nicht ab. L erzählt ihm von den acht gemeinsamen Jahren und den paar getrennten Monaten, sie spricht vom Gefängnis seit Dezember, sie spricht sogar vom Besuchszimmer und dem Satz am Schluss, als er sie gebeten hat, nicht mehr zu kommen.

»Ist es das erste Mal?«

»Was?«

»Dass du mit jemand anderem schläfst?«

In den braungelben Augen sucht L nach der Spur einer Verurteilung, eines Vorwurfs, aber da ist nichts. »Findest du mich nicht mies? Einen Typen zu betrügen, der im Gefängnis sitzt?«

Kedriss murmelt, dass er dieses Wort nicht mag. Er sagt, das sei, als wäre L eine begrenzte Ware, von der sie einen Teil heimlich verkauft, obwohl ein anderer sich schon das Vorkaufsrecht auf die Gesamtmenge gesichert hat, aber was man dem einen gibt, nimmt man dem anderen nicht zwangsläufig weg, oder? In der Stille zieht er die Bettdecke wieder über ihre nackten Körper und fügt hinzu: »Ich kann verstehen, wenn ich nicht sehr überzeugend bin. Wir haben gerade erst miteinander geschlafen. Naturgemäß bin ich nicht objektiv.«

Morgens sitzt er vor dem Wohnwagen, die Selbstgedrehte im Mund. Sie setzt sich neben ihn. Das Gras neigt sich unter nächtlichen Tropfen, die noch nicht von der Sonne getrocknet wurden, die Halme seltsam gebogen und schimmernd. L sagt, dass Antoine in ein paar Tagen kommt und sie mit ihm zurückfahren wird. Kedriss legt den Kopf schief und verzieht einen Mundwinkel, um Rauch auszustoßen.

»Wir brauchen ein Fest«, sagt er. »Du gehst nicht von hier weg, ohne eins erlebt zu haben.«

Die Metallgehäuse liegen aufgereiht im Gras, das matte Schwarz rostgesprenkelt, sie gleichen Sprengköpfen oder lächerlich kurzen Kanonen. L mustert sie wie ein General. Die meisten Scheinwerfer haben den feuchten Winter unbeschadet überstanden, aber einige wurden von Nagern heimgesucht, die die Kabelhüllen zerfetzt haben. L muss die Kupferdrähte sorgfältig neu verdrillen und ummanteln. Sie verbrennt sich mehrmals am Lötkolben, und das hinterlässt kleine Blasen, die sich rasch mit klarer Flüssigkeit füllen.

Als sie die Scheinwerfer schließlich Scheinwerfer sein

lässt, bemerkt sie, dass der Alte Hof sich rasch füllt. Neue Leute treffen ein, immer zahlreicher, und die Tage vor dem Fest werden in Wahrheit zum Beginn des Festes – Xavier zufolge der beste Teil, weil niemand irgendetwas erwartet oder erhofft. Das Vergnügen, die Freude in diesen Momenten werden nicht von der Angst verdorben, sich nicht ausreichend zu amüsieren, nicht genug Freude daraus zu ziehen, sie werden nicht vermessen, sie stoßen einem zu, das ist alles. Man hört Hammerschläge, Sägen, im Wind flatternde Planen. Getränkestände wachsen aus der Wiese, mit rot und gelb gestreiften Markisen, windschiefen Tresen. Stündlich verweist jemand auf den Wetterbericht fürs Wochenende, Wetten werden abgeschlossen, Stoßgebete gesprochen. Zur Abendessenszeit ist die Scheune voll, neue Gesichter, neue Hände und Arme. L grüßt, wechselt ein paar Worte, aber sie achtet nicht richtig auf die Menschen um sich herum. Sie weiß, dass sie bald weggehen wird. Sie hat keine Zeit für die Unbekannten. Sie hat schon zu wenig für die von hier, zu wenig für Kedriss.

Abends lieben sie sich mit so etwas wie Wildheit. L will sich berauschen, will das Begehren erschöpfen, damit nichts mehr übrig bleibt, wenn sie geht. Beim Orgasmus hat sie das Gefühl, dass sie mitten in all dem Stöhnen ein wenig von diesem Begehren ausspuckt, dass die Orgasmen ihr helfen, es loszuwerden.

Antoine parkt das Auto an der Zufahrt zum Weg und bleibt noch ein paar Minuten sitzen. Er schämt sich ein bisschen, dass er weggefahren ist, als hätte er L hier im Stich gelassen, hätte sie an einen Ort gebracht, der seiner Kindheit angehört, und sie dann zurückgelassen, ohne sich noch einmal umzudrehen. Er weiß, dass er keine andere Wahl hatte, wenn er sein Leben nicht völlig durcheinanderbringen will, aber ständig fragt er sich, ob er sein Leben nicht völlig durcheinanderbringen *sollte*. Man hat nicht oft die Gelegenheit, das wirklich zu tun, ohne jedes Zurück. Er kommt wieder mit dem Vorsatz, L vorzuschlagen, ihre Wohngemeinschaft wieder aufzunehmen, falls sie das möchte, die Nächte voller Worte und die darauf folgenden, anstrengenden Morgen, wo selbst die Knochen Blutergüsse zu haben scheinen. Vielleicht wird er ihr sagen, dass sie ihm gefehlt hat, sofern die Worte nicht zu platt wirken oder zu süßlich. Im Geist geht er andere Formulierungen durch, aber es ist diese, die schlichteste, die abgedroschenste, die er sagen würde. Er kommt wieder für das Fest, beschämt und im Taumel.

Doch sobald er L erblickt, versteht er. Zumindest würde er das gern glauben. In Wahrheit braucht er wohl ein paar Minuten, und er kann nicht einmal genau in Worte fassen, was er versteht. Er beobachtet L und Kedriss, den

400

Akrobaten, der bei seinem letzten Besuch Holz gehackt hat. Beide sind damit beschäftigt, Scheinwerfer im Gebälk der Scheune anzubringen, oben auf einer Trittleiter, zu den Balken hochgereckt. Aha, denkt Antoine nur. An ihren Körpern lässt sich etwas ablesen, vielleicht kann das nicht jeder, aber für ihn ist es überdeutlich, auch wenn er nicht weiß, woher es kommt, woher es zu ihm spricht. Ist es eine Frage des Abstands zwischen ihrer Haut oder eine Echowirkung in ihren Gesten, ist es eine Art Ähnlichkeit, die sich zwischen ihnen eingestellt hat, liegt es an Ls Gesicht, das so gar nichts zu verbergen weiß? Jedenfalls ist es da. Daran ist nicht zu rütteln. Antoine kämpft gegen den Gedanken an, der sich sogleich einstellt: Wenn das passieren konnte, dann hätte es ihm passieren sollen. Er ruft sich in Erinnerung, dass es so nicht läuft, dass da keine Ungerechtigkeit besteht. Man kann Liebe, oder Begehren, nicht auf ein x-beliebiges Ziel umlenken. Er geht zur Scheune und ruft ihnen aus ein paar Metern Entfernung ein, wie er hofft, neutrales »Hallo« zu.

Von da an gibt es eigentlich keine feste Absicht mehr. Er unterwirft sich den Regeln des Aufbaus, die kennt er, es ist nicht sein erstes Fest auf dem Alten Hof. Hier *machen* die Leute ein Fest, in jeder Hinsicht. Es gibt nicht einerseits die Organisatoren und andererseits die Feierwütigen: Alle sind an unterschiedlichen Stellen miteinander verbunden, kümmern sich um die Getränke und die Musik, füllen neues Benzin in den Generator, kochen oder servieren das Abendessen. Antoine übernimmt die Aufgaben, die man ihm zuweist, er schichtet Tipis aus Holz auf, mit denen man später, wenn es kalt wird und dunkel, rasch Feuer entzünden kann. Gern hätte er eine Arbeit aufgetragen bekommen, die er zusammen mit L erledigen könnte, aber sie kümmert sich um die Beleuchtung, und als Kedriss ihn gefragt hat, ob er mithelfen will, hat er die offenen Backen einer Abisolierzange am Boden betrachtet und konnte nichts anderes erwidern, als dass er davon keine Ahnung hat.

Er schleppt Holzscheite mit Camille und Xavier, Kinder rennen um sie herum und schwenken, ihrem Alter und ihrer Armkraft entsprechend, Äste und dünne Zweige. Als sie mit den Feuerstellen fertig sind, setzen sie sich unter die Nussbäume am Rand der Wiese. Xavier geht einen Sixpack Bier holen, und als er zurückkommt, ist eine Krepppapierblume von knittriger Zartheit hinter seinem Ohr erblüht. Antoine streicht mit der Hand übers Gras, das wirkt, als hätte man die Pflanzenwelt sorgfältig geordnet und sortiert. Da ist nur grüner, ebenmäßiger Rasen, während das Gelände überall sonst aus einem Durcheinander von Schafgarbe, Spitzwegerich und Löwenzahn besteht.

Die drei unterhalten sich, ohne dass Antoine die Scheune ganz aus den Augen lässt. Xavier fragt ihn, wie es mit den Europawahlen stehe, und Antoine kann nur wiederholen, was ihm der Abgeordnete am selben Morgen gesagt hat: »Man wird uns durch den Wolf drehen.« Noch ehe Xavier das geringste Mitgefühl heucheln kann, fügt Antoine hinzu, dass er weiß, wie absolut scheißegal Xavier das ist. Das Schreckgespenst des Front National reicht nicht mehr, um die Leute an die Urnen zu treiben. Die Abwehr bröckelt, oder sie hat nie existiert, oder sie war eher bürgerlich als republikanisch, diese Unterhaltung haben sie bereits geführt. Bleibt die Ahnung, dass Antoine nicht umhinkommen wird, die Demütigung zu spüren, die mit ihren künftigen Wahlergebnissen einhergehen dürfte, auch wenn er eigentlich nicht eins zu eins mit seinem Arbeitgeber gleichgesetzt werden möchte. Es wird zwangsläufig ein bisschen wehtun, wie bei der letzten Präsidentschaftswahl.

»Warum machst du dann weiter?«, fragt Camille.

»Es interessiert mich ein bisschen mehr, als Kartoffeln zu ziehen.«

»Vor allem ist es besser fürs Ego, was?«

Dass sie über diesen Wortwechsel lachen können, denkt Antoine, liegt daran, dass sich keiner von ihnen sicher ist, mehr im Recht zu sein als der andere.

»Und lange mache ich das sowieso nicht mehr.«

Xavier hebt die Brauen, seine erstaunte Miene ist vielleicht nur vorgetäuscht. Das Problem an seinen schwerfälligen Zügen ist, dass Gefühle lange brauchen, um einen Sinn darin einzumeißeln, Gesichtsausdrücke stellen sich immer etwas verspätet ein, und diese kaum wahrnehmbare Verzögerung irritiert Antoine.

»Was willst du danach machen?«

Antoine antwortet nicht. Es ist nicht seine Absicht gewesen, bei Ankunft auf dem Hof eine solche Unterhaltung mit Xavier zu führen. Diese Sätze hat er für L reserviert. Sie müsste einfach nur aus der Scheune kommen, warum kommt sie eigentlich nicht?

»Du könntest eine Weile zu uns ins Feld kommen«, meint Xavier. »Das würde dich verändern … Hier ist der Kampf konkret, und er ist alltäglich.«

»Kannst du mal mit diesen Scheißbegriffen aufhören, Xavier? ›Ins Feld‹, ›Kampf‹. Ihr seid hier nicht Rojava, Xavier. Ihr seid nicht mal Notre-Dame-des-Landes. Das ist dein eigener Grund und Boden!«

Xavier und Camille lachen los. Antoine ist überrascht,

er hat geglaubt, sie seien beleidigt. Ein bisschen hat er es gehofft.

»Meinst du, ich weiß das nicht? Aber wenigstens haben wir uns hier gemütlich eingerichtet und müssen bestimmte Fragen nicht beiseiteschieben, nur weil sie uns gefährlich werden könnten. Wir können uns nicht einreden, wir hätten keine Zeit für Geschlechtergleichheit oder das Ende der Hierarchie. Es gibt keine Ausrede, diese Fragen nicht genau jetzt und hier zu stellen.«

»Und stellt ihr sie euch?«

»Scheiße, Antoine, aber so was von!«

»Aber ihr beantwortet sie nicht.«

Xavier lächelt. »Ich versuche, das von der positiven Seite zu sehen: Wir haben auch die Zeit, Antworten nicht zu erzwingen.«

Camille ergreift mit ihrer hellen Stimme das Wort, eine Stimme, die sich zu entschuldigen scheint, dass sie zwischen Xaviers und Antoines gleitet. Sie sagt, so einfach sei das nicht: Neue Antworten werden trotzdem geboren, oder alte bleiben bestehen. Man kann nicht abwarten, bis man sich geeinigt hat, wie man leben will, und erst dann mit dem Leben anfangen. Man kann nur hoffen, dass keine der Vorgehensweisen zu rigide wird, sodass man sie im Diskurs noch formen oder verwerfen kann.

Als L mit dem Verkabeln fertig ist, ruft sie jemandem außerhalb von Antoines Blickfeld zu, dass er jetzt anschließen könne, und plötzlich erstrahlen die Scheune und die Bühne aus Paletten vor ihr in hellem Licht. Die Kinder rennen los und auf das erleuchtete Gebäude zu. Ein paar Sekunden später ertönt Musik und wird überall auf dem Gelände mit Freudenschreien begrüßt.

L gesellt sich zu ihrer kleinen Gruppe und setzt sich

zu Antoine. Leise tauschen sie ein paar Neuigkeiten aus. Automatisch rücken sie von den anderen ab, hinterlassen Spuren ihres Rückzugs im niedergebogenen Gras. Camille und Xavier bemerken es und beschließen, die vorbereiteten Lagerfeuer zu entfachen. Antoine und L bleiben allein im weichen, grünen Rund unter dem Nussbaum zurück.

»Ich habe mit Salma über dich gesprochen.«

L wartet auf die Fortsetzung und nagt an ihrer Wange. Antoine rupft ein paar Grashalme aus und fügt hinzu: »Ich hab deine Artikel auf Mothervoice gelesen, während du hier warst ...«

»Die sind totaler Mist«, unterbricht L ihn nervös.

Antoine gibt amüsiert zu, dass sie nicht gerade leichte Lektüre sind. Aber von totalem Mist sind sie weit entfernt. »Wir haben gedacht, das könnte eine neue Baustelle für Grenade(s) sein, diese Idee, dass Cyberüberwachung sich immer gegen Frauen richtet. Das passt gut zu dem, was Salma sonst macht. Auch wenn das, natürlich ...«

»... nicht unser Hauptbetätigungsfeld ist«, schließt L und ahmt Salmas melodischen Tonfall nach.

Sie lachen beide.

»Wir haben uns sogar überlegt, dass man in der Assemblée darüber sprechen sollte. Ich habe eine Arbeitsgemeinschaft angeregt. Fatou wäre einverstanden, dort zu berichten. Und Salma hat mir noch von einer anderen Frau erzählt, der du geholfen hast ... Isabelle?«

Ls Lachen wird lauter, als sie sich ausmalt, dass Isabelle mit kleinen Schritten die Assemblée nationale betreten könnte, in einem ihrer verblichenen Damenkostüme, und die Erinnerungen an ihren toten Ehemann mitbrächte, die ihrer unwürdigen Tochter an den Kopf geschleuderten Verwünschungen und eine ganze Meute russischer Ektoplasmen.

»Findest du das albern?«, fragt Antoine.

L schüttelt den Kopf, noch immer erheitert. Nein, nein, sie findet es nicht albern. Sie hätte nur nie daran gedacht, dass die beunruhigt raunenden Frauen ein nationales Anliegen werden könnten, in den Palais Bourbon geladen und zu den Abgeordneten sprechen würden, sie, die sich daran gewöhnt haben, dass niemand ihnen zuhört, bis auf L oder Salma. »Ich nehme an, das hast du auch in der Bar gemeint, oder? Arbeitsteilung …«

Zum ersten Mal sieht Antoine Ls Gesicht unter dem Eindruck der Freude tanzen. Er verliert sich in der Betrachtung neuer Fältchen, die sich in ihren Mund- und Augenwinkeln bilden und wieder verschwinden. Er fragt sich, wie er auch nur eine Sekunde denken konnte, diese Frau sei hässlich.

»Du hast deinen Job also nicht verloren?«, fragt L, als sie wieder ruhiger wird.

Antoine bestätigt, dass er ihn tatsächlich erfolgreich behalten hat, zum Preis von Versöhnungs- und Gehorsamsbemühungen. Die ersten Tage schämte er sich für die Maske, die er aufsetzte. Und dann sprach er mit Salma, und es ergab wieder Sinn, im Inneren des Räderwerks zu stecken, seine Stellung zu nutzen, um etwas zu bewegen.

»Das wird meine letzte Amtshandlung«, sagt er. »Ich kümmere mich um dieses Projekt, und dann kündige ich.«

L sieht ihn verständnislos an.

»Ich glaube immer noch, dass ich am richtigen Ort bin, L. Aber ich habe den Glauben daran verloren, dass ich mit der richtigen Person dort bin. Es wird Zeit, dass ich gehe.«

»Was willst du tun?«

»Ich weiß noch nicht. Vielleicht arbeite ich ein paar Monate für Grenade(s). Salma sucht jemanden für die Frauen, die den Verein wegen Behördengängen um Hilfe bitten. Ich habe mir gesagt: Wenn ich schon Texte schreibe, die ich nicht selbst unterzeichne, kann ich das auch für Leute machen, die es wirklich nötig haben … Und du?«

Antoine beobachtet sie, wie sie den Kopf senkt und mit den Fingern durchs Gras fährt. Vor ihnen auf der Wiese leuchten eins nach dem anderen die Feuer auf, und die Schemen von Camille und Xavier, mit Fackeln in den Händen, werden von dem rötlichen Schein erhellt, der wie eine Flüssigkeit über sie rinnt.

»Willst du hierbleiben?«

L schüttelt den Kopf. Natürlich wird sie zurückgehen. Das hier ist eine Blase. Eine hübsche Blase, aber sie ist nicht dafür gemacht. Sogar das Meer dürfte wohl nach einiger Zeit nicht mehr dasselbe Vergnügen bereiten. Für sie gibt es nur einen einzigen Ort, und das weiß sie sehr genau: Es ist das Drinnen. Nicht der Alte Hof, auch nicht die Assemblée oder Grenade(s), sondern die Untiefen des Drinnen. Niemand dort würde ihr Fehlen bemerken, wenn sie nicht mehr zurückkehrte, aber sie, sie wüsste, dass sie die anderen den Vollpfosten überlassen hat, und das geht nicht. Sie wird zurückkehren und ihre Kontroll-gänge wieder aufnehmen. Vielleicht wird sie, wenn die Angst erst verschwunden ist, wieder Aktionen von ande-rem Format starten, solche, die digitale Kontinente er-schüttern, das kann sie jetzt noch nicht sagen. Und dann ist da noch Elias' Prozess, bei dem muss sie dabei sein. Sie ist sich nicht einmal sicher, ob sie Paris als Zeugin hätte verlassen dürfen, der Anwalt hatte ihr gesagt, sie solle Ruhe bewahren und auf ihre Vorladung warten, die nie gekommen ist, und man kann nicht behaupten, dass sie sich daran gehalten hat. Sie lacht wieder: Selbst als sie zur Pfütze wurde und nicht mehr denken konnte, hat sie Grenzen gehackt. Das ist ihre Daseinsform, es übersteigt sogar ihre Entscheidung. Sie ist zur Hackerin geboren.

Antoine stellt keine Fragen zu Kedriss. Er will nicht wissen, was passiert ist oder passieren wird. Er will auch L nicht zu diesem Wissen zwingen.

Der Himmel ist blauviolett mit einem rosa Glanz, der kaum über die Bäume hinausdringt. Allmählich wird es kühl, L und Antoine verlassen die Stille unter den Nussbäumen und nähern sich einer Feuerstelle, die Xavier mit einiger Mühe zu entfachen versucht. Kedriss, im Schneidersitz, dreht konzentriert einen Joint, und L setzt sich zu ihm.

Antoine kauert sich mit Xavier vor die Funken, und als unbeholfenes Team versuchen sie, das Holz gemeinsam umzuschichten, eingedrehte Zeitungslunten zwischen die Äste zu schieben. Ihm fällt auf, dass Xavier weiße Haare bekommt, sie mischen sich unter die kleine Papierblume über seinem Ohr. Gerührt denkt er, dass dies das einzige Gesicht ist, dem er im Laufe der Jahre wirklich beim Altern zugesehen hat.

»Findest du, dass ich eine Schulpersönlichkeit bin?«, fragt er.

»Hmm?«

»Dass ich im tiefsten Innern ein Schüler bin, dass ich nur zum Lernen geschaffen bin und darum nie selbst etwas erschaffen kann?«

Xavier zuckt die Achseln, und durch die Geste löst

sich die kleine Kreppblume. Antoine sieht sie über seinen Pullover kullern und lautlos ins Gras fallen.

»Mir ist nicht klar, wie du etwas erschaffen solltest, ohne zu lernen … Was ist das Problem? Dein Buch?«

Mit dem Fuß tippt Xavier bereits den Takt der Musik, die aus der Scheune dringt. Antoine sagt sich, dass man jetzt gleich tanzen muss, glauben, man könne sich im Tanz vergessen, obwohl man doch gar nichts vergisst, man schiebt die Probleme bloß von sich, mit dem Fuß, mit der Hand und mit diesem idiotischen Lächeln, das die Leute beim Tanzen bekommen. L scheint an Kedriss' Schulter einzunicken, mit angezogenen Knien. Antoine ist erstaunt, dass er ihre benachbarten Körper, in Zwillingspose, ohne Bitterkeit betrachten kann. Er denkt, vermutlich liegt das daran, dass diese Nähe ihm nichts nimmt. Er hat L kein bisschen verloren, sie ist noch immer Teil seines Lebens. Sie sitzt auf der anderen Seite des Feuers, und als ihr Blick auf seinen trifft, lächelt sie und kneift ganz leicht die Augen zusammen, und auch wenn Antoine findet, dass das ein seltsames Zeichen der Vertrautheit ist, weiß er, dass es ihm gilt, er weiß, dass dieses Zeichen bedeutet, dass L ihn sieht. Er hat sie nicht verloren. Nichts ist schlimm.

»Du schreibst ein Buch?«, fragt Kedriss.

»Ich schreibe kein Buch. Ich habe – sehr intensiv – kein Buch geschrieben.«

»Und wovon handelt es?«

»Von Capa und Taro.«

Kedriss schüttelt den Kopf, die Namen sagen ihm nichts. Also erzählt Antoine. Es ist die Geschichte einer Liebe, die er für perfekt hielt, die sich im Laufe seiner Recherchen allerdings als vollkommen chaotisch entpuppte. Es ist die Geschichte von zwei Juden im Exil, die nach

Paris kommen, um dem aufkommenden Antisemitismus zu entfliehen, zwei Künstlern, zwei Antifaschisten. Sie verlieben sich, aber eine wird, unaufhörlich, im Schatten des anderen stehen, und unaufhörlich werden sie sich anschnauzen, da werden Schreie sein, zerbrochene Dinge in winzigen Wohnungen, Drohungen, den anderen zu verlassen, und heisere Flüche viel zu spät in der Nacht, aber nichts ist schlimm, glauben sie, nichts ist schlimm, weil sie sich lieben und weil sie kämpfen. Die Kämpfe im Innern ihrer Wohnung, ihrer Beziehung sind nichts gegen jene, die sie draußen führen, sie können in ihrer Epoche verschwinden. Und dann brechen sie nach Spanien auf. Sie machen Fotos von Städten, Fotos an der Front, Fotos von Körpern, Gesichtern, Gebäuden, alles ein bisschen durcheinander, Körper in Deckung hinter Häuserecken, Häuser als Schutt auf Körper gestürzt, sie machen sogar ein Foto von einem Bären. Ihre Bilder werden in den größten französischen Zeitschriften veröffentlicht, aber ihr Name verschwindet oft hinter seinem. Sie erleben die Schlachten, und ihr Dasein mischt sich mit jenem Dutzender Fremder, die von überallher gekommen sind, um zu den Internationalen Brigaden zu werden. Diesen Teil, gibt Antoine zu, hätte er im Grunde niemals schreiben können, weil er schon hundert Mal geschrieben worden ist. In der Mitte seines Buches hätte es eine Bibliografie gegeben, damit die Leser andere Werke heranziehen oder sich *Land and Freedom* anschauen könnten. Kurz und gut, Capa und Taro filmen und fotografieren die Brigaden in Schlachten, die andere sehr viel besser beschrieben haben, als Antoine es je könnte, und diese Schlachten sind auch ihre, obwohl sie keine Waffen führen, und als die Republikaner verlieren, fliehen Capa und Taro mit ihnen in elenden Scharen, doch mehrmals glauben sie auch, gewonnen zu haben. Die Siege dauern nie lange an, die Niederlagen etwas länger, sie häufen sich, man muss ständig in Bewegung bleiben. Vielleicht ertappen sie sich dabei, der kleinen Pariser Wohnung und ihren Keifereien nachzutrauern, die immerhin den Anstand hatten, nicht mit Toten zu enden. Er hält um ihre Hand an, sie lehnt ab – denn er sieht die Ehe als einen Weg, das Chaos zu beenden, als Zuflucht, als Friede, der schließlich wieder einkehren würde, und vielleicht weiß sie schon, dass nach dem Chaos nichts kommt als das Regime der Franco-Anhänger und dass man das Chaos, im Gegenteil, bewahren muss. Er kehrt nach Paris zurück, sie bricht auf, um über die Bombardierung Valencias zu berichten, und endlich ist es ihr Name, nur ihrer, der auf den Fotos erscheint, die sie an die französischen Zeitschriften schickt. Es ist Sommer und schrecklich heiß, es gibt noch immer ein paar kleine Siege, aber vor allem Niederlagen. Und dann stirbt Gerda Taro, von einem Panzer überrollt, während der Schlacht von Brunete. Es ist kein feindlicher Panzer, es ist eins ihrer eigenen Fahrzeuge. Der Fahrer hat die Kontrolle darüber verloren, und er überrollt Gerda Taro, die ganz in der Nähe steht, mit ihrer Kamera. *Sind deine Bilder nicht gut genug, warst du nicht nah genug dran*, hatte Capa gesagt.

Als Antoine mit diesem Satz endet, den er sich als hervorragenden Schluss für sein Buch gedacht hat, sagt er sich, dass es das jetzt ist, er hat die Geschichte erzählt. Seltsam, dass er geglaubt hat, sie könne über zwei- oder dreihundert Seiten tragen, obwohl sie genau hierfür gemacht ist: um in zehn Minuten an einem Lagerfeuer erzählt zu werden.

Sie beginnen zu tanzen. Das ist das letzte Bild, ohne es wirklich zu sein. Es wird, in dieser Reihenfolge, Bilder geben, die folgen: den schwierigen Morgen im Gras, Abdrücke von Halmen auf den Wangen, es wird den Moment der Aufbrüche geben, den von Antoine, den von L, und nachdem sie fort sind, werden natürlich noch immer Bilder vom Alten Hof entstehen, aber sie werden nicht mehr dort sein, um sie zu sehen, es werden die Bilder von Xavier, von Kedriss oder den anderen sein. Eigentlich ist es also nicht das letzte Bild, aber in diesem Augenblick tanzen sie, ohne Ironie, ohne ihr Tanzen auszustellen, ohne dass ihre Gesichter ihr Tanzen kommentieren, die Röte steigt ihnen in die Wangen, die Schweißperlen auf ihren Schläfen funkeln im Licht, die Scheune um sie her füllt sich immer weiter, dicht gedrängte Körper, ein Durcheinander aus Körpern, und sie tanzen inmitten der Menge, manchmal sogar, bis sie das Gleichgewicht verlieren, sie tanzen, als wollten sie fallen, ehe sie sich an einer Schulter oder an der Musik festhalten und lachen.

DANKSAGUNG

An Gabriella Coleman, Autorin des bemerkenswerten Buches *Hacker, Hoaxer, Whistleblower, Spy: The Many Faces of Anonymous* und Mitbegründerin der Seite Hack_Curio – nicht nur für Ihre Arbeit, sondern auch für die Zeit, die sie mir geschenkt hat,

Vincent Message, Sylvain Pattieu und Victoire Tuaillon für ihr genaues und wohlwollendes Korrekturlesen,

François Ruffin, Julie Briand, Guillaume Tricard, Angelo Tonolli, Sylvain, Joseph und Hector, dass sie mir erlaubt haben, die Assemblée zu betreten,

Pierre Stasse, der Fragen zum Gerichtswesen hasst und sie dennoch beantwortet,

Luca Wyss und Thibault Henneton für die freudig geteilte Dokumentation über Hacker,

Matthieu, Fanny, Fragan, Sid, Vassil und Marion, die mich die Klugheit tätiger Körper lehrten,

Jérémie Ferrer-Bartomeu, sokratischer Troll, falls es so etwas gibt,

die Truppe von PIC für die partizipativen Feste,

Jessie Lucas, die ich im Zug kennengelernt habe, für unsere Unterhaltung über elektronische Musikinstrumente und die Schönheit des Codes.

Zuletzt, Dank meiner Verlegerin Alix Penent für ihre gekonnte Art, die Knoten im großen Ganzen des Textes

ausfindig zu machen, und für ihre – noch gekonntere –
Art, mich darauf hinzuweisen, ohne mich zu entmutigen,

und Dank an Benoît für die Stunden vager Unterhal-
tungen über ein zu schreibendes Buch, das anstrengende
Korrekturlesen des fertigen Buches und das angenehme
Zuhause, das mir das Schreiben ermöglicht hat.

Die Figur der L hätte es nicht ohne folgende Vorbilder
gegeben, die mir beim Schreiben waren: Mercedes Renee
Haefer, vom FBI für ihre Teilnahme an der Operation
Payback verhaftet, und Eva Galperin, scharfe Kritikerin
von *Stalkerware* und Geschäftsführerin der Electronic
Frontier Foundation.

NACHWEIS

Henri Michaux, *Ein gewisser Plume*, wird zitiert nach der Übersetzung von Kurt Leonhard, Frankfurt a. M. (Suhrkamp Verlag) 1986.

Herman Melville, *Bartleby der Schreiber*, wird zitiert nach der Übersetzung von Jürgen Krug, Frankfurt a. M. (Insel Verlag) 2004.

INHALTSVERZEICHNIS